荒 唐 之 下
HUANG TANG ZHI XIA

与你一起，荒度一场也是好时光。

荒唐梦

桃禾枝 / 著

北京燕山出版社
BEIJING YANSHAN PRESS

图书在版编目（CIP）数据

荒唐之下 / 桃禾枝著. — 北京 ：北京燕山出版社，
2022.12
ISBN 978-7-5402-6711-7

Ⅰ．①荒… Ⅱ．①桃… Ⅲ．①长篇小说－中国－当代
Ⅳ．①I247.5

中国版本图书馆CIP数据核字(2022)第198171号

书　　名：荒唐之下
作　　者：桃禾枝
责任编辑：战文婧
助理编辑：温天丽
特约策划：他系力二工作室
营销编辑：秦　颖
封面绘制：付小雅
装帧设计：他系力二工作室
出版发行：北京燕山出版社有限公司
社　　址：北京市丰台区东铁匠营苇子坑138号嘉城商务中心C座
邮　　编：100079
电　　话：010-65240430（总编室）
印　　刷：固安兰星球彩色印刷有限公司
开　　本：880mm×1230mm 1/32
字　　数：290千字
印　　张：9.5
版　　次：2022年12月第1版
印　　次：2022年12月第1次印刷
ISBN：978-7-5402-6711-7
定　　价：45.00元

爱你的人，一定会千方百计来你身边。

风雪兜头。哪怕山高路远，

目录 *Contents*

第一章

重 逢

尤念没有想到，再次见到陆清泽，会是在新闻里。

"十二月十六日，蓝鲸手机在夏城举办了自己的新机发布会上，蓝鲸正式推出自己'比翼'系列的第六代产品。比翼6采用最新的5G芯片……"

尤念对这些科技新闻一向不感兴趣，正要关掉这个自动播放的视频时，余光瞥到镜头一扫而过的观众席，放在鼠标上的手指霎时停住了。尤念表情僵硬地看完了短短一分多钟的新闻，那个身影没有再出现，仿佛刚刚一闪而过的面孔不过是她的幻觉。在新闻的最后一秒，尤念按了暂停键，鼠标拖动进度条，从开头再次播放。新闻主播的声音嗡嗡作响，尤念一句也听不进去，眼睛牢牢盯着屏幕，十五秒处，观众席的镜头又出现了，尤念的心跳漏了一拍，将视频停住。

屏幕上，一个穿着白色衬衫、黑色西裤的男人端坐在首排席位，身姿挺拔，四肢修长。镜头只扫到他的侧脸，男人突起的眉骨和挺直的鼻梁很惹眼，极佳的骨相使得粗糙画质也挡不住他的完美轮廓。

——是他。一个模糊的侧脸剪影，足以让尤念确认，镜头里的男人正是自己的初恋男友陆清泽。

从美国回来了啊，尤念渐渐陷入了沉思。

当年分手后，陆清泽没过多久就去了美国的高校做交换生，后来就听到他会接着读研，并且以后可能也不回来了的消息。

尤念愣怔着看着屏幕上的陆清泽，他身上原本就不多的学生气完全褪去，光一个坐姿都充满了成熟稳重的精英气质。

时间过得真快啊……恍神间，一阵悦耳的手机铃声打断了尤念的思绪。

是同事的电话。

"你是怎么得罪肖文了？他那个微博，业内人一看就知道说的是你……"同事焦急的声音传入她耳中。

肖文？尤念微微蹙眉，将通话切换成外放，做了精致美甲的手指在屏幕上轻点几下，进入微博。

最近，备受期待的大IP（知识产权）古装剧《荒神传》遭遇滑铁卢，收视口碑一路下滑，简直惨不忍睹。观众和书粉大骂演员演技稀烂，导演水平不行，编剧魔改原著，剧本注水严重，主角人设崩坏。

而尤念，正是《荒神传》的编剧之一。

就在半个小时前，大名鼎鼎的编剧肖文发了篇"小作文"，言辞间满是对现在影视行业的痛心疾首。同时带头自省编剧的责任，重点抨击某些编剧年纪轻、格局小，沉迷小情小爱的表达，将一出权谋大戏改编成了狗血恋爱剧。

虽没有指名道姓，但这风口浪尖上，圈内明眼人都知道肖文在暗指谁。如今在资本裹挟下，大IP注水拉长剧集几乎已经成了圈内的惯例，《荒神传》也不例外，请了两个编剧组改写、加长剧本。

事实上，尤念只负责剧本中男女主角的感情线，占比并不多。她也是等剧播出才发现，其他编剧加了男主角和女二、女主角和男二的感情线，导致男女主角的人设前后不一，剧情狗血矛盾。

按道理，这改编"车祸"的锅怎么也扣不到尤念头上。但偏偏肖文的微博用了"年纪小""女编剧"等字眼，矛头直指编剧团队里的尤念。

看完肖文的小作文，尤念心中了然。

"我上次泼了他一杯水，被他记在小本子上了吧。"她淡淡开口，懒懒散散的语调，对得罪名编剧这事满不在乎。

上周，几个编剧开一个项目的碰头会，结束后一起吃饭。肖文坐在尤念旁边，肥胖的手一直搭在尤念的椅背上。见尤念没理他，肖文反而得寸进尺，肥硕的腿也晃悠着靠了过来，中年男子油腻浑浊的体味传入鼻间，尤念恶心得当场泼了他一裤子的开水。

"不好意思，天太冷手抖了。"尤念莞尔一笑，表情坦荡得毫无歉意，死猪不怕开水烫，活猪还是怕的。

这顿饭在肖文杀猪般的号叫声中结束了。

肖文的好色和小肚鸡肠在业内是出了名的，尤念也做好了被他报复的准备。这不，肖文的"毒舌"也许会迟到，但绝不会缺席。

电话那头的同事停顿良久，随后是一声重重的叹息："算了算了，你自己看着办吧。得罪他对你以后没好处，其实你完全可以和他周旋一下——"

"懒得理他。"尤念微微蹙眉，打断同事的话，她明白同事的言下之意：和你约会的男人不少，多一个也无妨。"嫌丑。"尤念撂下两个字，挂断了电话。

那个油腻的猪头，她多看一眼都怕折寿。

尤念走到梳妆台前坐好，对着镜子仔细地化了个妆。她的奶瘾有点犯了，打算去楼下便利店买酸奶喝。抹完最后的口红，尤念和镜子里的自己对视，镜子里的人棕瞳红唇，亚麻色的长卷发垂在肩上，V领针织裙露出一抹雪白的皮肤，妆容精致，身材玲珑有致。嗯，很美。一向不吝啬欣赏美色的人不由得对着镜子赞赏地吹了声口哨，换上大衣出门。

外面天色昏沉，空中正在飘着夏城这个冬天的第一场雪。

尤念下了电梯，戴上大衣的帽子，脚步匆匆往小区的便利店走。脚下的地面湿漉漉的，路边凹陷处形成了一摊一摊的水洼，天空飞扬着细雪，在夜色中不甚清晰，轻飘飘落下又很快消失。在夏城这样的南方城市，像这样的初雪几乎留不下什么痕迹，见惯了北方的白雪皑皑，尤念对这次的初雪毫无感觉。

到了便利店，她径直走向冰柜，伸手去拿酸奶。一声轻快的"欢迎光临"后，身后的门口拥进好几个人，一时之间，说话的嘈杂声顿起。

那些人就在尤念身后的冷冻柜那里，似乎在商量买什么东西。尤念无心探听，拿好酸奶转身，目光不经意扫过去，身体顿时一僵。

不是没有想过和陆清泽再次相遇时的场景，可她万万没想到，会是在自己小区的便利店。刚才出现在屏幕上的男人依旧是那副轮廓分明的清隽模样，此刻正礼貌地低头听旁边人讲话。

似乎是感觉到了什么，对面的男人抬眸，和尤念的目光对个正着。男人英俊的脸瞬间收敛了所有温和，下颌线紧绷，乌黑的眼睛里翻滚着深沉复杂的情绪。

尤念怔了下，庆幸自己化了全妆。刚想着要不要若无其事地打个招呼，男人的视线已经淡淡移开了，再一转眼，他被同伴挡住，她的目光只来得及抓住陆清泽黑色的衣角和裤缝处骨节分明的手。

尤念垂下眼，走向收银台付账。

背后有声音隐约传来："买酸奶的那个女生好漂亮啊。"

接着是另一个好奇的女声："陆总，她刚刚好像看你了，你们认识？"

尤念握着手机，脊背僵硬，听到陆清泽清润如泉的声音低低响起："不认识。"

不认识，尤念自嘲地扯了扯嘴角，推门而出。

微风带着雪花，从她裸在外面的脖颈处贪恋地往里钻。尤念的手里还攥着酸奶，冰凉的盒子，手心感到了彻骨的冷。

那年，她第一次在南方过冬，冬季湿冷阴寒，寒气似乎能穿过皮肤钻进骨头。尤念一开始很不适应，一起在夏城度过的冬天，陆清泽总是不厌其烦地哄她穿厚一点。

她有时候顽皮，喜欢把冷手从他的衣领处径直往里伸，他从来不躲避，只是好脾气地在衣服外面压她的手，让她暖和得快一点。在同住的那些夜里，她那双容易冰凉的脚也总是被他用自己的体温温热。

……

陆清泽也住这里吗？这个小区是这片区域的高档住宅，交通便利，物业、安保都很好，入住的人员也大多是高薪一族。除了尤念住的这一栋单身公寓，其他都是大户型的住宅。

刚刚听他谈话好像是要和同事一同去家里聚餐，那么多人一起，他住的肯定不是自己这栋单身公寓了。尤念胡乱想着，她甩了甩头发，甩落一堆破碎的雪花。

回到家，尤念坐在电脑前，撕开酸奶包装扔到一边。芒果清甜的滋味，混合着酸奶的冰凉酸甜，沁人心脾。嘴里吃着果肉，又想起了那人。

陆清泽的手好看，手工活也做得好。以前还在一起的时候，他会把芒果切开，去核，水果刀在上面划出漂亮的菱形，再翻开，果肉便像花瓣一下绽开，然后，这黄灿灿如太阳花的芒果就沦为了她的腹中食。

陆清泽陪伴了她的整个青春。

羁绊太多。在见过他的这个冬夜，任何一件事都能轻易勾起尤念深埋在脑子里的回忆，稍微一戳，过去便像泄洪般向她汹涌而来，并将她淹没。

那时候，陆清泽不动声色地将她宠上了天，体贴又细致。初恋的标杆太高，以至于她始终没办法再爱上什么人。这么些年过去，喜欢她的男人很多，可再也遇不上一个陆清泽了，而她那时年少任性，应当挥霍了他许多的温柔吧。

也许是因为受了刺激，尤念的战斗欲变得空前地大，几平方米的小书房里，机械键盘"噼里啪啦"响着。尤念文思泉涌，几下就敲好了怼人的微博。检查了一遍后，尤念将文档复制到微博上，按下"发送"，背靠着椅子，瞬间全身舒畅。

她从来就不是能忍受委屈的性格，在肖文面前也一样。二十五年里，她也就为一个人受过委屈，虽然那委屈并不来自他本人。

第二天，尤念照例睡到近中午才醒，起床时天光已经大亮。

手机里好多未读消息，尤念粗粗扫过一遍，大部分都是同行发来的消息，大家对她昨天在微博公开对战的行为表示了敬佩。

昨天尤念在微博上先是感谢了肖文的指点，随后用惋惜的口吻表达了自己不能和肖文合作的遗憾，并附上一个打了马赛克的微信聊天记录。

页面上，对方用殷勤至极的口吻邀请尤念加入自己的工作室，并对尤念所负责的《荒神传》男女主角感情线表示了极大的肯定，而尤念则委婉地拒绝了对方的邀请。

这条微博一方面澄清了自己只负责《荒神传》男女主角感情线的事实，

另一方面揭示了肖文明知如此还暗暗讽刺的小人行径。

可以说是赤裸裸地扇了肖文一个巴掌，凡是稍微了解肖文的人都能猜到，这厮八成是想勾搭美女编剧，被拒绝后恼羞成怒了。

肖文在业内两大特色：好色和小气。他仗着自己在编剧圈的地位，骚扰过不少的漂亮女编剧和小明星，加上他为人小肚鸡肠，经常暗戳戳在微博或者朋友圈损人，很多人都对他不满，只是碍于他的地位不敢闹开。

这次也是一样。

肖文的微博并没有指名道姓，加上尤念在编剧圈只是个三流小编剧，他怎么也没想到尤念会直接将聊天记录发了出来打自己脸。

尤念打了脸还不过瘾，在微博的最后发表祝福。

都十二月了，那我就给肖老师拜个早年吧。祝您在新的一年，心胸和您的肚子一样越来越宽广，烦恼和您的头发一样越来越少。资方多给您砸大剧，少给您看不上的小情小爱剧本，财源滚滚来。

最近影视寒冬，编剧行业也受了影响，进行一半的项目说停就停，就算咖位大如肖文，在行业洪流中也不过如蝼蚁一般，大剧的剧本真未必看得上他。

这祝福和诅咒也差不了多少了，偏偏让人挑不出什么错。肖文不是喜欢毒舌吗？那她就以毒攻毒。有朋友发来幸灾乐祸的微信：我听肖文那儿的人说，肖文今天的脸被你气成了猪肝，在工作室大发雷霆。哈哈哈，解气！

尤念：那不是很好吗？猪脸配猪肝。

说起来，尤念进入编剧圈也是偶然。她大学的时候开始在网上发表小说，有一本爆红成了她的成名作，她也逐渐成了小有名气的青春作家。

那时候影视行业正是大热，资本疯狂买IP囤着，尤念搭上了这班IP热的顺风车，并在前两年随着自己IP的开机顺势进了编剧圈。

假如这个圈子混不下去了，她就继续写小说赚钱，不管怎么说，她也是小有名气的"畅销书作家"，总是饿不死的。肖文顶多在编剧圈横行霸道，总不能还干涉文学网站和出版社吧？

回复了几个朋友后，尤念点进她的闺密聊天群，发现原本的群名"戏精姐妹团"已经变成了"谢钟夏城区老婆群"。

这群总共就三个人，尤念、贺缨和薛柔。三人都在夏城生活，关系很好，微信群的名字也常常根据几人的心情随意转换。尤念对这个新鲜出炉的群名嫌弃不已，不用说，一定是贺缨这个新粉丝改的。

尤念将聊天记录往上翻了翻，前方一溜都是贺缨对她"新老公"的赞美，中间夹了一张昨晚初雪的照片。

看到薛柔发的初雪照片，尤念瞬间想起了昨晚的陆清泽，犹豫了下，她在群里扔下一个炸弹。

尤念：我昨天遇见我前男友了。

因为刚刚失恋，贺缨反应不过来，下意识回复：哪个前男友？

她只有一个前男友好不好？

薛柔立刻激动不已：你看到陆神了？！天呐！他回国了？你们有没有发生什么？

大学时，陆清泽和尤念一个校草一个校花，大一军训时两人就因为颜值过高闻名全校了，作为尤念的大学舍友，薛柔也曾是两人的"资深粉"。后来两人分手，她还惋惜了好一阵子。

贺缨也反应过来：哦，那个我没见过的帅哥。

贺缨是个职业网红，和尤念在前几年的一次活动上一见如故，并不认识陆清泽。

尤念回复：他对我装作陌生人了。

擅长脑补的薛柔立刻发来几个哭泣的表情。

薛柔：最熟悉的陌生人，好虐啊，呜呜呜。

贺缨：别哭了，我刚和谢钟离婚说什么了吗？

薛柔不理她，沉浸在脑补的虐恋小说里。

念念，一定像小说里写的那样，外表的冷漠只是他伪装的保护伞……

贺缨：小绵羊你够了啊。念念，你还喜欢他吗？

尤念愣了下，老实回应。

尤念：我也不知道……大家都变了很多。

以前尤念住在三层楼的大别墅里，而现在的她蜗居在五十多平方米的公寓；以前的尤念肆意张扬、花钱如流水，而现在的她学会了存钱……陆清泽他，肯定也变了很多吧……

尤念的思绪微顿，压抑住自己心里那点想要探听陆清泽近况的念头。

尤念目前是电视剧《宝珠》的跟组编剧。《宝珠》讲述的是初入职场的珠宝设计师陈宝珠和公司总裁沈维之间的故事，爱情线和职场线并进。

《宝珠》的拍摄地点位于夏城中心的某CBD（中央商务区）大楼，剧组租了那里二十天的场地，所有职场戏都集中在这二十天内拍摄。

这剧原本的跟组编剧是编剧组的另一个同事，但她临时有事，便委托尤念来替她一段时间。拍摄地点距离尤念的家不远，尤念也乐得轻松，欣然答应了。

这天早上九点，尤念开着自己的MINI准时到达剧组拍摄的地点——夏城南和CBD广场的C5大楼。

地下停车场里豪车云集，商务气息浓郁。尤念的红色MINI在里面显得有些另类的可爱。停好车，尤念按照群里的消息坐上电梯，按下二十六楼的键。

尤念在来之前查过了，C5楼是CBD广场的二期工程，建成时间不长，里面办公的以互联网和科技公司为主。

二十六到二十九楼都是一家叫翎宸科技的公司，听说这家公司还没有完全搬过来，二十六楼用不上，便暂时出租给剧组用。

"嘀"的一声，二十六楼到了。尤念走下电梯，前台处公司的标志已经换成了"封美珠宝"，全玻璃的大门打开，映入眼帘的是极具现代感和科技感的装修风格，整个楼层以银白色的色系为主，明亮大气，一整排的落地窗让室内光线充足，视野开阔，也许是因为还未投入使用，这里稍显空旷了些。整个区域被剧组划分成了员工区、总裁区、休息区和茶水间。

尤念和相熟的剧组人员打了招呼，随意找了把椅子坐下。第一天跟组，她没什么事，看了会儿演员们拍戏便无聊地研究起了新做的指甲。

挨到临近中午，尤念和导演打了声招呼，想下去透透气。

站在电梯门口，尤念静静等着电梯下来。

液晶屏幕上的数字缓缓下降。29、28、27、26……

"嘀"一声，电梯门开了。

两个西装革履的男子站在里面，看到电梯外的尤念，两人均是一愣。

又遇见陆清泽，尤念也怔住了，一时不知道该不该和他打招呼。僵持间，陆清泽旁边的高壮男人困惑地看了眼尤念："上来吗？"

尤念"嗯"了一声，踏进电梯，走向角落。

"几楼？"陆清泽的声音压低时带着些许的磁性，很容易让人产生ASMR（自发性知觉经络反应）。他微微侧头，神色疏离，仿佛只是在礼貌地问一个陌生人。

尤念勾唇："一楼，谢谢。"

修长的手指按亮了一楼的键，大家陷入了沉默。尤念站在两人背后，觉得这只有三个人的电梯莫名逼仄起来。高壮男人似乎毫不在意尤念的存在，继续和陆清泽交谈。

"告诉你个好消息，我前不久去联基的工厂，听说淮芯在那里的流片失败了。啧啧啧，一千万美金就这么没了，要是5G芯片再失败，那又是几千万美金打水漂……"

尤念听不太懂他的专业术语，但从他幸灾乐祸的口吻上，大体能猜出他的竞争对手损失惨重。她不由得抬头向陆清泽看过去。

他一副宠辱不惊的模样，声音清清淡淡："淮芯的第一代5G芯片已经出了，接下来只是换代，不会失败的。而且别高兴得太早，我们也有流片失败的可能。"

高壮男子满不在乎地轻笑了一声，语气笃定："谁不知道你把关的芯片项目流片零失败率？新出的蓝鲸手机CPU跑分也是同级别第一，我们要是流片失败我把芯片吃了！"

陆清泽被他夸张的语气逗乐，轻笑了声。

尤念眨了眨眼。

零失败率……对啊，陆清泽一直很厉害，凭借高分保送进了A大，保送考试通过后，他除了辅导她的功课就是自学大学课程。

大一的时候，别人还忙着学习基础课程，他已经跟着老师和学长们进实验室做项目了，连陪她的时间都很少。

尤念心思恍惚，眼睛定定地看着前方的陆清泽出了神。陆清泽的长相偏斯文英俊，没有太多的冷厉感和距离感，也正因为如此，和他搭讪的女生就没停过。他的眼窝很深，鼻梁高挺，下颌线干净利落，白皙的脖颈处突起的喉结明显，再往下，是宽肩窄腰大长腿的完美组合。

他站得笔直，身形清瘦却不显屠弱，合身的衬衫、西裤整洁得体，没有褶皱，左手腕上戴着一个银色腕表，手掌自然地插进裤兜，平添几分风雅姿态。

尤念知道，他看着瘦，身材却是极好的，腹肌块块分明，手臂线条紧实流畅。尤念一直欣赏这一款的长相，陆清泽更是此款中的佼佼者。

眼下经过时光的洗礼，陆清泽身上不仅没有世俗的铜臭味，反而多了成熟男人的韵味，时间将他的气质沉淀得越发出众，云淡风轻谈论工作的时候，更是帅得让人心惊。

尤念别过脸，暗暗骂了句脏话，时隔多年，陆清泽这男人居然还是一如初见。

到了一楼，尤念率先出了电梯，深吸之后，拿出手机打开微信。

三人聊天群的名字已经换了新的名字，尤念无力吐槽这名字，"啪嗒啪嗒"打字。

尤念：我又遇到前男友了，就在剧组这里。

正在办公室午休的薛柔：缘分啊念念！陆神是不是还那么帅？

尤念：感觉更帅了。

后面加了几个欣赏的表情。

……

和自己的闺密讨论了一会儿，尤念才忽然惊觉——自己只顾着欣赏陆清泽的美色，对于他是否单身、什么职业都丝毫不知。

另一边，陆清泽和高川到了地下车库。高川转动方向盘，对着副驾驶位的陆清泽随口道："刚刚电梯里那个女的漂亮吧？"

陆清泽"嗯"了一声。

一张巴掌大的脸，皮肤细白如瓷，弯眉下是一双勾人的眼睛，鼻子、嘴巴皆精致，眼波流转间，风情动人。她美得艳丽，也美得嚣张。没有人比陆清泽更清楚她有多漂亮了，漂亮到只要她笑一笑，他就恨不能把星星、月亮都奉上。

高川对于陆清泽这副冷淡的样子习以为常，声音却不自觉带了点兴奋：“我刚刚看她一直在偷偷看你，特别在电梯里夸了你。怎么样，够意思吧？”

陆清泽轻笑了声：“不需要。”

高川无奈地叹了口气。陆清泽年纪轻轻就做了公司的副总裁，身居高位，日进斗金，长相也是格外出挑，明明是游戏人间的好料子，偏偏活得像六根清净的出家人似的。认识几年，爱慕他的小姑娘不知道有多少，他连一个正眼都没有。高川真的怀疑他是哪里有问题：“你看清没有啊？”高川还试着说服，“刚刚电梯里那个真的漂亮，气质也好。”

他猛地一拍大腿：“不会是在下面拍戏的小明星吧？”

“那就算了，娱乐圈是非多。”高川又喃喃道。

不是明星，是编剧。陆清泽在心里说。

尤念在CBD广场逛了一会儿，收到了剧组发盒饭的通知。尤念回到拍摄地点时，大家正三三两两地围着空桌吃饭。这其中夹杂着几个陌生的年轻女生，她们胸口挂着翎宸科技的工作牌，眼里闪着好奇和兴奋的光四处打量。

见尤念看过去，旁边工作人员小声解释：“是这边公司的员工，趁着午休来看拍摄，导演也是好说话，就让她们在这儿吃饭了。”

尤念领好盒饭，点头应了声，若有所思。她现在没有陆清泽的联系方式，想要知道他的近况只能从旁人入手。

尤念心思一动，走过去坐在几人旁边，打开饭盒旁若无人地吃起来。

吃饭间，尤念可以感觉到几个女生的目光时不时地落在自己身上。

终于，一个短头发的女生小心翼翼地开口：“请问，你也是来拍戏的吗？”

尤念抬起头，露出善意的表情解释：“我是编剧。”

短发女生“哦”了一声，和自己的小伙伴交换了下眼神，过了会儿她又问：“那你知道曾宇他什么时候会来吗？”

曾宇是《宝珠》的男二号，这两天有事情没过来。尤念咽下嘴里的饭，回忆着自己收到的拍戏计划，说：“应该下周。”

她的话音刚落，那几个女生立刻发出了小小的惊呼声："谢谢你啊！"她们几个千恩万谢地走了。

下午，那几个女生下班的时候顺便"经过"了二十六楼，隔着玻璃看了会儿剧组拍戏，尤念也碰巧"经过"，和几人交谈了几句。

第二天，照旧。第三天……

一来二去，尤念很快就从那几个女生口中套出了话。

翎宸科技是一家芯片设计公司，还没有完全从南城搬迁过来，前不久上市的蓝鲸手机的主CPU就是他们提供的。陆清泽是公司的副总裁，前段时间刚从美国回来，主要负责公司的技术工作。这也是尤念会在蓝鲸手机发布会上看到陆清泽的原因。

提起陆清泽，几个女生的脸上都是一脸崇拜，对他赞不绝口，但是她们和陆清泽不在一个楼层，平时也很少见到，所以关于尤念想知道的感情状况——不详。

既然指望不上那几个女生，那只能靠自己了。尤念坐在位置上，一手托腮，另一只手在手机屏幕上无意识地滑动着。

七年前，她和陆清泽一起办了手机号，只有末位不一样，当初分手，她将他所有的联系方式都删掉了。思忖了会儿，她还是忍不住在微信上搜索了那个烂熟于心的手机号。

搜索结果一出来，尤念就确认了是他，他的头像是一片空白，昵称也是简单的"Lu"。看着"添加到通讯录"的按钮，尤念的手指悬在上面半天没有动作。

再次见到陆清泽，她的心里确实冒了点火苗。

可是想到当初分手的情景，还有陆清泽两次见到自己都装作不认识的态度，她又有些犹豫起来，纠结了一会儿，尤念还是决定"早死早超生"。如果陆清泽拒绝，就算了，如果他接受了自己的好友申请，那——那就再考虑下一步！眼一闭心一横，尤念心跳加速，按下了"添加到通讯录"。

不过一秒，页面一下跳了。尤念顿时一愣。居然直接通过了？

点进他的朋友圈，半年内只有一条转发"5G手机上市"的业内新闻，再没有其他，以尤念对陆清泽的了解，他的微信绝对不可能不设置验证就加人。唯一的可能，是他一直没有删了自己。

一时之间，她心里五味杂陈。

"你已添加了Lu，现在可以开始聊天了。"尤念对着空白的聊天记录页面看了好久，默默地退了出去。

晚上，陆清泽看到朋友圈那个带着红点的头像时，几乎以为自己出现了幻觉，他已经有五年没看到尤念的头像出现在微信朋友圈了。

点开朋友圈，是尤念前两天转发的一则电视剧开机的新闻。他的微信朋友不多，他想尤念应该是刚加了自己，所以朋友圈就这么显示了出来。

她还来加自己干什么？陆清泽的心猛地抽了一下，他想起前两天高川的话，眉心微蹙。

那天在电梯里，他当然也注意到了尤念的目光。可是他也知道，尤念只是纯粹在看帅哥罢了。

陆清泽抿着唇走到书房，从上锁的抽屉里翻出一个本子。米白色的封面，"尤念"两个字用钢笔写的，字迹飘逸，笔锋潇洒，很像她的性格。

陆清泽的目光顿了顿，轻轻翻开页面，经历了光阴，原本白色的纸张已经泛黄，呈现出一种老旧的姿态。

陆清泽翻到那篇文章，顺着标题看下去，熟悉的字迹和内容扑面而来，几乎一秒钟就将他带到了那个午后。

少女迎着光站立，落落大方地当众朗读着。冬日午后，薄淡阳光，嘈杂环境，还有沐浴在金色尘光中仿若发光的女生……

"啪"一声，本子被心烦意乱的人合上了，大掌用力按在本子上，薄薄的本子硬是被按出了几个凹陷，手背上四条青筋凸起，指尖泛白。尤念写的这篇文章陆清泽看过无数次，熟悉到几乎倒背如流。他合上眼睛，掩盖住里面的波涛汹涌。

陆清泽知道，他们的感情从来就不是对等的。

在一起时，两人路上遇到好看的人，他不止一次在尤念的眼睛里看到了欣赏，赤裸裸地丝毫不加掩饰。倘若对方是女的也就作罢，如果是男的，他总会目光紧张地盯着旁边的尤念，如果她敢流露出一丝欣赏以外的神色，比如喜欢或者爱慕，他可能会疯掉。

还好没有，她一直是个挑剔的，她看得最多的人，还是自己。可他也是真的不喜欢她欣赏别的男人，哪怕只是外表，很让人难受。

跟她在一起，他从来就不会有丝毫想看别人的欲望，在他眼里，世界上的人只有两种：尤念和别人。可为什么尤念就不能这样想呢？

"为什么你的嘴唇颜色这么好看？像涂了唇膏一样。"

"刚刚那个人的胸肌好夸张啊，以后你不要把身材练得那么恐怖，我不喜欢肌肉那么大块的。"

"昨天又有人和我表白了，不过被我拒绝了，长得还没有你一半好看呢。"

……

女孩子娇气又肆意的声音从四面八方涌入脑海，像无形的藤蔓一样在这里野蛮生长，纠缠不休，拽得他头痛不已，陆清泽的唇抿得很紧，手指几乎要将本子按穿。她真的很会甜言蜜语，好听的话张口就来，写成文字也漂亮得让人心动。

可后来，她还是不要他了，说不喜欢就不喜欢了。

呵！尤念的嘴，骗人的鬼。

第二天，《宝珠》男二的扮演者曾宇进组，在楼下拍一场和女主角的对手戏。

曾宇比尤念小三岁，浓眉大眼，是很正统的帅哥长相。

尤念第一次做跟组编剧，跟的也是曾宇的第一部戏。当时他们一个是不入流的编剧，一个是无人知晓的新人，两个菜鸟兴趣相似，就这么惺惺相惜地成了朋友。如今两年过去，尤念从"不入流"勉强混成了"三流"，而曾宇则凭借一部大火的古装剧成了"二线"，女粉众多，戏约不愁。

比如此刻，剧组拉起的围栏外已经聚集了一些闻讯而来的粉丝，兴奋地用手机对着曾宇和女主角拍。

这场戏发生在女主角和男主角分手期间，男二趁机追求女主角。

今天天气很好，阳光给冬日带来了一丝暖意。尤念身穿一件黑色大衣，戴着墨镜在后面静静看着曾宇拍戏。

导演喊"卡"之后，曾宇走过来冲着尤念蹙眉："你大冬天戴什么墨镜？"说完就要去摘她的墨镜。

尤念退后几步，出声警告："你粉丝在这儿，别乱来啊。"

曾宇放下手，还是看不惯她的样子："不是，你怕见人啊？"

尤念："我防晒。"实际上是她昨晚失眠了，黑眼圈遮都遮不住。

"你今天有点不对劲啊，姐姐。"曾宇端详着尤念。

一张巴掌大的脸被墨镜遮了大半，皮肤细白如瓷，微翘的鼻尖和娇艳的红唇透露出一股高傲和清冷之气。

"怎么像小娇妻似——"曾宇话说了一半，感觉到尤念的身体猛地绷紧了一瞬。顺着尤念脸部的朝向看过去，有三男一女站在C5楼下，门口停着一辆劳斯莱斯。四人距离他们不算太远，只见几人互相握了手后，其中的一男一女坐上车离开了，剩下的两个男人在门口交谈了会儿便转身回去了。曾宇见尤念还呆呆地看着大楼门口，神色似乎有些怅然，不禁出声，"别看了，你看上的那个有主了。"

"什么？"尤念转向曾宇，反问，"你又知道我看上谁了？小屁孩。"

曾宇没好气地说："目测身高一米八七，年纪不到三十岁，穿灰色大衣、黑色皮鞋，长得最帅的那个。"

行吧，都对。曾宇熟悉她，猜出来她在看陆清泽也正常。

——等等！

"为什么说他有主了？"尤念快速道。

"他左手中指有个戒指。"注意到尤念猛地僵住的身体，曾宇幸灾乐祸，"让你别戴墨镜吧，什么都看不清……"

戒指……他们以前都没有买过情侣对戒呢。

大学那会儿，情侣间很流行买对戒戴，可那时候陆清泽没钱，尤念怕自己买得太贵他会多想，也就没提。

难怪他都装作不认识自己，原来是有女朋友了。尤念抿了抿唇，她是个有原则的人，既然陆清泽已经不是单身了，那她就不打扰了。

一直想知道的事有了结果，尤念心里的弦猛地松了。是啊，他这么优秀，有女朋友太正常了，只是心里说不上什么感觉，空落落的。

"编剧来一下。"导演的喊话打断了尤念的思绪。

尤念应了声走过去，看着导演将剧本的几场戏勾了下："这几场改成夜戏，我们抓紧时间把它拍了。"

剧组多拍一天的戏就多耗一天的钱，改成夜戏能省时间。

尤念点点头："好，那没什么事的话我现在就去改。"

尤念回到二十六楼，打开笔记本就开始工作。正在打字的时候，旁边的手机发出了声响。

尤念解锁手机，是贺缨发在三人群的消息。贺缨公司打算给她分配一个男朋友，组成组合拍短视频。

三个人围绕着分配的男朋友聊了几句，尤念想到自己，不免丧气。

尤念：你们公司还招人吗？你看我行吗？

贺缨愣了下，飞快打字：凭你的脸当然行啊！但是分配男朋友就算了吧。

你自己说说看，这几年这么多人追你，你看上过一个吗？！

尤念委屈，追她的人不少，可接触几次下来就没有然后了。就算脸是帅的，可尤念总能很快找出别的缺点，瞬间丧失兴趣。

薛柔弱弱地插话：念念你不是想重新联系陆神的吗？

尤念停顿良久，缓缓打字：他好像名草有主了。

安静了几秒后，两人将尤念夸得天上有地上无，犹如天仙下凡。真不愧是闺密。

也许是怕尤念心情不好，贺缨一连几天，天天来找尤念。有时在白天，有时在晚上。几次下来，剧组的人都知道尤念有个网红闺密常常来找她。

这天下午，剧组的一个演员助理急匆匆找到尤念："编剧，你那个朋友的车好像跟别的车剐蹭了，我刚刚上来的时候在车库看到她了。"

尤念连忙道了声谢，一边打电话给贺缨一边往车库走，按照贺缨电话里的路线，她很快就到了剐蹭现场。现场除了贺缨和她的车，还有一个高壮男人正背对着她打电话，旁边是一辆黑色的奔驰，车身上有道不长不短的刮痕。

尤念小声问贺缨："怎么回事？"

贺缨也苦恼得不行："我停车时在打电话没注意，正好他要出来，就碰上了。"她说完叹了口气。

尤念清了清嗓子，打算和车主商量私了算了，这么点刮痕，也犯不上走保险。

男人打好了电话，转身面向贺缨开口："这辆车是我朋友的，他马上下来——"他停住，目光转到一旁的尤念身上，表情变得有些兴奋，"哎，你是不是在二十六楼拍戏？"

尤念困惑地眯起眼睛："你是……"

她有些脸盲，长相不特别的人很难记住。

高川连忙道："我们前几天在电梯里见过，和我同事一起的，还记得吗？"

经他一提醒，尤念想起来了，是那天和陆清泽在一起的人。

那这辆车……

"对了，这车也是我同事的，你应该有印象吧？"高川在心里兴奋地搓起了手，这位美女那天盯着陆清泽看了那么久，肯定有印象，要是两人能因此搭上线，那今天这车蹭得也值了。

尤念有点不想见陆清泽了，开口道："我和我朋友还有事，要不——"

"哎！他来了！"

尤念的话说了一半就被打断了，身后传来了不疾不徐的脚步声。皮鞋踩在水泥地上的声音，在空旷的车库里十分清晰。

伴随着脚步声越来越近，尤念深吸了一口气。没什么的，既然他想当陌生人，那自己配合就好。

贺缨早就转身看到了陆清泽的模样，下意识就去拽尤念的胳膊，挤眉弄眼地示意她。尤念浑然不觉，脊背挺得笔直。

很快，脚步声在她的背后停住了。

"不好意思啊，这位先生。我不小心蹭到你的车了。"贺缨的声音在耳畔响起。

尤念认命地叹口气，转过身来，嘴角挤出一个礼貌性的笑。

"哎呀，没关系！就蹭了一点，不碍事不碍事。"高川两步走过来，急匆匆开口。

陆清泽的目光在车上停留一秒，转移到尤念精致的脸上，声音平静：

"你朋友？"

尤念点点头："是。"

陆清泽"嗯"了一声："没关系。我来处理。"

贺缨和高川听到两人的对话，完全愣了。

高川率先反应过来，诧异地看着两人："不是，你们认识？"

陆清泽没有说话。

"同学。"尤念说了个不会惹到麻烦的关系。

高川两掌一拍："哎呀，我说呢！"难怪两人见面有那么点不对劲，原来还有这一层关系。他乡遇故知，真是妙啊！

"那我们几个可真是有缘了，你说是吧？"高川笑眯眯地看向贺缨。

贺缨呆呆地点了点头。这脸、这身材、这声音……简直完美啊。

"既然大家这么有缘，不如我们晚上一起约个饭？我请我请！"高川兴冲冲地提议。

"我——"

"我——"

尤念和陆清泽同时开口。

"你什么你！"高川皱眉，"最近项目又不忙，你一个孤家寡人有什么事？和老同学吃饭叙旧怎么了？"

孤家寡人？尤念怔怔地看向陆清泽的左手，骨节分明的中指上，一个银色的素净戒指，简单大方，是他会喜欢的款式。

"我记得你要出去见客户。"陆清泽提醒高川。

高川"嗨"一声摆摆手："我已经另约时间了，没事。"

"怎么样，两位美女？"

尤念抬起头，对上陆清泽的眼睛。对视几秒，她笑了，眼睛也跟着弯起来："好啊。"

吃就吃。

翎宸科技下班后，尤念也和剧组的人打了招呼，将剩下的工作带回家做。

陆清泽和贺缨的车都送去4S店处理了，他们分别坐高川和尤念的车到了餐厅。车子不太好停，尤念开到了远一点的地方才找到车位，再走回餐厅，陆清泽正站在门口的位置，黑衣黑裤，身姿挺拔，气质出众，目光隔着街道遥遥凝视尤念，看不清神色。

"好帅一个男的。"贺缨小声嘀咕。

"念啊，这男的完美符合你要求啊，这斯文的感觉，绝了！"身为尤念的闺密，贺缨深知尤念的审美标准，立马撺掇她行动。

"他是我前男友。"尤念平静地说。

贺缨愣了两秒："你那个初恋？"

"难怪追你的那些你一个都看不上。"贺缨小声感叹。

她见到薛柔口中的"陆神"后，瞬间理解了为什么小绵羊一提到他就满脸崇拜的表情。

"他同事刚说他单身啊。"贺缨蹙眉，"别说姐妹我不够义气啊，一会儿我去打听清楚，要是单身就……"她"嘿嘿"了两声，意思不言而喻。

说话间，两人走到了餐厅门口。

这家位于市中心的私房菜馆是一栋别墅，坐落在复古建筑群中，周边绿植丛生，看上去有种大隐隐于市的感觉。尤念来夏城几年了，竟没有听说过这一家餐厅。

"进去吧。"陆清泽等两人走近，率先带头进门，门口的服务员为几人拉开大门，带着三人往楼上走去。

包间里，高川正拿着平板电脑在看。

"哎，你们来了。"他打了个招呼，将平板电脑递到贺缨手里，"你们看看再点些什么。"

在这寸土寸金的地方开私房菜馆，菜品肯定是不便宜的。贺缨随意加了个菜，下单后没两分钟，有服务员来问是否有忌口或者其他要求。

贺缨和高川同时开口："不要葱和香菜。"

说完两人俱是一怔。

高川笑了下："我替我们陆总说的。"

贺缨也笑了："巧了，我替我闺密说的。"

高川"哈哈"了两声："那真是太有缘分了，连忌口都一样。"

尤念扯了下嘴角，沉默不语。哪里是一样？陆清泽从不挑食，这些都是她的饮食习惯。只是后来在一起久了，他便也习惯了她的习惯……

服务员记录下来，接着问道："那请问辣椒呢？"

贺缨："重辣。"

高川："不要辣。"

高川笑着说："哎呀这次可不一样了，陆总他胃不好，不能吃辣。"

尤念一愣，下意识地看向陆清泽。她尤其喜欢酸辣口味的东西，每次醋和辣椒都要放很多，以前陆清泽都是和自己一起吃的，他现在……胃不好了吗？

贺缨连忙道："当然当然！那就不要辣了。"

服务员应"好"，退了出去。

"陆总手上戴的戒指，和女朋友的是一对吗？"贺缨轻咳了两声，迫不及待地直奔主题。

陆清泽牵了下唇，语调平缓："我没有女朋友。"

高川嫌他说得太少，迫不及待解释："还不是因为想扑上来的小姑娘太多，戴个戒指方便点。"说罢摇摇头，惋惜不已，"唉，我也想有这种帅哥的烦恼。"

贺缨没忍住笑出声来。

高川是做销售的，很会调解气氛，在他的带动下，这顿饭吃得和睦融洽，贺缨更是被逗得前仰后合，恨不能当场和他称兄道弟。

一顿饭结束后，高川得知尤念和陆清泽住一个小区，立马安排他们两个一起走，自己送贺缨回家。

下楼时，两个女人走在后面。贺缨快速从包里翻出一个方形的小东西，神神秘秘地递给尤念，她笑着眨了眨眼："我就剩一个了，你们悠着点啊。"

出了饭店的门，四人兵分两路。

尤念带着陆清泽往自己车的方向走。

一路无言。

来到车边，陆清泽很自觉地坐到了驾驶位："我来开，你喝了果酒。"

尤念怔了下，坐到了副驾驶位，扣好安全带，她朝旁边的人看过去。

陆清泽长手长脚的，车子空间顿时显得小了起来。

他不甚在意，熟练地倒车，往两人小区的方向开。白皙的手掌贴着黑色方向盘，五指修长，骨节清晰，银色腕表在黑暗中泛着光泽。

尤念盯着他行云流水的动作发了会儿呆，终于想到了个话题打破沉默："要导航吗？"

这里离小区挺远，她也是靠导航过来的。

"不用，我认识路。"

尤念"哦"了一声，目光转向窗外。

夜色中，街上霓虹灯耀眼，路人行色匆匆。没有了高川的插科打诨，两人之间的氛围较之前怪异不少，陆清泽不动声色地看了眼旁边大脑放空的人。

一件墨绿色的大衣，衬得她露在外面的皮肤越发白皙，浓密的棕色卷发长至胸口，侧脸线条精致，鼻尖微翘，嘴唇红润，再往下，是修长的脖颈。

她身上淡淡的香水味在整个车厢弥漫开。

陆清泽收回目光，慢条斯理地出声："剧组元旦放假吗？"

尤念转过脸，和他对视了一眼。没有想到他会主动开口，尤念过了两秒才回答："不放假，但是我要回平城一趟。"

尤念眼睛带了笑意，补充道："回学校演讲，顺便做新书签售。"

尤念的新书《漫长的小时光》刚上市不久。她现在是小有名气的作家，小说很受学生的欢迎，前一段时间学校的老师联系她，想让她回学校给学弟学妹们做个演讲。尤念毫不犹豫地答应下来，计划着顺便去学校看望自己的恩师——李老师。

如果不是李老师当时的赏识和推荐，她也许不会发展得这么顺利。

陆清泽闻言，温声说了句："那很好。"

说这话的时候，他的眼睛里少了最初相遇时的冷淡，神色柔和而平静，不知不觉中，气氛似乎变得融洽起来。尤念将头发撩到耳后，回想起来也忍不住感叹："是不是很惊讶？我一个被老师当反面教材的人居然要回学校演讲了。"

陆清泽的嘴角弯起一个小小的弧度："你考上了A大，很优秀。"

"那都是你的功劳……"尤念止住了话头。

按照她的成绩是考不上A大的，她除了语文成绩好，其他科目都一般般，后来她在全国作文竞赛中拿了一等奖，在李老师的推荐下参加了A大的自主招生考试。也许是她的运气真的很好，考试竟然通过了，按照当时A大自主招生的政策，只要她分数能达到一本线就可以被录取。

自主招生通过后，陆清泽对她的功课比她自己还要上心，辅导得尽心尽力。尤念几乎是被陆清泽一手带进了A大，只是她的分数够不上中文系，被调剂到了历史系。

陆清泽也想到了自己辅导尤念功课的那段时光，那时候，他对尤念的要求有些严了，他担心尤念考不上一本线去不了A大，对她功课抓得很严格，可尤念随性惯了，哪里受得了他的逼迫。

有一次，她再一次心不在焉。他忍不住说了她，训责她根本就没有想好好考A大，尤念气得当场离开。

第二天清晨，他在两人平时相约的路口等了好久也不见尤念，想她肯定是生了气不愿再和自己一起上学了。他想和尤念道歉，走到她的班级门口，他一眼看到平时神采奕奕的尤念正精神不佳地趴在桌子上，哈欠连天。

尤念的同桌率先看到了他，戳了戳尤念的胳膊。

尤念抬头，站起身来朝门口走。

他看着尤念一路气鼓鼓的样子，到了跟前抱怨道："我昨天背书一直背到凌晨一点，困死了！"

"对不起。"他想要解释，但最终只化作了一声低低的道歉。

陆清泽的手指不自觉握紧方向盘："是你自己努力的结果，不用感谢我。"

尤念不知他在想什么，心情很好地继续叙旧："你后来还有回去过学校吗？现在学校门口不准摆小摊了……"

话题就这么逐渐地被打开了。

陆清泽一路开车进了小区的地下车库，将车停在尤念的车位。

"好了，你上去吧，我自己走回去。"他解开安全带就要下车。

"等下。"尤念叫住他。

陆清泽一怔，转头，目光灼灼盯住她。

尤念握紧拳头，大胆地和他对视："要……上去坐坐吗？"

二十五岁的尤念，她成熟了很多，神情天真，坦荡纯情，偏又带着丝妩媚诱人。

车里昏黄的灯光朦胧，将气氛渲染得越发暧昧。

陆清泽的目光从她妖艳的眼睛下滑到露在外面的左耳根，小巧莹润，肤白似雪，那里有颗很小的痣，陆清泽的脸一沉。

他几乎是一眼就明白了尤念的想法。她如最香醇的琼浆玉液，可只要他这个酒鬼贪杯，那就成了毒酒，会让他万劫不复。

你忘了自己五年前是怎么过来的了吗？！他心里有个声音重重反问。

"不了。"陆清泽绷紧了唇，语气僵硬。

尤念沉默了几秒，轻声问："你现在是不是很讨厌我？"

当年是自己提的分手，他是不是到现在还很介意被甩这件事，不想和她有任何的牵扯？

陆清泽平静地摇头，声音略低："不讨厌。"

他只是在克制，压抑自己的心魔，他已经不是那个贫穷又无奈的大学生了。她再敢靠过来，他不可能像五年前那样，对她的分手说"好"。

尤念松了口气，倾身缓缓靠近驾驶座上的男人，琥珀般的眸子眨了眨，语调暧昧："那如果我说我想和你接吻，你会觉得我有病吗？"

话音刚落，车内氛围瞬间凝滞起来。她的睫毛卷翘，眼神无辜又魅惑，身上的香味袭来，夹杂着果酒的甘甜。

陆清泽的眼神倏地阴沉，颊边肌肉颤抖了下，脖子上凸起的青筋和急促的呼吸都在暗示——他正在努力地忍耐着什么。他的拳头握起又散开，几乎是用恶狠狠的目光在盯着尤念，仿佛下一秒，他体内就会跑出一个野兽。

尤念的心剧烈地颤了下，她咽了下口水，正要开口说"算了"。

"不会。"陆清泽深吸了一口气，将自己强烈到快要爆发的个人情绪重重按捺下去。

在尤念开口前低沉拒绝："但我不会同意。"

陆清泽的胸膛微微起伏着，气息不稳，他太了解尤念了。

——她是见色起意。

——他却是情根深种。

"尤念，别招惹我。

"我已经不是当时的我了。"

离开前，陆清泽丢下两句话。

尤念坐在车里，看着陆清泽高大的身影消失在车库的尽头。

一向挺拔沉稳的身姿，这次却连背影都透着一股焦躁。

尤念心里也蓦地烦躁起来，她第一次被拒绝得这么彻底。刚刚有一秒，她甚至怀疑陆清泽要掐上自己的脖子。

两人分手时的场景重现脑海。

那是她第一次看到陆清泽情绪失控，那天的他红着一双眼，低低的声音里又带着哀求："念念，不分手好不好？"

父母和陆母的脸轮番在尤念的脑海中出现，那时候她还太年轻，解决问题的方式也简单粗暴，在麻烦和压力接二连三找过来时，她只想快速结束这样的憋屈。

那日的蝉鸣刺耳，他们站在陆家长安巷的路口，巷子两旁的梧桐树极茂盛，繁复的枝丫、树叶错落，挡住了烈日骄阳。

她一身白衣，铁了心要分手。

陆清泽在她的强势态度下沉默了很久，哑着声音说了声"好"。

尤念得到了答案，转身就走。

伴随着一路聒噪的蝉叫声，她轰轰烈烈的初恋彻底宣告结束了。

那几年陆清泽对她好得没话说，可两人之间全部都是尤念主动。尤念有时候恍惚会觉得，陆清泽不是在对"尤念"好，而是在对"陆清泽的女朋友"好。这个人可能是尤念，也可能是赵念、孙念，或是任何一个是"陆清泽女朋友"的人。

陆清泽总是很忙，他有做不完的实验，写不完的报告，一个接一个的比赛。

分手前两人更是连约会都寥寥。

恋人还是朋友，有什么区别吗？既然这段感情是由她死缠烂打开始的，那也由她说结束吧，她放他自由，让他自己选择喜欢的女生。

为了表达自己坚定的立场，尤念删除了陆清泽所有的联系方式。不是没有想过分手对陆清泽的伤害，可每次一有这个念头，她就会想：也许陆清泽并没有那么喜欢自己，他只是习惯了自己的存在而已。

尤念的人生信条：她可能会喜欢很多人，但永远最爱自己。

后来，她再没在A大遇到过陆清泽。

再次看到他的名字，是在学校官网公布的赴美交换生名单里。

尤念知道，陆清泽一直想做最好的芯片，而那会儿，美国的芯片设计在世界上遥遥领先。知道他还在沿着自己的康庄大道往下走，她真的为他开心，同时也暗暗松了口气，陆清泽的目标是星辰大海。

静静地抽完一支烟，回忆也结束了。

陆清泽大概真的很恨她，她以为过了五年，这些都过去了。

原来没有。

尤念自嘲一笑，拎包下车，走进电梯，按下自己家的楼层键，退到一边。

一楼上来一个西装革履的男子，见到电梯里的她，眼底闪过一抹惊艳之色。上升中途，男人将电梯门当成了镜子，几次从里面偷看尤念，尤念本来就心情不佳，眉目一冷，一个眼神扫过去，双手抱胸，神色不善。男人顿觉失态，老实站好，眼睛不再乱瞟。

回到自己不到六十平方米的单身公寓，尤念踢掉高跟鞋，径直去了浴室。

洗好澡出来，导演在微信群里叫尤念一起讨论明天的剧本。等工作结束，已是凌晨时分。

小区的住宅楼一片漆黑，远方市中心的写字楼却是灯火通明，隔了几条马路的商业街上闪着五彩的霓虹灯。大城市的夜晚，总是这样多姿多彩。

"城市慷慨亮整夜光，如同少年不惧岁月长。"

人年轻时总觉得时间很多，人生还长，转眼之间，距离分手已是五个四季轮回。

第二天，尤念被闹钟吵醒。

"情比金坚姐妹花"在微信群里打探消息后约好，周五等薛柔下班一起去喝一杯。

贺缨在群里问尤念，有一个帅哥非常符合她的审美，要不周五带过去。

贺缨之前就想把康饶介绍给尤念了，只是他还在上大学，年纪小不说，经济实力也不如尤念，便没有行动。眼下，既然旧梦不能重圆，那还不如赶紧拥抱新生活，忘掉一个人最快的方式就是和一个新的人在一起。况且，康饶真的挺不错的，虽然气质上不如陆清泽，但两人的五官却有那么几分相似。在见过了陆清泽后，贺缨越发肯定康饶会是尤念喜欢的款，天下男人那么多，何必单恋一棵树？

可是尤念很快拒绝了。

周四那天，剧组要拍一场夜戏，需要强烈的情感爆发，可女主角演不知怎么回事，迟迟进入不了状态，频频NG（出错）之后，导演让大家都休息一下，单独给女主角演讲戏。这么一耽误，等拍好已经是凌晨一点多了。

收工之后，尤念和责编对了一下第二天的拍摄通告，确认剧本没有问题之后才回了家。

洗澡、护肤、吹头发等一系列事情结束，直到凌晨三点，她才躺在了床上。

第二天早早被闹钟叫醒，尤念困得眼睛都快睁不开了。

在剧组待到中午，尤念确认今天接下来的剧本没有问题后，和导演请了假回家。

她迫切地需要补眠。

哪承想，这一睡，就梦到了以前。

那时候，尤念的父母对她实行"放养"政策，只要每晚规定的时间前回家就可以，其余一律不管。尤念除了和自己的狐朋狗友出去玩，就是去陆清泽的家里找他。陆清泽家和她家离得很近，只隔了一条马路。

那时平城那片的城市规划还没有完成，一条马路，两边的风景却是大相径庭——尤念家的那头，是新兴的商业大厦和高档住宅。陆清泽那里，沿着一条长安巷林立的是老旧的楼梯房，因为租金便宜聚集了大量的外来打工人员，鱼龙混杂。

陆清泽的爸爸早逝，妈妈常年在外地打工不在家，而陆清泽平日要给一个初中生当家教，就把家里钥匙给了尤念，方便她过来。

那时候陆清泽家没有空调，窗户开了条缝，电风扇呼啦啦地转着。有天，尤念看完电影，眼角瞥到窗外，天空布满漂亮的彩霞，一轮红彤彤的夕阳要落未落，夕阳余晖渐渐变得稀薄。

那天傍晚的夕阳彩霞，尤念始终忘不掉。那日的天色漂亮得惊人，莫名带着一种悲壮磅礴的美。

当又一次梦到那个布满彩霞的天空时，尤念蓦地从梦中惊醒。

拉开严密的窗帘，外面也已是桑榆暮景，天色灰蓝，和梦里的景色完全没法比。夏城冬天的黄昏总是短暂，暮色昏沉，似乎下一秒就会进入夜晚。

尤念看着窗外逐渐暗下来的天色，尤念想了想，打了个电话给贺缨。

四人约在一家名叫YUE的清吧。复古的装修风格，光线昏暗，环境极佳，驻场小哥的声音充满磁性。总共两层楼，四人选择了一楼的卡座。

清吧小姐姐极力推荐一款叫"情书"的新酒，说会给人带来初恋的感觉。

尤念从善如流点了一杯。

其他人都点好后，贺缨又加了薯条、香肠等小食。

服务员拿着菜单离开，贺缨开始给另外两人介绍："这是康饶，这是我的朋友尤念和薛柔。"

尤念眯了眯眼，打量对面的男人——短短的头发，身上是衬衣、针织衫和牛仔裤，五官俊秀，皮肤白皙。他这么安静地坐在那里时，眉眼真的有几分像他，大学时的他。

"你多大了？"尤念定定看着他。

他身上还带着学生气，和贺缨公司那帮网红不一样。

"二十。"康饶顿了顿补充，"我大二。"

"二十……"尤念小声感叹，"真好啊。"

尤念随手脱掉大衣，里面只有一件吊带黑色长裙，长及脚踝，裙摆点缀银丝，走动起来如水波在晃动。她本身长得美，今晚又特意装扮过，这美色就有些过甚了，优越的身材被衬托得淋漓尽致，脖颈和胸口的肌肤露出来，白得晃眼。

康饶的脸渐渐热了起来。

还好这时候他们点的东西来了，将他的尴尬缓解了几分。

"第一次来这里？"尤念看他似乎不太适应，出声问道。

康饶点了点头。

尤念红唇一弯，玉葱般的手端起酒杯，主动和他碰了个杯："没事，让你贺缨姐姐多带你来几次就习惯了。"

她漂亮的眼睛里透着调笑的意味，康饶的脸一红，喝得急了差点呛到。

于是脸更红了。

尤念轻笑了几声。

康饶更觉丢脸，窘迫不已。

贺缨瞪了尤念一眼以示警告。

"不好意思，我去趟洗手间。"康饶匆匆离开。

他一走，剩下的三个人立即八卦起来。

贺缨："怎么样？帅吧？"

尤念耸耸肩，不置可否。

薛柔点头："帅啊帅啊，就是年纪有点小。"

贺缨摆摆手："年轻好啊。"

她朝尤念挑挑眉："怎么样？考虑一下。"

尤念抿唇笑，和两人挨个儿碰杯："挺好的，我就不耽误人家了。"

YUE的二楼，两个男人正坐在临窗的位置交谈。

"这次回来不走了吧？"和舍友难得一见，刘文炎很是开心。

陆清泽摇摇头："不走了。"

刘文炎："你们最近很牛啊，听说国外的手机都在用你们的CPU。"

陆清泽摇摇头："只是中低端的手机市场，高端市场还打不进去。"

"厉害厉害。"刘文炎连连感叹，"现在都在搞5G了吧？还是做终端？"

陆清泽说到专业，嘴角微勾："第一代芯片已经好了，就等明年上市。现在在做第二代，打算将AI（人工智能）独立出来做。怎么样，有没有兴趣？我们还在招人。"

刘文炎笑："你就饶了我吧，我虽然也在AI行业，但硬件早就不记得了。"

他和陆清泽同为A大微电子专业的学生，毕业后转行做了软件。

"唉，你们公司给应届生多少？"刘文炎好奇。

"硕士。"陆清泽比了个三的手势。

刘文炎点点头："还行了，我们大学毕业那会儿的薪水是真低。"

同为A大毕业生，眼看隔壁软件的拿着自己几倍的薪水，干的活还不如自己多，任谁心里都不平衡，这也是他们专业大多数人转行的原因。

"我们班那么多人，坚持做EE（电子工程）的不超过五个。也就你一个还在做芯片。大多都转CS（计算机科学）了，老陈去搞咨询了……"

说起大学同学，刘文炎真心佩服的就陆清泽一个。大学时就次次拿国奖，把实验室当宿舍，毕了业又能耐下心做芯片，还一路做到了现在的位置，产品远销海外，实在是厉害。

陆清泽不以为意："我专一。"

刘文炎笑骂了句，说到专一，他一下想到了尤念，脸色一凛："你不会还想着她吧？"作为舍友，陆清泽那段瘦得不成人样的时光他是亲眼见证了的。

陆清泽唇抿得很紧，垂眼："没有。我们已经没关系了。"

刘文炎松口气，和他碰杯："那就好。"

"其实后来你出国以后，尤念被骂得挺惨的。"

陆清泽抬头，皱眉："骂？为什么被骂？"

刘文炎一愣，顿觉失言。在陆清泽压迫的目光下，他硬着头皮解释："还不就是把你甩了，学校里的人都说她拜金、嫌贫爱富什么的——"

"她没有。"陆清泽打断他，声音低沉了几分。

她只是不喜欢自己罢了，和拜金有什么关系。

刘文炎干笑两声："过去了过去了，我们学校的人也是挺八卦的，呵呵。"

他们分手后，有人看不过去在贴吧发帖骂尤念，当时刘文炎出于对朋友的义气，看尤念的眼光也有些异样。

"哎，这清吧里漂亮的小姐姐还是挺多的哈。"刘文炎生硬地转移话题，四处扫视。

在移到一楼的某处时，他猛地怔住了，见了鬼了！那个黑裙子的女人怎么那么像尤念？刘文炎的脑子飞速运转，想找个理由换地点。

可是晚了，他对面的男人也已经发现了。

陆清泽的脸色发黑，目光像要杀人。前几天还说想和自己接吻的女人，此刻穿得风情万种，正和对面的年轻男人喝酒，大片雪白的肌肤露在外面，笑得眉眼弯弯。陆清泽手背上的青筋渐渐凸起，看这笑容分外刺眼。

"抱歉我去个洗手间。"尤念和三人说了声就离开了。

她对着镜子补妆，头发全数撩到背后，喝得有点多了，脚步都在飘。

是时候回家了，尤念走出洗手间，打算和三人说声就此散伙，各回各家。刚走到拐角，一只强劲有力的大手以雷霆之势抓住了她的手腕，力气之大，尤念的骨头都在疼。

她震惊地抬起头，和陆清泽冰冷的眼神对个正着。

第二章

别生气了

"你怎么在这儿？"尤念下意识地问。

"那你呢？"陆清泽冷着脸问，"这么急着找新人了？"他都看到了，那个男人的目光频频投在她的身上，另外两个女的不过是作陪而已。

尤念歪着头，顿觉好笑："我和朋友来喝酒，不行吗？"

陆清泽闻到她身上的酒气，皱眉："我送你回去。"他不由分说，拉着尤念一路回了她的卡座。

"不好意思，她喝多了，我先送她回去。"陆清泽神色冷静，对着那三人说。

"哎！"贺缨站起身来，刚要说话，眼角瞥到尤念缓缓摇了摇头，便止住了话头。

"陆，陆神？"薛柔完全惊呆了，愣愣地看着两人。

陆清泽看向薛柔，认出她是尤念的大学舍友，他朝两个女人点点头，将尤念位置上的外套披在她身上，盖住她那玲珑身段。临走前，目光从康饶的脸上淡淡扫过。

康饶没来由地被那一眼震慑住了。"那个男的是谁啊？"眼见两人消失在大门口，康饶这才反应过来，怔怔开口。

没有人回答他。

贺缨和薛柔还没有完全反应过来："念念不会有事吧？"贺缨看向薛柔。

薛柔坚定地摇头："不会，陆神不可能伤害念念的。"

"你怎么知道？"贺缨狐疑。

薛柔想起大学时光，撇了撇嘴："只要你看过他们在一起的样子就不会这么问了。"

当时大家都说，帅哥美女的组合很难长久，因为都是从小受追捧长大的，很难相互包容。

薛柔一开始也这么想过，可她和尤念当了四年的舍友，亲眼看到陆清泽对尤念有多好。尤念长得美，小姐脾气也不小，可她从来没有看到陆清泽对尤念生过气。

有一次，陆清泽去外地参加一个比赛，要在实验室待三天两夜不能外出，比赛结束的那一天，尤念接到陆清泽的电话，那时候她正和舍友在打扑克。

陆清泽的视频邀请被尤念切换成了语音。

"念念，让我看看你。"他的声音不大，可其余几个人都听得到。

"不要，我在玩牌。"尤念正玩得开心，一口回绝。

"那等你玩好，我们再视频好不好？"

尤念又拒绝了。

她的脸正过敏，不愿意视频，匆匆说了两句就想挂了电话继续玩。

手机里传来陆清泽温和磁性的声音："可是我已经看了好几天你的照片了，很想你……"

这句话说完，宿舍的人都呆了。

谁也没有想到，两人私下相处是这个样子。毕竟，陆清泽在大家眼中是高不可攀的"学神"级人物。

后来尤念做了个"等我"的口型，拿着手机去阳台了。

舍友A感叹："要是我男朋友这样，我肯定开心死了。"

另一个则说："要是我像尤念这样，我男朋友肯定会生气。唉，美女就是有任性的资本。"

舍友A反驳："可是陆神也很帅啊！还特别优秀，我男朋友要是这样好我肯定宠着。"

没过一分钟，尤念就回来了，电话也挂掉了，谁也不知道她说了什么。

最后两人分手，尤念头上的"渣女光环"就没取下过。

陆清泽不会做任何伤害尤念的事，薛柔一直这么坚定地认为。

能让身边所有人都觉得提分手的尤念十恶不赦，他该有多爱她啊。

陆清泽拉着尤念到了门口，松开她的手腕，将她的包拎在手里。

"穿好衣服。"他口气微硬地命令。

尤念"啊"了一声，没反应过来。

陆清泽微微不耐烦，自己动手帮她把大衣穿好，又将扣子一个个扣好，连最上面那个也不放过。确保衣服整整齐齐了，陆清泽低头，对上她略显茫然的眼神："开车没有？"

尤念摇摇头。她早就计划要喝酒，打车来的。

"我送你回去。"他拉起尤念的手腕往自己的车位走。

夜晚的气温低，尤念的手腕却在隐隐发热，似乎能隔着一层大衣感觉到他手心的温度。到了车前，陆清泽打开副驾驶位的车门，让尤念上车。尤念乖乖地上了车，系上安全带，如果她没看错，之前陆清泽的身上是带了怒气的。他气什么？尤念的头有点疼，大脑也有些运转不过来了。

潜意识里，她知道陆清泽不会伤害自己，所以即便觉得他现在不冷静，她也还是跟着出来了。

陆清泽坐上驾驶座，发动车子，打开空调，热风将寒气吹散不少。

尤念揉了揉自己的眉心，将椅背调整到舒适的角度，闭上眼睛道："我住十六楼，1608。"

陆清泽看着她完全不设防的样子，心中烦躁。她就这么放心吗？如果是那个男人呢？嘴上说着想和自己接吻，被拒绝后转头就去找了个帅哥。如果他刚刚没看错，还是个年纪很轻的男人。

陆清泽的心里不是滋味："你现在连未成年都不放过了？"

尤念昏昏欲睡，下意识"嗯？"了一声，声音不大："人家成年了，都二十岁了。"

"二十？"陆清泽气笑了，"然后呢？"

尤念沉默了好久，突然喃喃出声："他和以前的你挺像的。"

只是少了那种沉稳的气质，陆清泽一直有着同龄人没有的成熟与稳重，很容易让人依赖。

尤念轻飘飘的话传入耳中，陆清泽的心脏重重地颤了一下，透过后视镜看，尤念已经歪着头闭上眼睛，似乎睡着了。刚刚的话，更像是梦呓。

陆清泽叹了口气，在前方的路边停下，将自己的外套脱下，倾过身子盖在尤念的身上。

一路顺畅，将车开回小区，陆清泽在尤念家楼下找了个临时车位。车子挂了P挡，空调依然开着，陆清泽没有动作，静静地坐在车上。

尤念睡了一路，白净的脸变得嫣红，一对弯眉下，睫毛像刷子般垂在眼睑，如瀑的长发散落胸口。她呼吸平稳，睡得香甜。

睡着了倒是乖巧。

当陆清泽发现自己竟然有些贪恋这一时的静谧时，他猛地关掉了发动机。

"起来，回家睡。"尤念睁开眼，只见陆清泽站在外面，正蹙眉看着自己。车门开着，冷气一下子就钻了进来。

尤念环顾四周，认出是自己家的楼下。她解开安全带，下车时却因为喝多了，脚步一个踉跄差点摔倒，陆清泽眼疾手快地扶住她。

尤念道声谢，被他连拉带扶地拖进前厅。她是真的喝多了，现在酒劲上来，穿着高跟鞋踉踉跄跄。进了电梯，陆清泽就松开尤念，按下十六楼的按钮。尤念抬起昏沉的头看过去，右前方的男人目不斜视，鼻梁笔直，下颌线流畅，白衬衫扣子开了一颗，露出一些锁骨。

有些诱人。

有一瞬间，尤念以为自己又在做梦，回到了他们还在一起的时候。

到了十六楼，尤念脚下不稳，自动抱住了陆清泽的手臂。

男人的身体猛地一僵。

"我头晕……"尤念小声说。

陆清泽低头，女人红透的脸贴着自己的手臂，眉头不舒服地皱着，身体歪歪斜斜，站都站不直。"你喝了多少？"陆清泽皱眉，一边往她家走一边低声教育，"你一个人住，喝多了谁照顾你？"

开了门，他还在继续念叨："出于认识，我也必须提醒你。你二十五岁，不是小孩子了，怎么能在初次见面的男人面前……"

尤念头昏脑涨地看着他，斯文俊秀的五官在月色中越发英俊，轮廓线条清晰分明。

"吵死了。"她想也不想地，踮起脚吻住了陆清泽还在说话的嘴。

她以前很喜欢用这一招，百试百灵。果然，男人的声音立刻消失了。

黑暗中，两人的双唇相碰，触感柔软，也只是接触着，谁都没有动作。尤念亮晶晶的眼睛定定地和他对视，眼神有丝挑衅和狡黠。

她一向这样，接吻不喜欢闭眼，习惯将主动权握在自己手中。见陆清泽没有反应，她钩住他的脖子，使两人贴得更近，然后微微张唇。

陆清泽的呼吸一沉，掐着她腰的手猛地收紧了。

"好喝吗？"尤念蹭着他的唇，轻声问。

"你不是问我喝了多少吗？"尤念的唇移到他的耳边，声音像被酒泡得微醺，"我喝的酒叫'情书'，说是初恋的味道。"

尤念轻哼一声："什么初恋的味道，酸得我牙都快掉了。"说话间，尤念醉人的气息喷洒在他的耳边，如同羽毛在陆清泽的心尖轻挠。

"想想也还挺贴切的是不是？"尤念自嘲地笑笑，松开陆清泽，踢掉高跟鞋往里走。

陆清泽在原地站了一会儿，走进卧室的时候，她已经脱下大衣躺在床上了。黑色布料贴着身体，她姣好的身材一览无遗。

"尤念，你这是做什么？"他沉声问，有丝不易察觉的紧张感，他刚刚几乎用尽了所有的自制力，才没有回吻过去。

尤念的声音越来越小，拉过被子随意地盖在身上。她的一只手搁在额头，眼睛合上，唇紧抿着。

见人似乎已经睡着了，他拧着眉将她裸露在外的手臂收进被子里，她的手臂冰凉，和陆清泽干燥温热的手心形成了鲜明对比。把被子掖好，陆清泽抬脚打算离开，闭着眼睛的人突然出声："卿卿。"

陆清泽的脚步一停，转头看过去。

"卿卿"是尤念给他起的小名，取他名字的谐音。她说古代的人都这么称呼亲爱的，这样叫亲密又独一无二。

尤念大概是做梦了，睡得不踏实，嘴里呓语不断。

陆清泽凑近，听到她说："没卸妆……"

尤念爱美，他是知道的。

陆清泽叹口气，环顾四周，目光精准地定位到了她的梳妆台。帮尤念卸好妆，陆清泽走到厨房，打开冰箱和柜子看了看，果然食物匮乏。

他挽起袖子，拿出罐子里的小米，熟练地淘米、放水，在电饭锅上预约好第二天的时间。

做好这一切，他走回尤念的卧室。

尤念已经睡熟了，胳膊也老老实实地放在被子里。她素颜的样子和大学时并没有什么区别，潋滟的眼睛闭上，那股妖艳的气息就弱了几分，看上去多了些可爱温顺。

安静地看了一会儿尤念的睡颜，陆清泽想起她亲吻时说的话。

"你觉得我们的过去很酸吗？"他轻声反问。

房间很安静，没有人回答。

半晌，他苦笑着开口。

"可是我觉得很甜。"

即使知道结果，他肯定也无法拒绝那个闪闪发光奔赴自己的少女。

陆清泽很小的时候父亲就因病去世了，留给孤儿寡母的，是一笔笔未还清的债务，为了儿子的学业和还清丈夫的债务，陆母不得不一个人打几份工。她没有护肤品、化妆品，也没有漂亮衣服，本来貌美的女人被生活所迫，看上去比同龄人要老上好几岁。唯一值得欣慰的，就是儿子陆清泽的成绩非常好，几乎每次都是班级第一。

有段时间，债主频频上门，看到母子俩的情况也只有叹气。

"再给我一点时间，我肯定会还的。"妈妈经常对着来人低声下气地恳求。

小小的陆清泽坐在小凳子上写作业，面上没有表情，笔尖却用力得几乎戳破本子。这讨债的场景实在太常见了，常见到他可以面不改色地继续做功课。他很早就知道，自己必须努力学习，以后才能赚钱，帮家里改善生活。

"万般皆下品，唯有读书高。"陆母经常这样说。

中考之后，陆母将房子卖了，大部分的钱还了债。

还剩下一点钱，她带着陆清泽搬去了平城，那里是陆母的老家。

陆清泽的外婆在乡下，为了方便陆清泽上学，陆母在长安巷租了一个房子，老式的楼梯房，六十多平方米，两室一厅。

安顿好儿子后，陆母又匆匆踏上了打工之路。

对于当时的陆清泽来说，在哪里都一样，只是换一个地方而已。他的人生是一列只能精准前进的列车，容不得任何的意外和差错。

那时候，他是班长。

一次体育课，他被叫回去帮忙，路过教室的后门时，看见里面有两个借口不去上课的女生——尤念和她的朋友。他本想直接过去，可在听到自己名字的时候止住了脚步。

"你真的要迎难而上去跟班长做朋友啊？"尤念的朋友很惊讶。

尤念坐在桌上，白皙纤细的手臂撑着桌面，笔直的小腿晃啊晃。她笑眯眯地点头："有没有什么建议？"

朋友想了想："要不然你送班长东西吧？拿钱砸就完事了。"

陆清泽抿着唇，低头看了眼自己洗得发白的球鞋，自尊心和自卑心重如磐石，压得他难受。下一秒，只见坐在桌上的少女皱起了好看的眉，嫌弃不已："这好俗啊。"

陆清泽愣了下，转身离开了。

第二天早上五点多，陆清泽照常在公交站台等车，尤念竟然也出现了。

她穿着秋季外套，拉链拉开，长发束起，露出干净明艳的脸。

"早啊！班长！"她神采奕奕地打招呼，明亮的眼睛弯得像月牙。

陆清泽对她的行为不以为意，她这么一个娇小姐，习惯了私家车接送，能坚持几天早起呢？可谁知，她愣是从秋天坚持到了冬天，每天早上精神饱满地和他打招呼，上了车就坐在他的旁边开始打瞌睡。

"班长，到了叫我。"她的脑袋如小鸡啄米，马尾辫的发梢被风吹着拂过他的脸颊。

陆清泽没来由地心烦意乱："困就坐自己家的车。"

尤念一口回绝，表情坦荡极了："不要。"

陆清泽于是不再说话，随她去了。

后来有一天，她迟迟未来。陆清泽看着旁边空荡荡的站台，松了口气，这样最好。公交车按时到了，他上了车，车子发动前，后面传来些许声响，他下意识回头，只见一个纤细的身影跟在车后面跑，尤念清脆的声音也随之而来："师傅等等我！"

司机是认得这两个相貌出众的学生的，随即停下来等她。

尤念气喘吁吁地上了车，赶到他身边不由分说地坐下："天，累死我了。"

陆清泽动了动唇，听见她委屈巴巴的声音"我从来都没起这么早过呢……"他听出了她话里的意思，陆清泽侧头看向她皱着的眉，没有回话。

陆清泽的生命如同电视上放映的黑白电影，规规矩矩，陈旧中伴着喧哗的噪音。可尤念不同，她明目张胆又肆无忌惮。她长得美，做事高调，朋友很多，兴趣也丰富。

陆清泽在遇到她之前，他从来没想过其他，念大学和她在一起后，他甚至开始幻想婚姻。

事实证明，他果然是想多了。

只是谈恋爱而已啊，她想结束就可以结束了。

大二的暑假，陆清泽留在学校赶一个项目。他每天住在实验室，搭平台，跑流程，紧赶慢赶还是没来得及在尤念生日前回去。

好像总是这样，他真的太忙了，很难抽出时间来陪她。

尤念的二十岁生日，是和她的朋友们一起过的。好在，尤念一直不缺朋友，对他抱怨几句也就过去了。

八月初的时候，他们实验室的项目终于成功完成，拿到了省一等奖。省里的奖励和学校的奖励加起来，是一笔不小的奖金。

那时候，家里的债务已经还清，他所有的奖学金除了用作学费和生活费，其他的都被他攒了起来。

炎炎夏日，他怀揣着自己攒下的所有"巨款"去了夏城市中心的商场，和尤念在一起的时间里，他几乎没有送过她什么贵重东西。

可现在是她二十岁的生日，不能随便。

他想挑一对戒指。

陆清泽对品牌的认知有限，但他认识尤念常戴的那款项链的品牌，想也不想地，他去了那个品牌专柜。说明来意，柜台小姐很热情地介绍自家的对戒系列。

那是五年前，物价还没有这么高。一对戒指，小一万块，陆清泽没有犹豫地买下来。买好以后，他的银行卡里只剩三百块了，他需要用这三百块坚持到开学以后的奖学金下来。

回去的路上，他顶着大太阳，汗水浸湿了他的衣衫。他摸着兜里的银行卡，在心里默默计算自己的开支该怎么安排。

他可真穷啊，可是也很开心。他想，尤念应该也会很高兴吧。

回到平城后，他迫不及待地想和尤念见面，把戒指给她戴上。他有信心，他买的尺码一定是合适的，因为那是他牵过无数次的一双手，熟悉到只看戒指就能挑出适合她的尺寸。

那天，两人约在他家长安巷的巷口。

可谁知，他等来的却是分手的消息。炎夏烈日，陆清泽一瞬间全身发寒，如坠冰窟，他下意识地就找自己的原因："是不是我最近项目太忙了一直没有陪你？"他声音都在发颤，"我现在忙完了，我……"

"能不能不分？"他艰难地开口。

可尤念冷淡的神情已经说明了一切。

陆清泽的裤子口袋里还装着戒指，他的手伸进去，颤抖着抓住那红色盒子，冷汗沁湿了手心。

他想问，是不是因为他没来得及赶回来给她过生日？是不是怪他平时都在实验室没空陪她玩？是不是因为他太穷了，连个像样的礼物都没有？

他想说，我买了生日礼物的，只是迟了一点。我这个暑假剩下的时间都不打工了，全部都用来陪你好不好？

他想说……

他想说的很多，可是他的唇颤了又颤，最终只说了个"好"。

她想分手，他能怎么办呢？他已经习惯了宠着她，宠到连分手的理由也迁就她。尤念转身以后，他看着她的背影消失在马路对面，那里有繁华的商圈和高档的住宅，那才是属于尤念的，而他这里，只有低矮破旧的楼房和杂乱狭窄的巷子。

陆清泽捏紧了手心的红色小盒，他攒了好久的钱买的戒指，也许只是尤念的几顿饭钱。他有什么资格挽留她呢？

陆清泽扯了扯嘴角，转过身。刚走了几步，他低头剧烈地呕吐起来，胃里翻江倒海，他弓着身子，双腿发软，青筋凸起的手撑在旁边的梧桐树上，对着地面吐了好久，胆汁也被吐出来，嘴巴里又酸又苦。直到吐无可吐，他还在干呕。

良久，他粗喘着气，抹掉嘴角的血丝，迈着虚浮的脚步回了家。

……

高川在休息室，气愤不已："你到底听我说了没有啊？"

陆清泽的走神被打断了，抬眼处一片烟雾缭绕。

高川在陆清泽的面前烦躁地走来走去："现在淮芯那边的项目延期，我们根本找不到人拼版流片，sample什么时候才能出来？我还要见客户呢。"

陆清泽叹气："找联基确认过了？其他芯片公司呢？"

着实不能怪他走神，高川已经用车轱辘话抱怨了一早上了。

"确认过了。"高川不满，"我就知道淮芯不靠谱。唉，他们不会故意拖工期吧？这还有一个月都过年了，再拖得年后了。"

"不至于。"陆清泽摇头，吸了口烟，"不和我们拼版，他们也找不到别家了。"

"7nm（纳米）的制程，流一版千万美金，他们也是谨慎。"

高川："那怎么办？我们就等着他啊？"

"不等。"陆清泽摇头，淡淡出声，"我们自己流，不和他们拼了。"

他吐了口烟，白雾很快散开："我一会儿找PM（产品经理）说，年前必须做出来。"如今时间就是金钱，做出芯片回来还要测试与联调。这流片的钱，花就花了。

高川双掌一拍，乐了："那最好了。你放心，你'烧'的钱我们会赚回来的。"

陆清泽轻笑一声。此时，休息室的门被敲响了。

"陆总，外面有一位尤小姐想见你，但是她没有预约。"助理打开门报告。

陆清泽沉默了几秒："请她去我办公室等下。"

助理应了声"好"出去了。

尤念早上照例被闹钟叫醒。她裹着被子坐起身来，发现自己还穿着昨晚的裙子，扶着额头想了一会儿，记忆依旧不太清晰。

她只记得自己喝多了，陆清泽送她回家。至于两人说了什么则完全记不清了，尤念摇摇头，打算先洗个澡再说。妆一晚上没卸，不知道自己的脸成什么鬼样子了。

刚走到客厅，一股米香味从厨房传了出来，尤念的脚步一顿，迟疑着走向厨房。电饭锅"咕咕"冒着热气，面板显示保温两个小时了。

打开，里面是黄澄澄的小米粥，不用说，这"田螺先生"就是陆清泽了。

心口涌上一股暖流，她关掉电源，转身走向浴室。路过洗漱台的镜子时，尤念愣了下，对着镜子伸手摸向了自己的脸，妆……也卸了。

几乎一秒钟，她就想起了两人还在一起时，她犯懒躺在床上，陆清泽用卸妆巾帮他卸妆的样子。一开始她还总是嫌他力度太小，卸不干净，他就好脾气地解释是因为她皮肤太嫩，他怕用力会弄破。

后来次数多了，他的力道就掌握得很好……

尤念叹气，既然不想让她再招惹他，又对她这么好干吗，习惯吗？礼貌吗？

洗好澡出来，尤念收到了闺密群里的消息。

贺缨：大作家，昨天没发生什么吧？

尤念发了个摇头的表情包。

贺缨松了口气：那你觉得我们康康怎么样？他对你很有好感！

尤念：下不去手。

薛柔：还是陆神好。

贺缨：先接触看看呗，你又没男朋友。

尤念想了想，扯掉自己的干发帽回话。

尤念：等年后吧。过年家里估计又要让我相亲，让我去会会是哪家倒霉蛋被我父母看中了。

尤念从小住别墅，不愁吃穿用度，家里有保姆和司机，看似是个幸福的一家三口，但父母关系却不怎么样。

爸爸是生意人，非常忙，对尤念的要求就是安分读书，不要惹事，以后混个大学文凭，其他的事他都不管。

妈妈因为爸爸出轨，对感情十分不信任，早早就跟丈夫分房睡，拿着钱在别的地方潇洒，长期不着家，对尤念也是不闻不问。妈妈一直给尤念灌输的观念就是"爱情无用论"，没有什么是真的，只有钱才是。

夫妻俩各玩各的，偶尔应酬需要，两人就一起出现做戏。

尤念活得肆意张扬，她长得好看，有用不完的钱。在家里没有的存在感，在学校轻易就可以得到，同学们都羡慕她的美貌和财富。

可是在这样的家庭氛围下，她的感情观一直是畸形的。她不知道现实里的恩爱夫妻是怎么相处的，所以她也从不写"王子和公主"在一起的婚后生活。她的小说从来都是狗血纠结到最后，以两人在一起结束。

尤念原本也以为自己父母会保持这种表面关系一直到老，可万万没想到，大学时她爸爸的生意出了些问题，投资失败导致家庭经济状况一落千丈。

破产是没有，但和从前是没法比了。奇葩的是，她父母的感情反而因此好了起来。这大概是一个"只能共苦不能同甘"的现实主义故事，而统一战线之后的父母，双双将目光放在了自己女儿身上。

他们这才发现，自己如花似玉的女儿，居然和一个住长安巷的穷小子好了，还谈了好几年。这怎么行？他们立马勒令女儿分手，要给她介绍其他家境优越的对象。

尤念当然不同意，气得跑出了家门。在陆清泽家的巷口，她遇到了陆母，当时陆母已经回到了平城，找了份稳定的工作。

见过陆清泽的母亲后，尤念就接受了父母的意思。

分手后，父母就开始不断介绍"青年才俊"给尤念认识。尤念来者不拒，一一去见面约会。然后，成功地给自己立了个风流又高傲的人设，每一个约会对象，她都能快速地令对方知难而退。

几年下来，她在平城那里的名声已经是毁了，几乎人人都知道，尤念骄纵任性又眼高于顶。父母被她气得不行，这半年彻底不管她了，也不知道是不是放弃了。

贺缨：你还要回去过年啊？

尤念：没办法，不想让我奶奶担心。

尤念和父母的关系闹僵后，平时基本就不回家了。可过年时奶奶也会在，那是她很在乎的人，老人家年纪大了，她不能让奶奶为自己伤心。

贺缨和薛柔对尤念家的情况是知道一些的，便没有多问。

尤念吃好早餐，出门时赫然发现地毯上多了一枚袖扣，沉稳的黑色，款式简单大方。尤念捡起来放进包里，打算还给陆清泽并顺便谢谢他。

这是尤念第一次来二十九楼。

二十九楼的装修比二十六楼更加大气一些。透过透明的玻璃门，能看到里面是冷冰冰的灰白色调，极具科技感和现代感的装修风格，玻璃门旁边，是一个方形的黑色屏幕。

尤念凑过去，自己的脸随即出现在了屏幕上。这是什么？对讲机吗？

"你好，你找谁啊？"旁边的玻璃门开了，一个妆容精致的年轻女人从里面走出来问尤念。

尤念弯唇："你好，我找陆清泽。"

"陆总？你有预约吗？"

尤念摇了摇头。仔细想想，他现在身份不一样，自己直接上来似乎是有些冒失了。

"那您等一下，我去问下。您贵姓？"

来都来了，尤念对着她笑了笑："免贵姓尤。"

又等了一会儿，尤念被恭敬地请进了陆清泽的办公室。

"您好，我是陆总的助理Yuuni。您想喝点什么？"Yuuni礼貌地问。

尤念摇摇头："不用了谢谢，我很快就走。"

"那我给您倒杯温水。"Yuuni很是礼貌。

助理走后，尤念环顾四周。陆清泽的办公室很大，是灰色的主色调，门对面是一扇巨大的落地窗，视线很好。冬日稀薄的阳光从窗外照进来，在白色地面投射出一片金色的影子。办公桌很整洁，和上学时的课桌一样干净又整齐。

尤念的目光扫过去，被一个白色的东西吸引了注意力。她走上前凑近观察，发现是一个狐狸造型的小东西，雪白的金属机身，身后一个大尾巴，四条腿很短，眼睛部分黑黢黢的，像一个小型屏幕。尤念觉得可爱，正想拿起来仔细观察，身后传来了陆清泽的声音。

"那是机器人。"

尤念一愣。机器人？她还以为是个玩具。

"它能做什么？"她好奇。

陆清泽走过来："和你说话。也可以操控家里的智能设备。"

尤念想了想，有些明白了："类似于Siri？"

陆清泽点点头："差不多吧。"

"这是你们公司的产品吗？"她还没有在市面上见过这种机器人。不过他们公司不是做芯片的吗？

陆清泽沉默了几秒，摇头："不是，我自己做的。"看到尤念略显茫然的脸，他心里顿时了然，她肯定不记得自己曾经说过的话了。

算了……

陆清泽："你来找我，有事？"

尤念"哦"了一声，从包里掏出那枚袖扣，伸手："还你，我明天就要回平城了，谢谢你昨晚送我回去，还帮我煮了粥……"卸妆什么的有些亲密，尤念就省略了。

陆清泽也不在意，从尤念摊开的手掌上拿过袖扣。温热的指头擦过她的掌心，微微有些痒。

"不用客气。"陆清泽淡淡地睨着她，"毕竟我们相识一场。"

果然是这样。尤念垂下眼："嗯，那我走了。"

走到门口的时候，她的身后传来陆清泽幽幽的声音："你昨晚说的是真的吗？"

昨晚？尤念的眉心一跳。她转过头，困惑："我说什么了？"

陆清泽的目光深沉，背着光的身形颀长挺拔。他静静地和尤念对视了会儿，败下阵来似的吐了口气："没什么，你回去吧。"

尤念出了他办公室，目不斜视地往前走，不期然和一个大波浪的女人擦肩而过。

"刚刚那是谁？"明芷回头看向那窈窕的背影，心下一沉。

Yuuni朝尤念看了眼："哦，一位尤小姐，来找陆总——"

"啪"的一声，明芷手上的文件掉到了地上，她手忙脚乱地蹲下身捡，再起身，面色已经苍白如纸。

"你没事吧？"Yuuni关心地问。

明芷机械地摇摇头，将文件递给她："麻烦帮我送给陆总签字，我在这儿等你。"

尤念走后，陆清泽坐回自己的位置上，目光定格在桌上的小狐狸上。

女孩子清亮的声音从遥远的记忆中传来。

"你们的机器人就是这个鱼啊？也太丑了吧。"

"那你喜欢什么？"

"可爱一点的小动物啊，比如猫咪、狐狸之类的。"

……

她随口说的话，当然不会记得。

陆清泽想到昨晚尤念醉酒后的呢喃，皱起了眉。她想和自己……是想……复合吗？

门口传来了敲门声，一声"请进"后，Yuuni抱着文件过来。

陆清泽签好字，揉了揉眉心，"对了，明天我在外地，有急事电话联系。"

Yuuni点点头："需要我为您订票吗？"

"不用了。"陆清泽心情不错，难得地解释了一句，"一点私事。"

尤念一下飞机就联系上了厉子阳。

厉子阳比尤念大一岁，两人住得近，从小关系就好。得知他的位置后，尤念很快找到了他的车。

厉子阳这个骚包将墨镜推下来，挑眉，对着尤念吹了声口哨："美女！"

尤念轻笑了一声，懒得理他。

"去哪儿啊，大小姐？"厉子阳长了一张痞帅的脸，一双桃花眼不知迷了多少小姑娘，他的女朋友就没断过，换了一茬又一茬。不过这人虽然在男女关系上有些混账，对待朋友倒是极好的。

"酒店，就新中旁边那个。"尤念系好安全带。

厉子阳看向她："真不回家？"

尤念一口回绝："不回！"

厉子阳叹口气："哎，我听说叔叔阿姨打算过年的时候让你相亲呢。"

尤念"啧"了一声："他们还没放弃我啊？"

厉子阳抿唇："这样也不是办法。不如你找个男朋友算了。"

"不要。"尤念皱眉，"谈恋爱麻烦死了，而且我上哪儿找符合他们要求的男朋友。"她好像丧失了喜欢人的能力，也没有恋爱需求。

厉子阳沉默了半晌，半开玩笑道："不然你和我凑合下得了，我现在单身。"

尤念和他贫惯了，当即笑道："少来！不要玷污我们纯洁的兄弟情。"

厉子阳抿唇，正色问："这次回来待几天？"

"明天过了元旦回去，我还有工作。"

两人聊了一路的天，很快就到了尤念订好的酒店，将行李放好，尤念和厉子阳一起吃了顿饭才回去。

演讲和签售在下午的三点，尤念在酒店细细化了个妆。眉毛长而弯，眼睫毛刷得根根分明，纤细卷翘，棕色眼线从内眼睑拉出来，配合大地色系的眼影，让她平日偏冶艳的眼睛多了几分柔和。

因为是去学校，尤念的妆化得比较淡，连口红也选了温柔的豆沙色。

当她抵达学校的时候，才下午两点，尤念按照之前联系的，去了李老师的办公室。

"老师好。"尤念笑眯眯地打招呼，将手里的礼盒递给老师。

"哎呀，你送什么东西啊？！"李老师一边责备一边忍不住笑。

李老师打量尤念，心中开心："真是女大十八变啊，越来越漂亮了。"

"难道不是一直这么漂亮吗？"尤念开玩笑。

"你啊你……"李老师无奈地笑。

寒暄了一会儿之后，尤念和李老师一起去了阶梯教室。

教室里，已经坐满了学生。

"明天就元旦了，今天给学生们放松一下。"李老师笑着说。

尤念看着那一双双写满好奇与期待的眼睛，有些感慨。他们拥有的青春和稚气是自己再也不可能拥有的。

她坐下，试了试话筒，用笔名和大家问好。

"学弟学妹们，大家下午好。我是挽白，也是你们的学姐。"

话音刚落，台下立即响起了掌声和激动的议论声。

"好漂亮！"

"妈呀！挽白居然是我们学校的！"

"我是挽白的忠实书粉，天啊！我好激动！"

尤念稍稍等了一会儿，正式开始今天的演讲。

"我们自家人就随便聊聊天，今天看到大家，一下就勾起了我的回忆。记得一开始进入这所学校时，我是后悔的，因为啊，我们军训的时间就比别的学校长……"

尤念从自己的学生生涯讲起，很快就拉近了和台下学生的距离。一场演讲，大家听得津津有味。

"我知道，你们现在也许会抱怨课业的繁重、考试的压力，或许还有一些其他的烦恼……"说到这里，尤念沉默了几秒，语气里有丝眷恋，"可是你们知道吗？等你们真的毕了业就会发觉，老师向你丢的粉笔头，运动会操场旁的呐喊，写满了笔记的书本，甚至午后阳光下跳跃的细小粉尘，都会是你特别怀念的存在……"

陆清泽戴着黑色口罩坐在最后，幽深的眸子紧紧锁定台上光彩照人的女人。

尤念的抒情一不小心就丰沛了些："你回不去的，不只是校园生活，还有十几岁的青春岁月。等十年后，你们回到这里，也许只会淡淡地感叹一句：啊，这是我坐过的椅子，这是吃过的二食堂的蛋炒饭……"

台下好多人都心有戚戚焉，有些女生甚至感动得快哭了。

再一看老师，脸上的表情好像有些不太对。

尤念连忙收住，绽开一个明媚的笑："哎呀，好像说得太伤感了。大家能坐在这里，肯定都是很优秀的人。其实我的意思呢，就是希望大家享受校园生活，Enjoy（享受）一点！"

一番祝福后，演讲结束。接下来的是提问环节。

几个中规中矩的问题后，话筒最后交到一个扎着马尾辫的女生手里，她问出了很多人都想知道的问题："学姐这本《漫长的小时光》讲的是一个双向暗恋的故事。那请问学姐有喜欢的人吗？"

这个问题一出，台下顺势一片起哄声，学生们似乎总是对这类问题特别感兴趣。

尤念听完问题，神情有一丝恍惚，指头无意识地在桌上轻敲了几下。

"我啊……"她弯唇，眼睛亮如星辰，"我没有哦。"

在同学们失望的声音中，尤念补充："不过，在大学的时候……"她的声音变得轻柔温和，似乎陷入了追忆，"和大家一样，我也追逐过长得好看、个子高高、成绩还优异的男孩子，就是那种穿着普通在人群中也闪闪发光的男生……"

陆清泽的心顿时被重重一击，手臂肌肉绷紧，握拳的手背青筋凸起，指甲将手心掐出了深深的痕迹。

一个小小的签售会结束后，尤念回到李老师的办公室，竟意外地看到了陆清泽挺拔的身影，尤念一愣："你——"

李老师兴高采烈地打断了她："你们一起来啦，真是太难得了，一会儿我找别的老师帮我看自习，你们去我家吃饭！"

尤念不解地看向陆清泽，他是怎么让老师误会的？

在她解释前，陆清泽已经答应下来："好。"

李老师顿时开心地走向一旁打电话回家了。

陆清泽微微俯身，低声在尤念耳边说："别扫老师的兴了。"他温热的呼吸喷洒在尤念的耳垂，磁性的声音诱人。尤念一向对他的低音没有抵抗力，瞬间就被说服了，行吧，被误会又不会少块肉。

李老师家就在学校对面的小区，走路不过五分钟，再次见到自己的得意门生，李老师高兴得要求陆清泽陪自己小酌两杯。

尤念想起上次吃饭时高川的话，开口帮陆清泽推拒："老师我陪您喝，我酒量超好！他胃不好就算了吧。"

陆清泽侧头，黑眸凝视着尤念精致的侧脸轮廓，喜悦一点点荡漾开，在帮自己挡酒吗？他不得不承认，即使是在两人现在这样的状态下，她一点点的关心也足以让他欣喜不已了。

"哦？"李老师也不是强人所难的人，"那就算了。"

"没关系。"陆清泽对上尤念的眼睛，里面似乎掺杂着担忧和不解。

他拿起酒瓶给老师倒酒："我少喝一点没问题的。"

酒过三巡之后，三人一起回忆起过往。

李老师脸喝得通红，想到尤念那时候的样子还是又爱又恨。他是真的欣赏尤念的才气，可也真是烦恼于她肆意张扬的性子。李老师感叹不已："我教了这么多年语文，也没见谁有你那么嚣张了！"

尤念知道李老师说的什么，笑眯眯地："是不是很惊喜？"

"惊喜？快被你气死！"李老师小酌一口。

陆清泽嘴角也溢出淡淡的笑。

尤念弯唇，眼睛在灯光下如同流光溢彩的宝石："老师你应该夸我。"

"夸你？"李老师没好气地瞪她一眼，"没骂你都是好的！"

尤念吐了吐舌头："我去切点水果。"说完就溜去厨房找师母了。

陆清泽笑着敬老师酒，李老师和他轻轻碰了一杯，温和地笑了："我看这丫头的性子一点没变，就知道这些年你肯定是把她给惯坏了。"

陆清泽垂下眼，低低的声音里带着不易察觉的酸涩："应该的。"

他也想这样，可是尤念并没有给他这个机会。

从李老师家出来，两人回学校转了转，散步加消食。

两人经过没有灯光的教学楼，旁边是一排公告栏，里面排列着各种喜报、高分作文、优秀手抄报等，熟悉又亲切。

尤念借着月光，颇有兴致地打量里面的内容，突然一阵光照过来，是陆清泽开了手机的手电。尤念冲他莞尔一笑，继续看过去，陆清泽静静地看着她。

光下，她脸上的皮肤更显白皙，一头茂密的长发光亮柔顺，眼波潋滟，身段曼妙，一颦一笑都醉人。她有骄纵任性的资本，谁能拒绝她呢？

反正陆清泽不行。只要遇到尤念透露出一点的亲昵和诱惑，他用所有自尊、倔强砌的城墙都会崩塌于瞬时之间，她的一举一动总是能轻易牵扯自己的心神。不管是过去，还是现在。

"喂，你再看我我就亲你了啊。"回过神，尤念已经转过头看他，脸上带着熟悉的狡黠笑意。

陆清泽的眼神一下变得深邃难懂。

尤念愣了下，张了张嘴："你还记不记得——"

手电光线突然消失了。

同一时间，陆清泽的吻落在了她的唇上。

尤念的瞳孔猛地收缩，双臂僵硬地垂在身侧。

陆清泽低着头，温柔地吻她。

辗转缠绵，来回索取，气息温热，触感柔软。

从尤念的角度，可以看到陆清泽浓而黑的睫毛，像一排刷子盖住他明亮的眼。他侧着头，高挺的鼻梁近在咫尺，呼吸相缠，淡淡酒味在两人之间弥漫开。

"在这里不好。"陆清泽突然出声，声音低哑。

尤念还没反应过来，已经被他拉到了公告栏的后面。这样，他们就被树和公共栏挡住了，下一秒，陆清泽的唇又眷恋地落了下来，绵绵麻麻的感觉侵袭着尤念的每根神经。

陆清泽的睫毛颤了颤，下一秒，他深色的瞳仁对上了尤念的。

暗流涌动。

尤念的眼前一黑，眼睛被陆清泽的手掌盖住了。她仰着头回吻，手从大衣口袋里伸出来，伸进陆清泽敞开的大衣里，手心紧紧攥着他的衬衫，平正的衣服被揉出一道道褶皱。尤念闭上眼,纤长睫毛刷过他干燥温热的掌心。她的世界一片漆黑,能感受到的,只有眼前的陆清泽而已。

"冷不冷?"良久,陆清泽微微退开,轻声询问。

尤念睁开眼,缓缓摇摇头。

陆清泽的目光落在她的脸上,顺势牵住她的手一起放入自己的大衣口袋。看着尤念还有些迷蒙的眼,陆清泽轻笑:"有监控,回去再亲。"

尤念的指甲在口袋里不轻不重地掐了他一下。

"你刚刚问我记不记得什么?"陆清泽拉着她回到公告栏前。

尤念想了想,脸上露出得意的笑:"我想问你,记不记得我那篇被贴在这里的文章?"

陆清泽用手将她被风吹乱的头发理好,嘴角上扬:"当然记得。"

尤念从来就不是一个听话的,在一个很正式的命题场合下,文思泉涌只花了半个小时就写了一篇关于"情感"主题的文章,语言优美,情感真挚,将一个女生细腻酸涩的心事表达得淋漓尽致。

当时看到这篇文章的老师是个毕业没多久的年轻老师,浪漫情怀大发,被感动得一塌糊涂,甚至以匿名的形式把这篇文章刊登在了校刊上,并张贴在公告栏里。

当天就有同学来问是不是尤念写的,她大大方方承认了,于是这件事一传十十传百,很快整个年级都知道了。

后来,甚至连高他们一级的厉子阳也跑来问尤念:"听说那个酸了吧唧的文章是你写的?"

"对啊。"尤念向来敢做敢当。

厉子阳的表情嫌弃极了:"你能不能有点出息?再直接点啊!"

尤念用看脑残一样的目光看他:"你懂不懂渲染?懂不懂夸张?会不会写作修辞?"在厉子阳逐渐呆滞的目光中,尤念鄙视不已,"金庸先生都说了,千万不要相信女人,越是漂亮的女人越会骗人。你看电视都没学到点东西?"

厉子阳说不过她还被嘲笑一通,当场气跑了,当然还没忘诅咒她。

李老师事后更是被尤念给气笑了,说还好不是他先看到的。

陆清泽回想起来,脸上浮现淡淡的笑意,开口道:"李老师一看就知道你在瞎编。"

"那也不一定。"尤念振振有词。

陆清泽无奈地笑，这顽劣放肆的态度真是一点没变。他抬手看了看腕表："不早了，我送你回家。"

尤念的身体微微一僵。

"怎么了？"

"我没回家，住在旁边的酒店。"

陆清泽拧眉，紧紧盯住她："为什么？"

尤念抿唇，不愿多谈的样子："我爸妈现在老是管我，我嫌烦，我这么喜欢自由的人……"

陆清泽没有说话，伸手抬起她的下巴，一双深色瞳仁和她对视，像在审视和思考。

尤念被他看得不自在，踮起脚亲他的唇，蜻蜓点水的一个吻，一碰即逝。尤念仰着小巧的下巴，眼睛里有倔强："我都说了，你再看我，我就亲你。"

说完就想挣脱陆清泽的手往回走，可陆清泽将她的手攥得很紧。黑色大衣的口袋里，他修长有力的手指穿过去，和尤念十指紧扣。

"好，那就送你回酒店。"他太了解尤念了，她和父母之间一定是出了什么问题。她在夏城住小面积的单身公寓，回平城又不愿住家里，这很反常，但是尤念不愿意说，他也不能逼她。

尤念入住的酒店离学校很近，两人一路上遇到很多对出来跨年的情侣，搂搂抱抱，缠缠绵绵，给冬日的夜晚添了几分温暖。

陆清泽的掌心一向温暖又干燥，尤念的左手也被焐得热烘烘。这种感觉既陌生又熟悉，校园，月光，初恋，往事……种种元素都能让尤念昏头。今天的陆清泽对自己的态度很不一样，他突然在学校出现就很反常了，更别说还主动亲了自己。

是喝醉了吗？尤念懒得深思其中的原因，她是个十足的享乐主义者，眼下态度缓和，她之前那点小心思又开始蠢蠢欲动。

两人很快就走到了酒店楼下。跨年夜的晚上比平日要热闹许多，酒店的大门口来来回回有人进出。尤念想到上次自己邀请他上楼，他那么坚决地拒绝了自己，那今天呢？

"要上去——"

"明天——"

两人同时开口。尤念琥珀色的眼睛在月色下泛着盈盈水光，鼻尖被冻得有些发红，夜风将她身上的香味不断送过来。陆清泽不得不承认，自己是个俗人，她这么看着他，就足以瓦解他的所有意志，在这个冬日的夜晚，他十分、非常、迫切地贪恋她给的温暖。

电梯里，两人挨得很近。陆清泽身上清冽好闻的气味近在鼻端，尤念不可避免地，想到了他衣服之下的美好身材还有一些旖旎的片段，耳朵尖罕见地有些发热。

进了房间，房卡被插上，门厅上方亮起一盏昏暗的灯。说不清是谁主动，两人又吻在了一起。和刚才温柔的吻不同，这个吻充满了欲念，激烈且强势。

尤念醒来的时候，身边已经没有陆清泽的影子了，她伸手拿过手机看了眼时间，还不到九点。他都不累的吗，起那么早干吗？尤念打了个哈欠，又合上了眼睛。

即使分开五年，他们还是无比熟悉。

只是她现在很是疲乏，强烈地需要睡眠。

陆清泽从家里回到酒店，尤念依旧在睡。她规规矩矩地平躺着，浓密的长发铺了一枕头，脸颊白皙中透着红润。陆清泽想到了昨晚，对于尤念，他只能屈服于本能。本能地爱她、宠她……

将从家里带过来的新年礼物轻轻放在桌上，陆清泽打开电脑处理公事。幽暗的房间里，只有笔电脑屏幕在荧荧泛光。

尤念这一睡，一下就到了中午。醒来时，陆清泽穿着白衬衫，侧对着床坐在桌前，手指在键盘上轻敲着。

"醒了？"陆清泽发现了床上的动静，合上笔记本走过来，"饿不饿？"

尤念摇摇头："你去哪儿了？"

"回家拿点东西。"陆清泽将衣服递给尤念。

没想尤念坐起身换好自己的衣服后，竟半玩笑半试探起陆清泽的情史。

陆清泽的脸色黑了，打断了她的话，语气不善："那你呢？"

尤念是个嘴上从不肯吃亏的人，当即想也不想地反驳："你真想知道啊？让我想一想——"

"够了！"陆清泽眉心突突地跳，手背青筋凸起，语气粗暴，"我没空听你那些情史。"

他一直知道的，尤念的身边不缺男人。他在美国的时候，一开始还会控制不住地看她微博，从她的微博中，他知道她过得不错：出版了小说，小说上市后计划加印……

后来他才得知——尤念一直在和不同的男人约会，个个都是条件不错的富家公子。终于，在又一次听到她和别人喝咖啡的消息时，他失态地打断别人："以后她的事不要告诉我！"

从此再也不看有关尤念的消息，不然他真的可能会被逼疯。

她不喜欢他了，随时可以换一个男朋友，利落又洒脱。可他却停在过去不肯出来，简直可怜又可笑。

别以为他不知道，就连在二十六楼拍戏的那个男演员对她的态度都很亲昵。陆清泽的脸色阴晴不定，转过身回到书桌前。

尤念看着他的背影，只觉得他衬衫下的肌肉都透露着克制和隐忍。

新年第一天，还是不要吵架了。尤念很好说话，决定一会儿哄哄他。

她洗漱好，走到正在办公的陆清泽身边。

他的目光放在屏幕上，眉头微锁，修长手指在键盘上敲敲打打。

尤念稍微瞄了一眼，他在回邮件，另一个打开的窗口是英文的PDF文件。她俯身，手臂缠上陆清泽的脖子，满意地看到他的动作一顿，尤念侧身，径直坐在他身上，扳正他的下巴，对上他深沉的眼睛："生气了？"

陆清泽没有说话，双手离开键盘垂了下来。

"清纯"这个词从来和尤念搭不上边，即使素颜，她看上去也是袅娜妖娆的模样。只是她现在明眸善睐的样子，和大学那会儿很像。这一个小小的发现，让陆清泽的心脏瞬间塌了一隅。

尤念一手搂着他的脖子，一手扶着他的下巴。琥珀色的眼睛透亮，红润的唇慢慢凑近，吻上他紧抿的唇，她一下一下地轻吻，低声说："别生气了。"

陆清泽手臂的肌肉绷紧，在她的亲吻中逐渐把掌心贴上她的衣服。

"卿卿。"很轻的气声。

熟悉的称呼出来，陆清泽的防线一下崩塌。

他的手臂一点点收紧，猛地张开嘴回吻，另一只手按住她的后脑勺。尤念的腰都快被勒断了，她安抚似的摸着陆清泽的头，短短的头发刺着她的手心。

激烈的吻渐渐变得温柔。

"还生气吗？"尤念问。

陆清泽抿了抿唇，低声道："不生气。"

他本来就不是在生她的气，是气自己。对她，他从来都气不起来，他能做的，只有折磨自己而已。

尤念笑着从陆清泽身上起来，目光不期然被桌上的小狐狸吸引住了："你把它也带来了？"她伸手拿过来，戳了戳它的鼻子。小狐狸的眼睛瞬间亮起了蓝光，电子童音响起，尤念猝不及防被吓了一跳，连忙把小狐狸放下。

陆清泽的情绪平复了，继续回复邮件，同时向她解释："这是另外一只，鼻子是它的触摸开关。"

尤念"哦"了一声，有些欣喜地猜测："给我的？"

"嗯，新年礼物。"

陆清泽回完邮件，关上电脑："去吃午饭。"

夏城，翎宸科技。

元旦加班的明芷再次偷偷跑去了二十九楼，依旧是空无一人。

她回到二十七楼，同在加班的同事打趣她："元旦也不和朋友出去玩啊？"这个刚从南城调过来的小姑娘工作很认真，经常加班，同事们都挺欣赏她的。

明芷笑着摇摇头："工作要紧。"

在同事的夸奖声中，明芷的肩膀耷拉下来，她加班只不过是为了多见陆清泽几面罢了。陆清泽几乎没有假期，节假日加班是常有的事，可他昨天罕见地没来公司，听助理说是请假了。今天原本也是他例行加班的日子，他又没来。

明芷手心里的文件被她用力揉成了一团。自从见过尤念后，她心里不好的预感就越来越重，没有人比她更明白尤念对陆清泽的影响力了，因为她喜欢陆清泽。

那会儿为了多见陆清泽，她会特意绕路坐25路公交车，运气好的时候，她会遇到陆清泽，那是能令她开心一天的事。

可他身边的位置总会被尤念霸占。

可尤念明明已经抛弃了陆清泽啊。他那么骄傲的人，怎么可能再和尤念走到一起呢？不，不会的。明芷逼自己定下心神，找出班级的微信群，群里已经很久没人说话了，她在群成员中找到尤念的头像，点击"添加到通讯录"。

尤念收到好友请求时，正在机场和陆清泽一起等待登机。

她想了一会儿才想起明芷的样子，印象中是个安静纤瘦的女生，成绩不好也不坏，讲话声音很轻。尤念很爽快地通过了好友申请，正要退出微信的时候，收到了贺缨在群里问她的消息。

贺缨：回来没？出来聚下。

群的名字依旧是自己取的那个。

尤念看着宣誓般的"姐妹一生一起走，谁想男人谁是狗"，一股心虚感缓缓上升。她想了想，在群里发了个"汪汪汪"的小狗表情包。

第三章

说情话

一石激起千层浪。

贺缨：这个表情包什么意思？你在外面有狗了？！

薛柔发出了像是土拨鼠的尖叫：是不是陆神？！

尤念承认了，发了个害羞的表情。这个表情很精髓了，带着欲说还休的意味，既承认了问话，又暗示了自己开心又满足的心情。

贺缨叹气：唉，看来康饶是没什么希望了。

两人还想要尤念多透露一些细节，没有意外地遭到了拒绝。

飞机起飞没多久，尤念又犯起了困，躺下睡觉。陆清泽帮她把毯子盖好，打开笔记本查看PM发来的月度报告。当发现自己的目光停留在PPT同一页已经超过五分钟后，他无奈地合上了电脑。

短短两天，发生的事情太多了。

陆清泽微微侧头，深沉的目光又落在了身旁艳若桃李的一张脸上。她还是睡着的时候最乖，那张让他又爱又恨的嘴闭着，不会说出什么让他难受的话。他们现在……应该算在一起了吧？

分开五年，他知道两人之间还有隔阂。时间令他们没办法立刻敞开心扉，只能一点点地慢慢试探，小心翼翼又如履薄冰。

尤念目前的很多状况他都不清楚，可是没关系。虽然她之前伤害过自己，可只要她现在愿意乖乖待在自己身边，自己就不再计较那些事，至于以后，可以慢慢来。

时间可以改变很多，可也有许多事并不会因为时光的流逝而变淡。

最难忘的玩具，是八岁那年想要却没钱买的拼图；最美味的食物，是故去的爸爸在生前下的一碗面；记得最深刻的人，是那年喜欢的女孩子……

窗前白月光，心口朱砂痣，不外如是。

回到夏城以后，尤念继续跟组。剧组在这里的租期剩余不长，她跟完这一段时间就不跟了，换同事接班。

曾宇嘴上"哇哇"叫着说舍不得尤念，被尤念没好气地丢了个白眼过去，让他好好说话。

打打闹闹中，日子过得飞快。

前些天，陆清泽来找过尤念吃了一顿饭，紧接着就飞去外地出差了。两人的联系算不上频繁，又不至于太过生疏。陆清泽出差回来后，偶尔会在尤念家留宿一晚，第二天一早再离开。

尤念对于现状还是挺满意的，有空的时候一起约饭、睡觉，没空就各自忙碌。分开五年，这种状态最好：没有感情的牵绊，也不用害怕重蹈覆辙。对于她这种享乐主义者，正合适。

这天，尤念突然收到了明芷的微信。

明芷：尤念，我今天好像看到你了。你也在夏城CBD广场工作吗？

尤念和陆清泽一起在CBD广场的餐厅吃饭，她想，难道被明芷看到了吗？出于同学礼貌，尤念承认了，告诉她自己跟着剧组在这里工作。

明芷的微信立刻又来了，约她有空一起吃饭。尤念客套地答应下来。这种有空吃饭的邀约如同空头支票，谁知道什么时候有空呢，没想明芷又问她是否单身，因为在计划同学聚会，想统计一下。

尤念想起来，明芷和班里的组织委员确实很熟，没有多想地回了个单身。

另一边的明芷看到尤念的回复，心里的一块大石头落了地，她在餐厅看到尤念和陆清泽在一起时，全身发麻，双腿僵硬到几乎走不动路。

还好还好，他们还没有在一起。可她还是担心，担心陆清泽会像以前那样照顾尤念。

那会儿，陆清泽作为班长需要维持班里的纪律，违反纪律被记下名字的人要去操场跑八百米以示惩戒，班里那些顽劣的同学都是老油条了，跑步对他们来说犹如家常便饭，话照讲，步照跑。

有天尤念也违反纪律和别人讲话了，可她的名字并没有出现在黑板上。于是有男生故意嚷嚷："怎么没有尤念的名字啊，班长？"

其实陆清泽一般都会对初犯者网开一面，那男生也不过是开开玩笑罢了，可明芷还是一下子紧张地望了过去，只见讲台前的陆清泽抿起了唇，一字一顿地说："我替她跑。"

"那怎么行啊？"有人故意笑着找碴，"班长你这是偏心——"

"三倍。"两个字，掷地有声。

瞬间安静了，沉默了几秒后，教室里爆发出了巨大的捶桌子声和哄闹声，动静之大甚至吸引了隔壁班的注意力，他们纷纷跑来围观。

在同学的喧哗声中，陆清泽转身在黑板上一笔一画地加上了自己的名字。

他的黑板字很漂亮，背对着大家的身材清瘦颀长，手指修长骨节清晰。写完后，他面不改色地下台了，仿佛刚刚做的不过是稀松平常的一件事。

明芷心跳如擂鼓，她扭头看向尤念。尤念的表情有些愣怔，似乎也没想到。

明芷悄悄去了操场，她一眼看到陆清泽跑步的身影。他没有穿外套，绕着操场跑了一圈又一圈，跑完两千多米，他的气息不稳，白净皮肤在操场的灯光下泛着光。他迈着步子走过去，从尤念手上接过了自己的外套。尤念转过身来，脸上洋溢着开心的笑。她本来就好看，笑起来更加明艳了。

他跑了那么长时间，大喘着气，可是一点也不怪尤念。

他们路过她藏身的角落，完全没有发现明芷的存在。

明芷从不羡慕尤念的美丽和财富，可她真的好嫉妒尤念可以拥有陆清泽。她一个抛弃了陆清泽的人，现在凭什么再次出现？

第二天，长期安静的班群热闹起来。组织委员喊话全体成员，计划过年期间大家回平城聚一下，呼吁一出，立刻得到了热情的响应。

午饭时，明芷上楼来找陆清泽，问他去不去班级聚会。陆清泽想到尤念，心情不错地说："应该会去。"

明芷"噢"了一声，欲言又止。

"还有事？"陆清泽看出了她的犹豫。

明芷迟疑着："那个……尤念还是单身，你们……见面没关系吧？"

陆清泽面色霎时一沉，冷冷道："她和你说的？"

明芷点了点头："对不起，我知道你不想再提她，我只是……"

"行了，我知道了。"陆清泽皱眉，打断了明芷。

明芷走后，陆清泽翻开群消息记录，里面没有尤念的发言，沉思片刻，他拿起手机去了二十六楼。

二十六楼，剧组的人在布置场地，陆清泽随便叫了个人打听尤念。

"编剧啊？她今天没来。"

陆清泽道了声谢，返回楼上的休息室，他发微信问尤念在哪儿。

尤念迟迟没有回复。

陆清泽烦躁不已，点燃一支烟，白烟袅袅，猩红的火光明明灭灭。"嘀"一声，尤念的微信来了：*剧组那边没我什么事，我和朋友去南城玩两天。*

陆清泽静静抽完一支烟，思绪渐渐沉淀下来。首先，他不确定尤念在说那句话时的具体情况；其次，两人确实没有明确说过复合。

他们以前交往的时候，尤念也爱玩，可她每次出远门都会提前和自己报备一声。可从这段时间尤念的表现来看，她确实没有把自己当男朋友，就连出去旅游都没有提前和自己说。那她是怎么定义他们之间的关系的？也许还需要一段时间，陆清泽起身回了办公室。

"后面几天有什么重要预约？"他问助理。

Yuuni查了一下，汇报道："今天下午三点您约了蓝鲸手机事业部的蔡经理，明天下午两点在南城的科技园有个行业峰会，后天是研发部的例行会议需要您参加——"

陆清泽打断助理的话："现在联基开始给'武夷'流片了吗？"

所谓"武夷"，指的是翎宸最近最重要的一个项目——AI芯片的研发。

事实上，翎宸对于AI芯片的关注从两年前就开始了，并在去年初步有了成果。而今年，翎宸即将正式推出自己的NPU（嵌入式神经网络处理器），此举将大幅提升手机的AI性能。

今天蓝鲸蔡经理的来访，也是为了进一步探讨双方在蓝鲸手机上的合作。

"对，物料已经备好，生产线排期是从明天开始。"Yuuni回答。

陆清泽敛眉，沉思几秒后开口："明天我不去南城了，让王经理替我去峰会。明后天所有工作排开，联系一下联基的陈总经理，我明天去一趟夕城。"

这次流片是最后一版，回来测试联调后就要量产。目前7nm的制程，国内工厂中联基的不良率是最低的，翎宸和淮芯都有今年量产7nm制程芯片的计划，为了防止淮芯抢产能，他有必要去拜访一下自己的老同学了。

至于尤念的账，等他回来再慢慢算。

"我们来南城，就是换个地方喝酒吗？"尤念皱眉看着周围昏暗的环境。

前几天贺缨听说尤念的工作出了点状况，二话不说请她来南城玩，说要带她来散心，结果搞了半天就是来这个叫"Wait"的网红清吧。

"借酒浇愁嘛。"贺缨端杯碰了下尤念的酒杯。

前一段时间有影视公司来找尤念，想买她两本小说《青山外》和《晴日曦光》的版权，价格十分诱人。尤念没有多想地就拒绝了《青山外》的版权出售，只谈《晴日曦光》的。影视公司知道她的意向后，委婉地表达了他们其实只想要《青山外》，另一本可以算是附加的。

就这样，双方磨了很久也没个结果，十有八九是要黄了。大几百万打了水漂，尤念心痛不已。

"不过我不明白，影视公司想买两本书的版权，你卖给它就好了，干吗不卖？"贺缨真的搞不懂文化人的想法。

尤念仰起细长的脖颈，将酒一饮而尽。"舍不得啊。"她喃喃道。

大学时尤念被调剂到历史系，她对枯燥的历史内容并不感兴趣。机缘巧合下，她开始在网上写小说，刚写的时候，她的小说热度不高，评价也不好。她虽然文笔不错，但写小说更重要的是要讲好一个故事，可尤念的小说总是狗血不断，情节毫无逻辑，男女主角的人设也很不讨喜，还时常会崩。

她本来就是写着玩的，也不收费，更新都是断断续续。和陆清泽分手后，她以自己的经历为蓝本写了《青山外》，里面很多情节都是她和他的故事。

《青山外》她依旧更得很慢，常常一周才那么一章。可也许是陆清泽的人设确实太好了，完美到移进小说里都是顶级配置，小说评论区罕见地没有批评声，全是站在坑底的读者在日日催更，夸她写得好。

后来，《青山外》爆红，成了尤念的成名作，出版社更是加印了好多次。

这些年来，一直有人想买这本小说的影视版权，可尤念始终舍不得。这本书里面有很多她的青春，是她遗失在岁月里的珍贵记忆，任何的影视改编都会破坏这本小说的意境。更何况，她也无法想象有人能演出陆清泽的感觉。

最近是影视寒冬，有人想买她书的版权她当然开心，可没想到又绕回到了《青山外》。

贺缨疑惑地看了眼尤念："我怎么觉得你现在有点伤感？呐，做人呢，最重要的就是开心。你饿不饿啊？要不要我去点碗面给你吃啊？"

尤念被这TVB腔逗笑："行了别学了，我就是有点可惜钱。"

"你又不缺钱。"贺缨睨了她一眼，"你有钱有貌有什么好愁的？"

尤念笑着去推她，两人嘻嘻哈哈地打闹成一团。

晚上回到酒店，尤念才发现陆清泽并没有回复自己的消息。这有一点很反常，尤念的思绪一顿，想了想发了条微信过去：我周五就回去了。

片刻，她收到了陆清泽的一句：嗯。

嗯？就这样吗？不约她吃个饭什么的吗？尤念还想再问，陆清泽的消息又来了：我这几天要去夕城出差。

这样啊，那就算了吧。尤念随手把手机放下，没有太在意。

周六晚上，尤念和朋友在外面吃饭，等开车回到小区，已经是晚上九点多了。尤念坐电梯到了十六楼，目光瞬间被自家门口的那个男人吸引了。

他一身黑色大衣，姿态随意靠着门，两条长腿斜斜交叉，下颌线干净利落。楼道里没有灯光，只有微弱的月色，在他轮廓分明的脸打下深深浅浅的暗影。

他没有玩手机，就这么静静站着目视前方，气质被黑暗衬得更加深沉冷淡。尤念欣赏的目光从他的眉骨下滑到凸出的喉结，她不得不承认，陆清泽这副样子简直太帅了。

她走过去，楼道里的感应灯随之亮起。陆清泽侧头，如墨的眼睛朝尤念看过来，尤念的心颤了一下："你回来，怎么不提前告诉我？"如果知道他要来，她肯定会早点回来的。

"怕打扰你。"陆清泽淡淡地说。

"等很久了吗？"尤念开门，按亮门厅的灯。

安静了几秒，身后传来低沉的三个字："习惯了。"

尤念换鞋的动作一停，转过身。"砰"一声，房门被关上。与此同时，陆清泽倾身过来，抬起她的下巴吻了上来。他的唇齿间还留有淡淡的烟草味，并不呛人。

原来他也抽烟吗……

也许是察觉到她的分神，陆清泽手上的力度加大，另一只手抚上她纤瘦的脖颈，带着细茧的手心摩挲着柔嫩的肌肤，尤念感觉到阵阵酥麻。

这个吻来得热烈又缠绵，尤念搂住他的脖子回应着。突然，她的身子一轻，人被陆清泽抱了起来，身子陷进柔软的沙发。

"等一下，我想洗个澡。"尤念的唇被吻得红润，眸子沁着水光。

陆清泽定定地看着她，唇微抿。

尤念凑上去亲了亲他的下颌："等我。"

浴室里水声哗哗作响，陆清泽静静坐在沙发上。他在联基和自己的大学同学见了一面，基本谈妥了芯片的产能问题，不会出现延期交付的状况，结束后本想回家休息，可还是不由自主地跑来了这里。

茶几上，尤念的手机突然响了一声，微信消息自动显示在屏幕上。是微信群的消息，刷新得很快。

陆清泽的目光一闪，被其中两个字精准地刺到，呼吸一顿，胸口堵着气，气恼不已。浴室的水声还在继续，有那么几秒，陆清泽差点冲到浴室里质问，可他忍住了。胸口因为沉重的呼吸起伏着，手握成了拳，手背青筋清晰地凸起，"砰"一声，他的拳头在茶几上重重砸了一下。

尤念在浴室听到了一声响，她连忙关了水询问，喊了几声都没人回答。尤念心中困惑，以为是楼上的动静，匆匆洗好澡，她换上睡衣出来。

房间里空无一人。人呢？尤念下意识地拿起手机，最新消息是陆清泽的微信——临时有事。

她回了个"好"，怅然若失。

陆清泽走回自己的家，寒风凛冽，他也渐渐冷静下来。

重逢之后的种种闪过脑海：难怪她会想亲他，难怪她那么自然就接受了自己的吻，难怪她从来不和自己汇报行踪，难怪她和别人说自己单身……

这些事情都有了答案，她所做的一切都坦坦荡荡，是他在自作多情。如果那天晚上他明确提出复合，恐怕也会被拒绝吧？

陆清泽掐灭了烟，自嘲一笑，原来又是荒唐一场，南柯一梦。

自从陆清泽那晚离开后，他很长一段时间都没有出现。尤念开始还以为他们公司年前比较忙，可渐渐地，她察觉到了陆清泽是在有意疏远她，有几次，她暗示得都很明显，可还是被他不轻不重地挡了回去。

他什么意思？尤念也是个有脾气的，当即就决定除非陆清泽过来找她，否则她再也不主动联系他了！

临近过年，尤念过得很闲。之前没有给下文的影视公司突然又来了消息，想约她去明月楼面谈，尤念答应下来，时间就定在这周五。

周五晚上，她悉心装扮了一番去了明月楼。

明月楼是本市大名鼎鼎的餐厅，临河而建，主打本帮菜，菜肴精致可口，价格也非常昂贵。影视公司来的人姓朱，是分管版权的经理，三十多岁，戴眼镜，有几分文质彬彬的气质。尤念之前和他见过面，也算是旧相识了。

"尤小姐。"朱经理知道她的本名，上来就和她握手。

尤念也笑着打了声招呼。

明月楼装修古朴雅致，环境幽静，座位与座位间留有充分的空间以保障客人的用餐环境与谈话隐私。两人坐在二楼临窗的位置，桌上摆放着几碟精致的小菜。朱经理已经点好了晚餐，见尤念来了，便开门见山。"尤小姐，我们公司是十分诚心想要你的版权的。"朱经理从包里拿出一沓文件递给尤念。

尤念接过来，手臂搭着椅背，翻开文件，是版权合同。

"你也知道如今是影视寒冬，大大小小的影视公司都在亏钱做项目。我们对于你的IP是非常看好的，拿出了很大的决心想要做好，如果你签给我们，我们承诺今年就开始筹备，之后上星，男女主角的演员也由你把关……"

朱经理一边将自己公司优厚的条件一一罗列，一边暗暗打量坐在对面的女人。她脱掉了灰色的大衣外套，里面一件贴身的黑色连衣裙，身段窈窕，皮肤白到发光，一头漂亮的长卷发直至胸口，双眼顾盼生辉，琼鼻绛唇，无一不精致艳丽。她坐姿随意，长发全部拨到一边，露出的耳朵上戴了枚长长的耳坠，整个人透着股慵懒又随性的感觉。

圈内早就传过，编剧挽白长得十分漂亮，今天近距离看，果然是这样。美是极美的，难怪肖文一眼就看上了。就是看上去锋芒过盛了些，像一株带刺的漂亮玫瑰。

说话间，尤念已经合上了合同，轻轻推还给朱经理："朱经理，抱歉。"尤念抿了抿唇，轻声道，"《青山外》的版权我真的不卖。"尤念在心里叹气，说了那么多，全是针对《青山外》这个IP的。

其实尤念也知道，自己的这部小说是经典的校园小说之一，一旦卖出，关注度就不用愁了。加上之前有几部校园剧的小火，影视方对这个题材都持比较乐观的态度。

朱经理不慌不忙，将合同暂且收下，似乎对尤念的态度并不感到意外，他微笑着招呼："不急不急，我们边吃边聊。"

八宝鸭、水晶虾仁、蟹粉豆腐、砂锅鱼头汤……随着菜陆陆续续上来，尤念很快被这色香味俱全的菜肴吸引。两人边吃边聊，话题逐渐深入。

"所以尤小姐不愿意卖《青山外》，主要是在顾虑什么呢？"朱经理趁机追问。

尤念的动作霎时一顿。她抿了抿唇，不愿多说："个人原因，抱歉不方便透露。"没有人知道《青山外》记载了她和陆清泽的青春，她也不打算把这些告诉别人，这是她一个人藏在心底的小秘密。

朱经理沉默了片刻，不免有些泄气。凡是《晴日曦光》的事，一切好商量，可一到《青山外》，就一律免谈，简直是油盐不进。

"抱歉我去下洗手间。"尤念站起身来告辞。

短短一小段路，她步态婀娜，吸引了不少男人的目光。

在洗手间补了个妆，尤念忽然有些倦了。《青山外》她是说什么都不会卖的，如果朱经理本意在此，不如早早告辞回家算了，她一向不喜欢故作玄虚地兜圈子，打定主意一会儿直接向朱经理说清楚。

走出洗手间的门，尤念的手腕冷不丁被人握住了。

尤念抬头，对上陆清泽晦涩难辨的目光，皱眉："你什么毛病，怎么老喜欢在厕所堵我？"

"那个男人是谁？"陆清泽冷声问。

他这么久不出现，一出现就是质问自己，凭什么啊？尤念的心里顿时冒出一股气，张牙舞爪地反问："关你什么事？"

这话实实在在伤到了陆清泽，他沉默地看着尤念，眸色深沉，下颌线绷得很紧，尤念不甘示弱地和他对视。半晌，陆清泽松开了她的手腕，丢下句"随便你"便大步离开了。尤念看着他的背影，眼睛有些发酸。

他现在对自己，果然没有了从前的温柔和耐心。大概，以后也不会有了。

尤念将心里的酸涩压下，回到位置和朱经理阐明了自己的意愿，态度十分坚决，并提出了告辞。

朱经理见她实在坚持，也不好多说什么，非常官方地留话说回公司再讨论下。两人就此告别，尤念下了楼，打算叫个车回家。

"尤念。"身后突然传来了一个女声。

尤念转身，只见一个女人正站在自己侧前方。

"我是明芷。"明芷平淡地自我介绍，和微信里热络的态度截然不同。

尤念"哦"了一声，反应过来。印象中的明芷是个清秀的小女生，可眼前的女生化着精致的浓妆，留着妖媚的大波浪，衣着艳丽，和读书时的她天差地别，尤念压根认不出来。

"我找你，是想请你离陆清泽远一点。"明芷沉声道。

尤念一头雾水，下意识就反驳："凭什么？"

她和陆清泽的事，干明芷何事，她凭什么命令自己。

"凭你伤害过他就不应该再招惹他！"明芷的语气激动起来。

她本想慢慢来的，可就在刚刚，她看到陆清泽在走廊主动抓住了尤念的手，两人不知道说了什么。再回来时，陆清泽的心情就变得很差。

尤念"啧"了一声："怎么，你喜欢他啊？"

"你喜欢就去追啊！跑来找我干什么？"

明芷的眼眶红了："你就不能离他远点吗？！"她一路追逐在陆清泽身后，大学追去美国留学，毕业后进入他的公司……她努力了这么些年就是为了能配得上陆清泽，可尤念呢？她什么都不用做，光是站在那里，陆清泽就爱她，凭什么啊？

尤念打量着明芷，突然嗤笑一声："你这打扮，是在学我吗？"

棕色大波浪，细弯眉，深长眼线，合身的裙子……她的穿衣打扮，都和自己的风格如出一辙，甚至连发色、饰品都和自己的很相似。

明芷的脸色一僵。

尤念一向是嘴上不饶人，立刻开启了嘲讽技能："我真是谢谢你把我当作你的时尚偶像哦！不过可惜，是你男神主动找我的。男人哪，就是这样，你越不理他就越主动，俗称——"

"陆，陆总……"明芷突然脸色大变，颤抖着叫了一声。

尤念一僵，转过头，直直和陆清泽对上了目光。他就站在自己背后一米的位置，后面三三两两站着的，似乎是他的同伴。他的同伴们对这边的事毫无察觉，在夜色中互相交谈着，只有陆清泽，目光直直看向这里。他的眼神很平静，甚至比刚才在明月楼时还要淡定。

他肯定对自己更失望了吧。尤念自嘲地想，鼻尖隐隐发酸，眼眶也有些热。她有些懊恼自己的嘴快，可倔强和骄傲让她说不出什么挽回的话来，他们两个的关系恐怕在今晚就要彻底宣告破灭了吧。

从两人交往起，就有数不清的人来说他们不合适。父母逼她分手，陆母也希望她能为陆清泽的未来多做考虑，现在的明芷更是莫名其妙。所有人都在逼她，那时候她只想简单谈个恋爱，现在她甚至都没想谈，凭什么要受这个委屈啊？

尤念双手抱胸，深吸了口气转过头，她的长发被夜风吹乱，却不显狼狈。她轻蔑的目光从明芷的头发一路打量到鞋子，将自己的毒舌进行到底："拥有过正版，谁还会喜欢一个A货呢？"

明芷的脸色苍白得像纸，纤弱身形摇摇欲坠，犹如被人当街扒了衣服般难堪。尤念的这句话，是对她这么些年最大的讽刺。

尤念挺直腰身，微仰着下巴，唇抿得很紧，离开时的样子如同一只骄傲的天鹅。

回到家，尤念立刻洗了个热水澡。刚换好家居服，门铃声响了。

尤念心中困惑，猫眼中，陆清泽低垂着眼站立，看不清神色。尤念的心脏仿佛被重物砸了一下，随即打开了门。

陆清泽跨步走了进来，深不见底的眼睛盯着尤念。

"你来干什么？"尤念轻声问。

陆清泽低下头，慢慢靠近尤念，直到两人呼吸相融。他面无表情，修长手指扯开尤念家居服的扣子，语气平淡无波："来犯贱。"

尤念的脑子一直乱糟糟的，直到肩膀的皮肤感觉到了凉意，这才意识到陆清泽想要做什么，然而她今晚并没有心情。

陆清泽现在的态度很怪异。在明月楼的时候他看上去很不高兴，后来在外面，自己对拿着深情女配剧本的明芷恶言相向，他明明都听见了，为什么……

陆清泽刚从外面过来，身上带着冬日的寒意。他冰凉的手指抚过来，尤念冷得一颤，她双手按住陆清泽，阻止他进一步动作。

"你想做什么？"尤念喃喃道，仰头对上陆清泽深黑的瞳仁。

分开五年，他的心思越发不显露于色，很难看透。

陆清泽的手指在尤念的脸上轻轻摩挲，指头上的薄茧擦过她细腻柔软的皮肤。她刚洗完澡，发梢还未干，穿一身雾粉色的家居服，气质柔软了几分。一双棕色的眼睛晶莹透亮，红润的唇紧抿着，表情有些无措和不解。

陆清泽垂下眼睫，将她的衣服拉上，缓缓开口："刚才为什么委屈？"

在明月楼外，他分明看到她脸上的惊讶，紧接着就是委屈和难过，甚至还有一丝怒气，她转过身的时候，眼眶都是红的。她离开时背挺得笔直，长发在风中乱舞，细长的一双腿走得很急，姿态高傲又倔强。

陆清泽知道自己应该生气的，她对他只是玩玩而已，还那么趾高气扬。可他满脑子都是尤念努力绷直的背影和泛红的眼眶。她为什么要委屈？他自己气得半死都忍住了怒火。她呢？还没过多久就和别的男人约会了！

"你有什么委屈的，尤念。嗯？"两人离得极近，陆清泽的气息喷洒在尤念的脸上，暖暖的，有些痒。

"告诉我。"陆清泽的声音低沉了几分，手指在她的脸上按下一个凹陷。

"你看错了。"尤念别开脸，没好气地说，"拜托你管好你的爱慕者！她喜欢你自己不去追，跑来找我干什么？我凭什么要被她批评？"

"你在在意这个？"陆清泽皱眉。

两人在一起的时候，各自的情敌都不少，也有胆大到想直接挖墙脚的。可那时候，他们都没有把这些人放在心上。

尤念抿着唇看他，他现在这是做什么？之前这么冷淡，现在突然又开始关心自己，他刚刚的问话，像极了他们还在一起的时候。尤念的小脾气就这么被轻易勾了出来："还有你！"尤念用力转过头，发梢的水滴溅到陆清泽的脸上。"你不是都不管我了吗？你现在过来，问我这些做什么？你——"剩下的话消失在陆清泽突如其来的吻里。这个吻带了怒气，来势汹汹，分毫不让。尤念"唔唔"了两声，双手乱拍。

陆清泽一只手困住她，另一只手按住她的后脑勺，强迫性地给了她一个绵长又激烈的吻。结束的时候，尤念别开脸大喘着气，她快被吻得呼吸不过来了。

陆清泽的呼吸微乱，声音有点哑："你说做什么？"他俯下身，手指插进尤念的头发，炙热的吻又落了下来，句子被故意拉长，带着缠绵和暧昧。

尤念的睫毛一颤，还没等她多想，人已经被陆清泽腾空抱起，转眼之间，步移景换，她被放在了主卧的床上……

尤念睡到半夜，迷迷糊糊地醒了，她睁开眼，不自觉地舔了舔唇。旁边的位置是空的，连余温都没有，是回去了吗？

尤念下床去厨房倒水喝，走到客厅才发现阳台那里站着一个人。黑暗中，他站在落地窗前，还是一样的宽肩窄腰长腿，白衬衫贴在身上，脊背的肌肉线条清晰。这是天生的模特架子，背影看上去莫名地有些寂寞。

尤念走过去，站在他旁边："不冷吗？"。

一月份的天气，他就穿了身衬衫、西裤站在这里，窗户开着，冷风"呼呼"地往里吹。

陆清泽没有说话，沉静的黑眸对上她的。

尤念斜斜靠着窗，眼尾微挑。她现在这副风情万种又妖媚横生的样子，让陆清泽想很多。

他关上窗户，静静看着尤念。

······

尤念连起床的力气都没有了，累得倒头就睡。陆清泽坐在床头，静静看着尤念的睡颜，她搂着他的手臂，安安分分躺在他身边。

刚得知她只是玩玩而已的时候，他气得离开了，因为再待下去，他不知道会对尤念做出什么事来。回去后，他有意冷淡了这段关系，其实早在上个月遇到尤念后，刘文炎就警告过他不要再和尤念扯上关系，是他自己丧失理智又凑了上去。

"这世界上女人这么多，你怎么就卡在尤念这儿过不去了呢？"刘文炎的话犹在耳边。是啊，怎么就爱上这么个没心没肺的女人呢？陆清泽也无数次问过自己，怎么就忘不掉呢？

在美国那些年，闭上眼睛就是她，晃晃悠悠地跑到公交站台，撑着疲乏的眼皮笑眯眯地打招呼，不然就是她想送东西又怕自己会拒绝，故意撒谎说很便宜的模样。还有她吃饭的样子、说话的样子······

可惜感情不是数理化，就算他能解决掉芯片设计中所有的DRC（设计规则检查），也没办法找到遗忘尤念的方式。

前段时间，当尤念察觉到他的冷淡后，也就不再来找他了。陆清泽也想过就此结束，不管是他的一厢情愿还是她的露水情缘——游戏结束。

可今天，他又一次违背了自己想要结束的想法。他不仅在见到尤念和另一个男人吃饭时怒火中烧，看到她委屈的神情后更是管不住腿地跑来这里。陆清泽悲哀地发现，自己完全没办法看着尤念在自己眼皮底下和另一个男人亲密接触。

怎么能结束啊？他根本就过不了自己这一关，进一步是罂粟，退一步是悬崖，他能怎么办？陆清泽低头，转动自己手上的戒指，银色的素圈在黑暗中模模糊糊，良久，他叹了口气，躺下。身边的人似乎是嫌弃他身上带了寒气，下意识就要躲开，陆清泽眼神一凝，伸手将绵软的身体往自己怀里带，直到她老实下来不再乱动。

他合上眼睛，喉结一动，发出一声无奈的叹息。面对尤念，他从来就没有第二种选择。

尤念早上醒来，破天荒地发现身边的男人还在睡。陆清泽的睡相很好，规规矩矩地平躺着，长又密的睫毛黑黑的一排，眼睑下有淡淡的一圈青色。大概是昨晚睡眠不足吧。

不吵他了，尤念在床上点了个外卖，轻手轻脚地下了床，洗漱好之后，外卖也到了。尤念悄悄打开卧室的门，陆清泽还在睡，不是吧，这么能睡？都快十二点了。印象中，陆清泽从来没有睡这么久过，尤念微微蹙眉，走到床边，伸手探了探他的额头。

这么热！尤念一惊，急急忙忙从客厅拿来耳温枪，抵在陆清泽的耳朵上。

"嘀"的一声，液晶屏上显示"38.8"，面板颜色也变成了警示的红色。在她的印象中，陆清泽的身体一向很好，很少生病。如今突然发烧，尤念顿时手足无措，心跳也乱起来。愣了几秒，尤念才想起来家里根本就没有退烧药。顾不得太多，她换上外套匆匆出门，直奔小区门口的药店。

拿了退烧药后，店员热情地问她还需不需要别的什么。

尤念想了想开口："吹风受凉的人发烧还要吃什么吗？"

昨天夜里也不知道他对着窗口吹了多久的风，肯定是这个原因才发烧的。店员建议她再备上两盒感冒药以防万一，尤念点点头应了。等她拎着一袋子的药回到家时，陆清泽已经起床了。

他穿着整齐，老老实实坐在餐椅上，黑漆漆的眼睛看向门口，脸颊微微泛红。有点像一只等待主人回家的大型犬，尤念瞬间就被萌到了，她踢掉鞋走过来摸陆清泽的额头，声音还算温和："你发烧了。"

陆清泽"嗯"了一声，嗓子微哑："你去哪儿了？"

"给你买药。"尤念将退烧药从袋子里拿出来放在桌上，去厨房倒了杯水给陆清泽。陆清泽看着她为自己忙碌的身影，目光暗了暗。

"你肯定是昨晚吹风吹的。"尤念拉出一把椅子坐下，盯着他把药吞了，皱眉，"你干吗大晚上的要去阳台吹风？"

陆清泽顿了几秒："想抽烟。"

"抽烟就抽烟，为什么不穿外套？"

"可能……"陆清泽抿了下唇，平静道，"我犯贱吧。"

尤念顿时一哽："你是不是气我在明芷面前那样说？"

陆清泽沉默。尤念呼了口气，看在他是病人的份上——

陆清泽淡淡的声音响起："我只是在想，你说得没错，我就是——"

"不是！"尤念犹如被针刺了一下，急急忙忙打断他。

"我不是那个意思，我也没有那么想你。"她组织着语言，"我只是一时气愤，想逞个口舌之快。你又不是不知道，我就是嘴硬。"尤念解释了半天，陆清泽还是没有反应。尤念心里有点过意不去，"那我给你道歉……"

她抬眼对上陆清泽的眼睛，却见那沉静的黑色眼瞳中渐渐荡漾漾开了一点笑意，脸部神色也变得舒展，嘴角抿起一个微微上扬的弧度。

尤念的话停了下来。

"我知道了，没有生气。"陆清泽捏了捏她的手，起身，端起桌上的外卖去了厨房。

"做什么？"尤念转头看他。

"热一下，已经冷了。"

尤念追上去："我来吧，你是病人。"

"不用。"陆清泽拒绝。

陆清泽吃过饭就带病去了公司，说有事要处理。

大概年轻人的体质真的好吧，周日早上陆清泽就彻底退烧了，晚上又顺理成章地一起睡。

陆清泽盯着尤念棕色的瞳孔，一字一顿地说："以前我不管，你现在有我了，如果敢和别的男人……"

他没有说完，尤念征了几秒，意识到他似乎是误会了。

"上次在明月楼的人是影视公司的经理。"尤念窝在他的臂弯，小声解释。

陆清泽侧头看她，思考几秒后就想明白了，伸手摸了摸尤念的头发："那你呢？为什么会和明芷一起出现在明月楼？"

陆清泽的手还在尤念的头发上摩挲："公司聚会，她是我的同事。"

"同事……"尤念立刻脑补了一出暗恋的戏，"她是为了你才进公司的吧？"她低垂着眼，仔细回想以前的蛛丝马迹，可怎么也想不起来。

她那时候本就骄纵张扬，除了自己的那圈朋友和陆清泽，其他人都不在她的关注范围内，更别提就默默无闻的明芷了。

陆清泽见她微蹙着眉，低声询问："不高兴了？"如果她不高兴，他反倒有点开心，尤念摇摇头。

"你知不知道她喜欢你？"她抬起头，琥珀色的眼睛盛着水色。

"现在知道了。"明芷一直将距离保持得很好，在公司也严格遵循着上下级的关系行事，从不逾矩。在美国那会儿，两人的接触也很少，加上他很少关心别人，并没有察觉到些什么异样。

尤念"嗯"了一声，将脸埋进枕头。她已经极困，没过多久就进入了梦乡。意识模糊之时，她隐约听到陆清泽在耳边警告："尤念，记住我说的话。"他说了什么？哦，不能找别人。他当她是风流浪女吗？

尤念蹙眉，眼睛都懒得睁，不满地去推他："有你我还能看上谁？"

耳边安静了几秒，随后是从喉咙深处发出的声音，低低沉沉的，带着愉悦的笑声。一声"嗯"之后，尤念落入了熟悉的温暖怀抱。

一夜好眠。

一月底，薛柔放了寒假，贺缨也没什么事，三人经常约着见面。贺缨和"男朋友"拍的视频反响不错，两人差点就假戏真做了，薛柔还是老样子，被家里安排各种相亲。对比起来，两人对尤念倒是羡慕不已。

陆清泽看起来恢复了正常，保持着一定的频率来这里留宿，之前那段时间的冷淡仿佛随着那个周末就这么烟消云散了。

偶尔，尤念会感觉到陆清泽落在自己身上的目光，深幽、复杂、沉静，像深秋的湖水，宽阔又静谧。可她当转过头时，陆清泽往往已经移开了目光，似乎刚刚只是她的错觉。

就这样，日子不慌不忙地逼近了农历新年。陆清泽家里有事，公司放了年假就回去了，尤念则一直待到大年三十才回去。

回去之前，她去了一趟医院的妇产科。她熟练地挂号、开单、检查、等报告。"嗯，还是老问题。"医生看着报告单说，"药有没有坚持吃啊？"

"停了好久了。"尤念说。

"所以你月经又不正常了。"医生放下报告单，例行问她，"最近有备孕的打算吗？"

尤念摇头："没有。"

"嗯。如果你觉得药副作用大，也可以先停一下，等你要备孕的时候再吃。如果不能自然受孕，还可以尝试促排卵的手段。"医生的语气很温和，"总之别担心，这个问题很普遍，千万不要有心理压力。"

尤念道了声谢，离开了医院。

年三十那天，尤念家的年夜饭是和亲戚们一起在饭店吃的。饭桌上，一家三口表现得非常默契，任谁看都是和睦的一家人。奶奶眼睛笑成了一条缝，欣慰不已。酒宴散去，奶奶被送回了自己的家，尤念随父母回去，家里又是另一番景象。

"尤念！"见尤念招呼也不打地就要进自己卧室，尤诚难忍心底的怒火，大声呵斥一句。

尤念转过身，眼神淡定，语气平静："有事吗？"

"你看看你是什么态度？！"尤诚气得脸色发红。

尤念不免有些好笑。小时候起就不管自己的人，现在年纪大了，又嫌自己对他不够亲昵，哪有这样的道理："那，请问，您有什么事吗？爸爸。"尤念重复了一遍，将所有的礼貌词汇都用上。

"你！你！"尤诚连说了几个"你"字，转向自己的妻子，"你来和她说！"

盛芊看向自己的女儿，脸上堆起笑意："念念啊，初三你有空的吧？"

尤念抿唇，一下就猜到了："相亲？"

盛芊笑了下："就是认识一下，男方是你程阿姨姐姐的大儿子，年轻有为，一表人才。他人也在夏城，多认识个朋友总是好的嘛……"

自从家里的状况大不如前之后，尤念的父母就致力于介绍各种青年才俊给她认识，这些人有个共同特点——背后的家庭总能或多或少地和她家里的生意扯上关系。从前，尤念都是来者不拒，接着又作又傲地把人吓走。这么些年，她在父母生意圈的名声应该已经臭了，他们现在学聪明了，找了个在夏城不知情的。

可这次，她不想再顺着他们了。"我没空。"尤念定定地说，"不仅这次没空，以后也没空。你们不要再给我安排相亲了，我不喜欢作为利益交换的工具。"

听完尤念的话，尤诚和盛芊的脸色均是一变。"念念你怎么这么说话？！"盛芊不满，"你爸爸这些年辛苦在外打拼，给你衣食无忧的生活，你就这个态度？再说哪次给你介绍的不是青年才俊？"

尤念沉默半晌，低头从包里掏出一张银行卡，轻轻放在桌上。"这里有一千万，密码是我生日。"她抬头看向震惊的父母，"还给你们，我从小到大的生活成本，应该够了吧？不够再给我一段时间，我再筹一下。这些钱，用来买我的婚姻自由，好了吧？"

尤念说完，淡淡睨了一眼愣在原地的父母，转身回了房间。这些是她几年攒下的所有积蓄，给了父母以后，她身上基本就没什么钱了。本来她打算再攒一段时间的钱后，再拿出这张银行卡的，可不知怎么回事，她一想到现在和陆清泽的关系，就觉得再和别人相亲会有种"红杏出墙"的心虚感。

只能改变计划提前把卡给父母了。

回到自己房间，尤念的手机响个不停，各路朋友同学都在互相送祝福，各种微信群里也在发红包抢红包，现在的年味，仿佛都存在于手机里了。

尤念翻开微信，班群里很热闹。聚会定在初四，初步统计有二十来人，大家正兴高采烈地聊着以前的趣事。

一个男生在群里问：你们有谁收到过班长写的同学录吗？

有一段时间，流行起了写同学录，作为班里最潮的靓女，尤念也不例外地凑过热闹。

群里陆陆续续有人回应收到过。那男生又说：我就想问问，有人收到的不是"好好学习，天天向上"这八字箴言吗？

此话一出，引发了一大片的"哈哈哈"，大家纷纷附和，甚至还有人翻出当时的同学录拍照以示证明。陆清泽的"好好学习，天天向上"在当时简直成了大家取笑的点。如今时隔多年，依旧没有改变。

尤念看着满屏的取笑，突然想到，自己好像就是那个例外。

当时她赶潮流，也要求陆清泽给她写，陆清泽一开始不愿意，觉得不用写这种临别感言，"不行！必须写！"尤念瞪了他一眼，将本子递到他面前。

陆清泽无奈，只好给她写了一张，可陆清泽给自己留的是什么，尤念却有点记不清了，翻箱倒柜找了好久，那本同学录早就不见了踪影。

尤念实在好奇，发微信给陆清泽：你还记不记得，你给我写的同学录赠言是什么啊？

片刻，陆清泽回复了——摘了一句奥登的诗。

尤念的心重重颤了下，心情像是被用力摇晃后打开瓶盖的可乐，瞬间冒出无数的气泡。陆清泽还摘抄了诗在她的同学录上？她完全记不得了，印象中，他是个非常不擅长这些的人。

同学录找不到了，好可惜。

尤念有些不甘心，"噔噔"跑到楼下的杂物房，那里也存有一些她学生时代的东西。

杂物房一直有人打扫，很干净，尤念从柜子里拖出几个大箱子，坐在地上一个一个翻找。找到第三个的时候，她终于看到了那本同学录花花绿绿的身影，尤念面上一喜，将同学录翻开，一股陈旧物品的气味扑面而来，翻过一堆花里胡哨的页面，她终于找到了陆清泽的留言。

泛黄的纸页上，只有干干净净的一句英文诗，他的字迹一向漂亮，只是因为岁月的关系，钢笔的墨迹已经黯淡了不少。尤念的手指轻抚着那张纸，发了会儿呆，将同学录合上带走。

大年初一，尤念跟着父母去奶奶家拜年。

路上，车内的一家三口诡异地沉默着。

"念念啊。"良久，还是坐在副驾驶位的盛芊开了口，"你昨天那是做什么？我们又不是卖女儿，爸爸妈妈也是希望你过得好……"

尤念心不在焉地听着，视线不期然和爸爸尤诚的视线在后视镜中撞上，尤诚的眼睛里有打量和小心翼翼地试探。

"你有一个幸福的未来，爸爸妈妈才能安心，优越的物质条件，就是幸福生活的保障……"盛芊还在试图解释。

"可我看你们也不怎么幸福。"尤念忍不住插话，"奶奶过得比你幸福多了。"起码爷爷没有出轨。

盛芊被女儿一顶，也想到了丈夫背叛的事，脸色发白，呼吸急促了几分，闭嘴转头看向窗外。不管在外面多么风光靓丽，丈夫曾经出轨这件事始终是她心里的一根刺。

尤诚皱眉，不喜欢从女儿口中听到这件事。

"总之那些钱你们收着，当孝敬还是什么都可以，但是不要再给我介绍男人了。就算你们塞过来我也能把人气走，你们是知道的。"尤念也别过脸看向窗外，语气淡淡。

尤诚从后视镜中看了眼女儿倔强的脸，无奈地叹了口气。

窗外景色逐渐从繁华变得萧瑟，奶奶家也越来越近了。

尤念的奶奶祖上从商，是个富家小姐。十几岁时对镇上的教书先生一见钟情，从此非君不嫁。二十岁，奶奶如愿和爷爷结了婚。然而生活不是"王子与公主幸福地生活在一起了"。动荡年代，两人经历过许多苦难，才终于得以平安回到了小镇。

两位老人家清贫了大半辈子，在儿子飞黄腾达之后也不肯离开这里，直到爷爷安详地在他们生活的屋子里睡去，再没有醒来。

现如今留下奶奶一个人，她说什么也不愿意跟着儿子去城里，坚持留在小镇生活。好在老人家身体还算硬朗，晚辈们也就顺着她了。

小镇的道路空阔，两旁是低矮错落的房子，白墙黑瓦，屋顶尖尖。其中一个房子的门口，站着的正是尤念的奶奶。

"奶奶！"尤念一下车就大声打招呼，"新年好啊！"

奶奶脸上笑开了花，皱纹舒展开，声音高昂："新年好，新年好。"

尤诚将车子停好，从后备厢将礼物拿出来送到房间，盛芊也跟在丈夫后面问好。

奶奶笑眯眯地，从外套口袋里掏出一个红包，手微颤着递给尤念："念念的压岁钱。"

"谢谢奶奶！"尤念从老人枯瘦干燥的手中拿过红包，很高兴地收下了。奶奶每年过年都会给尤念封一个大红包，尤念刚成人那会儿还会拒绝，现在却已经想通了，这不过是老人家的一点心意罢了，不如遂了她的意讨个喜庆。

一起吃过午饭后，尤诚和盛芊就先离开了，尤念则留下来陪奶奶住几天。

今年的冬天不太冷，过年这几天的天气尤其好，太阳一大早就出来，晒得万物皆暖。上午，尤念陪着奶奶买菜做饭，给她打打下手。等奶奶午睡起来，祖孙俩就端着小板凳去小镇的空地，坐着一起晒太阳。

新年的小镇并不热闹，很多人都去了城里过年，只留下寥寥的原住民。空地立着两个蓝色的铁质篮球架，再远一点，是高高竖立的电线杆，黑色的电线横着向远处延伸，一栋栋独立的白色房子低矮破旧。

随着时间的流逝，傍晚的小镇就成了灰色的。只有太阳落山处的天色是红的，灰白的厚重云朵浮在上空，黑色的乌鸦飞过电线，发出聒噪的叫声。暗灰的水泥地，不时有电动车飞快地驶过，穿着新衣服的儿童们蹦蹦跳跳地回家，三三两两的老人则留恋着太阳的余晖，坐在原地看着来往的路人。

整个小镇如同蒙了一层灰色的透明膜，所有的景象都是陈旧而单调的。

尤念以前不懂，这样单调的小镇生活有什么意思，奶奶到底在坚持什么不愿走。她喜欢大城市的繁华，那里总有热闹的人群，吃不完的美食，丰富的娱乐，而这里，只有乏味和无趣。

可这几天，她似乎渐渐有些明白了。就是因为小镇的古旧与一成不变，奶奶才能从现在的景色中想起从前的快乐。她不是不想过更富裕的生活，她只是停留在和爷爷的过去中不肯走。

"这家店，我和你爷爷刚结婚的时候就有了。

"你爸爸以前也是从那个方向回家的。

"你看那个扎羊角辫的小姑娘，和你小时候像不像？"

……

晒太阳的时候，奶奶常常会和尤念聊天，说来说去都离不开回忆，也离不开爷爷。尤念每次听奶奶说起她和爷爷的事，心里总是酸酸胀胀的，怎么就能那么喜欢一个人呢？喜欢了几十年还不够，甚至他都离开十几年了还不愿走出来。尤念一直觉得，人要往前看，停留在过去只会徒增烦恼。

就像自己，父母不关心自己，她就交很多很多的朋友；谈恋爱时，男朋友没有时间陪她，她就和其他朋友一起玩；分手后，她也很少刻意回忆过去，因为那会让自己不开心。

——人生苦短，及时行乐。这是她的人生信条。尤念一直认为，没有哪一种感情是永恒不变的，尤其是爱情。可这几天她才发现，原来真的有这样的感情存在。

初四那天，尤念接到陆清泽的电话，问她在哪儿，他过来接。

尤念发了个定位过去。

同学聚会在晚上，陆清泽是下午到的这里，开着一辆本地牌照的奥迪。

"你哪儿来的车？"尤念惊讶。

"我继父的。"

陆清泽的妈妈前两年再嫁，继父是个离异带女儿的公务员。如今他们三口生活在一起，日子倒也舒心平静。

尤念点点头，陆清泽的妈妈为了儿子一直没有再找，如今苦尽甘来，也是好事一桩。

"念念。"身后传来奶奶的叫声。她手上拿了一袋东西，慢吞吞地递给尤念，"这是特产，你带回夏城吃啊。"奶奶和蔼地叮嘱。

尤念接过来应下。

"这位是？"奶奶的目光流露出浓浓的兴趣。

"是我同学。"尤念连忙解释。

陆清泽和奶奶问了好，奶奶乐呵呵地一边打量他，一边喃喃自语："同学好啊，同学好。"

"奶奶，我知道我同学长得帅，但你也不要一直盯着人家看嘛，他会害羞。"尤念笑嘻嘻地搂着奶奶的肩膀，开着玩笑。

奶奶瞪了她一眼："你这孩子。"

"没关系，我不害羞。"陆清泽的声音温和沉静。

奶奶立即笑逐颜开，随后就开始赶人："好了好了，你们快走，别在我这儿耽误时间了，抓紧时间那个——"

她想了想补充："约会。"

"是同学聚会，奶奶。"尤念纠正。

奶奶乐了："我管你什么会，快走快走。"

同学聚会定在平城的一家会所，集住宿、餐饮、休闲等功能于一体。到了会所门口，陆清泽去停车，尤念先行一步去订好的包间。

"哎呀，我们校花来了，快坐快坐！"尤念一进去就受到了热烈的欢迎。包间一共两桌，在场的所有人都朝她看过来。

尤念当然是漂亮的。她的美不是温柔可人的甜美，也不是清新邻家的清纯，而是直击感官的明艳绮丽，丰容盛鬋，顾盼生辉，走路袅袅婷婷，婀娜翩跹。同学们大都很久没见尤念了，虽然她的社交账号偶尔会发照片，但此时见到本人还是免不了被惊艳了一番。

尤念笑了笑，走到刚刚说话的同学旁边落座。

"我们的美女作家，最近在忙什么呢？"刚坐下，身边的人就热络地找她聊起了天。

尤念也一一应和。

"尤念好像更漂亮了啊。"明芷旁边的女生小声和她咬耳朵。

"真的好漂亮啊，不知道什么样的男人才能和她在一起，真是越看越漂亮。"

"她又不是没交过男朋友。"明芷没好气地说，看到尤念艳如桃李的脸，明芷突然就对自己的精心打扮没了信心。尤念身上，是从小到大路人的夸赞给她带来的自信和气场，而自己这个"后天美女"，在面对她这样天然的大美女时，总是不自觉就矮了几分。

包间里，叙旧的同学们情绪高涨，明芷的心情却直线下落。

十几分钟后，包间门再次被推开。

——陆清泽来了。

明芷注意到，他先是看了尤念一眼，随后走到自己这桌坐下了。他们不坐一桌，是又分开了吗？毕竟上次尤念那么说他，任谁都会生气吧？可很快，明芷就发现自己错了。

开席之后，尤念那桌热闹得不得了，她似乎是中心人物，时不时就和别人喝酒，而陆清泽，分明在她喝酒的时候皱起了眉。

九、十……明芷在暗暗数着。短短的一段时间，陆清泽居然朝尤念那里看了十几次。终于，在看到陆清泽去洗手间时，明芷下定决心跟了过去。

"班长。"

陆清泽一洗好手出来，就被明芷叫住了。

"有事？"陆清泽淡淡睨着脸上写满紧张的人。

明芷吸了口气，手握拳头，努力保持镇定："我有事情想告诉你，是关于尤念的。"

"我想不用了。"

"班长！"明芷叫住抬脚要走的人，大声道，"很重要，我保证我说的是真的，如果你听完还愿意和她在一起，那我无话可说。"

陆清泽的脚步一顿，转身，锐利的眼睛盯着她，声音低沉："什么事？"

尤念在明芷出去的时候就发现了她是跟在陆清泽后面走的，可回来的时候却只有一个人，陆清泽一直迟迟未归。尤念心不在焉地和别人交谈了一会儿，拿出手机联系陆清泽，没有回应。

"我去趟洗手间。"尤念撂下一句话，匆匆起身离开。

打了几个电话，陆清泽终于接了。

他在三楼的休息室。

尤念找到房间，刚打开门就被里面的烟味呛到了，陆清泽背倚着对面的沙发，隔着缭绕烟雾看她，眼神晦暗不明。"为什么来这儿？"尤念盯着他轮廓立体的侧脸。

陆清泽的眼神闪了闪，没有说话。

尤念别过他的脸，正视他深黑的眼睛，认真地问："明芷和你说了什么？"

陆清泽静静地和她对视半晌，叹了口气："没什么。"

"骗人。"尤念愤愤，"你不说我去问明芷。"她站起身作势要走，手腕却被一把拉住了。

陆清泽将她拉回坐下，动了动唇，声音微微有点哑："她说你过年要相亲，对方是夏城人。"

尤念嗤笑一声："她消息倒是灵通，嘴巴这么大怎么不去当发言人啊？"

陆清泽放在身侧的手渐渐握紧，果然……

"我没有相亲。"尤念看向陆清泽，"我拒绝了。"

陆清泽一愣："我爸妈原来是想让我相亲来着，但是我已经拒绝了。"

陆清泽看着她，依旧没什么表情。

尤念迟疑："你——不相信我？"

"为什么？"陆清泽开口，"为什么拒绝？"

"因为……"尤念卡壳。

"是因为我吗？"看到尤念的样子，陆清泽心里隐隐有了猜测。

尤念支支吾吾地应了一声，笑意在陆清泽的脸上荡漾开，他喉咙里传来低低沉沉的笑声。尤念莫名地有点窘，这个也不能说完全是因为他，但是也确实有他的原因，而且他这么开心，自己顺势承认也没什么吧。都怪那个明芷不好，要不是她陆清泽也不会不高兴了……尤念东想西想，不知怎么就想到了那本同学录。

"对了，我找到那本同学录了，原来你说的是真的，可是你当时为什么会想到在上面摘抄诗啊？"

这非常不像陆清泽的个人风格，他是非常理性的人，"抒情"这两个字基本与他绝缘。

陆清泽的脸上闪过一丝不自在，尤念看着他微微有些羞恼的样子愣了愣，又立马反应过来，笑了。

"我只是没想到，你也会抒起情来。"

"那不是抒情。"他镇定地反驳。

"嗯？"

在尤念不解的目光中，陆清泽严肃认真地纠正她。

"那是真话。"

第四章

赌约

半个小时后，尤念回到了包间。冷白的灯光打在她的脸上，将她皮肤衬得更显雪白，她站在门口，寒星般的目光在明芷的脸上顿了下，嘴角牵起一个淡淡的微笑，精致妖媚的五官耀眼，带着耀武扬威的意味。

明芷的心"咯噔"了一下，刚才她和陆清泽说完尤念的那些事，陆清泽沉默了很久。

"我知道了。"再开口的时候，他的声音里有些疲惫，"你回去吧，以后也不要再说这些事给我了，我自己会看。"

明芷抿了抿唇，迟疑着离开了。走了一会儿，她忍不住回头，陆清泽还站在那里，背影萧索寂寥。那一瞬间，明芷的心又酸又涩，她知道，自己告诉陆清泽那件事，他一定会很难过生气，可是，尤念已经骗过他一回，她不能再看着陆清泽陷进去了。

可现在尤念的态度……怔怔间，尤念已经从自己位置上端了杯子走过来，径直坐在和明芷隔了一人的空位上。

她是天生的焦点，刚坐下就成了众星拱月般的存在，话题都落在了她的身上，聊天气氛热烈。

"尤念，我看你朋友圈发过《宝珠》的开机新闻，那你认识曾宇吗？"明芷旁边的文悦趁着聊天间隙小声问。

"认识呀。"尤念挑了挑眉，调笑道，"是他粉丝啊？"

"不是我，是我侄女，今天见到你突然想起来，如果方便的话，可以麻烦你要个签名吗？"

尤念拨了下自己的头发，大方道："地址拿来。"

文悦欣喜不已，连忙将地址通过微信发给了尤念。

"哎，你的脖子——"再一抬头，文悦惊讶地指着尤念的脖子。

明芷顺着看过去，一口气差点上不来，尤念脖颈靠近肩膀的地方，有个红色的吻痕，深红的颜色在她白皙的皮肤上甚为显眼。文悦也意识到了那是什么，不好意思地垂下手指。

明芷低下头，心慌意乱，手心紧紧攥着衣角。这……怎么可能啊？可是尤念才来的时候，明明没有这个吻痕啊。

"哎，班长来啦。"有男生的声音。

明芷抬头看过去，彻底愣住了，陆清泽的嘴角，破了一个口子。

尤念对上明芷看过来的探究目光，用口型说了三个字："我、咬、的。"她满意地看到明芷的脸色更加苍白，眼睛里还带着深深的不可思议。

"班长，要不要坐我们这里？"另一桌的同学招呼陆清泽。

陆清泽和尤念那段轰轰烈烈的恋爱无人不知，两人如今发展都很好，如果还在一起倒也是一段佳话，可惜当时他们没多久就分了手。这是两人第一次同时出现在聚会上，大家心照不宣地想把两人分开，避免尴尬。

陆清泽幽幽的目光扫过尤念，应了声坐到了那桌。尤念"啧"了一声，端着酒杯起身："我也回去了。"

尤念坐回自己的位置，感觉到自己这桌的气氛似乎尴尬了一瞬，她不甚在意地晃着自己的酒杯，嘴角含笑。桌下，穿着靴子的脚前伸，准确无误地在陆清泽的裤腿蹭了下。陆清泽正在和旁边人谈论5G手机的话题，表情随之一僵，尤念笑嘻嘻地，又蹭了下，陆清泽的耳根开始发红了。

太好玩了吧？刚刚在休息室还像个"禽兽"一样对自己又咬又啃的，现在又变成了纯情少男，稍微一撩就红耳朵，刺激。尤念对这个小游戏玩上了瘾，不亦乐乎，在她又一次伸过去时，却意外地落了空。下一秒，她的脚被紧紧夹住了，动弹不得，尤念试着缩回来，可无奈对方力气实在太大，无法撼动半分。尤念撇着嘴，叹了口气，玩不了了。

陆清泽面不改色地继续和同学聊天，略带警告地扫了一眼尤念，然后松开了腿。

这一顿饭吃完已经是晚上九点多了，部分同学继续留在这里唱K娱乐，剩下的就各自散开了。

"今天不少钱吧？全是班长付的？"会所门外，同学们三三两两站着等车。知道今天要喝酒，大部分人都没有开车来。

"嗯，也还好，几万块钱吧，对班长来说就是毛毛雨。"

"几万……够我搬砖几个月了。"有人啧啧出声。

"那是你。"那人笑道，"班长可是拿分红的，你知道他们公司一年利润多少吗？"

"我哪知道，我又不是科技业的。"

"反正我估计，班长拿到手八位数应该有了，以后只会更多。"

"也不知道我们校花会不会后悔和班长分手，放弃了这么一个高富帅。"

"不会吧，尤念这么漂亮优秀，追的人肯定很多，而且她好像有男朋友了。"文悦想起尤念脖子上的吻痕，为她解释。

明芷听着大家的谈话，指甲深深地掐进了肉里，大概这里只有她一个人知道，那个吻痕就是陆清泽留下的，这是她一个人隐秘又痛苦的秘密。

而此时，众人口中八卦的对象正处在同一辆车里，陆清泽今天没有喝酒，开车带着尤念去了一家酒店。

"为什么不直接在会所开房间啊？"尤念百无聊赖地打了个哈欠，脸上染了层淡淡的红色。

"会遇到同学。"陆清泽解释。

尤念"噢"了一声："对了，你什么时候回去？"

陆清泽反问："你呢？"

尤念想了想："明天我要和朋友出去吃饭，初六回去。"

"朋友？"陆清泽微微蹙眉。

"就厉子阳他们。"尤念这次回来，还没来得及找自己那群朋友，于是厉子阳组了个局，约好了明天出来。

陆清泽没有说话，不动声色地握紧了方向盘。

第二天早上，尤念起不来床。

当她的手机铃声第三遍响起时，陆清泽神色一变，站在床尾处接通了电话。

"姑奶奶你人呢？这都几点了？！大家都到了就等你了。"厉子阳的声音从听筒里传出来。陆清泽将手机微微拿远了一些，似乎是嫌他聒噪，赶在厉子阳再次开口前，他语气平静地说："她还在睡。"

对方陷入了长久的沉默，过了好一会儿，厉子阳的声音才再次响起："不是。这位大哥您哪位啊？"

"陆清泽。"

"陆清泽？"厉子阳的声音活像见了鬼，"尤念睡在你旁边？！"

"嗯。"

"我……"厉子阳似乎是远离手机骂了一堆脏话。

"谁啊？"一道微哑慵懒的女声响起。陆清泽回头，只见尤念睡眼迷蒙地坐起身来，长发凌乱地披在肩上。

"厉子阳。"陆清泽将手机递给尤念。

尤念接过来，渐渐皱起了眉。"厉子阳你是不是在说我坏话？！"她厉声问。

"你不是还在睡吗？是不是陆清泽那个阴险的人故意把你叫醒——"厉子阳絮絮叨叨。

"我是被你吵醒的！你的声音大到我都听见了！"尤念刚刚睡得迷糊之时，似乎听到有人大叫了一声"陆清泽"，她瞬间就被吓得一激灵。

"我说妹妹，我哪是骂你啊，我分明是骂——"厉子阳叹了口气，"算了你快来，等你呢。"

尤念应了声，挂断电话，她直愣愣的目光对上陆清泽的。

"我看你还在睡，就帮你接了。"陆清泽解释。

"是吗？"尤念轻声反问。

陆清泽和厉子阳从一开始就互相看不顺眼，她很难不怀疑陆清泽是故意的。厉子阳如果知道自己和陆清泽纠缠在一起，肯定少不了一顿念叨。

果然，当尤念化好妆出现在厉子阳面前时，立马就被他带到一边进行了拷问。"你怎么回事啊？"厉子阳恨铁不成钢，"当时你追他的时候，是怎么和我说的？分手的时候又是怎么说的？嗯？那你现在搞什么？"

厉子阳见过几次陆清泽后，一直就不赞同好友和他在一起。他总觉得陆清泽心思太深，很难看透，而尤念这人又过于直白简单，如果对方想玩，尤念根本就不是对手。

尤念皱眉，嫌弃不已："行了我们还没在一起呢，别叨叨。"

"没在一起？"厉子阳愣了下，反应过来。

他嗤笑一声："行啊尤念，你还挺赶时髦。"

之后的聚会，厉子阳的脸色一直阴晴不定。他本身长得痞气，这样沉了脸色，看上去像个非常不好惹的"大哥"角色。吃喝玩乐一系列的活动下来，已经接近凌晨了。

陆清泽开车来接尤念，他帮尤念打开副驾驶位的门之后，回头隔着一段距离和站在门口的厉子阳远远对视了一眼。

厉子阳目光死死盯着他，几年没见，陆清泽这男人不仅外表出众，气质也更加沉稳内敛、稳重自持。对视的那一眼，是男人才明白的内容，眼见黑色的汽车开走，厉子阳转身，朝墙上踢了一脚。

初六，两人一起飞回夏城。

回到家，尤念就先去洗澡了，陆清泽按照以前的习惯，帮她收拾行李。他打开客厅电视柜下面的抽屉，将尤念随身带的维生素放进去，目光不期然被抽屉里的一个药盒吸引住了——屈螺酮炔雌醇片。

这是陆清泽不熟悉的药，他翻到背面，适应症那一栏只有简单的四个字：女性避孕。

陆清泽的目光久久停留在这四个字上面，心口一窒，针扎似的痛感从心脏向四处蔓延，他的手指微颤着打开盒子，里面的药已经少了很多。他不在的这五年……他不敢再想，陆清泽合上眼睛，四肢发凉。

"尤念她一开始就没和你认真，她只是看你长得帅玩玩而已，你不要再被骗了……"明芷那天的话在他脑海中回响。

玩玩吗？他知道啊，他一直都知道，他不介意这是个谎言，只是恨她提前把这个梦戳破。他手指在不自觉地用力，纸质药盒的边缘被捏扁，折痕顿起。沉默良久，陆清泽深吸一口气，再睁开眼，已经做好了决定。

他垂下眼，长密的睫毛挡住眼睛上，手指一点点将自己捏扁的药盒理好形状，放回抽屉，再把维生素拿出来放到了茶几上。将剩下的东西收好，陆清泽坐回沙发，仿若无事发生。只要他不说，那这一切就没有发生过，自欺欺人这件事，他做得比谁都老练。

尤念洗好澡出来，看到的就是陆清泽背靠沙发、微微合着眼的模样，看样子在闭目养神。屋里开了空调，他穿着一身深灰的休闲针织衫，比平日多了几分慵懒的气质。他微微仰着头，脸部轮廓干净流畅，从阳台射进来的阳光打在他脸上，在下巴处形成了一个很小的光环，猛一看仿佛有细碎的星子在闪烁。

尤念悄悄走过去，凑过去想看他是不是睡着了，谁知刚走到沙发边就被他伸手一拽，尤念反应不及，跌坐在他的腿上。"你没睡啊？"她调整了一下姿势，圈着陆清泽的脖子。

陆清泽摇头，伸手搂住尤念，防止她掉下去。她的头发被干发巾包着，换了身米色的家居服，摸上去毛茸茸的，很温暖。陆清泽手心微微收紧，感受着她的温度。

"你勒疼我了！"娇气惯了的女生立即不满。

陆清泽只好微微松开一些，尤念满意了，趴在他的肩膀上，无聊地玩起他的衣服下摆："你今天还要工作吗？"

"今天休息，明天去公司。"

尤念"嗯"了一声："那我们一会儿吃什么？"

陆清泽轻抚着她的脖颈："你想吃什么？"

尤念坐直了身体，两眼放光："想吃你做的！"

陆清泽从小就独立生活，厨艺非常好，两人还在一起的时候，他经常做菜给尤念吃，重逢后，她只吃过他做的早餐，还没有正式尝过他的厨艺。

"不过……"尤念迟疑了下，"你现在还会吗？"他现在这么忙，好像没什么时间自己做饭。

"会。"陆清泽揉揉她的脑袋，"去吹头发，下楼买菜。"

尤念应了一声，磨磨蹭蹭地起身，回卧室换衣服打扮。

两人就近去了离小区不远的一家超市。

今天初六，回家过年的人已经陆陆续续返回夏城，来采购东西的人不算少，在超市披红挂彩的装饰下，还有些残留的年味。现在的APP很方便，想要什么直接下单就可以送货上门，尤念已经很久很久没有这样逛超市了。

一路上，她将看上的东西随手扔进购物车，一件接一件，不一会儿车里的东西就堆成了一座小山。陆清泽推着车跟在后面，看着一个又一个的垃圾食品，眉心微跳。"你平时就吃这些？"男人的声音低沉，带着些许的不满。

尤念回头朝他看了一眼，眼尾上挑："有什么问题吗？"

陆清泽和她挑衅般的目光对视了一会儿，无奈地败下阵来："少吃一点，对身体不好。"

尤念"哼"了一声，转过头不以为意。

"会胖。"陆清泽慢吞吞地补充了两个字。

尤念的背部一僵，她现在二十五岁，新陈代谢的速度不比以前上学时。上学的时候她还是个课间满口薯片都不会发胖的苗条少女，而现在，她不得不控制每天"垃圾食品"的摄入量。

趁着陆清泽买排骨的时候，尤念不动声色地拿走了几袋零食，悄悄塞回了货架，陆清泽背对着她，装作不知，嘴角微微上扬。对于尤念这样的，直接说垃圾食品对她完全没用，只能从她在意的方面入手。

"就拿这一块，谢谢。"他指着其中一段排骨对卖肉的阿姨说，声音温和清亮。

阿姨冷不丁被这突然的笑帅到了，愣了下才抓起排骨称重："这些够不够啊小伙子？你几个人吃啊？"

"够了，就两个人。"陆清泽回答。

"吃得好再来啊。"阿姨剁好排骨，笑眯眯地递给陆清泽。

尤念匆匆走回来，恰好看到这一幕："陆清泽你不得了，'师奶杀手'啊。"

那阿姨卖完东西还看着他呢，笑嘻嘻地和旁边人说了什么，十有八九是夸他帅之类的话。仔细想想，陆清泽确实是长辈们特别喜欢的那一种男人，长相斯文英俊、身姿挺拔、待人礼貌、谈吐文雅……其实不只是长辈，喜欢他的小女生也很多。

除了女生，还有没有……

"你在想什么？"陆清泽发现了她在走神。

尤念抬起头对上陆清泽好看的脸，琥珀色的眸子眨了眨，将脑子里想到的事顺口就问了出来："该不会还有男的喜欢你吧？"

陆清泽的脸色一沉："什么乱七八糟的。"

关于这个，他在美国有段非常不愉快的经历。

那时候他刚到美国，人因为失恋瘦了一大圈。有一次留学生聚会，他无视医生的警告喝了很多酒，脑袋发晕，一个人坐在角落的沙发上休息。同桌的有个富二代男生，见他长得不错就起了歪心，走过来坐在他的旁边，一个劲地往他身上凑，想占他便宜。陆清泽恶心得不行，拿起酒瓶就砸破了他的头。

聚会结束后两天，那人要求陆清泽赔偿他的医药费，否则就起诉他。陆清泽那时一穷二白，哪里有钱请律师，更不要说打官司耗费的人力物力。那人趁机谈条件，要陆清泽陪他一晚就算了，自然被陆清泽严词拒绝了。

就在陆清泽准备迎接官司之时，是他的同学莫飞帮他摆平了这件事，两人也从此成了朋友，至今还保持着联系。

陆清泽向前走了一段路才发现尤念一直慢吞吞地跟在后面，他停下脚步等人。等尤念到了跟前，他低声解释："我不是凶你，一般人都不喜欢开这种玩笑。"

尤念"嗯"了一声。她一身米色大衣，头发简单扎成了马尾辫，脸上只着淡妆，有点学生气的打扮。此时她低垂着眼，红色的唇微抿，怏怏不乐的。

陆清泽叹口气："好吧，有。"

尤念瞬间抬起头，惊讶地张大了嘴巴，眼睛里闪烁着八卦的光。

"所以我刚才反应过激了，但多的别问，OK？"

尤念抿了下唇："好吧。"好像他确实不喜欢谈这些，不问就不问。

一回到家，陆清泽就进了厨房处理食材。尤念换了身衣服，也跟进去帮他打下手，说是打下手，但事情基本都是陆清泽做的。

"毕业三年多，你就一点没学会做饭？"陆清泽从她手上拿过菜刀，对她的刀工实在不敢恭维。

尤念手撑着料理台，长长的马尾辫垂落下来，锁骨处凹出了一个窝。她歪着头，有理有据地反驳："我会啊，我会煎鸡蛋、下面条，还会做蛋炒饭，而且现在外卖那么多，我何必浪费时间呢？有那个空闲我还不如多写一集剧本……"

她松开手，从后面抱住陆清泽，自他的身体和胳膊之间钻过去，仰头冲着陆清泽笑："你说是不是呀？"

陆清泽手上的动作一顿，低下头睨她。她的脸上带笑，眼中是自己熟悉的狡黠和调皮——一如从前她耍赖不学习的样子。

"嗯。"陆清泽低声应着，心脏像是泡在了柠檬饮料里，酸酸胀胀中又带着丝丝的甜。算了，就这样吧，对于尤念，他除了妥协还能做什么呢？

随着二月的到来，两人都渐渐忙碌起来。

尤念手头上除了有一本小说正在杂志上连载，另外还接到了导演汤旭的邀约，想让她加入自己的新电影项目。目前项目还在前期讨论阶段，大小会议很多。

搭载了翎宸芯片的蓝鲸"比翼6"手机上市后反响良好，各项测评均位列同类产品第一，市场销量持续走高，良好的口碑使翎宸的订单不断增加。高川乐得合不拢嘴，他们销售部提前完成了这季度的销售目标，他已经可以预想到，等"武夷"推出市场后的反响肯定会更加热烈。

目前国内能做5G手机芯片的公司只有寥寥几家。除了不对外销售的源科，就数翎宸和淮芯两家最有竞争力，而在去年的战役中，有了"比翼6"为搭载终端的翎宸显然更胜一筹。

"比翼6"的热销甚至吸引了陆清泽的同学——莫飞的注意。

莫飞是个华裔，毕业后任职于美国一家知名的芯片公司。现在是全球化的时代，他一直很关注国内芯片的发展，自然也注意到了"比翼6"的发布与热销。趁这次出差的机会，莫飞专门来到翎宸看望老同学陆清泽。

"莫先生，您好，我是陆总的助理Yuuni。陆总他还在开会，请您到他办公室等一会儿。"Yuuni礼貌地将莫飞请进办公室。

"你叫Yuuni？"莫飞露出了一个饶有兴味的笑容。

Yuuni点了点头，伸手做了个"请"的姿势。

莫飞一脸的意味深长，跟着她进了办公室。

"您想喝点什么？"

"咖啡，谢谢。"莫飞盯着Yuuni，笑得她心里发慌，然而作为一个专业的助理，Yuuni还是压下心头的怪异，去给客人冲咖啡了。

莫飞在办公室等了几分钟，陆清泽回来了。

"嗨！"莫飞站起身来，和陆清泽热情地打了个招呼。

没等陆清泽说话，他就贴着陆清泽的耳朵，语气暧昧："漂亮的助理小姐就是你这几年念念不忘的女人吧？"

陆清泽一愣："什么意思？"

莫飞眨眨眼，一副"别装了"的表情："Come on（来吧）！别以为我不知道，你刚来美国那会儿，就是你同学也在的那次。"

"你喝醉了，嘴里一直念叨一个名字。我听不清，问你同学你在说什么。你同学说那是你前女友的名字，还叮嘱我以后不要提她，不然你会很难受，我记得，好像就是助理小姐名字的发音……"

陆清泽听明白了，无奈一笑："这么久的事你还记得。"

莫飞挑了挑眉毛，夸张道："陆，但凡你在美国交过一个女朋友，我想我就会忘记这件事的。那么多女孩子喜欢你，偏偏你一个都没有交往，反而让我更好奇了，是什么样的女孩子，让你这么难忘。"

陆清泽想到尤念，嘴角露出一个笑。

"不是你说的助理小姐。"他纠正。

"不是？"莫飞好奇，"比助理小姐还要漂亮吗？"

在比美的问题上，陆清泽一向没有疑问。

"当然。"他笑了笑，声音带了点自然的温柔，"你想知道吗？或许我们晚上可以一起喝一杯。"

尤念这几天都在做电影的前期筹备工作，导演汤旭想拍一部20世纪90年代的校园青春电影,讲述那时候大学生的感情与生活。汤旭如今年近四十,于是邀请了好几个年轻编剧加入创作团队,想在电影中融入一些新鲜的想法。

尤念曾经做过青春校园电视剧的编剧,同时又写了很多畅销的校园小说,因此被汤旭选中。关于电影,汤旭本人有个大概的梗概和脉络,编剧要做的,就是在他的想法基础上加以扩充和深入。

这天,为了更好地让编剧了解自己的情怀,汤旭带着尤念及几个主创去了邻市的一个创意园,里面有很多与电影时代相近的元素。

汤旭拍这部电影的很大一个原因是想纪念他们那个时代大学生的生活,那时候的大学还没有扩招,上大学要坐绿皮火车,学生们没有网络、没有手机,娱乐方式匮乏,男女之间的情愫朦胧又单纯……

尤念本来对这个项目不是很感兴趣。可随着这几天的了解,她对这个故事的兴致越发浓厚起来,她没有经历过的时代,却可以通过电影的方式参与进去,这是多么新奇又美妙的事情。

创意园那里的信号不好,等尤念开完一天会出来,才发现陆清泽给自己发的微信与打的电话记录。微信上,陆清泽约她晚上和朋友一起吃饭,尤念看了看时间,现在已经是晚上七点多了,吃饭是肯定来不及了。

"大家别急着回去。今儿我请客,咱们就在这儿吃啊。"汤旭招呼大家一起吃饭,再一起坐车回夏城。

尤念犹豫了下,拒绝了:"不好意思啊导演,我有点事要先回去。"

"怎么,小姑娘有约会啊?"制片大叔开玩笑。

尤念笑了笑,算是默认。见她有别的安排,其他人也没有强留,让她先回去了。尤念打了个车去车站,途中拨打陆清泽的电话,但一直没打通,后来好不容易打通了,她也完全听不清对方的话,这地方实在太偏,信号很差。

"你们吃吧不要等我。"尤念大声说,也不知道他听清没有。

到了车站,信号终于变好了,尤念发微信过去,说自己还要一个多小时才能到夏城,没办法和他们一起吃饭了。过了一会儿,陆清泽回了个"好"。

餐厅里,陆清泽和莫飞相对而坐,桌上摆放着一瓶红酒。陆清泽从联系不上尤念起,脸色就隐隐有些不好看,得知尤念来不了了,他什么话也没说,拿过酒瓶往自己杯子里倒了一杯。

"你可以喝吗？"莫飞想要阻止。

"可以。"陆清泽一饮而尽，"她来不了了，我们点菜。"

"好啊。"莫飞耸耸肩，一脸兴味，继续喝他的酒。反正他主要是来找陆清泽的，他女朋友见不上就算了，倒是陆清泽现在这个样子，实在是太少见了。

刚到美国时，陆清泽还会经常和他们喝酒聚会。可自从生了一场大病后，他就再也没沾过酒精，也拒绝一切聚会邀请，将所有精力都集中在了课题研究上。两人边吃边聊，话题又聊到了如今的芯片市场上。"你那时候回国，我是很不能理解的。明明美国的芯片技术更加成熟，给你的发展空间和薪资也都是世界顶尖的，可你非要加入一个成立没多久的国内芯片公司……"莫飞眯着眼，摇晃着手里的酒杯。

"莫飞。"陆清泽认真地说，"如果是为了这些，我研究生时就转CS了。"

本科时，他就深知芯片这条路的艰难。在实验室，他听师兄和老师讲过很多这方面的秘闻，一些在军事设备上必不可少的芯片，美国下了禁运令，我们就是有钱也买不到。怎么办呢？只能通过其他渠道采购，通常价格比正常的要翻很多倍。一颗小小的芯片，也许需要几万人民币才能买回来，装备的成本会随之变得非常昂贵。

这就是没有自主知识产权，只能仰赖他人的结果，从一到二不难，难的是从零到一。而在从零到一的道路上，他愿意做一颗普通的小石子，只要石子够多，泥泞小路总会变成康庄大道的。

"OK，OK！"莫飞做了个手势，"我知道了，你又要说那一套了。"

他和陆清泽虽然是朋友，但两人国籍不同，美国的科技制裁始终是个敏感话题，于是就此打住。"我们还是聊聊那个没来的女人吧。"莫飞慢悠悠地喝了口酒，"你们又在一起了？"

陆清泽的动作一顿，缓缓摇了摇头，端起酒杯喝了一口。

"可真难见啊。"莫飞感叹了一句。

陆清泽默默垂下眼。其实从两人大学时就是这样，他很忙，尤念也不比他闲多少，她忙着适应这座新城市的生活，忙着和朋友找各种新鲜好玩的事物，有时候，他都从实验室回来了，尤念还没有回宿舍。他不来找她，尤念好像也不会难受。

可是他不一样，每次联系不到尤念，他的情绪总会变得很差，直到能再次见到她或者联系上人才好。能和她待在一起，他觉得很快乐，但尤念好像并不这么想，她和谁在一起，都能找到开心的事情。

陆清泽觉得自己大概是喝多了，居然又开始想以前的事。

可是他控制不住。

当尤念收到陆清泽的微信时，她正在打车回小区的路上。陆清泽发了个定位给她，说喝酒了问能不能去接他？

尤念连忙叫师傅掉头，往定位的那家餐厅开。到达那里的时候，尤念一眼看到站在门口的两个高大男人，她连忙下车，匆匆走到陆清泽面前。

"这是我在美国的同学莫飞。"陆清泽的脸色看上去微微有些红，讲话条理依旧清晰。

尤念点点头打招呼："你好，我是尤念。"

"嗨，你好！"莫飞热情地想拥抱尤念，在看到陆清泽的眼神后，他又无奈地收回了手臂。

尤念，Yuuni……原来如此，是他听岔了。

莫飞恍然大悟，将陆清泽送上了车。

"你住哪儿？我们送你。"尤念看向站在一旁的莫飞。

"不用了，谢谢。我的酒店就在旁边。"莫飞打量着尤念。

一头漂亮的长卷发，肤白貌美，身材比例也是极好，特别是那双眼睛，如水一般，带着勾人的媚，这样的大美人，难怪陆清泽念念不忘。

"那好，今天谢谢你了。我们先走了，拜拜。"

和莫飞道别后，尤念也上了车。一路上，陆清泽都闭着眼睛，眉宇间有些疲惫，尤念见他这样也不好打扰，安静地坐在一旁。

回到家，尤念将陆清泽扶到沙发上坐好，还没来得及说什么，肩膀就被人一把按住。

尤念"哎"了一声，坐在了他旁边的沙发上。陆清泽倾身过来，一双深黑色的眼睛暗潮汹涌，声音压得很低："尤念，我想见你一面，怎么就这么难？"

尤念一怔，他的眼睛在看她，可好像也并不是在看她，仿佛透过了她的眼睛在望着什么遥远的东西。他的问题，似乎也不是针对今天……

"我的手机信号不好，一直没收到你的消息。"即便如此，尤念依旧按着今天的事解释。

陆清泽"嗯"了一声，似乎想到了什么，扯了扯嘴角。

"今天和你一起喝酒的是谁？居然让你喝了那么多，你不是胃不好不能喝的吗？他是你同学，他不知——"尤念的话说了一半，后脑勺被一只大掌压下，唇顺势就被陆清泽堵住了。

这个吻来得突然，却异常温柔缠绻，陆清泽唇间残留的酒味在交缠中蔓延到了尤念的唇间。

尤念受惊后的身体逐渐软化下来，她并不讨厌这酒味。短暂的愣怔后，她搂住陆清泽的脖子，主动迎合了他。

屋内气氛渐渐变得暧昧与热烈。

陆清泽要动作时又突然停了下来。

"怎么了？"尤念的小脸已经染上了红晕，氲着水色的眸子有些困惑。

"家里没有……"陆清泽低声解释。他的眼角瞥到客厅的抽屉，想起那盒药，心里又是一抽。

"没关系啊。"尤念主动亲他，"我最近在吃避孕药。"

"什么？"

陆清泽一愣，大惊："你在吃避孕药？"

"嗯。"尤念简单解释，"调理经期用的。"

她上大学时被诊断为多囊卵巢综合征，这些年一直在吃短效避孕药治疗着。去年停了很长一段时间后，经期又开始不正常，于是这次过年回来后她又继续吃了起来。

陆清泽的表情有些怪异，嘴角抽了抽，似乎是不敢相信又似乎是想笑："你的避孕药……是用来调理经期的？"在他的认知中，避孕药还是一个"对身体不好，能不吃就不吃"的存在。

尤念点头，坦荡和他对视："怎么了？"

"没什么。"陆清泽将头埋在她的脖颈，如释重负般地舒了口气。半响，他搂住她，声音隐隐含笑，"我只是有点开心。"

尤念的表情微怔，一时没有理解他在高兴什么，思索了几秒，她好像明白了："陆清泽你这个臭流氓！"尤念眼尾微微上扬，双手向外拉他的脸。

如愿看到他英俊的脸被自己扯变形了，尤念满意地"哈哈"了两声。

"没有。"陆清泽无奈，她想哪里去了？两只温热大掌覆盖住尤念的，将她作乱的手固定在手里，"别闹。"

"什么时候的事？"陆清泽蹙眉，盯着尤念的眼睛问，以前她的经期就不是很准，但她说这很正常，也没有为此吃过什么药。

"大学。"

尤念之前认为女生经期不准是很常见的事，也没想过要去医院看，直到大学变得更加严重起来，才去了医院被诊断为多囊。只不过她还没来得及和陆清泽说，两人就分手了。

陆清泽听尤念简单叙述了当年经过，攥着她手指的力气一点点加大。

"你没有告诉过我。"他的眼神复杂，好看的嘴紧绷着。

尤念垂下眼睫，无所谓地扯扯嘴角："我忘了，又不是什么大事。"

那时候医生说她以后怀孕可能会有些困难。可当时她才二十岁，婚姻、小孩对她来说都太遥远，她一向不喜欢深究这些会让她不开心的事，所以也没怎么把医生的话放在心上。药物对于她来说是有副作用的，吃时间长了情绪会有些抑郁。这些年，她的治疗一直断断续续，反正多囊这个病就这样，好不了也差不到哪去。

"你生病了，觉得这是小事？"陆清泽不赞同的声音响在耳边。下一秒，尤念的下巴被温热修长的手指抬起，她对上一双带着探究和审视的眼。

"念念，你还有没有别的事瞒着我？"陆清泽的声音微沉，带着不容忽视的强势。虽然觉得这件事和当年的分手应该没什么关系，可陆清泽的心里还是突然产生了微弱的一点希望，他宁可当年的分手有别的原因，也不想只是她口中简单的"不喜欢了"。

他紧紧盯着尤念，心跳微微加快，如同一个在等待法官宣判的犯人。

尤念的心"咯噔"一下，脑海中闪过了两个女生的影子。

开学不久的午后，她和同桌倚着走廊的栏杆聊天，每人嘴里都叼着一根棒棒糖。酸酸甜甜的柠檬味，滋味酸爽。

"尤念，你有没有发现全年级我们班长最帅？老唐还挺会选。"同桌隔着距离欣赏陆清泽的美貌，不自觉感叹。

尤念扎着高高的马尾辫，被刺眼阳光晒得眯了眯眼，不在意地说："没注意。"她平时跟着厉子阳那帮人玩，没怎么注意自己年级的同学。

"你看啊，这侧脸，这鼻子，这下巴……"同桌示意她，"不过听说家境好像不太好，不然就非常完美了。"

尤念将棒棒糖咬得"嚓嚓"响，顺着同桌的目光看过去。

讲台上，陆清泽正在黑板上写班会通知，他穿着学校统一的蓝白色夏季校服，少年清瘦颀长的身材很打眼，黑色头发理得很短，眉骨锋利，鼻梁英挺，薄唇微抿，侧脸轮廓精致又流畅。他的板书漂亮大气，行云流水的动作间，手背上凸起的四个骨节明显。秋日暖阳自门口洒在他的身上，将他修长的手指照得几乎透明，半边侧脸在光影下明明暗暗。

写完板书，陆清泽将笔放回原位，把墨绿的黑板移到上方。转过身，深邃平静的一双眼向尤念扫了一眼，迈开长腿下台，干干净净的少年气，连背影都挺拔清隽。

这个人真是，从头发丝儿到鞋子都散发着好学生的气息。尤念一时忘记了嘴里的棒棒糖，任由酸味从牙齿舌头向喉咙蔓延。

"超帅是吧？"同桌下巴微抬，轻哼了一声，"好几个其他班女生都想接近班长呢，讨厌死了。不然你去吧，肥水不流外人田嘛。"

尤念无所谓地嚼着碎成渣的棒棒糖："如果我成功了怎么说？"

"你要是能跟他做好朋友，我帮你值日一个学期。"同桌笑嘻嘻地补充，"不过必须在这个学期完成任务哦。怎么样？赌不赌？"

尤念将棒子从口中拿出来晃了晃，眼睛亮晶晶的："成交！"

"念念。"下巴的痛感将尤念从回忆里带到现实。

她将陆清泽的手从自己下巴处移开，目光飞快地躲开他迫人的凝视，用反问掩藏住自己的心虚："我能有什么事瞒着你啊？"

陆清泽定定地审视着她好一会儿，目光移到她的下巴处。他刚刚稍微用了力，那里的皮肤被压得有点红了，他的大拇指在尤念下巴处轻轻摩挲，薄薄的一层茧擦过，亲昵中撩起点点的酥麻。

"尤念，别骗我。"陆清泽的眼神平静，声音听起来也毫无波澜。接着，他用手固定住她的后脑勺，低头，温热的唇覆上她的下巴。

尤念的身体微微战栗着，纤细手臂环住陆清泽，慢慢抱紧。

"对不起……"她在心里道歉。

她对他的开始，只是一场赌约。在交往期间，她从未提及过，到了现在，她更没办法说出口了。她已经甩过他一次了，她不敢想，如果她告诉陆清泽她开始就动机不纯，陆清泽会是什么反应。

反正距离那个赌约都过去很多年了，除了她自己应该也没人记得了，尤念安慰自己。

尤念去浴室洗澡，洗好出来的时候，床单已经换成了新的，旧的在洗衣机里洗着。尤念躺回床上，怔怔地看着陆清泽离开房间。

他的背影和教室里的那个少年重叠，一样的高大，挺拔，消瘦。只是气质变得更加沉稳和内敛，当他平静且沉默地看过来时，自己常常都猜不到他在想什么。尤念闭上眼睛，身体传来一阵阵的疲乏感。

十天后，她要交一份大纲给汤旭导演。

可如今，她还一字未动。想到大纲，尤念的脑海里冒出了一个主意。

陆清泽洗好澡回来，躺到尤念身边，关上床头灯。尤念转了个身，微抬身体，支起手臂撑着自己的脸，长发随着她的动作滑下，淡淡香味随着飘过。

"我问你个问题。"

"嗯。"陆清泽伸手将她的头发理到耳后。

"我要写的校园剧大纲里，女主角有事骗了男主角，你觉得男主角还会原谅她吗？"

陆清泽想了想："要看是什么程度的骗。"

尤念抿了抿唇，严肃地说："让人很生气的那种骗。"她说完，眼神略带紧张地盯着陆清泽。

陆清泽沉默了半晌，拍了拍尤念的背："你笔下的人，你想让他原谅就原谅，不想原谅就不要原谅。"

"可是我想听听男性的意见！"尤念的语气透着一丝固执。她的背部微微拱起，被子掀开了一条大缝，肩膀和胸口都露在外面，一双眼睛在黑暗中熠熠发亮。

陆清泽睨了她一眼，手臂绕过她的身体在背部用力一压，顺势将人搂进自己的怀里。确定她全部都裹进了被子，陆清泽沉声道："别人我不知道。你不要骗我就好。"

尤念被他搂着，呼吸间尽是他身上清爽的气息，她的唇抵着他的衣服，纤长乌黑的睫毛颤了颤，瓮声瓮气："你不会原谅我骗你，是吗？"

陆清泽的声音有些低沉："是，所以你不要再骗我。"

他的心脏只有一个，承受不住她再一次的伤害。

尤念在家里闭关了十天，写完了一份自己还算满意的大纲，交给导演组后，她心口提着的那股气霎时泄了出去，这几天在家闷坏了，尤念立即联系了闺密，想找点乐子。

三人的微信群名已经改成了"相亲大会交流感言"。过了年关，薛柔成了薛母眼中"虚岁二十八"的剩女，一直被安排各种相亲。薛柔性格温和柔顺，乖乖在妈妈的要求下见了一个又一个男人，可惜，一直没有合适的。在她二十几年的人生中，她只在大学时短暂交过一个男朋友。

刚交往没多久，那个男生想亲她，她突然觉得恶心躲开了。后来忍耐着约会了几次，实在接受不了男朋友的动手动脚，薛柔提出了分手，从此再也没有谈过恋爱。薛柔在男人这方面的经验太少，每次相亲都会来群里咨询一下尤念和贺缨的意见。这群名也就应时而生。

薛柔：我妈上周居然去了中央公园的相亲角！你们能想象吗？我还不满二十七岁，资料居然在公园被到处分发！我又不是在求职！太窒息了！！

贺缨：小绵羊你搬出来住吧！

薛柔：我妈会杀了我的。

尤念笑了笑，给她出馊主意：那你去贺缨公司挑一个小哥哥，假扮男朋友好了。

薛柔：我怎么没想到？！念念你好聪明！

贺缨：不是我不帮忙啊，可我觉得我公司没有适合小绵羊的，怕你被他们吃了。

薛柔：没关系！我自己找人。

薛柔：我明天还有一个相亲，你们谁有空陪我去？

尤念正是闲得无聊，立马报名：我陪你去！

薛柔：太好了，如果相亲对象看上你我就不用烦了。

尤念：那你放心，我一定隆重打扮。

薛柔：不过陆神会不会骂我啊。

尤念：放心，不会。他出差了。

第二天下午，尤念穿了身红色的连衣裙，外加一件蓝色的外套，明亮色系的衣服将她的脸衬得更加娇艳。眼妆化得稍浓，眼线拉出眼尾，微微上挑，娇媚的双眼更加生动，嘴唇是明艳的红色，配上棕色的长卷发和大耳坠，活脱脱的一个女妖精。

"天啊，念念，我觉得我可以不用去了。"在看到尤念的那一刻，薛柔喃喃自语，这相亲对象如果看上的不是尤念，薛柔会怀疑他的眼神有问题。

两人进了餐厅，交换过照片的薛柔很快认出了相亲对象。三十岁左右穿着黑色西装的男人，看样子他是一个人来的，正坐在临窗的位置翻阅菜单。

薛柔连忙示意尤念，两人径直往那里走去。

"你好。"薛柔礼貌地打了声招呼。

男人抬头，眼中流露出一抹惊艳："你们好，你们好。"他匆匆站起身来，为她们拉开座椅。

尤念莞尔一笑，坐在了里面靠窗的位置，将男人对面的座位留给薛柔。

短暂的自我介绍后，三人开始点餐，相亲也正式开始。

餐厅的另一边，本该出差的陆清泽和高川正在和几个客户吃饭，相谈正欢之际，餐厅的另一边传来了些许嘈杂的声音。众人循声望去，似乎是一桌临窗的客人发生了争执。

Yuuni本想建议换个地方，一转头却发现陆清泽眼睛一眨不眨地盯着那处看。陆总从来不是一个会看热闹的人，Yuuni心中困惑，再顺着他的目光看过去，顿时被惊艳到了，实在是太漂亮的女孩子。一头柔顺的长卷发，穿着一件火辣的红色连衣裙，身段婀娜，皮肤很白，唇色却是娇艳的红，眉毛勾勒出锋利的眉峰，眼尾上扬，带钩子似的，让人移不开眼。

她面前的男人似乎被她说蒙了，涨红了脸讷讷开不了口。女人旁边还站着一个和她截然不同、面容温柔平和的姑娘，圆脸圆眼，身材微胖，看上去是温和无害的邻家女孩，两人风格完全不同。中间的女人太惹眼，整个大厅里，几乎所有的男人都在看她，就连陆总也是。

Yuuni心中暗暗感叹，原来陆总偏好这种类型的啊，可公司也不乏这个类型的女生喜欢他，也没见他表现出什么特别啊……

她正思忖着，陆清泽已经站起身来。

"抱歉。"他面带歉意地对几个客户说，"我的姑娘好像遇到了一点麻烦，我去确认一下，很快回来。"

陆清泽走过去的时候，尤念的嘴上还在说个不停："你这么讲究，怎么不去喝阿尔卑斯的纯露呢？要不要把天山雪莲拿来给你啊，还牛排没有八分熟，我就是要十分熟餐厅也得给我做！顾客是上帝没听过吗？我想炸着吃、煎着吃、炒着吃，想怎么吃就怎么吃。你想怎么新鲜天然？要每天从牛场挤鲜奶给你喝吗？你要不要去住大草原啊，天天吃草喝奶，原始又天然……"

她的声音不大不小，周围听到的人不禁发出了些许的轻笑，而她对面男士则一脸尴尬，面色通红。

旁边的薛柔一脸崇拜地看着她，圆圆的眼睛里满是"星星"。

"念念。"陆清泽叫了一声。

尤念的声音戛然而止，转过身，不可思议地看着他："你不是在出差吗？"

陆清泽"嗯"了一声："提前回来了，陪客户吃饭。"

尤念"哦"了一声，一时没有说话。

"所以你在这儿干什么？"陆清泽嘴角微弯，目光扫过她精心打扮的脸和衣着。

"我——"尤念和薛柔对视了一眼。

薛柔立马意会，快速道："陆神你别介意，念念她是在相亲——"

"相亲？"陆清泽尾音上扬，质问的意味很浓。

"啊呸！不对！是陪我相亲！"薛柔差点咬到自己的舌头，就差举手发誓了，"真的真的！我和你保证！"

陆清泽轻笑一声，看向坐着的那位男士，礼貌地点头："抱歉我女朋友脾气比较直，得罪了，这顿饭我请，您如果有事的话可以先走……"

尤念一怔，她什么时候成女朋友了？心口隐隐地，有些酸酸甜甜的气泡"咕咚咕咚"涌上来。

薛柔兴奋地拉着尤念的衣角，和她悄悄咬耳朵："你们又在一起了？陆神好帅啊！"

尤念轻轻摇了摇头没有说话。

满口教养礼仪的法国留学精英男此时也顾不上体面了，"噌"一下站起身来，椅子在地上划出"刺啦"的一声响。他看都没看几人，径直往门口的方向走。

"还吃吗？"陆清泽问两人。

"吃啊，干吗不吃？"尤念一把将薛柔按下，凶巴巴命令，"吃！"

薛柔一屁股坐下，看着满桌的食物欲哭无泪，吃就吃，但是不要那么粗鲁嘛。

陆清泽被尤念的动作逗得轻笑："你们吃好等我一下，我送你们回去。"

"不用送我了陆神，我开车来的，你送念念就好。"薛柔颤巍巍地举起一只小手，弱弱地表示自己不当电灯泡。

陆清泽应"好"，抬起右手，白色袖子干净平正，骨节清晰的手指在尤念的耳朵上抚过，叮嘱了一声："不要乱跑。"

一股微弱的电流从尤念耳朵上涌过，她乖乖地答应了。

陆清泽转身抬脚离开，走回自己的座位。合体的衬衣西裤将他宽肩窄腰的身材显露无遗，走动间，隐隐可以看到他脊背上利落的肌肉线条。

"同样是西装，差距怎么就这么大呢？"薛柔看了会儿陆清泽的背影，小声感叹。真是赏心悦目啊！还没等薛柔多欣赏一会儿，一只白皙细腻的手已经覆上她的左脸，然后用力将她的脸别了个方向。

尤念不满的声音同时响起："不许看！吃饭！"

薛柔为这幼稚的举动笑出了声，吐槽："念念你好小气。"

微信群里，贺缨在问她们相亲相得怎么样了。薛柔把精英男从头到脚吐槽了一遍，她只不过在要牛排的时候一时顺口，说了个八分熟，立马遭到了精英男无情的嘲笑，他高高在上地科普了"牛排的熟度只能用单数"这件事。

此外，他在吃饭间还一直不遗余力地展示自己吃穿用度的讲究程度，就差在脸上写"我是个有品位的男人"几个大字了。

尤念平时就看不惯吹嘘的男人，忍无可忍地站起来把他骂了一顿，没想到这么巧就遇到了陆清泽。

过了一会儿，两人吃得差不多了。

薛柔摸了摸肚子，抬起头看着尤念："念念啊，你们还没有复合吗？"

尤念擦拭嘴唇的动作一顿："没有。"

薛柔笑得不怀好意，托着腮一脸憧憬："应该快了吧？刚刚陆神看你的眼神，分明就和大学的时候一样嘛！甜得我心颤。"

尤念愣了下，放下餐巾，抿了抿唇："现在这样也挺好的……"

复合……她还没想过。

晚上，陆清泽理所当然地宿在了尤念家。

第二天，尤念起床时已经是中午，陆清泽早已离开了。

她打开衣柜，陆清泽的睡衣就挂在她的衣服旁边；刷牙时，洗漱台上摆放着另外一套洗漱用具；就连镜面柜里，都静静躺着一把男士剃须刀……尤念有些恍惚，不知不觉中，她的家中竟然布满了陆清泽的气息，而她却毫无察觉。尤念随便叫了个外卖，吃完后打开电脑，准备写电影的人物小传。

陆清泽的微信来得及时。

陆清泽：起床没有？

尤念不满：饭都吃完了，你当我是猪吗？

陆清泽：我有份文件落在床头柜了，一会儿让助理去取，暂时先不要出门。

尤念想起床头柜上确实有一份文件，昨晚被她的衣服压在了下面，估计陆清泽今早没有看到。她看了看时间，回复：我送给你吧，别浪费时间了。

陆清泽过了一会儿，才回复一个好字。

十分钟后，尤念装备齐全地出了门。

今天是周五，夏城的市中心微微有点堵，等尤念到达CBD广场，已经是下午四点了。将文件送给前台后，尤念干脆去了园区的咖啡厅，一边写人物小传一边等陆清泽下班。

陆清泽中午刚被传闻有女朋友，下午就有一个美女来送文件，这暧昧的关系，简直不用猜了。前台在私聊群宣布：我看到了！送文件的小姐姐超级漂亮！于是，群里再次炸开了锅。

明芷与前台私聊，问她有没有看到小姐姐去哪儿了。

前台如实告之：她问我园区的咖啡厅有几个，可能要买咖啡吧。

明芷道了声谢，心里暗暗有了主意，明明新年同学聚会的时候，她已经告诉了陆清泽，尤念追他只是因为一个赌约，根本就没有认真。尤念玩弄了他几年的感情，不想继续了就分手，他们怎么可能还在一起呢？

这里肯定有什么原因。明芷很快就为自己找到了理由，匆匆下楼往园区咖啡厅的方向走，心里的不甘快要溢出来，她一定要再找尤念确认一下，只要再确认一次，她就死心。

"尤念。"被叫住的时候，尤念正坐在咖啡厅的高脚椅上，敲着笔记本的键盘。

她抬头，看到了明芷的脸。"什么事？"尤念合上笔记本，语气生硬。

出乎意料地，明芷居然笑了笑，毫不客气地坐在了尤念的对面。

"你能让开点吗？我和你没什么——"

"你现在是不是很得意？"

尤念赶人的话被明芷打断。

"什么？"尤念不明所以地皱起了眉，"你这个人怎么莫名其妙的？"

明芷理了理自己的头发，轻笑："你以为班长现在对你还和以前一样吗？他只不过是在做你之前对他做过的事罢了。"

尤念的心一沉，声音僵硬："你什么意思？"

明芷："你靠近班长只是因为和同桌的赌约对不对？班长被你欺骗了几年，你觉得他能忍吗？他现在和你在一起，只不过是想让你尝尝被甩的滋味罢了，懂吗？"

明芷的话多说一句，尤念的脸就苍白一分。

明芷话音落下，尤念沉默了片刻："你告诉他的？"她的声音很轻，带着几乎不可察觉的颤。

尤念的反应如愿让明芷开心起来。

"是啊。"明芷涂了指甲的手指把玩着自己的长发，"所以我奉劝你，不想泥足深陷的话就早点脱身，免得年纪大了再被甩，就嫁不出去了。"

尤念冷着一张脸："不劳你操心。"

明芷"哼"了一声，起身要走："好了，你继续工作吧，如果你还能写得下去的话。"

"等等。"尤念叫住她，一双淬着寒冰的眼睛紧紧盯住明芷，"你什么时候告诉他的？"

"就——"明芷的心思一转，将"过年"两个字咽了回去，说了个谎。

"去年十二月，他回国没多久的时候。"

尤念的瞳孔骤然一缩，大脑停止运转了三秒，突然冷笑一声："你以为自己很聪明？"

"什么意思？"明芷抱胸，脸上是坦然的笑。

"如果我现在就告诉他，你是骗他的，你觉得陆清泽会相信你还是相信我？你知道我们之间是怎么相处的吗？你凭什么觉得他会相信一个处心积虑的女人而不是和自己在一起好几年的女人呢？"

明芷带笑的脸部表情逐渐僵硬。

尤念嗤笑一声："我真是谢谢你告诉我哦，该怎么说呢？还真是又坏又蠢。"

明芷讲话结结巴巴："我可以，我可以找其他，其他证人。"

"其他？"尤念嘲讽道："谁？我同桌？我和你之间，她怎么可能帮你不帮我？"

明芷低下头沉默，这件事是她无意中偷听尤念和同桌讲话时知道的，于是特别关注了尤念，没想到，就一个赌约，她还真的达到目的了。

"就这点智商还是别学小说里的女配害人了，恶毒女配群都不想加你，怕是会被你气到吐血。"尤念继续嘲讽，"要不要我送你几本小说，看看人家都是怎么搞破坏的，嗯？"

明芷的脸色一阵阵发白，匆匆跳下凳子，落荒而逃。

咖啡厅放着舒缓悦耳的背景乐，周边环境安静优雅。将明芷气走，尤念心口的那股气瞬间泄了下去，她这才有时间细想明芷的话，脑子里如有一万台马达在"嗡嗡"作响。

十二月……陆清泽回国没多久的时候……他一开始对自己那么冷淡，装作陌生人一样，是什么时候开始改变的？清吧醉酒？演讲？

是了，跨年夜，是他们重新纠缠在一起的日子。他为什么突然改变了态度，主动亲了自己？犹如做了错事被大人发现的小孩，尤念的后背一阵阵发凉。她的脑子里一团乱麻，匆匆将笔记本装进包里离开了园区，临走前她给陆清泽发了微信，告知他她临时要见制片人，晚上不和他一起了。

尤念没有回家，而是开车去了一家酒吧，她点了杯伏特加蔓越莓，一个人坐在露天的座位。

二月的天气已经有了回暖的迹象，微风徐徐，夜色蔼蔼，桌上的酒一口未动。尤念放在桌上的手机响起了铃声。刚刚陆清泽已经给她打过电话了，可尤念没有接，只回了一句"信号不好"。她现在还没有理好情绪，不知道该怎么面对陆清泽。

铃声响了很久还未停，尤念垂眸扫了眼手机，葱白手指划开屏幕。

"喂。"长时间未说话，她的声音有些沙哑。

厉子阳的声音从听筒里传出："我刚下飞机，明天下午要去见客户，中午一起吃个饭？"

尤念愣了三秒才想起来厉子阳确实说过今天要来夏城。

"喂？你在听吗？"厉子阳不满地嚷嚷。

尤念沉默良久才开口，声音冰冷："他知道了，厉子阳，陆清泽他知道了。"

厉子阳的头皮一紧，沉声问："你现在在哪儿？我去找你，有什么事等我到了再说。"

他不清楚到底怎么回事，但尤念的状态有些不正常，他必须立刻赶过去。

"师傅，换个目的地。"得到地点后，厉子阳立马让出租车换了方向。

三十分钟后，厉子阳在酒吧的露天座位找到了尤念。她一身黑色的外套，头仰着靠在椅背上，长发被风吹得略微凌乱，那双总是神采奕奕的眼睛里泛着迷茫的光。厉子阳长腿一迈，坐在尤念的对面。

尤念看向他，低声道："你来了。"

"说吧，什么事？"厉子阳开口，"陆清泽知道了什么？"

尤念目光闪烁，没有说话，厉子阳也不催她，耐心地等着。

"他知道我打赌的事了。"尤念说完又沉默下来，接着抽烟。

厉子阳面不改色地听完尤念的话，心一沉："他和你提过这件事吗？"

尤念摇头："他肯定觉得我玩弄了他的感情。"

她用手肘支撑着脸，微微低下头，左手插进自己的头发里，自嘲一笑："我的报应来了，他现在是想报复我才和我保持联系的吧？"

厉子阳蹙眉："我早就和你说过，陆清泽这人心思深沉。他一个没有背景的人，年纪轻轻坐上这个位置，你还真当他是当前那个容易被骗的乖乖仔？"

尤念的头垂得更低，脖子上的项链在胸口晃动，银光一闪一闪。

"不过这件事都过去那么久了，也许并没有你想象的那么严重。"厉子阳不忍尤念这个模样，低声劝慰。

"不。"尤念抬起头，声音很急，"他说过的，如果我骗了他，他不会原谅我，如果他真的不介意了，为什么不当玩笑一样和我说开呢？"

尤念捋了一遍重逢后的时间线，陆清泽知道真相的时间和他对自己改变态度的时机逐渐重合。

她用力抓了抓自己的头发，声音很轻："我有点头疼。"

"尤念。"厉子阳淡淡开口，"当初你和我说只是因为那个赌约和他的脸，后来分手，你也很快就好了，那你现在是怎么回事，嗯？"

厉子阳的眼中，尤念一直是个没心没肺的，当年打赌接近陆清泽，他也觉得一大半是因为脸，毕竟陆清泽的外表确实没话说。后来大学两人在一起，再到分手，尤念也没有难过太长时间，外表就看似恢复了正常。他一直以为，尤念对陆清泽的感情并没有多深，可现在，他对自己的认知产生了怀疑。

"他知道就知道了，你在纠结什么？"厉子阳喉结一动，咽了咽口水，声音蓦地有些哑。

尤念低垂着眼，兀自梳理："这次重逢，他原本当我是陌生人一样，一个眼神都不多给我。后来他知道了这件事，没有质问我、冲我发火，而是开始靠近我，亲近我……"

尤念抬头，皱着眉头看向厉子阳："这正常吗？"

厉子阳沉默了半晌，不得不承认："不正常。"

"是啊，不正常。"尤念小声重复，"怎么可能会不生气呢？那我现在要和他道歉——"

"尤念！"厉子阳出声打断了她，"你现在和他断了吧，不要管这些了，你们现在又没有在一起，趁你还没有太陷进去，早点结束吧。"

尤念没有说话，早春的晚风袭来，将她鲜艳的唇色吹得黯淡了几许。

"你现在什么都别想了，我送你回去。"厉子阳站起身来，走到尤念旁边拉她的胳膊。

"车钥匙给我，你回去好好睡一觉，什么事等明天再说。"

尤念被他拉得一个趔趄，站稳后从包里掏出自己的车钥匙递给厉子阳。

车里，尤念闭着眼假寐，好看的弯眉微蹙着，唇也抿得很紧。

厉子阳在心里叹气，尤念被骂"渣女"的时候他是知道的，而他自己也是众人眼中的"渣男"。他那时候就想，男女间不就是这么回事吗？喜欢时你侬我侬，不喜欢了各走一边，你情我愿的事，哪来什么渣不渣的？

如果尤念真是"渣女"倒好了，等她玩够了，他们俩就一起过得了……

"厉子阳。"尤念突然轻声叫了一声。

"嗯？"

"我不能现在就和陆清泽道歉。"尤念闭着眼睛说。

"为什么？"厉子阳握在方向盘上的手指一紧。

"道歉并不能解气，我应该让他报复回来，让他也玩弄我一次。"尤念的声音不大，在封闭的车厢里却很清晰。

"嘶——"的一声，厉子阳猛打方向盘，将车停在了路边。尤念毫无防备，身子猛地前仰又重重摔了回去，她转头，对上厉子阳怒不可遏的眼睛："尤念！你这是在糟蹋自己！"

车厢里很安静，一时只有双闪灯的声音一下一下地响着。半晌，尤念启唇，声音有些抖："可是，我现在想想，陆清泽真的很委屈啊。"她这么没心没肺的人，都觉得他好委屈，他肯定很生气吧？

一开始自己是因为一个赌约才去接近他，大学在一起后又因为意志不坚定甩了他。不管分手有没有父母的原因，这个决定是自己下的，她就应该承担后果。

他不知道的时候，自己也就故意淡忘了这件事，可现在他知道了，尤念再也不能自欺欺人地认为这件事不存在。

"念念，你以后想去哪里？"记忆里，少年的声音清润温和。

"夏城！我想去南方看一看！"少女的眼睛发光，语气兴奋不已。

"好，那就去读A大吧。"陆清泽的成绩很好，A大是他的备选大学之一。

"可是我上不了吧？"尤念趴在桌上，倦倦地打了个哈欠。她的成绩马马虎虎，鬼知道能不能考上A大。

陆清泽顿了下："我会辅导你，你再稍微用功点好不好？"

困倦的少女闭上眼睛，随口答应了："好吧。"

后来，两人一个保送，一个参加自主招生，全部顺利进入了A大。

"你知道吗？他就连上A大，也是因为我……"尤念的声音很轻，到后面已是几不可闻。她沉默了几秒，继续补充，"而且我不会怎么样的，我知道他的想法，不会太深陷进去的，大不了就和从前一样，分开后不想这些事就好了，我就是配合他一段时间，让他消气……"

"够了！"厉子阳烦躁地按了下喇叭，打开车窗，松开几颗自己衬衣的扣子。

窗外车水马龙，一辆辆车呼啸而过，嘈杂声音传入车厢，缓解了些许令人窒息的安静气氛。

"总之我不同意，你现在脑子不清醒。你回去睡一觉，明天睡醒了再说。"厉子阳关掉双闪，重新发动车子上路。

厉子阳将尤念送回家就回酒店了。

尤念扑到沙发上，怔怔地看着天花板发呆，她合上眼睛，过于疲惫的大脑让她很快睡着了，她做了很多光怪陆离的梦。

一会儿是陆清泽站在讲台上说"我替她跑"的样子；一会儿是他耐心辅导她功课的样子；一会儿是开学他忙里忙外帮她整理行李的样子；一会儿是分手那天，他红着眼挽留她的样子……

这些事情被她深埋在心里，分手后从不敢想起，可是在这个愧疚的夜里，这些回忆如潮水汹涌，尽数从脑海奔腾而出。尤念的心脏一抽，从睡梦中清醒。

今天，她好像终于学会了心疼陆清泽，可惜好像已经晚了。

他已经不需要了。

尤念叹口气，站起身去浴室洗澡。莲蓬头的水"哗哗"往下流，尤念闭着眼睛，任水抚过自己身体的每一寸。在一起的时候，他对自己那么好，知道真相怎么可能不生气、不委屈？所以他想报复、想羞辱、想怎么样都正常。这一次，她会乖乖配合，等他觉得解气的时候甩开自己，当作是对他的补偿。

尤念这一觉，睡到了第二天上午十点。

醒来时，手机里有好几条陆清泽的微信。最新的一条是：我在门口，睡醒了开门。

第五章

又玩我？

尤念火速下了床，对着镜子简单梳理了一下自己凌乱的头发，她走到门口，深吸一口气。淡定淡定，一定不能让陆清泽察觉出什么异常。

"咔嗒"一声，门被打开了。陆清泽面容清俊，黑色的休闲外套和浅色牛仔裤，平日成熟稳重的感觉消减不少，多了几分年轻干净的气质。

"你……"尤念顿了下，有些踌躇："等很久了吗？"

陆清泽抬手看了眼腕表："还好，一个多小时。"

来早了她肯定在睡，来晚了他说不定已经出门，所以这个点正好。他习以为常的表情看得尤念一怔，她转身，两步跑到客厅，从电视柜下方的抽屉里摸出一把钥匙。

"给你。"尤念匆匆回来，将钥匙递到已经换好鞋的陆清泽面前。

陆清泽接过来，手指轻轻摩挲着钥匙，他低头看向尤念，一张素净小脸，平日妖艳的眼睛里盛着干净透明的一汪水。

"我家里的钥匙，以后不要等在外面了。"尤念对上他的眼睛，喃喃道。

陆清泽心里一动："我什么时候来都行？"

尤念犹豫了下，点点头："都可以，不过最好提前和我说一声，万一我家里有裸女怎么办？"

"裸女？"陆清泽被她的脑回路逗笑，"怎么会有裸女？"

"万一我朋友来，喝多了酒裸奔呢？"尤念一本正经。

这种事贺缨真的做得出来。

"你先坐一会儿，我还没洗漱。"她指了指沙发，先离开去洗漱。

等她再回到客厅的时候，陆清泽正坐在沙发上，手边摆放着一个白色的盒子。"这是什么？"尤念走过去，看清那盒子上的字。

——是今年刚上市的一款5G手机。

"手机？"尤念惊讶。

"嗯。"陆清泽伸手，"把你的手机给我。"

"干吗？"话是这么说，尤念还是乖乖将自己的手机放到陆清泽的手心。

陆清泽熟练地将她的手机卡取出，放入新手机里："老是说自己信号不好，你手机的基带不行，换一个，免得我老是找不到你。"

尤念的眉头一跳，坐到他旁边看着他的动作："鸡什么袋？"

陆清泽面不改色地解释："信源发出的没有经过调制的原始电信号所固有的频带，称为基本频带，简称基带。英文是baseband，公司里一般叫BB。"

尤念张了张嘴巴，眼神更是迷茫，陆清泽好笑地捏了捏她的下巴："可以理解为手机里决定信号好坏的模块。"

"哦。"尤念闭上了嘴。好吧，是她这个门外汉听不懂的术语。

陆清泽给她换了手机卡，又帮她把联系人和APP等相关东西移到新手机上。尤念坐在旁边，怔怔地看着他的动作，他的侧脸依旧好看得过分，举手投足间，依然是自己喜欢的那种气质。

昨天晚上，厉子阳问她到底喜不喜欢陆清泽。喜欢啊，怎么可能不喜欢呢？就算她喜欢长得好看的人，可世界上好看的人那么多，她怎么就一眼看上陆清泽呢？如果不是第一眼就有好感，她怎么会只因为一个赌约就随随便便谈恋爱。如果不喜欢，又怎么可能在一起那么些年。尤念垂下眼，心中一动，伸手抱住了陆清泽，下巴倚在他的胳膊上，轻轻蹭了蹭。

陆清泽睨了她一眼："手机快好了。"

尤念"嗯"了一声，仰头去亲陆清泽的下巴。陆清泽顿了两秒，反手托着她的后脑勺，回吻过去，没过多久，两人的呼吸均变得急促。两人的唇分开的时候，尤念的眼睛已经蒙上了一层水汽。

"卿卿，我是不是对你很不好？"尤念看着他的眼睛，轻声问。

陆清泽沉默半晌："你怎么了？"

尤念摇摇头："没事。"

陆清泽用唇碰了碰她的额头："温度好像有点高。你昨晚去哪儿了？"

"昨天厉子阳来夏城，我和他见了一面。"尤念如实说。

陆清泽抿唇，语气不善："和他见面……所以不接我电话？"

尤念否认得很快："不是，我昨晚很早就睡了，你晚上打给我的时候我已经睡着了。"她搂着他的力气加大，脸也更加亲密地在他身上磨蹭，"卿卿，我有点冷。"

"冷就多穿点衣服，你应该是发低烧了。"

尤念的手臂缠上他的脖子，仰着小巧的下巴眼巴巴看他："不要衣服。"

陆清泽脸上微热，握住她的手臂："等你病好。"

陆清泽静静地和尤念对视了一会儿，突然将手绕过她的膝盖，将她拦腰抱起。尤念被放到了卧室的床上，下一秒，一床被子覆在她的身上，她像个蚕蛹般被裹了起来，陆清泽确认她轻易挣扎不开后，转身去客厅拿了测温枪和她的手机。

"三十七点八摄氏度。"陆清泽毫无波澜的声音响起。

尤念"嗯"了一声："还好啊，不严重。"

陆清泽动了动唇："你——"刚说了一个字，一阵手机铃声打断了他的话。

两人同时望过去，屏幕上显示"厉子阳"三个大字，陆清泽将手机交到尤念手上，转身出了门。公寓的面积太小，尤念的声音依旧清晰地传到了他的耳中。

"我有点发烧，不和你吃饭了。

"没事，陆清泽在呢。

"我知道。好。再见。

"行了行了，别啰唆，我知道。"

短短几句话的时间，陆清泽却似等待了漫长的时光。他能看出来，厉子阳对尤念是不同的，只是不知道什么原因，厉子阳似乎并没有向尤念挑明，两人依旧保持着好朋友的关系。陆清泽想到自己，不由得自嘲一笑，其实自己不也一样吗？怕明说了便什么都没有了，只好先以不明不白的身份相处着。

"卿卿。"

听到尤念在里面叫他，陆清泽再次走进卧室，床上的女人披散着一头的长发，背靠抱枕，被子盖到胸口，一脸兴趣盎然地冲他晃了晃手里的手机。

"这个5G手机怎么玩啊？

"不是，我是问和之前的4G手机比有什么特别的地方啊？"

陆清泽弯唇："你可以简单理解为网速更快。"

"可是……"尤念有点不懂，"我觉得现在的网速已经很快了啊。"

比起最早的2G网络，现在的手机几乎没什么卡顿了。

陆清泽坐到她旁边，一如既往地耐心解释："现在5G刚出现，很多新的产品正在孵化中，可以等等看。"

脑袋仿佛被人戳了一下，尤念兴奋地看向他："对哦，就像当时4G出来的时候，还没有短视频这个东西呢。"

陆清泽笑："科技是这样，有很多未知的可能等待探索。"

"所以……"尤念沉默了一会儿，抬眼看他，"科技很有魅力对吗？你的工作很有趣对不对？你对现在的工作生活也很满意是吗？"

陆清泽的眼眯了起来，声音低沉："你问我这个是什么意思？"

尤念伸手抓住他的手臂，目光真诚："我希望你过得开心。"

这句话是真的，她现在真的希望他开心，不管需要她做什么，她都会尽力好好配合。

陆清泽深深地看着她，语气平淡："你说错了，我的工作很枯燥也很无聊。一个芯片的项目期起码一年半，就算成功上市了也未必受到主流市场的欢迎。周期长、投资大、见效慢，连民间资本都看不上的行业，你觉得能有多有趣？"

尤念的脸色有些发白："可是，我一直以为你很喜欢你的专业。大学的时候，你一下课就是去实验室，我想找你都找不到……"

"那是因为我需要做出成绩来，毕业才能出人头地。"陆清泽的声音很低沉，一字一句打在尤念的心上，"不是每个人生下来就躺在金摇篮里。"

"你找我找不到？"陆清泽轻笑，"我除了教室就是实验室、图书馆，可是你呢？有多少次我去找你，你人都不在学校，嗯？"

尤念抿唇，声音低低地道歉："对不起。"不管是为了什么，她道歉。

"我不需要你的对不起。"

尤念的心脏一颤，眼睫又垂了下来。果然，道歉是最没用的语言了，陆清泽他也不需要。

"你说得对，我对现在的生活还算满意。"陆清泽的声音响起。

尤念愣愣地抬起头看他。

"如果你能像现在这样的话。"他有些不自在地补充。

尤念快速在心里过了几遍陆清泽的话，似乎领会了他的意思，她侧身伸手揽住陆清泽的脖子，被子从胸前滑落。

"陆清泽，我会乖一点的，你相信我。"她盯着他的眼睛，一字一句地保证。

这次，她真的会乖乖配合，演好他需要她扮演的角色。

陆清泽沉默几秒，回抱住她，哑声开口："好，我相信你。"

二月底，在联基流片的"武夷"回来，翎宸开始对其进行最后的联调测试。为了确保四月的发布会万无一失，整个项目组都忙得脚不沾地。

与此同时，经过无数次的修改，尤念的大纲也终于获得了制片和导演的认可，她开始正式创作剧本。

这部《单车风语》讲述的是20世纪90年代初，一群心怀理想与抱负的年轻人考上大学后，在学校发生的一系列关于友情与爱情的故事。

电影分了好几条支线，尤念主要负责的是男主角王霄与女主角李婷婷之间的这条主线。按照导演的想法，王霄是一个张狂不羁的富家子弟，对温柔可人的女主角李婷婷一见钟情，随后开始了一系列的死缠烂打以及不要脸皮的追求。李婷婷一开始不喜欢王霄这样的纨绔子弟，但渐渐被他的多才多艺吸引，两人坠入爱河。

毕业后，两人被分配到不同的地方，矛盾渐多，最终走向了分手。电影的最后，是十几年后两人重逢在人来车往的街头，李婷婷牵着自己的孩子和王霄隔着一条马路遥遥相望。两人耳边回响的，是二十岁穿着白色衬衫的王霄，弹着吉他唱给李婷婷听的那首校园民谣……

关于这个结局，尤念是不敢苟同的。

在剧本研讨会上，她也提过好几次，为什么一定要用悲剧来反映校园恋情呢？王霄和李婷婷两个人明明相爱，可不可以给他们一个美满的结局。虽然悲剧确实更加容易感染人，但也并非感动观众的唯一途径。

可惜汤旭导演有自己的想法，他坚持要用现在的结局，在导演面前，编剧是没有什么发言权的。尤念只好按照汤旭导演的意思，将剧本大纲顺了出来。

尤念开始写剧本之后，作息就变得很不规律，白天睡到日上三竿，晚上工作到凌晨两三点是常有的事。陆清泽看不下去她的坏习惯，每晚都会按时打电话给她督促她睡觉，可创作这件事说不好，灵感上来的时候，尤念实在舍不得放弃。于是，阳奉阴违的事情经常发生。

这天晚上，陆清泽照例在十二点前打电话给尤念，提醒她该睡觉了。尤念嘴上"嗯嗯"两声，手指"噼里啪啦"地将键盘敲个不停。

陆清泽叹气："身体要紧，剩下的明天写吧。"

"好好好，你也早点睡，晚安，拜拜。"尤念一口答应，顺势挂了电话。

她写得正尽兴，很快就把陆清泽的话抛到了脑后，一个小时后，陆清泽还是放心不下，从床上翻身起来，拿着尤念家的钥匙出了门。

凌晨一点的小区万籁俱寂，空荡荡的走道上只有陆清泽一个人的身影，他经过的住宅楼近乎全黑，只有寥寥几个窗口还亮着灯。最近这段时间，为了不打扰尤念写剧本，他很少来她家里，大都只是通过电话的方式来监督她的作息。可依他对尤念的了解，他深深怀疑尤念并没有把他的话放在心上。

不过五分钟，陆清泽已经站在了尤念家的门外，钥匙伸进锁孔，轻轻一转，门开了。客厅没有开灯，荧荧白光从小房间透出来，同时响起的，还有在黑暗中清晰可闻的键盘声，陆清泽面不改色地换鞋，走到小书房。

尤念一身米白色的家居服坐在椅子上，头发在脖颈后方松松扎了个辫子，几缕碎发自然垂在脸颊边，带着自然鬈曲的弧度。她打字的动作很快，屏幕上打开的word文档上飞快地闪过一行行黑字。

陆清泽叹了口气，低声叫她："念念。"

尤念打字的手指一顿，倏地回头，陆清泽一身深灰色衣服站在门口，双手抱胸，正目光灼灼地看着她。尤念的表情顿时有些惊恐。

"你忘了自己把钥匙给我了？"

"不，不是。"尤念站起身来，惊讶，"这么晚了，你怎么会来？"

陆清泽抿唇，面色不豫："你也知道这么晚了，你在电话里是怎么答应我的？"

尤念嘴角僵了下，语气有些讨好地解释："可是我正写在兴头上，停下来灵感就断了……"

她的理由总是很多。

"下不为例。"半晌，陆清泽无奈地说。

"我还有几百字就好了。"尤念知道他这是不计较了，嘴角溢出一个笑，得寸进尺地说，"我有点饿了……"同时，右手配合着在自己肚子上摸了几圈。

她琥珀色的眼睛在灯光下闪闪发亮，面色坦坦荡荡的，没有丝毫"忏悔"。

陆清泽在"教育她"和"喂饱她"之间犹豫了两秒，最终还是妥协："想吃什么？"

"方便面！"

陆清泽皱眉："不许吃垃圾食品，我给你下面条。"

说完不容尤念拒绝，径直去了厨房。

尤念写完这一幕最后的几百字，关掉文档长舒了一口气，她看了看时间，已经是凌晨一点半了。她也知道自己的作息很不健康，但工作一忙起来就顾不上那么多了，尤念揉了揉酸涩的眼睛，伸了个懒腰。

厨房隐隐约约传来了香油和醋的味道，尤念吸吸鼻子，起身出了房门。

正好对上端着碗从厨房出来的陆清泽。

"好了，过来吃。"他将灰色的餐垫铺好，面碗和筷子整整齐齐地摆在旁边。细面排列得平整，周围搭配着红色的西红柿和黄色的鸡蛋，颜色十分漂亮，卤汁是她偏爱的酸口，也没有讨厌的葱和香菜，刚出锅的面热气腾腾，袅袅白雾飘在空气中。

家常的一碗西红柿鸡蛋面，生生让他做出了"深夜食堂"的感觉。

尤念拉开椅子，坐在陆清泽的对面。连续工作几个小时，她确实饿坏了，筷子挑起面条，尤念几下就将一半面条吃下了肚。

"不吃了。"尤念放下筷子，懒懒散散地靠着椅背。

凌晨一点吃面条，简直是罪大恶极，吃一半就够了。陆清泽将碗拿过来，自然地将剩下的面条解决掉，餐桌上方暖黄的灯光打在陆清泽的脸上，将他黑又密的眼睫毛在眼下照出了两排阴影，尤念托着腮看他，心中微动。

这场景，仿佛回到了他们还在交往的时候。

她每次出去吃饭都喜欢点很多种类的东西，每样尝一点选出自己最喜欢的吃，而陆清泽会默默解决掉剩下的那些。

"好了，我洗碗，你去睡觉。"陆清泽的声音打断了她的思绪。

尤念应了一声，先去浴室刷牙。等她刷好牙，陆清泽已经把碗洗好，在门厅处准备换鞋。

尤念看着他的动作一愣："你要走了？"

陆清泽点头。

"你过来，给我下了碗面就要走了？"

陆清泽低头，深黑的眸子睨着她，表情被灯光衬得温柔："那我还要做什么？"

"睡觉啊。"

"我在这儿，你可能睡不好。"陆清泽意有所指。

尤念的眼睛眨了眨，向前走两步，伸手抱住了陆清泽。

"别走了。"她仰着脸看他，出口挽留。

那天过后，陆清泽依旧会时不时地监督尤念的作息，尤念也确实老实了一阵子，每天晚上十二点前上床睡觉。可规律的日子没有过多久，尤念隐隐又有了故态复萌的迹象。有一就有二，尤念晚睡的次数越来越多，终于，在她又一次晚睡的时候，被陆清泽抓了个正着。

这一次，陆清泽的脸色实在称不上好。他绷着一张脸，深色眸子里翻滚着复杂的情绪，声音很低："你说会乖一点，到底还算不算数？"

尤念抿了抿唇，小声说："算数啊……"

陆清泽定定地看着她，突然嗤笑一声："想让我相信你？"

尤念点点头。

"那就搬到我家来吧。"陆清泽轻声说。

尤念闻言一愣。她只考虑了不过三秒，便点头同意了。"好吧。"她说话算话，答应了要乖一点的。

陆清泽似乎没想到她这么快就答应了，表情有一瞬间怔怔的。"给你一天时间，明天下班我来这里接你。"他顿了下，缓缓开口。

第二天，陆清泽按时下班，径直去了尤念家，迎接他的，是放在门口的一大一小两个箱子。尤念穿得整齐，坐在沙发上不知在想些什么，见他来了，尤念从沙发上起身，走到门口："走吧。"

"就这些？"陆清泽用手拎了拎那两个箱子，一脸狐疑。

他们两人曾经同居过一段时间，如果他没记错，尤念的东西简直多到令人发指的地步：衣服、首饰、鞋子、包……当时五六个箱子都不够装的。

"我的房子比你大，你不用给我省地方。"陆清泽声音平淡。

她这样是来参观两天就走吗？

"都是一些常用的东西，够用了。"尤念垂下眼，轻声解释。她只是和他住一段时间，早晚都要搬出来的，带那么多东西干吗呢，到时候只会更加狼狈。

陆清泽打量的目光在她脸上停留片刻，又不动声色地收了回来。

"走吧。"他一手一个行李箱，率先走在前面。

尤念背上装有笔记本的托特包，跟在陆清泽后面，她回头看了眼自己住了这么久的小屋，一开始觉得逼仄无比的房子，竟然在不知不觉中住了三年。

一路沉默着坐电梯下楼，穿过小区的中心花园，就到了陆清泽的房子。

重逢后，一直是陆清泽来找她，这还是尤念第一次去陆清泽的家。

"门锁的密码是2515。"陆清泽一边按密码一边说。

尤念的瞳孔微微放大，下巴扬起，神色诧异。

"很意外吗？"陆清泽轻笑一声，"我只是懒得换密码。"

尤念垂下眼，"噢"了一声，没有说话。

2515，分别取自他们两人的生日。在一起的那几年，陆清泽几乎所有的密码都和这个数字有关，他的社交账号、银行卡等所有个人资料在尤念面前都是透明的，只要她想，随时都可以查看。

门开了，映入眼帘的，是比自己那套公寓宽敞得多的客厅与大阳台，这套房子是公司分配的，一百三十多平方米的面积，三室两厅，装修风格简洁干净，以黑白灰为主色调，稍显冰冷，看上去没什么生气。

陆清泽将尤念的行李放好，带着她简单看了一下房间。

"白天我上班的时候，你可以在书房写剧本。我早上走之前会把早餐做好，你起床记得吃，午饭你自己解决，公司最近很忙，晚上我也不一定能回来和你吃……"

"——我知道了。"尤念拉了拉他的袖子，打断他的话，"你不用管我，你按照自己的节奏生活就好。"

陆清泽低头睨她一眼，喉咙深处发出低低的声音："嗯。"

夜里。陆清泽已经沉沉睡去。

也许是换了新环境，身体疲乏不堪的尤念却毫无困意，她轻轻起身，随手将陆清泽的外套披在自己睡衣外面走到客厅。尤念坐在沙发上，从茶几的抽屉里摸出一根烟叼在嘴里，右手拿着打火机去了阳台。

陆清泽的阳台要比她自己的大得多，视野也好，阳台的右侧摆放着一个原木色小边几，两边是配套的椅子。

"咔"一声，打火机的火苗蹿起，尤念披散着一头秀发，头靠椅背，两截凸出的锁骨明显，双脚脱了鞋，细直的一双腿搭在小边几上。琥珀色的眼睛微微眯起，点点猩红在细白的指间闪烁。安安静静的环境中，尤念懒懒散散地抽着烟，她的烟瘾不大，只是有时候心烦或者想事情的时候，会习惯性地想抽一支。

回想和陆清泽在一起的几年，两人真正一起的时间好像并不多，在学校的时候还能常常在一起，放了假，陆清泽就开始打工赚钱，两人见面的机会少了很多。

陆清泽学习忙，没有空和她一起体验夏城，尤念也就随遇而安，到处约别人和她一起出去玩，反正她有钱有闲有朋友，总是不会寂寞的。可她毕竟也是一个小女生，也有想要男朋友陪的时候。

那时候陆清泽要留校做项目，尤念便在学校附近租了一个二室一厅的房子。刚开始，新鲜感压过了一切，可时间长了，矛盾也就渐渐出来了，倒不是什么生活习惯或者家务琐事这类的摩擦，而是陆清泽对她管得太严了。

晚上最迟十二点之前要睡觉，早上不能不吃早餐，午饭要按时吃，和别人出去玩不能太晚回家……他的出发点是好的，可当时的尤念还是个叛逆少女，沉迷小说、游戏等一系列荒废时间不务正业的东西。

和尤念这样随性的人不同，陆清泽的原则性和自制力都惊人地强。很快，尤念就有些受不了这样被管束的生活了，她是个从小被父母放养长大的人，无拘无束惯了，喜欢享乐，崇尚自由，如果不能自由决定自己的生活方式，那还有什么意思？于是，在忍耐了一段时间后，尤念提出了自己要回家的想法。

陆清泽沉默半晌答应了，两天后，他送她上了回平城的飞机。那个房子尤念租了两个月，后来陆清泽也没有再住，就这么空置到了最后。

回想着之前的不愉快，尤念轻声叹了口气。陆清泽大概也是想到了，才会对她这么快答应住一起感到惊讶吧？

尤念抿了抿唇，这是她欠他的，她会好好受着。而且，现在的陆清泽对她依旧很好，除了偶尔言语间带刺，他的表现和之前一样，自己实在无须自怜。

尤念拨了拨长发站起身来，躺回床上的轻微动静将陆清泽惊醒。他睁开眼睛，鼻尖闻到她头发上的烟味，眉心微蹙："抽烟去了？"

尤念"嗯"了一声，微凉的手抱着他取暖："抽了你一支烟，不介意吧？"

"为什么抽烟？"陆清泽声音低下来。

"睡不着。"尤念的手指毫无阻碍地摸上他温热的皮肤。

"抽烟能让你睡着？"陆清泽不甚赞同，"明天我就把家里的烟都扔了。"

尤念窝在他肩头，笑得妩媚娇俏："那如果你想抽烟了怎么办？"

陆清泽转头，黑眸对上她狡黠的眼睛，拧着她的下巴吻过去。

第二天，陆清泽一早就上班去了，尤念带着她的电脑在书房工作。

陆清泽的书房和他的办公桌风格一致，桌面干净整洁，一点多余的杂物都没有，旁边的一个等人高的大书柜里放着各种类型的书。

桌子下方有两个抽屉，其中一个放着常用的办公用品，另一个抽屉则神秘地上了锁，也不知道藏着什么秘密。尤念盯着抽屉上的锁看了几秒，拒绝了想要探索的欲望，每个人都有自己不愿为他人道的秘密，陆清泽也一样。

曾经的陆清泽在她面前毫无保留，那是因为他们是情侣，现在的关系不同，她也不会随随便便就打听人家的隐私。

尤念定了定神，继续创作剧本。这一忙，就忙到了晚上七点，陆清泽果然如他所说，工作很忙，到现在还没有回来。尤念的肚子不太饿，在冰箱里翻到一袋还没过期的速冻饺子，正要下锅的时候，她想到了什么放下筷子，转身回房间拿来手机。

将火拧到最小，尤念发微信给陆清泽。

尤念：你在外面吃还是回来吃？

陆清泽：怎么了？

尤念：我在下饺子，如果你回来吃的话我就多下一点。

正在测试部检查芯片性能的陆清泽敲击键盘的手指蓦地一顿。

"陆总？"测试部的人以为他发现了什么bug（漏洞），慌忙叫了一声，"这部分有什么问题吗？"

陆清泽回神："没有。"他站起身来，"你们继续，我回个电话。"

回来吃。他打完这三个字，心底像是有温热的电流流过。原来，家里有人等着自己的感觉是这样的，特别是，这个人还是尤念……

OK！尤念很快回了个欢快的表情包过来，是一只笑眯眯的猫咪。

陆清泽抿唇一笑，将手机收好，回到测试部继续工作。

解决了几个问题，陆清泽回到家是半个小时之后了。

餐桌上的瓷盘里，摆放着整整齐齐的二三十只水饺，房里亮着灯，响着键盘的声音。

陆清泽换好鞋，将水饺放在微波炉里加热。

"你回来了？"大约是听到了声音，尤念从书房走到厨房，倚在门口看着他，她扎了个松松的马尾辫，莹白的小脸在灯光下泛着润泽的光。

"嗯。"陆清泽应着，将热好的水饺拿出来，抽了双筷子走过来。

"没有破皮的，进步很大。"陆清泽的语气揶揄，眼角眉梢在暖光下簇着善意的笑。

以前在一起的时候，尤念也有一次宣称要下饺子给他吃，结果下的时间长了，一大半的饺子皮都破了，馅料散了一锅。当然，最后那些皮馅分离的饺子都进了陆清泽的肚子。

"嗯，是啊。"尤念随口应着，坐在他的对面看着他吃。

其实并没有，她依旧是个没什么生活经验的女人，下的第一锅饺子破了好多只，被她挑出来自己吃掉了。她想试着对陆清泽好一点，用她自己的方式。

陆清泽没有蘸调料，就这么一口接一口地吃着，腮帮子微微鼓起，唇却抿得紧，黄色灯光从餐桌上方打下来，将他的眉骨、鼻骨衬得更加利落分明。

"这样吃不淡吗？"尤念问。她喜欢酸和辣，每次吃这些东西都要配大量的醋和辣椒才过瘾。

陆清泽咽下嘴里的饺子，抬眼看她："我觉得好吃。"食物对于他来说不过是填饱肚子的东西，但这饺子出自她之手，自然就带了几分美食的滤镜。

尤念挑眉，点点头表示赞同："好吧。"

第一天算是开了一个不错的头，后来的几天也还算顺利。

大概也是怕重蹈覆辙，陆清泽只盯着她的睡觉时间，其他的事情都放宽了要求，没有像以前一样管着她。

尤念也尽量地将自己写剧本的时间控制在白天，晚上用来刷剧、看综艺找灵感，避免了写到兴头上被人叫去睡觉的情况。

三月中旬，电视剧《宝珠》成功上星播出，收视率排名省级第二，在现代都市剧里，这样的成绩算不错的了。在编剧圈，能在上星电视剧署名，并且收视率还不错的话，就意味着你的身价可以涨了。

曾宇率先给尤念发了恭喜的微信，让她请客。

剧的成绩不错，曾宇的粉丝又多了不少，很多女观众对男女主角的感情不感兴趣，倒是追起了曾宇和女主角。每一次男二出现，弹幕都被疯狂的姐姐粉霸占。

尤念严词拒绝了曾宇，开玩笑，这个时候和他出去吃饭，被拍到了自己还不完蛋啊？

曾宇那头立马"哇哇"大叫说她没良心，说好的他们十八线姐弟情呢？

尤念瞥了眼屏幕，懒得理他。谁知曾宇一个电话打过来，说刚刚和她开玩笑的，事实上是他认识的导演手上有个项目，问尤念有没有兴趣接触一下。

尤念想了想，应"好"。现在影视项目多是多，但最后实际能成的也没有多少，接触一下也没什么。挂了电话，曾宇很快将时间地点发了过来。

时间是下周六，地点在——游轮？还没等尤念反应过来，曾宇的下一条信息已经来了。

曾宇：我都安排好了，你一定要来。这次行业会有很多导演都会参加，机会难得啊姐！

尤念打字的手指一顿，算了，都答应去了。

尤念回完微信，将椅子转向面对陆清泽的方向，书桌的面积很大，他们两人各坐一边，已经形成了共同办公的模式，互不打扰。

"陆清泽，我下周六有约会了，提前和你说一声。"

"约会？"

"嗯，去见几个导演谈项目。"尤念如实道。

"结束我去接你，少喝点酒。"陆清泽叮嘱完，目光回到电脑屏幕上。

尤念也跟着看了眼，貌似是国外的科技新闻之类的，看不懂。她又将目光落回陆清泽的脸上，他的神情温和宁静，眼神像一片平静的湖水。这些天，他的态度一直这样，没有再说话带刺，也没有任何明显的情绪表露，仿佛回到了他们没有任何矛盾的时候。尤念脚蹬着地，连人带椅靠近陆清泽。

"陆清泽。"她叫了一声，起身坐在他的身上。

陆清泽静静地看着她的动作，没有说话。

"我一碗饺子就把你收买了？"尤念眨了眨眼睛，灯光下，她的眼睛如同有流光闪烁。

陆清泽沉默半晌，沉声开口："没有。"

他的余光瞥到那个上锁的抽屉，手背的青筋凸起。

"你并没有收买我，尤念。"他重复了一遍。

尤念对于他来说是犹如罂粟的存在，他是个俗人，拒绝不了诱惑。可是，现在的他也做不到毫无芥蒂地和她在一起。抽屉里锁着他们的过去，什么时候他真的能做到心无芥蒂和她在一起了，他才会把抽屉里的东西给她。尤念心里说不上是失望还是松了口气，下一秒，她的手被陆清泽握在手心。

陆清泽带笑的声音同时响起："所以再努力点收买我，嗯？"

尤念愣愣地看了他几秒，低垂下眼睑，一个吻轻轻落在他的嘴角。

"我会再对你好一点的……"

三月末，在曾宇的牵线搭桥下，尤念参加了夏城的影视行业交流会。

会议在游轮上举办，游轮将沿着夏城沿海的地段绕行一圈，时间是四个小时。这次交流会由夏城市政府牵头，邀请了众多影视投资人、导演、制片、编剧和演员等圈内人士，旨在共同探讨影视行业的现状以及未来发展方向。对于很多圈内人来说，这也是一个攀关系的好机会，特别是几个影视公司的大佬，是众多圈内人想要攀附的对象。现在的影视行业，谁都想要一个高级别投资。

尤念此次参加主要是为了曾宇口中的"项目"，至于其他的交流讨论，她不过是来凑个数罢了。

游轮总共有两层，一层是餐厅和观景平台，二层是住宿房间。餐厅被装饰成了宴会厅，最前方是一个长方形的舞台，舞台下是二十来张圆桌，放着红色的重要来宾的名牌，像尤念这样的小编剧自然是没有名牌的，她被安排和其他编剧一桌。

交流会从下午开始，经过一个个冗长又官方的发言，终于到了大家都喜欢的环节——开饭。

这次交流会要求嘉宾都着正装出席，尤念穿着一件复古的黑色晚礼服，天鹅颈上戴了一串白色珍珠项链，耳朵上戴一副配套的耳坠，笔直的肩颈线和漂亮的锁骨都露在外面，长发蓬松，妩媚又充满风情。整个人如同从画报走出来的女明星。

尤念本身长得艳丽，颜值在明星中也不逊色，如今坐在编剧这一桌，就显得越发美艳动人，漂亮出众。和她同桌的有几个是老相识了，尤念和他们简单交谈了几句。这两年的行业情况不算好，大家手上的项目多多少少都有黄的，好多写了大半年的项目，说不做就不做了，甲方拖欠稿酬的事情也时有发生，同行们在餐桌上谈起这些来都是一把辛酸泪。

交谈间，尤念发现了一个自己讨厌的人——肖文。

他作为编剧代表上台发言了，此时刚刚下台，手里端着酒杯挺着肚子走到尤念这一桌来，他毫不客气地径直坐在了一个空位上。

"大家好。"肖文油腻的脸上泛着笑，亲和地和大家打招呼。

在座的编剧大都是他的晚辈，一句"肖老师"还是担得起的。其他人端起酒杯，三三两两地给肖文敬酒，尤念面色冷淡，如同一个身外客看着酒桌上的客套应酬。

"这杯酒我敬我们的美女编剧挽白。"肖文那双眯眯眼突然朝尤念看过来，浮肿的脸满是笑意，"年轻小姑娘进步很大！我看了你的新剧《宝珠》，剧情不错，前途无量前途无量……"

尤念没想到以两人之前的矛盾，肖文还会主动敬自己酒，一时愣怔。

肖文"唉"了一声："我们大美女不会这么小气吧？怎么也得给我这个前辈一个面子是不是？"

尤念思索了几秒，端起桌上的酒杯一饮而尽："这杯酒算是谢谢您的夸奖。"

尤念将杯子放下，沉静地看着肖文。

肖文笑眯眯地，也将自己杯子里的酒喝掉了。

"期待有机会和你合作。"肖文遥遥举杯示意，站起身来离开了。

过了一会儿，曾宇来找尤念，带她见了之前在电话里提到的导演柯晓。

柯晓是个年轻导演，手上有个校园剧的IP，想找个熟悉校园剧的编剧写剧本，曾宇就推荐了尤念给他。校园剧本对尤念来说不难，她和柯晓聊了一会儿，相谈甚欢，两人交换了联系方式，说好下次再约时间详聊。

"姐姐，我对你够意思吧？"见她和柯晓聊完了，曾宇立马跑过来邀功。

尤念冲他眨眼一笑："谢谢你了大兄弟。"

曾宇愣了两秒，追上那个窈窕的身影："哎，你就一句谢就完了？"

尤念回头，扬起细白的脖颈，珍珠白的项链泛着莹莹光泽："那我回去请你吃饭？"

"择日不如撞日——"曾宇说了一半，尤念手包里的手机突然响了。

尤念接通电话，冲曾宇比了个"嘘"的手势。

"几点结束？"陆清泽的声音从手机里传来。

"大概还有半个小时靠岸吧。"尤念回答。

"好，那我现在过来。"

尤念和他聊了两句，挂断电话。

只见曾宇略带诧异地看着她："你谈恋爱了？"

尤念含糊其词："怎么说呢，差不多吧。"

曾宇的语气有些遗憾："本来想吃饭的时候把我一哥们儿介绍给你认识的，看来用不着了。"

尤念耸耸肩，锁骨那里凹出一个好看的弧度，棕色眼睛含着几分笑意："谢啦，我现在挺好的。"

游轮靠岸后，尤念提着裙摆下了船，正准备去找陆清泽的车，一件黑色的西装外套已经披在了她的肩上。熟悉的味道近在咫尺，尤念回头，冲陆清泽莞尔一笑："等很久了吗？"

"没有。"陆清泽理了理衣领，将尤念露在外面的大片肌肤挡好，这才牵着她的手往自己的车位走。车子启动之后，尤念打了个哈欠，打起精神坐了一个下午加晚上，她有点犯困。"我想睡一会儿，到了叫我。"她疲倦地合上眼睛，很快就在舒适的座椅上睡去。

到了车库，陆清泽听到尤念手包里持续不断地传来微信提示声，他的目光在尤念熟睡的脸和手包上来回扫动了一圈，抿着唇叫醒了尤念："到了。"

尤念"噢"了一声，伸手揉了揉自己的额头，抱怨道："我好困。"

"回去再睡。"他犹豫了下，提示道，"你的手机一直在响。"

"嗯？"尤念翻出包里的手机，里面多了很多条信息。

曾宇的、肖文的、柯晓的……除此之外，年前来找过她的朱经理也来了消息，有意继续合作。

尤念有些蒙，怎么就突然这么多人联系自己了？她打开微信，才发现是汤旭导演在朋友圈发表了自己最近和几个年轻编剧合作的感受，点名夸了她，称赞她有想法有灵气。尤念有些受宠若惊，困意顿时全消，她坐正身子，发了感谢的微信给汤旭导演。汤旭导演的消息回得很快，有意想等电影开机后让她跟组。

尤念知道，《单车风语》的拍摄地离夏城很远，汤旭导演又是有名的慢工出细活，这一跟组，起码要三四个月的时间。她看了眼陆清泽，垂下眼睫，不知道等电影开机的时候，他们还在不在一起了。

"怎么了？"陆清泽停好车，见尤念还坐在车上没有反应，"要我抱你下来？"他调侃。

尤念摇摇头，解开安全带下了车。

回到家，尤念先洗了个澡。陆清泽洗澡的时候，她坐在书房，打算将柯晓导演提到的校园剧原著看一遍。

低头间，尤念的目光顿时被吸引住了。

——那个锁着的抽屉外，挂着两个银色的小钥匙，只要她轻轻一拧，就能发现抽屉里的秘密。

那天，她不是没有发现陆清泽的目光在上面停留了片刻，目光幽深又晦暗，犹如一个潘多拉魔盒摆在面前，尤念清晰地感觉到了自己心跳在加速。她缓缓伸出了手，手指刚触碰到冰凉的钥匙，立马又缩了回来。心跳在怦怦作响，空气都变得凝固起来，尤念叹了口气，最终还是克制住自己的想法，把钥匙拔了下来。

刚把钥匙放在桌上，只听门外传来了一阵焦急的脚步声。下一秒，陆清泽只围了一条浴巾出现在书房门口，表情慌乱，脸上和身上均有未干的水滴。

尤念被他这副匆匆忙忙的样子吓了一跳。

"你看到了？"陆清泽的脸色不好，声音也沉了下来，目光盯着桌上的钥匙。

尤念摇摇头："我没看。我只是把钥匙拔下来了。"

陆清泽一双黑眸紧紧盯着她，眉毛和睫毛沾满了水滴，狐疑道："真的？"

"你不相信我？"尤念反问，"那你说说看，我看到了里面的东西，应该是什么反应？"

陆清泽的脊背顿时一僵，什么反应？会很得意吧？被她随意抛弃的人，还对她念念不忘……

尤念从桌上把那串钥匙拿起来，袅袅婷婷走到陆清泽面前，抓起他的手将钥匙放入他的掌心："收好了，万一下次再被我看到，我就真的打开看了。"她说完，抬起眼和他对视，表情坦荡。

陆清泽"嗯"了一声，抓着钥匙的手紧紧握成了拳。

夜里，陆清泽将尤念扣在身下，亲她湿漉漉的眼睛："你想知道抽屉里的东西吗，尤念？"

尤念吸了口气，眼中一片潋滟之色。

"我想知道你就让我看吗？"她的语气不自觉带了点娇意。

陆清泽喉咙一紧，哑着声开口："除非你给我一个理由。"

"什么理由？"尤念喃喃问。

"你自己想。"陆清泽抬起她的下巴，再次吻了下去……

——给我一个理由。说你当初分手有别的苦衷，或者说你现在爱我……其实他真的很好哄，你试试就知道了。其实当初分手，陆清泽不是没有想过别的理由，在分手后，他甚至还去找过一次尤念。

那天，尤念班级在学校二食堂聚餐，他早早等在餐厅门外，想等她出来再谈一谈。尤念出来的时候已经是喝醉的状态，她搭着舍友的肩膀，摇摇晃晃地走在前面。

陆清泽赶过去，低声道："把人给我吧，我背她回去。"

她的舍友犹豫了半晌，最终同意了。喝醉的人身体变得很沉，那时候他又瘦了好多斤，可他还是有种重获至宝的感觉。

他背着她一路从二食堂走到宿舍楼下，舍不得松开。走到目的地的时候，沉默一路的人突然小声开口："你好像陆清泽啊。"

陆清泽一怔，低声问："然后呢？"

"没有然后，我们分手了。"

"为什么分手？"陆清泽问出这句话的时候，手心都在冒汗。

"因为……"背上的人声音恍惚，仿佛一阵风就能吹散，"不知道……"

不知道？陆清泽的心顿时凉成了冬日雪，从此彻底死心……

前段时间得知尤念身体有恙后，他特意咨询了医生。知道这个病对生孩子会有些影响后，他甚至想过尤念是不是因此才和自己分手的。

——虽然以尤念当时的性格，这个可能性极低。

陆清泽看着旁边睡得香甜的尤念，默默帮她掖好了被子，床头柜上，尤念的手机又响了一声，陆清泽随意看了一眼，又是约她的信息。她实在太招人了，长得漂亮大概就是这样，不管在哪里总有趋之若鹜的男人，就像以前，她的身边也总是围绕着各种男生——比如厉子阳。

尤念不知道，陆清泽第一次注意到她，是在篮球场。

那天陆清泽经过空旷的篮球场时，他远远听到了篮球拍打在地的声音。"砰砰砰"的声音里夹杂着一个少女带嗔的嗓音："厉子阳，你就不能让我下吗？非要扣我？"

接着是一个男生讨好的声音："好好好，我不扣你了行吧？你自己投，大小姐您请。"

陆清泽的目光看过去，认出那个女生是同班的尤念，男的不认识。

尤念穿了件黑色背心，头发扎成了一个高高的马尾辫，她右手运着球，辫子也随之一甩一甩的。她身后的男生和她穿着同色系的运动服，手叉腰看着她的动作，脸上是敞亮的笑容。

天边被夕阳染成了一片红，暖洋洋的余晖洒在尤念身上，她露在外面的四肢在阳光下泛着莹白的光，脸颊却因为运动起了薄薄的一层红晕。她的表情极为认真，姿势也有模有样，紧接着，"有模有样"的人上篮了，小腿绷出极漂亮的线条，手臂抬起将篮球扔了过去。

球在空气中画出一个漂亮的弧线——完美错过了篮球筐。

她身后的高个男生夸张地弯腰大笑。

尤念气恼地将篮球扔向他："不玩了！"

"别啊别啊！"男生边笑边说，"姿势还挺标准的，再试一次呗。"

"你不许笑！"女生的五官明艳漂亮，就连生气都格外鲜活生动。

"好好好，我不笑。"那个男生摆摆手保证。

尤念恨恨地看了他一眼，嘟着嘴巴重新来了一次。

陆清泽也不知道自己怎么了，就这么在篮球场外看她练习了好几遍。

有一次，篮球投得太高飞过了网，弹跳着滚到了他的脚下，他弯腰把篮球捡起来，听到尤念的声音。

"同学，麻烦。"

陆清泽抬起头，漂亮的少女正朝自己跑过来，她的头发松散了几束垂在颊边，被落日余晖染成了金色，四肢修长纤细，比例极好，余晖被她背在身后，好像两只火红的翅膀。

陆清泽抿唇，将篮球扔回篮球场，头也不回地走了。

后来，他开始观察尤念，她似乎对班级的人和事都不感兴趣，下课放学常常跟着别班的人在一起。

某天午后，陆清泽照例在黑板上写板书，余光扫到尤念正倚在走廊上，嘴里含着一根棒棒糖，懒懒散散的没个正形。陆清泽写完板书，目光和她对视了一眼。她逆着光站立，漂亮的眼睛里闪着狡黠兴味的光。

时间不疾不徐地流过，关于那个抽屉，两人都没有再提起。尤念有时看到那个抽屉，会想起陆清泽说"给我一个理由"时的样子，心中总有种微妙的感觉。

陆清泽现在的态度，对于她来说实在太好了，好到她常常忘了，自己是来当一个"弃妇"的。尤念的头上犹如悬着一把达摩克利斯之剑，她不知道这把剑什么时候会落在自己的头上，有几次话到嘴边，她差点就要和他摊牌。

"陆清泽，我们不要演了，说清楚吧。"

可事到临头，她又缩了回去。她的脑子一半在说："道歉吧，摊牌吧。"另一半却在说："你不是已经决定等着陆清泽甩你吗？"

随着两人在一起的时间越长，相处越和谐，这两种矛盾情绪的冲突也越发明显起来，甚至，有一点影响到了她的工作。

她编写的王霄和李婷婷这对主角和他们类似，在写剧本的时候，尤念常常不自觉地想到她和陆清泽的事，紧接着会想到他们现在的状况，常常是回忆的笑还没有扬起，嘴角又耷拉了下去。

除此以外，她盯着陆清泽发呆的频率也变得越来越高，一个长相身材全都长在自己审美点上的男人，性格好，事业好，对自己也好，她有什么理由不动心呢？

"念念？"在她又一次盯着陆清泽发呆的时候，陆清泽出声。

"噢。"尤念如梦初醒，为自己找了个借口，"我在想剧本。"

陆清泽狐疑地看着她："是吗？"

他站起身来摸摸她的头："你最近常常发呆，是不是思路不太顺？"

尤念抿唇，点了点头，放在桌上的手握成拳，指甲掐着肉，掐得生疼。

"要不要出去透透气？"

尤念抬头，陆清泽算了下自己的时间："过两周有个发布会，结束后我可以休年假，你以前不是想去草原，或者沙漠？"

两周后是"武夷"芯片发布的日子，最近他很忙，也没什么时间，等到发布会结束，可以暂时喘口气。

尤念怔怔地看着陆清泽利落的下颌线，心中一紧："陆清泽，你不是说我还没有收买你吗？"

陆清泽"嗯？"了一声，不理解她的意思。

"那你就不要对我这么好啊。"尤念喃喃道。

她真的快要坚持不住了，原来这件事比自己想象中要难很多，千算万算，人心难测。她也想过，就这样喜欢陆清泽吧，等剑真的落下来了，自己再之前分手那样，到处找朋友吃喝玩乐，将时间占满没空想他就好了。

可那是不一样的，尤念说不清是哪里不一样，直到下一周，厉子阳来夏城看她。

他押着尤念去了医院，看到诊断单上的"轻度抑郁"几个字，尤念愣怔了半晌。

"医生，这是吃药的副作用，我把药停了就好了。"尤念也是到此刻才想起来，自己已经吃了两个多月的避孕药了。这种药对她多囊的治疗有效，副作用也有，就是会对她的情绪产生负面影响。这段时间，她沉浸在工作中，忘记这件事了。

"那你先停药一段时间，过一个月来复诊吧。"医生见她这样说，而且症状也不是很严重，便也没有开药给她。

"你说自己不会怎么样的呢？！"出了医院，厉子阳恨不能骂醒她，"你都把自己玩成抑郁症了！"

"我这只是吃药的副作用！"尤念梗着脖子不承认。

"你敢说和陆清泽没关系？！"厉子阳脖子上的青筋凸起，厉声命令，"你现在立刻给我和他分了！"

尤念抿唇："我可以停药再——"

"不行！"厉子阳打断她，"你不说我就去找他说！我不管你是歉疚还是赎罪，这段时间也够了，你去找他说清楚！"

"不要！"尤念拉住他的胳膊，"再等等吧。"

"他下周有个很重要的发布会。"尤念轻声补充，"别逼我，厉子阳。"

厉子阳恼火："我逼你？是你在逼你自己！"

"好好。我等你一周。"他点点头，暴躁得想打人，"等他发布会结束，你立刻和他说清楚！"

厉子阳在夏城待了一天，和尤念一起吃了晚饭后才登上回平城的飞机。

"尤念，你别怪我多事，我们二十多年的朋友……"临走前，厉子阳放心不下。

"我知道你是为我好。"尤念抿了抿唇，挤出一个笑，"走吧，别耽误你登机。"

厉子阳拍了拍尤念的肩，欲言又止："尤念，不开心就回平城吧，我们很多朋友都在。"

尤念笑了："厉子阳你怎么回事？只不过是一点吃药的副作用，没事儿。"她伸手去推他，赶他离开，"快走快走！"

厉子阳一步三回头地上了出租车，尤念看着出租车的尾灯消失在街角，打了个车回家。

陆清泽还没有回家，家里漆黑空荡。因为要准备下周的新产品发布会，他最近经常忙到凌晨才回家。前两天，他还发了好几个旅游地点给尤念让她选，说好等发布会结束就一起出去玩。

对不起啊，可能没办法一起出去旅行了。尤念在心里默默地说。

她不是一个好演员，拖不下去了。发布会结束，她会好好和陆清泽道歉，两人摊牌后，陆清泽大概也不会原谅自己。

尤念心生烦躁，习惯性地想去摸烟，可惜她在家里找了一圈也没有，陆清泽真的把家里的烟都扔掉了。尤念带上手机，打算下楼买一包，走到电梯口，电梯门开了，她和里面的陆清泽碰个正着。

"这么晚了，去哪儿？"陆清泽皱眉看向身穿蓝色风衣的尤念。

"下楼买烟。"尤念如实相告。

陆清泽抓住她的手臂，声音微沉："别抽了。"

尤念想了想，低头叹了口气："好吧。"

夜里，当尤念第三次翻身的时候，陆清泽按住她："睡不着？"他的嗓音带着微微的哑。

尤念"嗯"了一声，"陆清泽，我想抽烟。"陆清泽睁开眼睛，乌黑浓密的睫毛低垂。他定定地看了她一会儿，低头亲她。

尤念笑了："我说我想抽烟，你亲我干吗？你是烟吗？"

陆清泽低声问："还想抽吗？"

尤念点头："还想。"

陆清泽于是又吻了过来。一吻完毕，他哑声问："还想抽？"

尤念弯着唇点头："嗯。"

陆清泽低头仔细观察她的神情，知道她不想了，伸手搂过她将人扣在自己怀里。

"喂，我说我还想抽啊。"尤念戳了戳他紧实的腹肌。

陆清泽"嗯"了一声，作势要脱她的衣服："那就再做点别的。"

尤念轻笑一声，埋进他的怀里。

"不抽了。"她抓着陆清泽身上的衣衫，男人的腰身精瘦结实。

"你以后也别抽了。"她轻声说。

陆清泽低低应了一声，无声地搂紧了她。

接下来的几天，尤念表现得一切如常。

四月的天气正好，温度适宜，翎宸科技的新产品发布会如期在夏城举行。

发布会上，翎宸正式推出了自己的芯片——武夷98，其内置的NPU单元将AI性能提高了6倍以上，深度学习性能达到8FLOPS。在性能上直接秒杀了大部分同类型芯片，同时，翎宸在发布会上正式宣布和蓝鲸手机达成合作意向，武夷98即将运用在蓝鲸手机上，请大家拭目以待。

发布会当天，尤念实时关注着科技版的新闻，发布会全程被文字直播了下来。评论里满是毫不掩饰地夸赞，尤念知道，发布会肯定是大获成功了。

她松了口气，合上电脑，客厅干净的浅色地板上，摆放着一大一小两个行李箱，是她带来的那两个，现在该带走了。尤念最后环顾了一下偌大的房子，推着行李箱出了门。

再见了，陆清泽。

傍晚，回到家的尤念收到了陆清泽的微信说是晚上有个庆功会，回来会很晚。尤念的手指在手机屏幕上停了很久，发了个"好"回去。等他庆功结束吧，反正也不急在这一时了。

厉子阳的电话在这时打过来。

"喂。"尤念接了。

"你说了没有？我看到新闻了，他们的发布会已经结束了。"

尤念沉默。

"你还没说？"

尤念的情绪低落："今天说。"

厉子阳沉默半晌才开口："尤念，明天我会打电话来问，如果你还没说，我就再跑一趟夏城，知道了吗？"

尤念应着挂了电话。她坐在地板上，看着手机发愣，即使计划了这么久，她依旧没有想好应该怎么开口。好像，无论怎么说，都是一个很坏的开头，可是啊，人总要为自己的行为负责，逃避从来不是解决问题的办法。

从落日时分坐到夜色低垂，尤念明白，自己拖不下去了。

陆清泽今天是被同事送回来的，今天的庆功宴上，他被敬了很多酒。他知道自己不该喝那么多的，但也许是太高兴了，他也就顺着同事的意稍微放纵了一下，他已经申请了休假，随时都可以陪尤念出门散心。

"好了，我自己上去就可以了。"同事的车停在单元门口，陆清泽婉拒了同事送他上楼的好意。

他一个人坐了电梯上楼，门开了，里面是黑漆漆的一片。

　　"念念。"陆清泽叫了一声。

　　没有回应，平常总有键盘声传出的书房很安静，人呢？陆清泽打开灯，房间霎时变得敞亮起来。他走到书房，眉心渐渐蹙起来，人不在，桌上的电脑也不在。是出门办事了吗？陆清泽揉了揉自己的眉心，心口莫名一沉。他蓦地转身，脸色大变，他想起刚刚哪里有异样了，门口的鞋柜里，尤念的那几双鞋全部不见了。

　　几步跑向门口，再次确认鞋柜里确实没有了尤念的鞋，陆清泽大步走回主卧，用力拉开衣柜——黑白灰的色调，整整齐齐挂着的，都是自己的衣服。

　　陆清泽简直不敢相信自己的眼睛。她走了？！她竟然走了？她竟然，就这么一声不吭收拾东西离开了？前段时间的交往对她来说到底算什么？自己对她来说又是什么？心脏犹如被人在用生了锈的刀一下一下地砍，疼得已经麻木。陆清泽气极，手臂肌肉止不住地颤抖，一股血气涌上脑袋，他额上的青筋几乎要爆开。

　　正在这时，他的手机响了。是尤念的电话。

　　尤念刚打通电话就被接起了，那头沉默着没有说话。

　　"陆清泽，你到家了吗？"尤念问。

　　极低的一声"嗯"，他的声音哑透了，带着极大的隐忍与克制："你在哪？"

　　"我在自己家。"尤念垂下眼，轻声说，"我打电话，是想和你道歉……"

　　"那时候是我不对，真的对不起……"尤念坐在地上抱着手机说了很久，语无伦次地道歉，可陆清泽那里一片沉默，很久都没有回应。

　　"你是不是觉得我在电话里说很没有诚意啊？对不起，我明天再和你当面道歉行吗？我——"

　　尤念的话猛地断了，她诧异地看向门口，陆清泽已经用钥匙打开了门，宛如魔鬼般站在那里，脸色阴沉，目光狠戾。

　　"啪"的一声，尤念的手机掉到了地上，她站起身来，双腿因为长时间未动跟跄了一下。陆清泽大步走到尤念面前，带着浑身的酒气，下一秒，尤念的下巴就被人狠狠捏住了。

　　"又玩我？"陆清泽恶狠狠地盯着她，脸色难看至极，"好玩吗？"

尤念摇头，还没来得及说话，炙热滚烫的吻已经落了下来。尤念脚步不稳，后退一步，膝盖窝碰到沙发，她不禁向后倒去，陆清泽顺势压过来，将她抵在沙发上狠狠地吻，或者说是咬。

　　这个吻带了怒意，简直可以称得上是蹂躏，直到空气变得稀薄，尤念快要喘不过气来，陆清泽才稍微退开一些。他的眼睛里布满了红血丝，胸口剧烈地起伏着，手指用力得像是要把她骨头都捏碎。

　　"尤念，我是不是很好玩，嗯？"陆清泽是气极，声音颤得厉害，"你又玩我？！"

　　尤念摇头，细喘着气大喊道："我没玩你！"

　　"没玩？"陆清泽怒极反笑，手臂肌肉鼓起，脖子青筋凸起，"那你什么意思，嗯？我就不该信了你的鬼话，说什么会乖一点，对我好一点，这就是你的乖一点？！"他厉声质问着。

　　陆清泽气得眼眶酸涩，脑袋要裂开般难受，他还以为自己和尤念的关系可以更进一步了，结果呢？简直就像一条招之即来挥之即去的狗！

　　尤念这才发现，陆清泽估计根本就没听自己电话里的话，直接放下手机就找上门来了。"你知道打赌那件事了，对吗？"尤念轻声问。

　　"所以呢？"陆清泽粗喘着气，眉头皱得很紧。

　　尤念沉默半晌："陆清泽，我们摊牌吧，以前的事都是我不对，对不起。你如果要报复我也是正常的……"

　　"我报复你？"陆清泽恨不能掐上她纤细的脖颈，"我想报复你还用等到现在？！"

　　尤念微微睁大眼睛："你什么意思？"

　　陆清泽的肩膀颤抖，声音沙哑透了："你以为我什么时候知道这件事的？"

　　尤念的心脏一颤，声音有点抖："去年？"

　　"去年？"陆清泽冷笑一声，通红的眼睛盯住她，一字一顿地说，"我一开始就知道了。"

第六章

乖一点就好

那天的体育课，陆清泽路过教室。

"尤念，你真的要故意和班长做好朋友啊？"尤念同桌的话传来，她的下一句是"就一个学期的值日，至于吗？"

陆清泽停下脚步，看到尤念坐在课桌上，笑眯眯地点着头应了。少女修长的双腿一晃一晃的，脸上带着漫不经心的笑。

陆清泽站了一会儿，迈步离开。打赌？呵，不过一个赌约而已，她能坚持多久？那时候的陆清泽，就像看闹剧一样看着她，只是他没有料到后来的事情。

"一开始就知道……"尤念喃喃重复，心脏像是从高空重重坠下，强烈的失重感和无措感涌来，五脏六腑全部揪在了一起，难受得想吐。

她还被陆清泽困在沙发上，凌乱的长发铺了一沙发。

"对不起，对不起……"尤念的眼睛红了，不停道歉，她不知道，除了毫无意义的"对不起"，她还能说什么。

尤念手指颤抖着抚上陆清泽的胳膊，声音轻颤："我不知道……你从来都没说过……"她不知道这几年间，陆清泽是怀着怎样复杂的心情和自己在一起的。

"你对不起什么？"陆清泽语气带着淡淡的嘲讽，"我早就说过了，我不需要你的对不起。"

"你怎么不继续玩了？继续骗我啊！"陆清泽脸部线条绷得很紧，肌肉因为生气隐隐约约地颤抖，"你现在玩够了，就把我一脚踢开。"他自嘲一笑，"还真是和之前一样……"

"不是的。"尤念摇头，"不是这样。"

听到他这样说，尤念的心脏像是泡在了柠檬水里，沁满了酸涩的味道："我真的没有玩你，之前分手，也不是因为腻了——"

"那是什么？"陆清泽冷冷打断她。

尤念沉默，整个人犹如一个精致空洞的布偶娃娃。半晌，她轻声开口："如果我们不分手，你还会去美国吗？"

陆清泽猛地一怔，厉声问："谁告诉你的？"

尤念红着一双眼睛看他，发丝凌乱，脸色发白："你别管谁告诉我的，你只要告诉我……"

她的语速很慢，嘴唇有些哆嗦："我们不分手，你还会不会去美国？"

陆清泽松开她，颓然顺着沙发滑坐在冰冷的瓷砖上，黑长的睫毛垂下，沉声道："不会。"

尤念起身，拉了拉自己松开的衣领，胸口微微起伏，小声重复："是啊，你不会。"

那时候父母逼迫她和陆清泽分手，她不肯，和父母在家大吵一架。她心情不好地跑出家门，不知怎么就走到了对面的长安巷。

陆清泽那时候还在夏城没有回家，尤念本打算转一转就走，没承想却遇到了陆母。

陆母面相和善，讲话也温柔："念念啊，我们家清泽是个很有责任感的人，他为了你，放弃了去美国的机会。他真的很喜欢你，阿姨希望你能好好和他在一起，不管未来他怎么样，都不要辜负他对你的感情……

"我希望你们毕业后可以结婚、生孩子……"

明明是温柔的话，尤念听完却四肢冰凉。

陆母的意思她听明白了：我儿子为了你放弃了大好前程，所以以后不管他事业怎么样，你都不要抛弃他，要对他负责。

二十六岁的尤念也许还可以应对，可当时的尤念在面对这种情况时只剩下落荒而逃。父母威胁她分手，她可以不听，但是陆清泽的未来，她要怎么负责啊？她一个生了病、以后不知道会不会有孩子的女生，她没办法负责任何人的人生与未来。

"尤念，你因为这个和我分手？"陆清泽的声音将尤念从回忆中唤醒。

她抬眸，只见陆清泽紧皱着眉，一双眼黑如深潭："主要是这个。"事已至此，尤念也没什么好隐瞒的。

"我家里当时生意出了点问题，父母也逼我分手，但这个不是主要的，也没什么好提……"尤念声音很轻。

陆清泽的心脏抽痛，疼痛感沿着血管向四肢百骸蔓延，滚烫炙热的血管在跳动，扯得他生疼。他咬着牙，神经紧绷到了极致："你凭什么就因为这个和我分手？"

"可是你不能因为我就放弃这个机会啊！"尤念低下头，泪水顺着眼眶流了出来。

"我去了你会等我吗？！"陆清泽的声音怒极，"我回来你还在吗？！"

交流两年，读研再两年。就算只是交流，他都毫无把握尤念会乖乖在国内等他。

"我不知道……"尤念双手捂脸，声音痛苦。她自己也不确定，异地几年，他们还会不会在一起，"陆清泽，你的未来不应该因为任何人而改变，我也担不起这个责任……"

"责任？"陆清泽嘴角扯开一个冷笑，"我从来没想让你负任何责任！"

"可我已经知道了啊。"尤念抬起脸，眼眶鼻尖都是红的，眼神迷茫，"我没办法当作什么都不知道。"

"那你为什么不直接告诉我？"陆清泽觉得这一切太讽刺。他因为可能发生的分手拒绝了去美国的机会，结果尤念先跟他分了手将他赶去了美国。

想起在美国的那些日夜，陆清泽只觉得荒唐无比。

"说了你就不会走了。"尤念了解陆清泽，他决定的事情很难改变，就算自己保证不会在他走后分手，恐怕他也不会听。

那时候的她年轻、气盛、骄傲、任性，解决问题的方式也很单一，另一个人的未来对于她来说过于沉重，主动离开是她能想到的唯一方式。

尤念说完之后，两人陷入长久的沉默。

良久，尤念抬起眼看向陆清泽。客厅没有开灯，他的脸在阴影中看不清表情，昏暗的夜色中，他脸绷得很紧，体内似乎蛰伏了一头蠢蠢欲动的小兽，随时可能利爪撕破现在的境况。

尤念吸了吸鼻子，犹豫着，伸手轻轻覆在了陆清泽的手背。温暖的四月天气，他的手指却一片冰凉，察觉到陆清泽的手微微动了下，尤念立即用力，手指钩住他的掌心，紧紧将他的手握住。

"陆清泽……"她小声唤了一句，"你别生气了。"

她用另一只手飞快地擦了下眼睛，"为我气坏了身体不值得……"

陆清泽终于有了反应。他转向尤念，眼神复杂："你以为我前段时间都是为了报复你？"

尤念垂下眼："我那时候问你，你说过，不会原谅我骗你的……我不知道你早就知道这件事了，以为你去年才知道……"尤念的肩膀耷拉下来，觉得一切都糟糕透了，"对不起，我把事情搞砸了。"

陆清泽的气息粗重起来，被她气到不行："那你又为什么不继续了？继续演啊！继续骗我啊！"

尤念的声音颤抖："因为我演不下去了。"

她的语气带着哭音："我越喜欢你，就越装不下去……"

陆清泽被她的字眼狠狠戳了一下。

"喜欢？"猛然听到这个词，他不知道该哭还是该笑，"尤念，你到底知不知道真的喜欢一个人是怎么样的？"

从她的嘴里听到这个词，陆清泽只觉得充满了浓浓的讽刺意味。

尤念沉默良久，握着他的那只手轻轻动了动。她抬起一双盛满水光的漂亮眼睛，脸上表情无助又坦荡："我做得不好……你还愿不愿意……教我？"

陆清泽沉默着没有说话，心乱如麻，不管是之前分手的真正原因还是今晚她的突然离开，都令他的理智行走在丧失的边缘。混合着酒精的作用，陆清泽只觉得自己头痛欲裂。

"有烟吗？"他的声音中带了点哑。

尤念站起身来，从小书房的抽屉里翻出烟和打火机，走回来递给陆清泽。

"咔"的一声，火苗蹿起，空气中弥漫着尼古丁和酒精的味道。陆清泽走向阳台，在夜幕中静静地抽烟。头痛的感觉没有丝毫好转，反而有越来越严重的趋势，自己一直耿耿于怀的分手有别的原因，陆清泽不是不触动的，可在内心深处，他也没办法一下子释怀。

陆清泽的指尖一颤，烟灰飞扬着飘落到窗台的烟灰缸里。

在美国的那些日日夜夜涌上心头，像一把把刀片扎入他的胸口。他不得不承认：他介意着尤念的自作主张，也在为她误会自己在报复这件事感到不快。

陆清泽吐出一口烟，白色烟雾在夜色中飘散开。半晌，他突然狠狠掐灭了烟。转头，对上尤念那张明艳漂亮的脸，她的脸色有些忐忑，白皙脸颊上还留有泪痕。

陆清泽忍耐住对她本能的心疼，将烟灰缸轻轻放在茶几上，安静的夜里，两物相碰发出清脆的一声轻响。

"我先回去了。"他沉沉开口，回避了尤念之前的问话。

"我们都冷静一下——"

"陆清泽。"尤念叫住他，声音很轻，"你不相信我了。"一个问句，用的是肯定句的语气。

陆清泽抿唇，脸上看不出表情："我还应该相信你吗？"

尤念纤长浓密的睫毛垂下，像两把漆黑的小刷子，她"嗯"了一声，语气平静。

"我知道了。"再次抬眸，她的眼睛已经是一片纯净，"不早了，你早点回去休息吧。"

陆清泽走了，尤念如同泄了气的皮球，瘫倒在沙发上。陆清泽没有答应她，她并不意外，激烈的情绪过后，他们俩都需要冷静一下。问题说开了，并不代表就解决了，对于陆清泽来说，大概她真的太不成熟。

从小时候起，她就习惯了自己解决问题。她一直觉得，把希望寄托在别人身上是很傻的，她能要求父母多关心自己一点吗？她能让陆清泽空出很多时间来陪自己吗？她不能，她能做的，就是不要在意这些问题，将注意力转移到别的地方去。

在分手的问题上也是。她不喜欢要求别人，只会本能从自己角度出发解决问题。可能是真的太幼稚了，尤念闭上眼睛，深深地吐了口气。

After all, tomorrow is another day.（毕竟，明天又是新的一天。）

第二天是周末，尤念再次接到了厉子阳的电话。听到尤念说和陆清泽讲清楚了，厉子阳松了口气，只是这心还没完全放下，尤念的另一句话如爆竹般在他的耳边炸开。

"陆清泽一开始就知道我那个赌约了。"

"什么？"厉子阳惊了。

尤念应了一声，手指抓紧了手机，喃喃自语："所以那时候他一直对我爱答不理的……他以前和我在一起，心里肯定很不好受……"

她现在想起来都觉得难受，那时候的陆清泽该有多难过啊？

厉子阳听完久久没有说话，唏嘘着叮嘱了几句之后，他挂断了电话。

尤念放下手机，将家里彻底打扫了一遍。

忙碌间，她的手机响了起来，是编剧圈的同事宋宋来电。

"听说你接了柯晓的那个校园IP？"电话一接通，宋宋就开门见山地问。

"对啊。"尤念点头。

合同都签完了，只是这个项目还处在前期阶段，她目前的主要任务还是汤旭导演的电影剧本。

宋宋叹了口气："你赶紧上微博看下吧。"

尤念心里一紧，迅速打开电脑上了微博。热搜上，"四季抄袭"的词条旁跟着一个橙色的"沸"字。

《四季》正是尤念接的那部校园IP的名字。

这本原著并不是很有名，也就是最近筹拍的消息传出来才在网上有了些许的存在感，而"抄袭"之说更是闻所未闻。

尤念在震惊之后，快速点开词条，将话题里的调色盘看了一遍。

这个调色盘是被抄袭的原著作者做的，她说自己其实一直陆陆续续有收到读者的反映，但做调色盘实在是一件耗费心力又不讨好的事情，加之她工作忙，一直腾不出空来做。最近得知了《四季》即将改编拍摄的消息，她不想抄袭者吸着原创者的血名利双收，这才下定决心将调色盘做了出来，并要求追究《四季》作者的责任。

原著作者不仅发了调色盘，还提醒了很多人来看，这其中就包括了受邀编剧的尤念。

尤念看着调色盘，心口越来越凉。这个盘太硬了，即使法律上的责任不好追究，但同为作者，她一眼就能看出，《四季》的人设和大纲"借鉴"是没的跑了。

《四季》的作者还没有出来回应，制片方也没有任何反应。尤念皱眉，退出了微博，她首先联系了《四季》的制片方，打了好几个电话才打通制片方的电话，对方在电话里支支吾吾，对于抄袭事件语焉不详。

尤念和对方约好第二天在公司详谈。

挂断电话后，尤念又联系了柯晓导演，他表示对这件事还不清楚，也让尤念少安毋躁。下午，《四季》的作者发微博，否认了抄袭事件。这个回应让抄袭事件越演越烈，《四季》的热搜指数直线上升。

就连尤念的微博也被波及了，评论里有劝她不要接这个剧本的，有问详细情况的，也有言辞激烈直接骂人的。

作为一个原创者，她是肯定不会参与抄袭IP的制作的。

第二天，她带着原先的合同去了制片公司，一位常总监接待了她。在说明来意后，对方却一口拒绝了她解约的要求："尤小姐，我们合同都签了，你这不是胡闹吗？"

尤念抿唇："合同里明确规定了，如果作品有抄袭等问题，我有权解除合同。"

常总监笑了，一脸的褶子："那就等法律判了再说喽。总不能有人说它抄袭就是抄袭吧？"

尤念定定地看着他，沉声道："作为一个原创作者，我看得出来《四季》抄袭。从业人员都有义务维护一个好的原创环境，我没办法参与这个IP的改编制作。"

"尤小姐，我们明人不说暗话。你出于名声的考虑，我们也能理解，这样行不行？你换个笔名署名，这样对你原本的笔名就没有影响了……"常总监喝了口茶，语气温和。

"不行。"尤念一口回绝，很坚持，"我要解约。"

常总监的表情沉了下来，慢条斯理地将茶杯放下："尤小姐，你坚持解约的话，我们只能按照合同办事了，请你把违约金付了，我绝不拦着。"

尤念呼出一口气，沉声道："我会咨询律师后再做决定。"

尤念托朋友找了位在合同法方面较权威的律师，律师的说法对她也不太乐观。个人相对于影视公司来说是弱势群体，这份合同对她不是很有利，现如今对方的态度是不愿和平解约，如果想要避免较大的经济损失，恐怕只能走法律程序，时间成本会随之大大提升。

尤念斟酌了一个晚上，最终决定快刀斩乱麻——付给对方违约金以快速解约。

过年期间她刚给了父母一大笔钱，违约金再一付，她身上就彻底没钱了。

尤念在闺密群里诉苦。

薛柔：怎么了念念？

贺缨：要多少？

尤念将事情简单说了一遍，两人义愤填膺，将制片公司骂了个狗血淋头，都表示愿意伸出援手。尤念想了想，暂时拒绝了，陆清泽冷静了两天，应该不会见死不救吧……

周一，翎宸科技。

二十九楼的员工们都感觉到了，今天的空气似乎有些凝滞。

上周五在庆功宴上说好要休假的陆清泽，不仅又出现在了办公室，还一副心情不佳的样子。

"Yuuni啊，陆总他怎么了，有没有什么内部消息？"

"人事部总监被叫进去了，是有什么人事变动吗？"

大家七嘴八舌，陆清泽的助理Yuuni成了大家重点咨询的对象。

Yuuni摊摊手，表示爱莫能助。

陆总早上一来就让她找了人事部总监，但她也不知道具体是为了什么。

众人的疑问在中午得到了解答，午休时间，好几个人看到研发部的明芷哭着从人事部总监的办公室跑开了。

她紧接着去了二十九楼想和陆清泽解释，平日反应灵敏的刷脸机这次却像失灵了一样，毫无动静。

Yuuni走到玻璃门外，一脸严肃："明芷，二十九楼的刷脸机已经没有你的信息了，陆总也不会见你，你请回吧。"

"Yuuni！"明芷抓住她的袖子，眼睛红肿，声音急促，"你让我进去，我说两句话就走！陆总他肯定对我有什么误会！"

Yuuni摇摇头："明芷，你还是快去办离职手续吧，现在离职对你没什么损失，再闹下去，你在业内的名声……"

跟着陆清泽也有一段时间了，她从没见过陆清泽这么强势地要求辞退一个员工。不用说，明芷肯定是做了什么过分的事情，触碰到陆清泽的原则了。

明芷的表情逐渐僵硬，颓败失望地松开了Yuuni的手臂。

她知道，事情已经无可挽回了……

晚上，陆清泽照例加班，等他回到家，已经是夜里十一点。打开灯，陆清泽被门厅处一溜的行李箱怔住了，下一刻，一个疲倦的声音从客厅传来。

"你回来了。"尤念穿戴整齐，揉着眼睛走过来。

陆清泽蹙眉，额间血管"突突"地跳："尤念，你这是干什么？"

尤念扶着一个行李箱的拉杆，眼巴巴地看向他："我现在没钱了，你能不能收留我？"

陆清泽深吸了口气，垂在身侧的手握成了拳，手背青筋凸起："你在搞什么？！"

尤念一本正经地胡说八道："我真的没钱付房租了。"

她递给他一份解约函。

陆清泽一目三行地看完，微微抿唇："一百万不到就让你露宿街头了？"

尤念拉住他的手臂，语气诚恳："我不会耽误你太长时间的，等汤旭导演的电影开拍，你就看不到我了，如果你真的不想看到我，我现在——"

陆清泽气血上涌，低叱着打断她："够了。"

复杂的目光从大的小的行李箱移到尤念的脸上，尤念的表情无辜又单纯，仿佛只要他说不行，她立刻就会走。

陆清泽静静地和她对视一会儿，拳头握紧又松开。半晌，他张口，微低的声音满是无奈："去把你的东西收拾好放房间。"

不过短短几天，尤念又搬回了这里，只是，这次她住进了客卧。唉，早知道就不折腾了，尤念叹口气。其实她刚刚对陆清泽撒了个无伤大雅的谎——她当然不至于连房租都交不出来，也不至于没地方住。不说别的，就是贺缨和薛柔都有地方提供给她，只不过被她拒绝了。她就知道，陆清泽不会见死不救的。

她闭上眼睛，翻了个身睡了。

和尤念一墙之隔的陆清泽，此时却睁着眼睛毫无睡意。面对尤念，他必须用十二分的克制力才行，在她的眼里，他前段时间对她的好，竟然是一场有目的的报复行为。那她呢？她前段时间的乖巧也是伪装出来的吗？陆清泽苦笑着发现，自己没办法不介意这件事。

可他却没办法接受她在自己面前的伪装，这让他的真心仿佛都成了笑话。

陆清泽本想让双方都冷静下来仔细想一想，可当今天尤念突然出现在自己眼前时，他还是妥协了。他太了解尤念了，光看她的表情就知道她夸大了自己的情况，什么没有钱，什么付不起房租，只不过是留下来的借口罢了。这无赖又狡猾的劲，和从前如出一辙。

陆清泽很想试着拒绝她一次，让她也尝一尝被人抛弃的滋味，可他忍了又忍，终究还是舍不得。他知道，以尤念对自己的感情，即使他拒绝，尤念能感受到的恐怕也不及自己当时的十分之一。他自己体会过那种灭顶的绝望，却可悲地连这十分之一不到的伤心都舍不得她忍受。辗转反侧了大半夜，陆清泽才堪堪入睡。

第二天，尤念意外地接到了妈妈的电话："念念啊，你是不是有个同学姓陆？"

尤念心里"咯噔"一下，沉声问："为什么这么问？"

从小到大，父母连她的班级经常都记不得，更不要说几年前自己交的男朋友姓甚名谁了，她几乎可以肯定，妈妈并不记得陆清泽的名字。

妈妈干笑了两声，缓缓道出原委："上个周末，我们一起在你姑姑家吃饭，你奶奶看电视新闻的时候说看到你同学了。我就打电话来问问……"

"新闻……"尤念轻轻重复着。

"好像是做什么芯片的，你奶奶说过年那会儿他来接你的，我看了，人家长得一表人才，事业也好——"

"妈！"尤念忍不住打断妈妈的话，"那你记不记得，几年前你们让我分手的男朋友也姓陆？"

手机那头一阵沉默。半晌，妈妈迟疑的声音才再次响起："是……同一个人？"

尤念轻笑一声："是啊，讽刺吗？"

她父母肯定想不到，那个在新闻上斯文俊秀的男人，就是曾经被他们嫌弃、出自长安巷的少年。

妈妈沉默片刻："你和他分了手，他还来找你干吗？念念，既然你们已经分手了，就不要再纠缠了。不管什么原因，你曾经抛弃过他，他很难不介意这件事，这会是他心里永远的刺……"

尤念随意应付完妈妈，挂断了电话。永远的刺吗？那她也要试着把这根刺拔了。

中午，尤念再次登上微博，《四季》抄袭事件依旧在发酵。

她的很多读者和粉丝都知道她接了《四季》的剧本改编工作，原本对这部剧充满了希望，可如今突然爆出抄袭，大家普遍都有点慌神。

尤念的解约还在走流程，没有完全结束，眼看着越来越多的人来自己微博私信询问，尤念发了一条微博。

挽白：不会担任《四季》的编剧工作。

《四季》本身就处在风口浪尖，尤念的微博一发，立刻引来了大批的评论。

发完微博之后，尤念就没有再管这件事，而是将精力投入到了《单车风语》的剧本中，距离开机还有一个多月的时间，她的创作时间并不算充裕。

尤念工作起来就忘记了时间，等她察觉到自己的肚子饿了，已经到了黄昏。尤念站起身来，活动了一下筋骨，窗外的天空灰蒙蒙，太阳早已落山了。尤念拿起手机，上面只有几个编剧朋友发给自己的消息。她思忖着，发了个微信给陆清泽，问他晚上回不回来吃饭。

没过几分钟，陆清泽回复了，说大概七点到家。

七点，那就剩不到半个小时了，尤念打开冰箱，里面食材挺多，可没几样是她会的。她想了想，从里面拿出几个西红柿和鸡蛋。

七点，陆清泽准时回到家，第一次看到尤念在厨房里的身影。

她的长卷发绾成了一个髻，松松挂在脑后，几缕发丝不守纪律地从发圈窜出来，弯弯垂在她纤细的脖颈后方。她穿了身深灰色的薄款针织衫，贴身的设计让她姣好的身材曲线毕露；脊背后方的两根蝴蝶骨轮廓清晰，腰细臀翘，藏在紧身牛仔裤下的两条腿又直又长。

厨房暖黄的灯光下，她低着头做事，神情专注，完全没有注意到陆清泽的到来。

陆清泽的衬衫松开两颗纽扣，站在尤念后方静静地看着她动作。

在美国的时候，莫飞曾经问过他理想中的家是什么样的。

他那时候幻想的，也不过就是晚上回来，家中有灯光几盏，倩影一个。沙发上放着蓬松的抱枕，厨房里飘着米饭的清香。她看到他，松开手上的抱枕，走过来抱住他说一声："你回来啦。"

那时候他们已经分手了，可他的第一反应还是她……

陆清泽的喉咙滚动了几下，突然有种恍如梦境的感觉。

"咦，你回来了。"尤念的余光察觉到陆清泽，转过头来看着他。

现实和幻想中的声音重合了，陆清泽从喉咙深处发出"嗯"的一声。他卸下手腕的表，卷起袖子，打开水龙头洗手："你在弄什么？"

尤念看着料理台上的西红柿，努努嘴示意："我想做西红柿炒蛋来着。"

"我来吧。"陆清泽看了眼白色的瓷碗，块状的西红柿露出小山一角，"西红柿最好去皮。"

尤念吐了吐舌头，她把西红柿洗好就直接切块了，哪里还记得要去皮。

陆清泽想到了什么，貌似随意地问："现在能分清葱和蒜了吗？"

尤念以前没有生活经验，大学时连葱和蒜都分不清。陆清泽教她了几次，还是会经常被某个人举着绿色的植物问："这是葱还是蒜？"

尤念也想到了大学时的自己，抿了抿唇："分得清了。"

以前在一起，也许是因为过于依赖他，她很少用心记这些东西。小到葱和蒜的区别，第二天下雨还是晴天，大到去某个地方的路，期末考试的时间和重点……

这些年她一个人生活，才慢慢察觉到，陆清泽是怎样细致入微地照顾了自己几年的青春时光。

"嗯，有进步。"陆清泽轻笑了声，夸奖她。

尤念的后背抵着料理台，看陆清泽动作利落地处理剩下的食材。他身穿白色的衬衫，下摆扎进裤子，精瘦的腰线明显；袖子卷到肘部，手臂线条紧实流畅，蕴藏着男人强壮的力量。动作间，他手臂的青筋凸显了出来。

这个腰是不是有点太细了？尤念一边观察他，一边胡思乱想。

陆清泽的动作很快，几分钟后两人就吃上了饭。

饭后，陆清泽进书房处理工作上的邮件。尤念在自己房间磨蹭了一会儿，也溜进了书房。她坐在自己的位置上，几次偷偷瞄向陆清泽，又不说话。

"你鬼鬼祟祟的，想干什么？"几次之后，陆清泽终于忍不住问。

尤念迟疑了下，站起身来走向他。

在陆清泽困惑的眼神中，她俯下身靠近，明艳的一张脸透着薄薄的红晕，眼睛在灯光下熠熠发光，比天上的星星还要璀璨。她的一只手扶着陆清泽的椅背，身体前倾，红润漂亮的唇离陆清泽的越来越近。

两人的呼吸交缠在一起。

尤念顿了下，将唇贴上去，再无空隙。

趁陆清泽来不及反应，尤念按住他的后脑勺，以迅雷不及掩耳之势撬开他的唇，将舌尖的柠檬糖抵进他的嘴里。她的脸微微发热，声音软得像春日柔风："就是想喂你吃颗糖。"

尤念将糖递过去后，立刻站直身子回到自己的座位，装出认真工作的模样。

书房里安静了一会儿。

"尤念。"陆清泽的声音低沉。

尤念沉默了片刻，将椅子转过来面向陆清泽，镇定提问："干什么？"

陆清泽合上电脑，站起身走到她面前，从口袋里掏出一个东西放在尤念的桌前———一张黑色的银行卡。

尤念不明所以地看着陆清泽。

"这张卡你拿着用，密码是我的生日。"陆清泽开口，声音温和清润。

尤念微微瞪大了眼睛："你给我银行卡干吗？"

陆清泽微微俯身，手臂撑在她背后的桌子上，这个姿势下，尤念几乎是被他环在了怀里。"我今天看了你的微博，才知道……"陆清泽沉默了几秒，他平时很少关注热搜这类新闻，今天看了尤念的微博才知道她之前解约是因为抄袭事件。钱倒是其次，事情是真的糟心。

"你不是没钱了吗？用这张卡吧。"陆清泽漆黑深沉的一双眼看着尤念，在衬衫下的手臂肌肉隐隐鼓起。

尤念下意识就拒绝："不用，我身上钱还够用……"

"你不是穷得都没钱交房租了吗？"陆清泽沉静地反问，面上没什么表情，"难道又是骗我的？"

"不是，我没骗你。"尤念知道什么是搬起石头砸自己的脚了，她斟酌着回答，"我现在真挺穷的，是有生以来最贫穷的时期。"

说完，她的睫毛颤了颤，抬眸和陆清泽对视，眼神看上去很真诚。

陆清泽"嗯"了一声，修长手指将桌上的银行卡拿起，放入尤念针织衫位于前胸的小口袋。"所以收好。"陆清泽叮嘱，直起身子，嘴角弯出一个不易察觉的弧度。

早晨，翎宸科技。

高川一大早风风火火地跑进陆清泽办公室，兴奋不已："我和你说，过几天有英国客户要来，到时候你和我一起见客户……"

"武夷98"发布后，来咨询的客户很多，销售部忙得脚不沾地，高川也是昨晚刚出差回到夏城。

陆清泽坐在桌子后方，点头应了。

他关掉电脑页面，抬头看向高川："对了，淮芯的发布会还没定下来吗？"

高川一直在外面跑，对业内新闻消息这块的嗅觉很灵敏。

"唉。"高川坐在陆清泽对面，高壮的身子让椅子坐垫都微微陷了进去。他挥了挥手，不足为惧的样子，"好像定在五月了，他们之前的流片慢了，发布会也只好延期。"

陆清泽白皙的手指在桌上轻敲："他们准备对标武夷，还是要关注一下。"淮芯这次搞得神神秘秘的，像是在憋什么秘密武器似的。

高川"嘻"了一声："等他们产品出来，我们的订单早就爆了，除非他们的芯片性能比武夷高出一大截。再说，手机的大客户蓝鲸都选择我们了……"他突然停下来，脸上露出八卦的神情，话锋一转，"先不说这个了，我怎么刚回来就听说你把一个小美女给开了？"

陆清泽淡淡睨了他一眼，没有说话。

高川双手抱胸，皱着眉："不是我说，你这副冷淡的样子真的要改改了。哎，我看人家小美女长得也挺漂亮的，和你家那个美女一个类型嘛……"

那天吃饭的时候高川就看出来了，在餐厅吵架的那个美女就是之前二十六楼的他那个同学，这两人就算没在一起肯定也在暧昧阶段。

"不一样。"陆清泽打断他，点到即止，"高川，公司不能要心术不正的员工。"

高川怔了怔，胖手一挥："唉，算了，不说这个了，我还有个事找你。"

他将手机解锁，从相册里翻出一张照片："这个男人你认识吗？"

陆清泽瞥了一眼，淡淡移开目光，睁着眼睛说瞎话："不认识。"

"你不认识你家那位认识！"高川锁上手机屏幕，"是一个叫曾宇的男明星，最近挺火的，我外甥女迷他迷得不行。"

他挑了挑眉，示意："我外甥女快过生日了，兄弟帮个忙，找你家美女编剧帮我要个签名照、海报什么的。"

"他们不熟。"陆清泽蹙眉，下意识就拒绝。

"什么不熟？！"高川打开微博，"你看他都转发你家那位的微博了，要不是我脸皮薄，我就直接找美女——"

高川的手上突然一空，手机被陆清泽抢走了。陆清泽眉头皱得很紧，目光久久停留在高川的微博页面上。

曾宇转发并评论了尤念那条微博，简单的"支持"二字已经足以让路人察觉到两人关系的不同。陆清泽粗粗扫过评论，曾宇的粉丝在解释两人只是合作过几部戏，是好朋友的关系。

陆清泽将手机还给高川，想要赶人："我会和她说，你可以走了。"

高川达到了目的，很爽快地走了。

陆清泽揉了揉眉心，那个曾宇，长得确实很帅……啧，有点烦躁。

一天工作下来，陆清泽准时下了班，到地下车库时，他被一个声音叫住了。

"班长。"

陆清泽停下脚步，看到明芷红着一双眼从自己汽车后方走出来。明芷一身连衣长裙，脸色苍白，眼眶含着水光，颇有些楚楚可怜的意味，她慢吞吞移到陆清泽面前，声音微哑："我是来和你道歉的。"

陆清泽沉默不语。

"我只是不想看到你再次陷入泥潭，尤念她就是个没有心的人啊，你对她那么好，她和你分手以后像个没事人一样相亲不断，可是你呢？"明芷的声音带了哭腔，"你忘了自己在美国是怎么过的吗？你为了她把自己搞成那样值得吗？"

陆清泽手臂肌肉绷紧，手背青筋凸起，声音淡漠克制："这和你无关。"

"嘀"一声，他直接开了车锁，迈开长腿就要上车。

"班长！"明芷叫了一声，"我承认我嫉妒，我也承认我对尤念说的话不对，可我也是真的为你好啊，你现在和她一起，就不怕她再甩你一次吗？"

明芷咬唇，眼泪无声地流下来："我不知道尤念是怎么和你说的，但我没有骗你，尤念她和同桌打赌的事是真的！我——"

"我知道是真的。"陆清泽打断她，语气平静，"一开始就知道了。"话音落下，陆清泽再不理失魂落魄的明芷，径直上了汽车。

直到汽车发动机的声音响在耳边，明芷才动了动自己僵硬的身体，她怔怔看着陆清泽的车子离开，魂不守舍，一开始就知道？那……

半响，她摇着头笑了，明芷一时不知道，自己和陆清泽谁才是更可怜的那个人。太荒唐，真是太荒唐了，他到底是有多喜欢尤念，才能自欺欺人这么多年？

陆清泽开着车回到自己小区的车位，停好车，他没有立刻下车。

在美国的几个片段闪过脑海，陆清泽抬起右手，隔着衬衫捂住自己的胃。犹如得了应激症，隐隐作痛的感觉袭来，他仿佛又一次闻到了医院消毒水的味道。那种刺鼻的讨厌的味道淡淡飘浮在空气中，令人孤单又无助。

怕不怕再次被尤念甩？他怕啊。就像之前，尤念明明都答应过，不会再骗他，可转眼，她就瞒着明芷找她的事，想当然把他的行为当成是一场报复。如果可以，他比谁都想戒掉尤念。

陆清泽用力按下自己的手掌，胃部被挤压，疼痛感一点点蔓延开，他深吸一口气，松开手掌，打开车门离开。

回到家，陆清泽再次看到了尤念在厨房的身影。

"你回来了！"尤念扎着松松的马尾辫，身上套了个围裙，见到陆清泽，她兴高采烈地将自己的学习成果展示给他看，"你看我新学的菜！"

陆清泽卷起袖子洗手，睨了瓷盘一眼，里面的青椒鲜翠欲滴。"看上去很不错。"他夸奖。

"我知道你现在不能吃辣，这个辣椒不辣的。"尤念抬眼，灯光下的眼睛比琉璃还漂亮。她动了动唇，声音很轻，"以前都是你迁就我的口味，我会慢慢学着对你好的……"

陆清泽漆黑的眼睛盯着她，手掌抬起，轻轻抚过她白皙精致的脸。带着薄茧的手指从下巴摩挲到耳根，尤念的皮肤泛起淡淡的温热和酥麻。尤念微微侧头，还没反应过来，炙热的吻已经落了下来。

陆清泽扣住她的后脑勺，俯身重重地亲她，胃痛的感觉似乎消失了，炙热的血流过全身，只剩下本能的亲近。

尤念环住他精瘦的腰，她听到陆清泽低哑的声音："我不用你迁就我，也不用你为我做什么。"

两唇分开，尤念的眼睛沁了一层水光。

"那我要做什么？"她喘着气问。

陆清泽的目光停在她红色润泽的唇上，拧过她的下巴又吻了下来。他闭上眼，漆黑纤长的睫毛垂下，声音低沉："乖一点就好。"

乖一点，让我看到你的诚心就好。

尤念的心脏重重一颤，这不是自己曾经说过的话吗？她曾经和陆清泽保证过自己会乖，可她并没有做到，想到那天陆清泽发红的眼睛和失控的状态，愧疚感涌上尤念的心头。

"卿——"她张开唇想解释。刚说了一个字，陆清泽伺机堵了上来，将她要说的话全部吞了进去。尤念"唔唔"了两声，脖颈后方的手掌炙热，强势地将她困在陆清泽与料理台之间，她的后背抵在冰凉的料理台边沿，身体和陆清泽紧紧相贴。

"先吃饭。"陆清泽摸了摸她的头发，将厨房里的事情接管下来。

吃饭间，陆清泽貌似无意地提起曾宇："你和曾宇很熟？"

尤念点了点头，将嘴巴里的饭菜咽下："嗯，关系还可以。"

陆清泽的动作一顿，简单说起高川想要签名照片和海报的事，尤念想也没想地一口答应下来："没问题，你把地址给我，我让曾宇直接寄过去就行了。"她的表情淡定，仿佛这是一件再简单不过的事，陆清泽睨了一眼尤念，不动声色地握紧了手里的筷子。

一连几天，两人除了没有睡在一起，状态和前段时间有些相似。陆清泽在说了"乖一点就好"之后，理所当然地接过了尤念手上的活。

尤念是个十指不沾阳春水的娇小姐，贪图享乐，讨厌做事，眼见陆清泽对自己的态度又渐渐恢复成从前的模样，她体内那些顽劣与懒惰的因子又蠢蠢欲动起来。

在短暂地做了两天饭之后，两人的相处模式变成尤念在家工作，中午点外卖，晚上等着陆清泽回来投喂，她只要给陆清泽打打下手就可以了。若是剧本写到兴头，那更是连这一步都免了，只要出一张嘴就可以了。

尤念从小就随性惯了，朋友一堆，享乐主义至上。她长得漂亮，性格开放，有钱又大方，在朋友中，她一直是被众星拱月的那个，是大家关注的中心，吃喝玩乐的过程中，她只要付出金钱和时间就可以了，和这个朋友关系疏远了，再换下一个就好。

对于小孩子来说，最好的老师永远是父母，可尤念从小看到的都是两张冷漠的脸，只有在逢年过节或者家里来客人的时候，父母的脸上才会流露出互相关心十分恩爱的表情——虚伪又浮夸。

尤念一方面鄙视父母这样的态度与关系，另一方面，在从小到大的耳濡目染下，对男女、夫妻之间的关系一直没有什么正确且正面的价值观。

除了在刚开始追陆清泽的时候早起了一段时间，后来两人在一起，她就被陆清泽呵护得无微不至，温柔以待了许久。和陆清泽在一起时，她享受着恋爱的甜蜜，很少思考未来的事，她只知道，自己喜欢陆清泽，想和他在一起。

眼下，她虽然已经决定了要好好和陆清泽在一起，但她还是有些不知道要怎么对陆清泽好，而陆清泽似乎并不需要她为他做什么。

尤念其实有点搞不清楚陆清泽现在的想法，但隐隐觉得，陆清泽一直在克制自己。她将两人重逢之后的事情仔仔细细又想了一遍，发现了一个悲哀的事实——现在的陆清泽，不是她能轻易搞明白的。

他还是很喜欢自己，也很难拒绝自己的亲近，可他心里，似乎还在介意着什么。就像他那天说的，他好像并不相信自己的保证了。

尤念放下手机叹了口气，她能猜到一点原因，可是又不敢肯定。

这天，尤念收到了曾宇寄给自己的快递，是一周后他电影的首映礼票。

曾宇最近人气火爆，前一段时间正式进军了大银幕。这一部《爱侣》就是他的首部爱情电影，电影轻松有趣，很适合情侣看。

晚上，尤念洗好澡出来，没有回自己房间，而是溜进了陆清泽的卧室。他的卧室风格简洁干净，家具以黑白色为主，墙上一幅多余的画都没有，深色窗帘紧紧拉着，就连床上用品都是深沉的黑色，整个房间都透露着严谨、禁欲的气息。

陆清泽不在，一墙之隔的浴室传来"哗哗"的流水声，尤念将电影票放在他的床头柜上，抿了抿唇，拉开被子躺了上去。

浴室的水声停了，尤念的脸有些发热，心跳不自觉加快起来。她听到浴室门被打开的声音，接着是熟悉的脚步声，随着脚步声离自己越来越近，尤念渐渐握紧了自己的拳头。

陆清泽打开了床头灯，尤念掀开被子，笑嘻嘻地爬出来，她只穿了件真丝的吊带裙，黑色布料和她白皙的皮肤形成了强烈的颜色对比，昏黄灯光下，她的肤色泛着莹莹白光。也许是因为蒙在被子里的时间长了，尤念的脸色有些发红，眼波潋滟，唇色鲜艳。

对视了几秒之后，尤念主动伸手，揽住了陆清泽的脖子。陆清泽一僵，闭上眼睛吻了下去。

"卿卿，我有个问题想问你。"事后，尤念闭着眼睛喃喃道。

"什么？"陆清泽轻拍着怀里的人，像在哄一个小孩子。

"你是不是还在介意我打赌的事？"

陆清泽轻拍的动作一顿："不是。"

他有时候真想撬开尤念的脑袋看看里面在想什么，他怎么会介意那么多年前的事？

"你居然会以为我前段时间是在报复你，尤念，你当我这么小心眼吗？"陆清泽垂下眼睫，淡淡睨着她。

尤念"哦"了一声，认错得很快："我错了。"

陆清泽长叹口气，缓缓开口："念念，你仔细想想，在那之后，你的值日是谁做的？"

尤念猛地睁开眼睛，扬起脖子怔怔看向陆清泽。

"是……是你……"是啊，他们当时每次值日，都是陆清泽在做，她帮不帮忙则完全取决于她当时的心情。想起以前的事，尤念抿了抿唇，一时五味杂陈，她居然一直没想到这一点……

"嗯。"陆清泽嘴角微弯，将一个吻轻轻印在她的额头。

"所以，赌约无效。"

温热的触感一碰即离，尤念长睫微颤，一股热流涌上心口。

"陆清泽，所以你是故意的！"此时回想起来，尤念才回味过来。

她爬起来，手臂撑在陆清泽的两边，长卷发垂落下来，挡住小部分脸颊，一双眼眸微微睁大，黑暗中熠熠发光："你故意不让我同桌帮我值日，赌约就可以当作不算了是不是？"

陆清泽"嗯"了一声，修长手指将尤念脸颊旁的头发理到耳后。

"你……你……"一向伶牙俐齿的人一时词穷了，搂着他的脖子趴下去，小声感叹了句，"我才发现你有时候傻乎乎的。"

他知道她靠近他是为了赌约，可沉闷的个性使然，不愿和她明说，就用这种方式默默抗争。哪怕后来在一起，也自欺欺人地当作没有这件事。

尤念发酸的鼻子在陆清泽脖子处蹭了蹭，男人沐浴后清冽好闻的气味顿时盈满了鼻间，这隐忍的做派，还真是陆清泽的风格。扬起头愤愤然咬了一口陆清泽的下巴，如愿听到他倒抽一口气的声音。

"啊，对了，下周我朋友的电影首映，一起去看吧。"尤念打了个哈欠，想起自己原本来这里的目的。听到陆清泽应了一声，尤念合上眼睛，找了个舒服的位置，很快进入了安眠。

陆清泽看了眼怀里呼吸平稳的人，将目光转移到床头柜上的那两张电影票，眼神幽深沉静，久久才闭上眼睛。

周五，尤念在家精心打扮了一番。

她长相妖艳，化妆打扮也喜欢浓烈的风格，眉笔勾勒出锋利弯曲的眉形，睫毛纤长浓密，眼线又深又长，配合棕色系的眼影和亮片，将她本就妩媚的眼睛衬得更加深邃动人，水波粼粼。一件黑色的吊带裙将她的皮肤衬得更加白皙，漂亮的肩颈线条和凸起的锁骨轮廓被展现得淋漓尽致，套上一件小西装外套，踩着七厘米的高跟鞋，尤念施施然出了门。

六点，尤念开车准时到达了陆清泽公司楼下，电影的首映时间是晚上八点，两人先去商场吃了饭，等吃好饭过去，时间正好。

首映开始前，电影主创们先上台和观众进行了一个简单的见面会。曾宇高大英俊的身影一出现，台下立刻传来了粉丝们巨大的欢呼声。见面会的主持人风趣幽默，将气氛搞得很热闹，现场笑声不断。尤念跟着大家一起鼓掌和笑，感觉到旁边有束深沉的目光幽幽落在自己身上，等她将目光转向陆清泽，他又已经变成正视前方，专心看见面会的模样。

见面会结束后，电影正式开始了。《爱侣》是一部标准的爆米花爱情电影，讲述了几对都市年轻人不同的恋爱故事，剧情虽然大众套路，倒也轻松有趣，电影院里不时响起欢快的笑声。可身为一个编剧，尤念却没办法好好享受电影，她似乎已经养成了职业病，看电影的时候总是忍不住揣测剧情和桥段，电影的剧情自动在尤念脑子里变成了一波三折的各种节点。

"这个桥段也太烂了吧。"当看到影片中的其中一个男主角出轨的时候，尤念实在忍不住吐槽了一句。

果然，后面是渣男回头，痛哭流涕求原谅的戏码，看到这里，尤念不由得深深叹了口气。下一秒，一颗爆米花出现在了尤念的嘴边，尤念转过头，陆清泽英俊的侧脸在黑暗中依旧耀眼，鼻梁高挺，下颌线精致。他的脸上没什么表情，修长的手指间捏着一颗爆米花，举在尤念的嘴边。

尤念顿了顿，张嘴将爆米花咬下来。

尤念和陆清泽看过很多次电影，每次他都是这副波澜不惊的模样，不管两人看的是动作片、搞笑片、还是爱情片，陆清泽总是能一脸平淡地看完。真是非常令广大电影创作者扫兴的一个人，尤念抿了抿唇，恶作剧之心顿起。

她将手伸进爆米花桶里，从里面拿出一颗爆米花，伸到陆清泽的面前。

陆清泽的目光光淡淡扫过她，张开了唇，尤念趁机在他舌头上轻点了一下，察觉到旁边人瞬间的僵硬，尤念得逞地轻笑了一声。

过了几分钟，她又捏了一颗爆米花举在陆清泽的眼前，陆清泽伸手要拿，尤念收回手臂，目光挑衅地看着他。

陆清泽无奈，拍了拍她的肩膀，低声道："别闹念念。"

尤念"哼"了一声，将爆米花强硬地塞进他的嘴里，接着冲他吐了吐舌头。

陆清泽轻叹口气，抓住她作乱的手，紧紧握在手中不让她动作，尤念试着抽了几次都没有抽回来，只好由他握着一直到电影结束。陆清泽手心的温度很高，等到电影结束，尤念的手心已经被攥得出了一层薄汗。

刚出电影院，尤念收到了曾宇的微信。

曾宇：姐姐，电影怎么样？

尤念：要听实话吗？

曾宇隔了几分钟回复了：算了，您还是别说了。

尤念笑了笑，将手机放回包里，抬起头，正对上陆清泽漆黑幽深的眼神。

"曾宇？"

尤念点了点头，伸手挽住陆清泽的胳膊往外走："你觉得电影怎么样？"

陆清泽面无表情："一般。"

尤念"嗯"了一声："是吧？剧本不太行。我觉得那个渣男回头的桥段实在太讨厌了，身为一个女性观众，我真是受不了——"尤念正对着电影的情节发表看法，一道惊喜声音的出现打断了她。

"陆清泽？"

尤念和陆清泽同时转头，一对情侣正站在侧后方看着两人。出声的男人大概三十岁不到的模样，发际线有隐隐后移的倾向。尤念蹙了蹙眉，对这个人没什么印象。

"刘文炎。"陆清泽笑着打了声招呼。

听到这个名字，尤念终于想起来了，这个男人是陆清泽大学时的同班同学。刘文炎带着女朋友走过来，复杂的目光掠过尤念那张妖艳漂亮的脸。

"尤念，"他点了点头，"还记得我吗？我是陆清泽的大学舍友。"

尤念努力忽视他神色不明的样子，非常客套化地笑了笑："记得，我们一起吃过饭。"刚进大学的时候，她和陆清泽的室友曾经一起聚餐过，彼此都认识。后来两人分手，尤念又在学校里遇到过刘文炎几次，他每一次的神色都非常冷淡，对她视而不见。尤念知道，刘文炎是在为陆清泽抱不平。

"你们……"刘文炎目光停留在两人挽着胳膊的动作上，"一起来看电影啊？"

"是啊。"陆清泽坦然承认了。

爱情电影，挽着手臂……刘文炎想起之前在清吧时，陆清泽看到尤念和别的男人在一起时陡然冰冷的目光，心里默默叹气，没想到兜兜转转，他还是和尤念纠缠在一起了。刘文炎看了看陆清泽，欲言又止。

"加个微信？"告别前，刘文炎转向尤念出声。

一天后，尤念毫不意外地在家收到了刘文炎的微信：有空吗？聊一聊？

尤念想也没想地回了个"好"。

Chapter 7
第七章

喜欢的人

两人约在了一家咖啡厅露天的位置。

点好咖啡后，尤念也不含糊，开门见山地问："你找我，是有关陆清泽的事吗？"

刘文炎点点头："也许是我唐突了。"他叹了口气，斟酌着开口，"我想问，你这次是认真的吗？"

尤念皱眉，有一丝被冒犯到的感觉。为什么他们俩的事，总有那么多人喜欢指手画脚的……

"抱歉。"刘文炎也感觉到了尤念的抗拒，低声道歉。他思忖着缓缓开口，"我想你应该知道，陆清泽现在的胃不太好……"

尤念垂下眼睫，若有所思。

刘文炎看了眼尤念的神色，端起手中的咖啡抿了一口，继续道："几年前，他在美国生过一场很重的病。那时候他刚和你分手，一个人去了美国，抽烟喝酒都很凶……"

尤念咬紧了牙关，手指握成了拳。

"我想大学时你也了解，我们这个专业想要精通，是非常耗费精力和时间的。陆清泽在A大的时候就一直泡在实验室，去了美国后只会有过之而无不及，他那时候本身就没有胃口，忙起来更是顾不上吃饭。大三上学期，A大有个赴美参观的活动，我就着这个机会去了美国，见过陆清泽一面。"

刘文炎抿了抿唇，补充："在医院见的。"

尤念的脸僵硬，声音很轻："他怎么了？"

"严重胃溃疡引发的胃出血和胃穿孔，幸好他同学及时发现了他休克将他送来医院。"刘文炎想起陆清泽那时的样子，忍不住叹气，"你知道他那时候多瘦吗？"

尤念的鼻子一酸，眼眶泛起了水雾。

"后来我才知道，他没有食欲已经很长一段时间了，勉强吃了也会吐。在医院，他一直靠着营养针续命，医生警告他，如果还想要自己的身体，必须要好好重视他的胃……"

"后来呢？"尤念红着眼睛问。

刘文炎叹口气："这场大病之后，他变得更加沉默寡言，但非常配合医生的治疗。吃不下东西也会硬吃，积极吃药打针……因为他说，他没有资格死。"

尤念低下头，手捂着额头，睫毛颤了颤，心脏被重重一揪。没有资格死……他是怀着怎么样的心情说出这句话的？尤念不敢想。

"你能想象我听到这句话时的震撼吗？"时至今日，刘文炎也没办法忘记那一幕：陆清泽坐在病床上，脸色是病弱的苍白，嘴唇没有血色，表情却很平静，声音也冷淡。"死"这个字从他嘴里说出来，比"吃饭喝水"还要平淡。

"世界上不如意一死了之的人很多，死了也就没有烦恼了，可陆清泽却说，他是个没有资格死的人。尤念，有时候死很容易，活着却很难。"

尤念深深低着头，重重吸了下鼻子。

"对不起，我知道我来找你太冒昧了。可是身为陆清泽的同学和朋友，我实在看不下去了。如果你只是玩玩，就放过陆清泽吧，他真的经不起你再折腾了，如果你是认真的，就请对他好一点……"刘文炎看着尤念，话头一顿。

尤念的头低着，葱白纤细的手指捂住了半张脸，精致的五官看不清神情，微风吹过，柔顺的长发轻轻飘扬，空气中隐隐有香味散开。

刘文炎不可否认，尤念是个十分漂亮的女人，大学时就已经锋芒毕露，几年时光过去，褪去了青涩，她的容貌变得更加艳丽明媚。他的女朋友甚至惊艳到偷偷问他，尤念是不是什么网红或者明星："尤念，你长得漂亮，想要什么样的男朋友都很容易，如果你不能好好对待陆清泽，就趁早放他一条生路吧。"

沉默了许久的尤念再次开口，声音微哑："对不起，我不知道……"

"你当然不知道了。"刘文炎自嘲地笑笑，"我在美国看到他那个样子，当时就想联系你。"

尤念抬眸，看到的是刘文炎无奈的表情。

"可是陆清泽不让，他说你们已经分手了，没必要让你愧疚。"刘文炎摇摇头，接着说，"他这个人又倔又闷，什么事情都喜欢放在心里。我猜，即使你当时对他的伤害那么大，他也没有和你提过。"

尤念抿着唇，低低地"嗯"了一声。

"谢谢你告诉我。"她捂着嘴巴，声音里有不易察觉的颤抖。

"谢是不用，我也不是为了你。"早在上次遇到尤念，他就劝过陆清泽，没想到两人还是在一起了。刘文炎已经不知道自己叹了多少口气了，"他不仅不让我找你，也不许我回国以后和你说。所以，我希望你也不要告诉他我来找你这件事……"

刘文炎走后，尤念一个人在露天位置上坐了很久。

当年分手，她想过陆清泽也许会难过，却万万没想到会变成刘文炎口中的情况。"没有食欲""休克""胃穿孔""营养针"……这些词实在太可怕了，难怪他一开始那么抗拒自己，她真的有罪。

尤念难受地低下头，心脏像被一只大手搅动着，一阵一阵地疼。桌上的咖啡早已凉透了，没有了醇香，变得又酸又苦。尤念喝了一口，艰难地咽下，旁边的手机响了一声，是陆清泽的微信，他在问她什么时候回家。

尤念揉了揉自己酸涩不已的眼睛，回复他自己有点事在外面吃，晚一点回家。她不能就这么回去，陆清泽一定会看出来的，她既然答应了刘文炎，就不能让陆清泽知道，起码现在还不行。

他们两个现在的状态正渐入佳境，她不想有别的事再横生枝节了。尤念打定了主意，深吸一口气，习惯性地摸烟出来，刚背靠椅子点着火，咖啡厅的服务员端着一杯咖啡过来了："您好，您的美式。"服务员将咖啡杯轻轻放在桌上。

尤念手指夹着烟，抬眸看向服务员，淡声道："我没点。"

服务员朝旁边看了一眼，对了一下她的桌号："是一位先生给你点的。"

尤念顺着服务员的目光看过去，顿时怔住了。

那不是贺缨介绍过的康饶吗？

对上她的目光，康饶冲着尤念笑了笑。他穿了身白色的卫衣和蓝色牛仔裤，斯文俊秀的脸洋溢着年轻的气息。

"念念姐。"康饶走过来，径直坐在尤念的对面。

尤念轻扯嘴角，和他打了个招呼。"你在这儿多久了？"尤念抽了口烟，表情有些迷离。

康饶被尤念看着，俊脸浮现出一丝羞涩："我来了一会儿了，看你一直坐在这里没好意思打扰……"

尤念轻声道谢："谢谢你。"

"小事。"康饶笑了笑，"念念姐，我……"他突然有些不好意思，"我以后还能找你出来玩吗？"

尤念微怔，精致眉眼定定地看着康饶，神情恍惚。当时陆清泽也就这么大吧？他一个人，孤孤单单的，在异国他乡的医院，而她呢？为了填补分手之后的空虚，她把行程安排得很满。今天这个商场明天那个酒吧，她除了上课就是玩乐，很少让自己有空闲想陆清泽的事。

尤念深深吐了口气，一串白烟从红唇飘出来。烟雾飘到康饶面前，他别开脸咳嗽了两声，白净的脸上染上了淡淡的红色。尤念如梦初醒，这不是陆清泽，不管她怎么故意当面抽烟都面色如常。

"抱歉。"尤念低声道歉，将猩红烟头按灭。

"喀喀，没关系。"康饶结结巴巴地解释，"我就是不小心呛了一下。"

"康饶，你喜欢我吧？"尤念突然出声。

康饶没想到她这么直白，脸"唰"一下就红了。

尤念轻笑了声："贺缨没和你说吗？我有喜欢的人了。"

康饶窘迫地说："贺缨姐……嗯，没详细说……对不起。"

"没关系。你现在知道了。"尤念端起桌上的咖啡抿了一口。

"我们还是朋友，谢谢你的咖啡。"她站起身来，理了理自己被风吹乱的头发，和他告别，"先走了，有空再聊。"

告别了康饶，尤念一个人开着车在街上乱转。

天色渐暗，风从开着的车窗灌入车里，街边的霓虹灯陆陆续续亮起，马路上人来车往，热闹又喧嚣。心里各种情绪交织，尤念的思绪变得乱七八糟。她看了眼后视镜里的自己，打开转向灯，转动方向盘向商场的方向开去。

来到相熟的理发店，熟悉的理发师已经迎了上来。

"打算修一下吗？"理发师笑眯眯地问。

尤念看着镜子里的自己，摇头，轻声道："不，染黑，拉直。"

理发师愣了下："好，没问题。"

理发店的人不多，除了旁边的吹风机声音，并不显得嘈杂。尤念安静地坐在椅子上，看着理发师熟练地给自己上色，心思不自觉飘到了别处。

和陆清泽谈恋爱后，她享受着恋爱的甜蜜与陆清泽对自己的好，对未来没有设想过。对于二十岁冒头的她来说，那时候陆母的话是压垮骆驼的最后一根稻草。

与其说当时的分手是为了陆清泽的未来，不如说她更多的是害怕，她害怕承担另一个人未来的责任。所以这么些年，她从来不否认是自己"渣"了陆清泽。在她的眼里，不管是父母的威胁还是陆清泽出国的事，都不过是导火索而已。

说到底，是她对陆清泽的感情远远不及他对她的。甚至在分手后，她还自欺欺人地认为陆清泽也许并没有那么喜欢她，不会因分手而改变什么，看到他顺利出了国，她心里是宽慰又轻松的。

她也是今天才知道，陆清泽对于她的感情是如此沉重，沉重到她觉得自己罪不可赦。想到陆清泽即使躺在病床上都不愿联系自己，尤念的心里就又酸又涩，他那么倔强又有自尊的人，肯定不愿意在自己面前露出软弱的那一面。尤念的眼眶发胀，有点想哭。

"好了，要等一会儿哦。"理发师的话将尤念带回现实。

她点了点头，低下头给陆清泽发微信。

尤念：我在做头发，可能会比较晚。

陆清泽的回复很快，依旧言简意赅。

陆清泽：哪里？

尤念抿着唇，手指在屏幕上停顿良久。她抬起头，镜子中的女人眼眶泛红，眼睛里弥漫着一层淡淡的水汽。深吸了几次，尤念再次解锁手机，将定位发了过去。

一系列的步骤下来，等头发做好，已经是两个小时之后了。

"好啦！"理发师关掉吹风机，对着镜子称赞，"黑发也很漂亮，换了一种风格。"尤念看向镜子，自己的发型和念书时一模一样，只是五官成熟了很多，她理了理自己的头发，向理发师道谢。

"不用付钱了，有位先生已经付了。"理发师笑着打断准备付账的尤念。

尤念转身看向沙发，正对上陆清泽的目光，陆清泽弯了弯唇，站起身走过来，白色衬衫整洁合身，宽肩窄腰的肌肉线条清晰。

"等很久了吗？"尤念抬眸，轻声问。好像总是这样，只要自己一个转身，就能看见他等待的身影。

"没有很久。"陆清泽表情淡定，自然地揽过她的肩膀，"走吧。"

陆清泽没有开车来，回去时开的是尤念的车。

"陆清泽，我哪种发型好看？"车上，尤念貌似无意地问。

陆清泽的目光和她的在后视镜相遇，很快又移开。

"都好看。"他出声。对于他来说，她怎么样都是漂亮的。

尤念看着他扶着方向盘的手指出神："难道你当初不是喜欢我的脸吗？"

陆清泽轻笑一声，熟练地打着方向盘，腕骨凸起："你当我和你一样吗？"

尤念一哽，顺口问出来："那你喜欢我什么？"

"不知道。"

"不知道？"尤念微怔。

陆清泽叹口气，淡淡睨了一眼旁边的人："如果我因为你漂亮、活泼、可爱而喜欢你，那不是爱情。"他缓缓出声，"我知道你自私、任性、没心没肺依然喜欢你，那才是爱情。"

"尤念，你懂吗？"

尤念的睫毛颤了颤，酥酥麻麻的感觉从心脏向四肢百骸蔓延开来："陆清泽，你在和我表白吗？"

陆清泽的呼吸一窒，语气平淡："我只是在回答你的问题。"

对于他来说，喜欢尤念、对尤念好是一种本能，没有理由，也没有原因。

尤念"哦"了一声，沉默不语。

这个人总是这样，嘴上说着情话，偏生配着一本正经的表情，有点撩人。

回到家，一晚上没吃东西的尤念肚子饿了，从冰箱里翻出一杯酸奶，她跛着拖鞋去了书房。

陆清泽开着电脑，屏幕上是尤念看不懂的设计图，尤念只扫了一眼就移开了，挖了一口酸奶送到陆清泽嘴边。陆清泽睨了她一眼，滑动鼠标的手指一顿，张开嘴巴。

尤念"哎呀"了一声，将勺子缩了回来，"不行，这个有点冷，你胃不好还是别吃了。"

陆清泽抬头，只见尤念的唇抿着，眉头也微蹙，很严肃的样子。

他不禁觉得好笑："没关系。"

"不行不行。"尤念咬着勺子摇头，将酸奶放在桌上，"我去厨房切个芒果，你等着。"

陆清泽没来得及阻止，看着她的背影消失在门口。她穿着一身米白色的家居服，宽松柔软，黑直的长发垂在背后，光看背影，其实很有几分温柔贤淑的味道。

没一会儿，"温柔贤淑"本人回来了，手上托着一个玻璃碗。

"好啦，你吃这个。"尤念将碗轻轻放在桌上。黄澄澄的芒果被切成了一个个小方块，像小山一样堆在透明的碗里，最上面插了几根竹签。

陆清泽垂下眼，叉起一块果肉放入口中，芒果独特的醇香和甘甜瞬间盈满了口腔。

"甜吗？"尤念挖着自己的酸奶问。

"很甜。"陆清泽弯唇。

尤念从后往前趴在陆清泽的肩上，发丝扫过他的脸颊，她娇里娇气地开口："那我也要吃。"

陆清泽顺手叉起一块芒果肉喂到她的嘴里。

尤念咽下去，笑嘻嘻的："是很甜啊。"

陆清泽"嗯"了声，继续喂她。

两个人就这样一人一口，将一小碗芒果全部分食干净。

晚上，尤念趴在陆清泽的怀里，脸上泛着红晕，白净的手掌抚上他坚实的胸膛，又慢慢上移到胃的位置。

"陆清泽，你的胃……"尤念扬起下巴，笼罩着水汽的眼睛看向陆清泽，"是怎么回事？"

陆清泽温热的手掌搭在尤念的手背上，轻描淡写："一开始吃不惯国外的东西，学习忙起来饮食也不规律……"

他余光瞥到尤念瞬间低落的表情，大掌轻拍她的脊背："早就没事了。"

他语气平淡，声音是一贯的温和，仿佛真的是一件过去很久的小事。

"真的吗？"尤念垂下眼睫，神色黯然，声音有些低，他还是不想她知道以前那些事。

"真的。"陆清泽口气肯定，反问道，"我不是都喝过酒了？"

尤念想起这件事，板起脸瞪了他一眼："你以后不许喝了！"

她爬起来坐在陆清泽身上，伸手捂住他两边的脸颊，往中间用力挤了一下："我会监督你的，听到没有？"

她理直气壮命令他的样子和以前如出一辙，陆清泽的心顿时就软了，伸手抓住女人纤细的手腕，如同以前的每一次一样答应她："好。"

陆清泽本以为尤念只是嘴上说说而已，没想到她真的尽职尽责地履行起了"监督"的责任。

他虽然不做销售，但偶尔也会需要见大客户，在外应酬是难免的。每到这种时候，尤念总是要叮嘱一句"不许喝酒"，陆清泽答应得好，可每次回家还是得接受尤念的检查，她犹如一只小狗，在他到家的时候凑上来四处嗅。陆清泽简直哭笑不得。

"陆清泽，你今天是不是喝酒了？"这天，尤念照例在他应酬回来的时候闻他身上的味道。

"你身上有酒味。"尤念退后一步，表情严肃。

陆清泽低头嗅了嗅自己的胳膊："是别人的，我没喝。"

尤念看着他坦然的脸，目光中有丝怀疑。想了一会儿，她突然踮起脚，一手拉下他的脖子吻了上去。

陆清泽的呼吸霎时粗重了起来，他俯下身子，扣住她的后脑勺回吻。渐渐地，两人的呼吸都有些乱，在场面进一步失控前，尤念松开他的脖子，眉眼弯弯地得出结论："看来是没喝酒。"

陆清泽："……"

他一方面对尤念的顽皮无可奈何，另一方面却不得不承认，她无意中流露出的关心让他很高兴。

随着两人相处得越发自然，初夏到来了。

尤念的剧本已经成稿，只等六月电影开机。将剧本交上去后，尤念顿时变得轻松起来，于是在贺缨约她出去蹦迪的时候，尤念一口答应下来。

周五晚上，尤念和陆清泽提前打好招呼，化了个大浓妆出门了。酒吧里灯影摇曳，舞池里男男女女摇晃着身体。尤念没有下去跳舞，在卡座里看着灯红酒绿的场景，突然就觉得有些无聊。不知道是不是年纪大了，她现在对蹦迪、喝酒似乎都没有了年轻时的兴趣。

"下去跳啊。"一曲舞毕，贺缨喘着气过来拉人。

尤念摇摇头："算了，你们跳。"

"一起一起。"贺缨喝了点酒，力气很大，"别扫兴。"

尤念只好跟着她一起下了舞池，酒吧环境昏暗，歌声喧闹，背景音嘈杂。尤念随意地扭了扭，打算敷衍地跳跳就回去，晃动间，她的肩膀被人拍了一下，尤念转头，目光对上身后的男人。

男人大约三十岁的年纪，长相清隽，鼻梁上一副金丝眼镜，衬衫西裤，着装和这里格格不入。

"你是？"尤念皱着眉头问。这个男人看上去有些面生，尤念又是个脸盲，她也不确定自己之前有没有见过这个男人。

男人的嘴唇在一张一合，周围的声音过于嘈杂，尤念一句都没有听清。那人见尤念一脸迷茫，做了个手势示意她下去说。尤念思忖了下，点头，跟着他离开了热闹的舞池。

两人回到尤念之前的卡座。

"你好，我是郭尧。"男人向尤念伸出手，自我介绍。

"你是尤念吧？"

"你好。"尤念和他握了下手，还是想不起来这个人。

郭尧见尤念的表情就知道她八成是不记得自己了："忘了吗？我们相过亲。"郭尧笑了笑，"大概四年前吧。"

尤念端详着郭尧的脸，隐隐约约地有些印象了。那段时间，她确实相亲过很多次，几乎所有相亲对象都被她三两下打发走了，只有两个男人坚持的时间最长，郭尧就是其中之一。

四年过去了，她都快忘了那两个男人的姓名和长相了，此时被他提醒才隐约想了起来。"

你……好像变了很多。"尤念蹙眉。如果没记错，自己印象中的郭尧是一个阳光开朗的大男生，和现在这副成熟斯文的样子差别很大。

"嗯。"郭尧微微弯唇，"你倒是没怎么变，依旧这么漂亮。"

"哦，对了，这是我的名片。"郭尧说着从口袋里找出自己的名片，递给尤念。

尤念接过来，目光一凝："你在新汶影视公司啊？"

这家影视公司成立时间不长，出品的影视作品不多，但质量都很不错。去年一部收视小爆的古装剧就出自新汶之手。

"是。或许我们将来会有合作的机会。"郭尧弯唇，诚心诚意地说。

尤念点点头，笑着应了。

两人在位置上聊了一会儿，直到贺缨从舞池回来，郭尧才站起身来和尤念告别。

"这谁啊？"郭尧走后，贺缨问尤念，"找你搭讪的？"和尤念在一起时间长了，贺缨对搭讪这件事早就见怪不怪了。

尤念摇摇头："以前的相亲对象。"

"相亲对象？"贺缨拉长了语调，幸灾乐祸，"你完了尤念。"

"嗯？"尤念不明所以。

贺缨朝她背后扬了扬下巴："你看那是谁？"

尤念的心一沉，转过头，看到陆清泽面无表情地站在自己身后。

回去的路上，陆清泽一直沉默着，尤念喝了酒不想说话，也安静了一路。

可回到家，她就变了。借着酒意，尤念一进门就缠上了陆清泽不肯放，黏人得厉害："陆清泽，我最近乖不乖？"

陆清泽扶住身上的人，哪里乖了？他一个不注意就去招人，那个男人长相不错，也是她喜欢的那个类型。

尤念咬他的唇，语气慵懒："你还没回答我呢。"

陆清泽低头吻她，贴近过来，声音沙哑且无奈："乖。"

尤念的皮肤在灯光下泛着光，身体微微颤动，口吻中带了点娇气："那你什么时候给我看那个抽屉？"

陆清泽的动作一停，漆黑的瞳仁凝视她红润的脸颊。半晌，他又低头吻下来，有些含糊不清。

"等你这次跟组结束。"

尤念趴在床上，陆清泽拿了件睡裙给她就离开了房间，再次回来的时候，他手上多了个吹风机。

"躺过来一点。"插上电源，陆清泽坐在床沿吩咐。

尤念磨磨蹭蹭地移过去，头枕在陆清泽的腿上，闭上了眼睛。下一秒，她头上的干发巾被解开，房间里顿时响起了吹风机"嗡嗡"的声音。

尤念能感觉到陆清泽的手指在自己头发上动作，动作很温柔，舒服得她想睡觉。

尤念睁开眼睛看向上方，男人的下颌线流畅精致，脖子上的喉结凸起，黑色头发湿着搭在额头，配上白色的T恤，看起来比平时更显青春。他的唇微微抿着，表情一本正经地犹如在做什么功课。

真好看，尤念猝不及防地，又被帅到了。

一阵"嗡嗡"声之后，房间陡然安静下来。

"我帮你吹。"尤念从他身上爬起来，突然善心大发。她从陆清泽手上接过吹风机，跪在床上，打开开关帮他吹头发。

陆清泽的头发短，干得也快。尤念三下五除二，就将他的头发吹了个半干，她顺手把吹风机扔在床头柜上，葱白手指捧着他的脸，尤念看着他的目光中有丝怀念，喃喃自语："你这样有点像念书的时候。"

陆清泽的皮肤白皙，纯色的白衣黑裤，唇红齿白，身材颀长，干干净净的模样颇有几分少年气。

尤念真的很迷这个类型的长相和身材，她弯了弯唇，忍不住凑上去亲了一口，毫不吝啬自己的夸奖和喜欢："真好看。"

陆清泽眼皮掀了掀，薄唇一抿，声音有些低沉："比今天那个男人好看吗？"

尤念一怔，想了想才明白他指的是郭尧。尤念歪着头看他，目光中带着笑意，看着看着，她突然就笑出了声，涂着渐变酒红色指甲的手指戳了戳男人的脸颊，语气带了丝调笑："陆清泽，你不会一直在吃醋吧？"

陆清泽的脸上有丝羞恼，伸手抓住她纤细的手指。

尤念笑了两声，还是解释了一下："我都快不记得这个人了，你说呢？他在一个影视公司上班，算是同行，聊了两句。"

陆清泽按住她乱扭的腰，黑又长的睫毛微垂，低低地"嗯"了一声。其实他也明白，尤念虽然异性朋友很多，但并不是什么随便的人。只是他总是控制不住自己的酸意，如果可能，他真的不想尤念关注别的男人。

尤念抬起下巴，琥珀色美目水光潋滟，带着弧度的唇直直吻过去，声音悦耳如叮咚山泉："你最好看了啊。"

和郭尧聊天的时候，尤念只当他口中的"合作"是客套之词，毕竟在社交场合，这种礼貌性的话太多了。没想到两天后，她竟然真的接到了郭尧的电话，要和她聊一聊购买版权的事。

有钱不赚白不赚，两人约在了新汶影视公司详聊。

之前那本《晴日曦光》还是谈给了朱经理，目前尤念手头上也没几本小说的版权空着了。这其中，最有名的大概就数她早期作品《青山外》了。

果然，郭尧意也在此，他想同时打包《青山外》和《漫长的小时光》两本校园文的版权。

尤念想也不想地就拒绝了："《青山外》我不卖，《漫长的小时光》可以谈。"

"尤念，你是不是对我们公司有什么顾虑？"郭尧示意助理，"给尤小姐泡一杯咖啡。"

助理应声走后，郭尧接着说道："我们公司虽然成立的时间不算长，但在影视方面的成绩还是很不错的。你在圈内，应该也知道。"

尤念抿了抿唇："我对你们公司没有顾虑，任何一家公司来，我都是同样的回答。"

"为什么呢？"郭尧放在桌上的手十指交握，头发梳得一丝不乱，金丝眼镜下的双眼微眯，"能否透露一二？"

"私人原因，不好意思。"尤念一贯的口吻回答。

郭尧笑了，语气很温和："尤念，我比你大几岁，我们又是旧识，你不用这么防备我。"他斯文的脸显得十分诚恳，看着尤念的目光有几分年长者的审视，"让我猜一猜，是不是这一本小说和你自身的经历有关，对你来说意义非凡？"

尤念的呼吸猛地一窒，她没想到郭尧这么一针见血。"不……"她下意识地就要反驳。

她的话被敲门声打断了。

郭尧的助理进来，将咖啡轻轻放在两人的面前。郭尧端起自己的那杯喝了一口，背靠椅子，气定神闲的模样："尤念，这个没什么的，很正常。我在这行也接触了很多的作者，创作者都对有自己影子的作品特别谨慎……"

郭尧一看尤念的神情就明白了几分，尤念虽然已毕业几年，但在他面前还是太年轻了。况且，早在相亲那年，他就调查过尤念的过去和喜好。他知道尤念有一个谈了两年的男朋友，后来分了手，也知道尤念偏好斯文清隽、内敛稳重的男人。

那时候他就挺喜欢尤念的，虽然尤念在他面前表现得又作又骄。但是大美女嘛，被众星拱月着长大的，有脾气也正常，他不过一个俗人，贪图美色，也愿意忍受。当时他也追了尤念一段时间，只不过后来他被公派出国，尤念又不理他，他也只好放弃了。

时隔四年，他已经不是愣头青了，尤念的小表情他看得很清楚，十有八九，《青山外》记录了她和她那个初恋的过去。

尤念扯了扯嘴角，事到如今也没什么好否认的："这本小说可以说是我的成名作，对我有很重要的意义。在我心里，文字才是最适合这个故事的表达形式，我没办法想象任何人演绎男女主角的形象。"尤念目光直直地对上郭尧，"所以抱歉了，这本小说的版权我不卖。"

郭尧和她对视了几秒，蓦地笑了，他两手一摊："OK，我们也不是强人所难的公司。既然是你舍不得割爱那就算了，我们来聊一聊《漫长的小时光》这本小说？"

听到他说放弃了，尤念松了口气："好。"

看到尤念犹如小兽收起了利爪，郭尧垂下眼，挡住自己晦暗不明的神色。

几秒钟后，他才再次抬起眼睛，声音温和地继续聊天："我听说这本小说卖得很好，已经加印了……"

从新汶影视出来，尤念拒绝了郭尧一起吃饭的邀请，直接离开了。实话讲，新汶给出的价格很好，各种条件也不错，两人差不多谈妥了。

如果这本小说顺利卖掉，加上《晴日曦光》的版权和最近的编剧费用，尤念很快就要"脱贫"了。她摸了摸包里的银行卡，盘算着到时候把卡还给陆清泽。

回家前，尤念去附近商场的丰记买了点小笼包子和抄手。丰记是一家百年老字号，主打小吃蟹粉小笼包和红油抄手尤其出名，他们家不送外卖，每天光到店客流就十分惊人了。

等待的时候，尤念在店里无所事事地刷起了微博。

《四季》的拍摄不仅没有受到影响，反而提前开机了。身为编剧的肖文出来为《四季》作者撑腰，力证《四季》没有抄袭，作品之间撞段子是很正常的事。同时他还呼吁大家不要草木皆兵，给创作者留下更大的创作空间，文学和影视才能全面开花。

尤念明白，肯定是制作方那里联系了肖文，肖文这种见钱眼开的人不过是拿钱办事。她在心里翻了无数个白眼，在鄙视的同时也有了一丝无奈。

资本市场就是这样，出钱的人最大，资本方只想着赚钱，根本不管原作品是黑是白，只要有热度就好。这大概也是目前令原创者深感无奈的一件事了。

尤念默默叹气。其实她也一样，除了大咖编剧，像她这样的，在剧组完全没有地位，导演、演员、制片……任何一方都会对剧本提出各种各样的要求，每次跟组，各种各样的事情总是层出不穷。

说曹操，曹操就到。正在感叹自己蝼蚁一般的工作生活，手机的来电铃声响了。

是汤旭导演的助理。

尤念的心里一紧，连忙接起来："你好？"

"你好。是挽白编剧吗？"汤旭导演的助理很有礼貌。

"嗯，我是。"

"你好，是这样的……"

尤念听着助理的话，不时"嗯嗯"两声回应。挂断电话后，她的外带也差不多好了。

开车回到家，尤念给陆清泽发了信息。

尤念：我买了丰记，早点回来。

陆清泽很快回复了"好"。

当陆清泽按时下班回到家时，尤念已经将小笼包和抄手热好了。

吃饭时，尤念将下午接到的电话向陆清泽提了。

"我要提前进组了，下周就走。"

《单车风语》的开机提前了，开机前还要举行为期一周的剧本围读，尤念身为编剧必须到场。

陆清泽夹抄手的动作一停，乌黑的眼睛盯着尤念："下周？"

尤念点点头："这两天收拾收拾行李就差不多要走了。拍摄地在西北，拍摄期间估计都回不来。"

汤旭导演对作品一向认真，她身为跟组编剧，估计得一直待在剧组了。

陆清泽垂下眼，胸口一时有点堵。

"放心吧，我会想你的！"尤念表情倒是一贯的自然，玩笑着和他说。

看着尤念笑眯眯的样子，陆清泽突然觉得碗中的抄手索然无味起来。

几天后，尤念拖着两箱行李，和陆清泽告别，出发去了西北。临走前，她将陆清泽送自己的小狐狸机器人也带走了。

到那里以后，尤念直接住进了剧组安排的酒店，商务型的大床房，整洁干净，环境不错。

入住的第二天正赶上剧组的剧本围读，地点就在酒店的会议厅。

剧本围读对于影视剧的拍摄很有意义，只是现在影视圈大多浮躁，制片方喜欢的流量明星们也没那么多时间来参加剧本围读。

汤旭导演对自己的作品很是看重，《单车风语》选演员时特意挑选了有时间参加剧本围读的演员，传闻他为此拒绝了制片方想选流量小生的建议。

《单车风语》描述了20世纪90年代背景下，三对年轻人满怀着对未来的希望踏进X大，在浪漫又新鲜的大学生活中，发生的一系列有关爱情、友情、亲情的故事。

酒店的会议厅里，剧组的所有主创和工作人员围着长桌而坐，导演和制片坐在最靠前的位置。桌上摆放着一个笔记本电脑，投影仪将电脑里的PPT投到了最前方的白色幕布上。

尤念和其他几个编剧坐在一起，对面是电影的六位主演，其他灯光、美术、服装、道具等工作人员则坐在靠后的位置，每个人的面前，都摆放着一本完整的电影剧本。

电影的第一幕是X大开学，几位年轻人进入学校报到的场景。

男主角王霄家境富裕，带着当时属于奢侈品的BP机，在宿舍迅速引起了大家的围观。王霄热情仗义，大方地说可以将BP机借给同学们用。紧接着，一群人浩浩荡荡地去水房打水，就在那里，王霄对女主角李婷婷一见钟情。

只不过这一个简单的场景，李婷婷的饰演者林琳就提出了异议："这里李婷婷和王霄是不是应该对视一下？"林琳长了一张邻家女孩的脸，性格却很泼辣，"他看我我就回避吗？"

尤念沉思了下，抬眼和林琳对视，缓缓解释："李婷婷是一个从南方小城镇考上X大的女生，加上特定的九十年代背景，她应该是害羞的、保守的，一开始对王霄的态度是本能的避让……"

"编剧说得对。"汤旭导演点头，"我们那会儿的大学生，一开始都不好意思谈恋爱。就算谈了，也就拉拉小手，接个吻都不得了了。"

"好吧。"林琳嘟了嘟唇，"那我的衣服能不能改一下啊？我看了一下，好多套衣服的颜色都很老气。"

"哪一套？"导演示意服装师，"服装看看。"

"就比如这个报到的衣服，墨绿色的长裙。"林琳翻着剧本道，"我想改成短一点的，或者换个颜色。"

"换个颜色可以，短一点不符合人设啊，您一个小城镇的保守姑娘，要不穿长裤也可以。"尤念扶着额头，眉头微蹙，"总不能穿你现在穿的这种短裙吧？而且九十年代风格的长裙也很漂亮的。"

尤念打量的目光在林琳身上停顿了片刻。林琳穿了身紧身的T恤和牛仔短裙，青春洋溢，她是汤旭导演从电影学院选出来的，没想到她作品没有，意见倒是一大把。

"是啊。"服装师也讲话了，"PPT上有裙子的照片，你放心吧，绝对好看。"

林琳抿了抿唇，淡淡地说了句"好吧"。

今天是第一天围读，大家针对剧本的各种意见都很多。尤念以前也参加过不少剧本围读了，但从没有像这次那样细致，导演几乎是带着大家一个分镜一个分镜捋下来。尤念累得不行，回到酒店早早就睡了。

这样的工作状态持续了几天。

经过大家的讨论，剧本大大小小的问题还是不少，由于电影时长的关系，剧本里有些镜头也不得不删掉，同时，各方演员对自己的人设也提出了很多的修改意见。

这其中，林琳的意见尤其多，有些想法简直到了匪夷所思的地步。尤念本身就不是一个好脾气的人，有几次差点要和她吵起来。几天下来，尤念颇有些心力交瘁的感觉。

剧本围读的最后一天，导演招呼大家一起吃饭。

尤念前几天白天讨论剧本，晚上又要修改剧本，这次好不容易得了空，便告假提前回了酒店，叫了一个外卖之后，尤念看着桌上的机器人，伸手摸了摸小狐狸的鼻子。

小狐狸的眼睛蓝光一闪，"你好"的声音同时响起。尤念把小狐狸拿回来后，一直就没动过。这会儿没什么事，她对这个机器人起了点调戏的兴趣。尤念左右打量着桌上的机器人，狐疑地问："你真的可以对话吗？"

小狐狸："可以。"

尤念："那我问你，你知道陆清泽是谁吗？"

小狐狸："陆清泽是我的主人。"

尤念笑了，这小狐狸，对自己的认知倒是挺清楚的。她随口问道："陆清泽几岁了？"

小狐狸："今年二十七岁。"

真的知道啊，好玩。尤念坐下来，托着下巴看着白色的小东西，声音清朗："那你知道陆清泽最喜欢什么吗？"

她的本意是想看看这个机器人知不知道陆清泽的爱好，却猝不及防地听到自己的名字。

"陆清泽最喜欢尤念。"

尤念的表情猛地一僵。心脏像是喝了一杯柠檬汁，不时有酸酸甜甜的泡泡争先恐后地涌上来，几乎填满了她整个胸腔。尤念盯着桌上的小狐狸看了好久，心脏跳动得又快又强，怦怦怦的，就快要跳出胸膛。她咽了咽口水，缓缓出声，声音里有一丝紧张："那你知道我是谁吗？"

小狐狸的眼睛又亮起了蓝光，对着尤念闪过几次之后，电子音再度响起："你是尤念，陆清泽的宝贝。"

尤念愣住，鼻子蓦地有些发酸，她揉了揉自己发胀的眼睛，手上不由自主地拨通了陆清泽的电话。

"念念。"电话很快被接通了，陆清泽沉静的声音传来。

尤念一时有些语塞。

"怎么了？"陆清泽关心地问。

"没事。"尤念垂下眼，伸手关掉了机器人，"就是有点想你了。"

电话那头突然沉默。尤念才察觉到自己说了什么，脸上有些发热，她正打算随便说点什么解决掉这一刻莫名的尴尬，陆清泽低沉的声音再次响起。

"你现在在哪儿？"

"酒店啊。"尤念回答。

陆清泽"嗯"了一声，停顿两秒后，是低笑的声音："那你知道我现在在哪吗？"

尤念一怔，心跳陡然加速起来，一个不可思议的想法涌上脑海，她的声音不自觉地放轻："哪里？"

陆清泽轻笑了一声："你可能要下来一趟了，我在你酒店的大堂。"

尤念迅速坐电梯下楼，一眼看到陆清泽高大清隽的身影。他站在前台，正在登记，一件休闲的白色衬衫，肩膀宽厚，腰身精瘦，两条长腿包裹在黑色长裤里，旁边的地上，摆放着一个黑色的圆筒形旅行包。

尤念盯着他轮廓分明的侧脸，有股暖流从心底涌上来。

许是察觉到了她的目光，陆清泽微微转头，笑意出现在他深色的眼睛里。"过来。"他做了个手势。

笑意溢出嘴角，尤念走到他的身边，对前台说："809号房。"

前台抬头好奇地看了一眼尤念，继续登记："好的。"

登记好之后，尤念和陆清泽一起上了楼。

"你怎么会来？"尤念一边开门一边问。

一个轻微的物体落地声音之后，门被关上了。

尤念转身，指了指门口衣柜的位置："拖鞋在——"

话刚说了一半，陆清泽上前一步，尤念抬头，对上陆清泽幽深的眼睛。他的眉眼轮廓深邃，长密的睫毛低垂，眼神炙热灼人。

第二天早上，闹钟已经响了几轮，她还是困得起不来。

"念念，起床了。"一个温柔的声音在耳边响起。

尤念蹙眉，从被子里伸出一只手臂。陆清泽非常默契地将她拉起来，把衣服递过去。

尤念揉了揉自己的头发，认命般地接过衣服，她也不避讳，直接在陆清泽的面前换起来。

陆清泽的眼神暗了一瞬，出声道："一会儿要去剧组吗？"

尤念摇摇头："下午再去，上午修改剧本。"

她抬眸看向陆清泽："你想去剧组看看吗？我们在X大学拍。"

"我？"陆清泽眼尾微微上扬，语气轻松，"我可以去吗？"

"可以啊。"尤念看着他，琥珀色的眼睛眨了眨。陆清泽一见她的样子就知道她又在想什么坏主意了。

果然。

"我勉强让你当一下我的助理吧。"她嘴角弯着，脸上颇为得意，"有个这么帅的助理，也挺拉风的。"

陆清泽轻笑着摇摇头，对她的顽皮无可奈何。

一整天，尤念被关在酒店改剧本，陆清泽也就拿出电脑处理一些公事。等她完成最后的修改工作，将电子版发给汤导，已经是晚上十点了。

尤念关掉邮箱界面，伸了个懒腰，站起身来，陆清泽正站在衣柜前收拾他的衣服。

"卿——"刚说了一个字，她的目光猛然被地上的行李包吸引住了。黑色的圆筒形行李包拉链开着，原本挂在衣柜里的衬衫被整齐地叠放在里面。

尤念抬起头，怔怔出声："你要走了？"

陆清泽走过来摸摸她的后脑勺："嗯。有点事情要回去处理。"

他原本计划在这里多陪尤念两天的。可下午刚刚接到消息，淮芯公司的新品发布会内容被提前透了出来，好几项指标和翎宸的"武夷98"相近，现在好几个对"武夷98"有意向的客户都推迟了签约，高川被气得不行。身为副总，他必须要回公司处理一下。

"什么时候啊？"尤念自己都没注意，她的声音里有淡淡的失落。

"明天六点的飞机，上午可以回公司。"陆清泽的眼神平静，语调也平缓。

人家有工作，尤念也不好说什么，只能"噢"了一声算作回答。

她越过陆清泽的身体，从衣柜里拿出自己的睡衣。"我洗澡去了。"尤念快速丢下一句话，匆匆进了浴室。

浴室里水流声"哗哗"。尤念也不知道自己怎么了，心里竟然会多了几分舍不得。她以前不会这样的，管陆清泽是要做实验、比赛还是实习，她都很少有什么负面情绪，即使有，她也能很快调整过来。

也许是在剧组太孤独了，身边没有了以前那么多的朋友。尤念洗着澡，在心里默默安慰自己。

夜里，房间厚厚的窗帘拉着，遮挡住外面的清冷月色。夜色浓郁深沉，房间里渐渐安静下来。

尤念很快就睡着了，陆清泽翻身下床，从行李包里拿出一个红色小盒，将里面的戒指拿出来，他返回床边坐着。

尤念睡得香甜，黑色长发散落一枕头，她的脸颊红润，长而密的睫毛乖巧地垂下来，在眼下方投下一片阴影。陆清泽的目光在她身上停留片刻，摊开自己的手掌，宽大的手掌正中心，一枚铂金戒指静静躺在那里。

款式素净的女戒，在黑暗中和他左手中指上的那枚男戒相互映衬着。这是他大二暑假，倾尽身上所有的钱买回来的，也是分手那天，他想送却没有送出去的礼物。

陆清泽微微掀开被子，将尤念的手拉出来，把戒指缓缓套上她的中指。几秒之后，陆清泽叹着气，将戒指收了回来。

果然，陆清泽抿唇，看着床上毫不知情的女人，微微懊恼，明明瘦了，还老是怀疑自己会发胖。

陆清泽将戒指收好，决定等回去改一下再给她。他拉起她的手细细端详，只要再小一号就可以了。陆清泽低头，在尤念的手背上轻轻落下一吻，这么多年兜兜转转，他始终也没办法喜欢上别人。他的心脏很诚实，只为尤念一个人加快过跳动，即使过去了几年的时光又怎么样呢？

戒指还是她的，陆清泽也是她的。

陆清泽醒得很早，轻手轻脚地起床洗漱后，床上的尤念还没醒，他走到床边，俯身吻了下尤念的额头。

尤念"嗯"了一声，睡眼惺忪，声音是刚醒的沙哑："你要走了？"

陆清泽亲亲她，把被子掖好，小心叮嘱："嗯，你记得去餐厅吃早饭。"

尤念答应着，又闭上眼睛翻身睡去，迷迷糊糊中，她听到了陆清泽放轻的脚步声，然后是一个很小的关门声，接着一室寂静。

尤念面朝房门睁开眼睛，拉上厚窗帘的房间昏暗安静，门口空荡荡的。

刚刚陆清泽和她道别的时候，她在睡眼蒙眬中还以为是在家里，今天不过是一个普通的工作日。此时她才发觉，他们远在X市的酒店，陆清泽今天晚上也不会回来了。

心里有点空落落的，她闭上眼睛，终究还是抵不过困意睡着了。

夏城，翎宸科技。

陆清泽刚到公司，助理Yuuni就迎了上来："陆总，第三会议室已经准备好了。会议通知也已经下达各部门，时间定在半小时后。"

"知道了。"陆清泽步履生风地回到办公室。

他的办公桌上摆放着一份关于友商的书面报告，利用会议前的时间，陆清泽迅速地再次将报告浏览了一遍。

"截至四月，市场上国产5G手机的占有率以蓝鲸、源科、松溪最大。目前源科用的是自家芯片，暂且不提。蓝鲸是我们的固定客户，市占率比松溪多十个百分点……"

会议室里，大屏幕上显示着最新的市调PPT，高川翻着PPT和其他与会人员介绍："据我所知，淮芯已经和松溪达成了合作意向。松溪今年下半年将要发布的5G手机采用的就是淮芯此次发布的白虎500。而按照惯例，和我们合作的蓝鲸手机会在八月推出自己的新一代产品……松溪一般会在十月左右推出新手机。实际上，蓝鲸和松溪的竞争也是翎宸和淮芯的竞争。松溪去年也接触过我们，但最终还是选择了淮芯……"

陆清泽打断他："淮芯的白虎深度学习性能有6FLOPS，确定吗？"他首先关注的还是技术，这个指标和翎宸的武夷98虽然有差距，但已经很接近了。

高川耸肩："前两天和他们销售喝酒的时候听说的，大差不差吧。没我们好，但是他们的价格比我们低了百分之十二，松溪选择淮芯也有成本方面的考虑。"

陆清泽皱眉，声音平静："技术方面不用担心，白虎500没有独立NPU，只是在原有AI算法上提升性能，AI性能肯定打不过武夷。"

高川大掌一拍桌子，喜笑颜开："有你这句话我就放心了，目前客户主要关注的还是性能问题，我去和客户谈……"

会议从友商的芯片开始，一直讨论到翎宸接下来的计划。冗长的会议结束，已经是午饭时间了。陆清泽和高川一起下楼，去CBD园区的餐厅吃午饭。

席间，陆清泽的手机响了。陆清泽随即接起来，神情自然地开始了对话："才起床？你的衣服挂在衣柜里。

"杯子里的水是我早上烧的，可以喝。

"嗯，我已经在园区餐厅了。

"好。"

寥寥几句话，亲昵又自然。

听到陆清泽的声音，高川顿时就明白了，电话那头的肯定是美女编剧尤念。等陆清泽挂断电话后，高川突然想起自己找人家帮忙要曾宇海报的事，出声道："哎，对了，那个海报的事谢谢你家美女，我外甥女收到生日礼物开心得不行，比我送什么裙子啊包啊还管用。"

他摇了摇头，感叹道："现在的小姑娘啊，追星追得那叫一个疯狂。"

过了这么久，陆清泽都快忘记这件事了，语气淡淡："不客气。"

高川扬起自己的双下巴，还是想表达一下自己的感谢："这周末有时间吗？我请你们吃饭，这生日礼物可是帮我省了钱了。"

陆清泽摇摇头："她最近不在夏城。可能要两三个月才回来。"

高川一愣，调笑道："那你岂不是一个人独守空闺了？"

陆清泽轻笑一声，出乎意料地没有反驳。高川看了眼陆清泽的神色，心底感叹不已，自从遇到那个美女编剧后，陆清泽就变了不少，他原来只能算是一个没有感情的工作机器，现在要正常多了："哎，那说好了啊，等她回来我请客，一定要给面子啊。"高川没见过尤念几次，对她越发好奇起来。

"对了，上次她那个美女闺密也一起吧，别和我客气。"他豪爽地补充。

想到尤念，陆清泽嘴角浮现一丝笑意："好。"

《单车风语》是尤念第一次担任编剧的电影，一段时间下来，她发现这次跟组经历和自己以前跟组电视剧的时候有很大不同。

以前做电视剧跟组编剧，她几乎每天都会因为各种各样的原因改剧本，比如经费不足、演员没空、剧本拍摄难度太大，等等。

每天晚上，演员们收工了，她还得和导演讨论第二天的拍摄剧本，和责编对第二天的通告，假如需要变动，她马上就要出飞页交给统筹部门。

在剧组，跟组编剧是没有什么地位的，剧组任何一个部门的人都可能找上自己要求改剧本。只要在拍摄，剧组的经费就在燃烧，当所有人都等着你的剧本时，你根本就没有时间睡觉和休息。

可这次就不一样了，除了刚开始剧本围读的那段时间忙一些，后期尤念变得很轻松。剧本一旦定好，后期几乎不用改动。

尤念平时去剧组跟着大家吃吃喝喝，看演员们拍戏，不想去现场也没关系，待在酒店或者出门在X市闲逛都可以。大部分时间，尤念还是待在剧组的，剧组的拍摄氛围很好，工作人员对她尊敬有加，她和剧组的人相处也很愉快。能直接参与一部电影的拍摄，尤念的收获很大，看着演员们理解剧本，进入状态并演绎出来，特别有助于她反思自己的剧本。

此刻，剧组正在拍电影里男主角王霄给女主角李婷婷弹吉他表白的戏份。

男演员王辰留着那个年代流行的偏分头，五官英俊，解开了两颗扣子的白衬衫穿在身上，气质潇洒不羁。

剧本里，王霄托李婷婷的舍友把人叫到学校的湖边。

夜色沉沉，月光温柔。

在李婷婷不明所以的目光中，王霄拿着吉他出现，弹唱了一首她非常喜欢的台湾民谣。

月色，清风，校园，民谣，英俊的男人和羞涩的少女，一切都浪漫又美好。就在这晚，李婷婷接受了王霄，这首歌也成为两人的定情歌曲。

尤念远远站在监视器的后面观看，又想到了自己的大学时光。

那时候，陆清泽也喜欢穿白色衬衫，和电影里王霄的潇洒与不羁不同，陆清泽永远是干净的、斯文的，深色的眼睛沉静如湖水，没有一丝嚣张与邪气。

尤念沉浸在回忆中，湖边的两个人已经拥抱在一起。

"卡！"汤旭导演喊了停，"还不错啊，再保一条再保一条！"

林琳眼眶含着水光，冲着导演点了点头。

这段时间下来，尤念有些明白导演为什么会选中林琳了。林琳的脾气直率，也没什么演戏经验，但她身上有股子干净又倔强的劲儿，和电影里的李婷婷很像。也难怪导演挑了许久，就挑了个电影学院的学生。

再一条下来，导演终于宣布收工了。

尤念婉拒了其他工作人员一起吃夜宵的邀请，走到导演面前。

"汤导。"尤念叫了一声。

汤旭回头，看到一身黄色连衣裙的尤念，袅袅婷婷站在自己背后。

他对这个晚辈还挺有好感的。她没有因为自己长得漂亮就享受特权，工作起来毫不含糊，总能很快就理解他想要的意思，尤其擅长写青涩朦胧的校园恋情。

"小尤，什么事啊？"汤旭的语气很好。

"我想下周请两天假可以吗？"尤念的眼睛在黑暗中亮得发光，语气有丝期待。下周是她的生日，她想回夏城和陆清泽一起过，最近的陆清泽很忙，常常工作到很晚。尤念的生日又是工作日，她不想麻烦陆清泽请假过来，她想着如果可以的话，还是自己回去吧。

"下周……"汤旭望向一边，在心里默默盘算着下周的工作计划。思量了一会儿，他很好说话地答应了，声音和蔼。"好，但是电话必须保持畅通啊。"

"谢谢导演！"尤念眉眼弯弯，开心地和导演告别回了酒店。

酒店房间，洗漱好后的尤念换上了黑色睡裙，长发柔顺地垂在胸口。她把桌上的小狐狸拿到床头柜，摸了下小狐狸的鼻子，最近她闲下来喜欢和小狐狸聊会儿天。

她发现，陆清泽做的AI比自己以前接触过的要更加智能，尤其在拟人化方面，几乎不会出现鸡同鸭讲的情况。

"小狸，我快要过生日了你知道吗？"

小狸是她给小狐狸起的名字，它也很快就接受了这个称呼。

小狸机械的声音响起："知道。你是尤念，六月十五号生日。"

尤念挑眉，饶有兴味地问："你还知道我什么事？"

小狸的蓝光一闪："尤念，女，今年二十六岁，毕业于平城新中，通过自主招生考入A大历史系……"

"好了好了。"尤念打断它，"陆清泽是在做个人简历吗？"

正聊天的时候，陆清泽的电话来了："念念，下周你生日，我去X市找你。"

尤念低头，手指在被子上无意识地画圈："不用了，我下周要去别的地方了。"

陆清泽有些意外："你没空吗？"

尤念抿唇，故意郑重道："没空。"她停顿两秒，补充，"你下班回家要和我视频，不许乱跑！"

听到陆清泽答应了，尤念松了口气，这一次，就让自己给他一个惊喜吧。

生日前一天，原本风和日丽的X市突降大雨。狂风暴雨的天气，飞机理所当然地延误了，尤念已经等了三个多小时了，耐心逐渐告罄，也不知道这天气什么时候才能达到起飞标准。

她已经和陆清泽说好要视频了，这一延误，也不知道什么时候才能到家。

尤念叹了口气，啧，有点烦。

另一头，陆清泽放下手机，背部向后靠着椅子，脸上略有倦色。办公室的门被敲了两声，Yuuni端着一杯咖啡走进来："陆总，您的咖啡。"

陆清泽"嗯"了一声，揉了揉眉心："放桌上吧。"

在Yuuni离开前，他又想起了一些什么似的叫住她："对了，晚上我加班，给我订份饭。"

这一段时间，他天天在公司加班，晚饭也一直在公司解决。反正家里也没人，还不如待在公司工作，陆清泽喝了一口咖啡，目光落在了桌上的小狐狸上——去美国的第二年，他做了第一版的机器人。

当时做得粗糙，只能完成一些简单的指令。

后来的几年，他根据自己的研究成果不断改进，更换过好几次硬件，直到回国前才完成最终的小狐狸版本。里面的核心AI部分也是武夷NPU单元最开始的雏形，为了验证AI的拟人化，他给AI输入了很多自己的思想。小狐狸身体的芯片里，甚至包含了自己那几年的一部分日记。

陆清泽也不知道，尤念会不会发现。应该是不会的，毕竟她对这些科技类的东西一直不感兴趣，陆清泽垂下眼帘，微微叹气，明天是他们重逢后她的第一个生日。

他错过了分手前的那个生日，这次很想和她一起过，把当年没有送出去的生日礼物补上。可是她却不让他过去，她忙的时候，他总是见不到人的，习惯了。

陆清泽处理好工作，已经是晚上九点了，手机里依旧没有尤念的消息。翎宸科技二十九楼空空荡荡的，员工们早已下班，陆清泽像往常一样开车回小区，进车库，上电梯。指纹解锁之后，门开了。

和以往的黑暗不同，客厅亮着昏黄的灯光，电视机在放一个综艺节目，不时有欢笑声从里面传出。陆清泽的脑子空白了一瞬，俯身打开鞋柜，米白色的家居拖鞋少了一双，鞋柜里多了一双黑色的女式高跟鞋。

"你回来啦。"一个熟悉的声音响起。

陆清泽蓦地抬头望过去，尤念身着白色睡裙站在玄关对面，手里拿着一杯已经开封的酸奶。她的长发微湿，五官素净，身材窈窕，平日明艳妖娆的五官在暖黄灯光的映照下，显得柔和了几分。

陆清泽面不改色地换鞋，低低"嗯"了一声。

尤念低头挖了一口酸奶，嘟囔道："家里都没有什么吃的，你最近都没有在家——"

她的话猛地顿住了，抬起头，陆清泽已经站在了她的面前。

呼吸近在咫尺，尤念似乎能闻到陆清泽身上从外面带回来的清风，混杂着他身体本来的味道，像一种植物，葱郁清冽。

陆清泽的皮肤白皙，眉目俊朗，他微微低头看着尤念，眼神专注深沉。静静地看了一会儿眼前人，陆清泽长睫垂下，声音微哑："怎么回来了？"

他的目光过于炙热，饶是厚脸皮如尤念，脸上也有些微热，但她还是直直对上陆清泽的目光，嘴角微弯："回来过生日啊。"

陆清泽黑色的眼睛里瞬间暗流汹涌。下一秒，他伸手抬起尤念的下巴，低头，将残留在那里的酸奶卷入自己的唇间。

尤念怔怔地看着他。灯光下，他的五官清隽，黑长的睫毛低垂，挡住他深不见底的眼睛，那种类似植物的气味越发清晰浓郁。

她的后脑勺被固定住，他的呼吸轻轻扫过脸颊，有点痒，唇上的触感从湿润变得柔软，陆清泽的吻来得温柔又缠绵。

客厅另一头，电视机的声音嘈杂。像是被做了电影里的特效，尤念的周边似乎都陷入黑暗，只有这小小的一方天地灯光朦胧。呼吸声渐渐急促，交缠声清晰，心尖如同被无形的指甲轻掐了一下，颤动间带着微痒。

酥麻的感觉仿佛随着血液流向四肢百骸，尤念拿着酸奶的手指一松，"咚"的一声轻响，还剩半杯的酸奶掉落在地上，在棕色的地板上溅开，尤念"嗯"了一声，下意识就要低头看过去，可下巴被人拧着。

直到尤念快喘不过气来，陆清泽终于缓缓松开了她，目光却还久久留在她身上，尤念的脸颊微微泛红，眼睛沁了层水雾。

"酸奶……"她指了指地上的污渍。

陆清泽的眼神晦暗幽深，俯身在她的鼻尖落下一吻："我来收拾，你再拿一个。"

尤念翘起嘴角，踮脚亲了下陆清泽的下巴，去冰箱又拿了一盒新的芒果大果粒酸奶。她回来的时候，陆清泽正蹲着身子清理地板上的酸奶。

"去看电视吧，我还要洗澡。"陆清泽头也不抬地说。

尤念应了声，回到沙发上继续看她的爆米花综艺。

电视里正在放一个室内综艺，主持人、嘉宾加起来有十来个人，气氛欢腾热闹。尤念跟着现场观众笑了几回，很快将一盒酸奶解决了，再看过去，陆清泽已经不在，浴室里水声喧哗。

不一会儿，陆清泽洗好澡，擦着头发走过来。

尤念懒懒地斜靠在沙发上，双臂抱着一个纯色抱枕，两条笔直的腿搭在茶几上，拖鞋被横七竖八地甩在地上。露在外面的皮肤莹润白皙，在昏黄灯光下泛着一层朦胧的光泽。她看得入神，在陆清泽经过的时候还歪了下脑袋，似乎是嫌他挡视线了。

陆清泽去阳台晾好浴巾，再次回来，径直站在尤念的面前。

尤念抬头看了他一眼，又转过脸想继续看电视。

陆清泽不给她这个机会，俯身靠近。

零点，躺在床上的尤念早已熟睡。

陆清泽坐在她的旁边，两指间捏着一枚银色女戒，他掀开被子的一角，将尤念的左手拉出来，缓缓将戒指套到她纤细的中指，分毫不差。

陆清泽盯着尤念手上的戒指，记忆不由得回到了那年，买戒指时的兴奋和被分手时的难过交织，缠成一张复杂绵密的网，紧紧将他的思绪包裹。

都过去了，是吧？陆清泽微微叹气。

不知道从什么时候起，他似乎对曾经的事情释怀了。

他曾痛苦于尤念当年对他的抛弃，也介意过尤念的没心没肺，更不满于她的自以为是。

可她是尤念，是他喜欢的人，除了纵容和原谅，还有什么办法呢？

陆清泽的喉咙一动，涌动着复杂情绪的眼睛合上又睁开，眼神平静。他伸出自己的左手，中指上的戒指和尤念手上的交相辉映。

本来就是一对的戒指在时隔六年后终于合体。

陆清泽的嘴角扬起一个释然的弧度，低头吻在她的戒指上。

"念念，生日快乐。"

第八章

别再离开我就好

尤念醒来的时候身边已经没有人了，房间的窗帘拉着，周边环境昏暗。尤念打了个哈欠，习惯性地将床头柜上的手机拿过来。

动作间，她的目光蓦地被自己手指上的一抹银色吸引住了，这个戒指是哪儿来的？尤念低头，脱下左手中指上的戒指细细打量，银色的素圈，简洁大方，戒指内部刻着品牌的名字，是自己喜欢的珠宝品牌。看款式，和陆清泽手上的那个似乎很像……尤念心思微动，匆匆下床，趿着拖鞋去找陆清泽。

正在书房工作的陆清泽只听门口传来一阵急促的脚步声，紧接着是尤念熟悉的声音。

"这是什么？"尤念黑发白衣站在门口，举着左手，声调微扬。中指的那圈银色很惹眼。

陆清泽面不改色，声音平淡："戒指。"

尤念眼尾上挑着走到他旁边，模样有点小得意："你趁我睡着给我戴戒指是什么意思？"

陆清泽没有说话，摊开了自己的左手。在尤念不解的目光中，他用右手抓住了尤念的左手，轻轻放在自己摊开的掌心。陆清泽的手掌温热宽厚，手指轻轻弯曲，将尤念的手握在了掌心。

尤念情不自禁地垂下眼，那个被他同事说"避免麻烦"才戴上的戒指，分明和自己手上的是一对。

他一句话没说，简单的动作却让尤念的心跳猛然加快起来。早在去年重逢的时候，这个戒指就已经戴在了陆清泽的手上，按照他同事的说法，他戴戒指的时间并不短。那，这个戒指是他什么时候买的？

尤念的心脏漏跳了一拍，微微睁大了眼睛，声音里有丝紧张："你什么时候买的戒指？"

陆清泽坐在椅子上，黑长的睫毛微垂，声音有些低："大二暑假。"

尤念如同被什么击中，蓦地僵在了原地。大二暑假……分手之后他肯定不会去买，那就是分手之前买的。这个牌子的珠宝首饰不便宜，对那时候的陆清泽来说更是远超他消费水平的奢侈品。

尤念的心脏被猛地揪了下，定了定神开口："你没有告诉我……"

陆清泽抿了抿唇："你要和我分手，我怎么说？我那时候挽留你都没有用……"

"对不起。"尤念想起分手那天他眼睛通红的样子，鼻子有些发酸，她趴在他的肩膀上，以一个从后面拥抱的亲密姿势，无声地抱紧了他。她的呼吸轻轻浅浅地喷在陆清泽的脖子上，发香萦绕在他的鼻腔。

陆清泽的手掌一紧："我说过，我不需要你的道歉。今天你生日，不要说这些过去的事了。"陆清泽拍了拍尤念的胳膊，催促她，"去吃早饭。"

尤念"嗯"了一声，乖乖起身出去了。

早餐时，尤念的手机在旁边一直响个不停，她以为是朋友、同事发来的生日祝福，便没有在意，直到吃过早餐，尤念才发现了异样。

她的微博收到了大量的消息，说她的小说《青山外》涉嫌抄袭。

尤念一惊，花了好长时间才弄清原委。

事情还要追溯到她辞去《四季》编剧的时候。因为这件事，《四季》的一部分书粉对她相当不满，认为她在为另一个作者撑腰，指责《四季》的作者明郁抄袭。

这段时间，她们读了尤念的小说，认为《青山外》和明郁的早期作品《白色恋人》有很多相似之处，她们今天正式用一个账号把调色盘做了出来，要求一个解释。

尤念的微博粉丝很多，短短一个上午，这个调色盘已经引起了一些书粉和推文号的关注。

尤念仔细看了看那个调色盘，盘做得很粗糙。总结起来，相似之处主要有几点：一是男主角人设都是清冷学霸，只对女主角温柔；二是同样都是女追男；三是女主角追男主角的方式有几个相似之处。

在挂调色盘的微博下，评论已经吵成了一锅粥。

与此同时，尤念也收到了很多微博私信。除了一些争吵的私信，还有一些圈内好友关心她的情况，问要不要帮忙做反盘。尤念叹了口气，暂时婉拒了，她对这个调色盘很是无语。

这里面提到的好几个桥段，都是自己的亲身经历，那会儿还没有《白色恋人》这本书，谈何抄袭？

尤念虽然问心无愧，但这种事落在自己头上，还是有些心烦。原本的生日计划被完全推翻，尤念关在书房做抄袭调色盘的反盘。

陆清泽取消了原本预约好的餐厅，在家里给尤念过了一个简单的生日。

下午，尤念的反盘还没做好便匆匆赶去了机场。临走前，陆清泽有些担忧地看着她，欲言又止："念念，你……"

尤念挥挥手告别："没事，小问题。"

她从小就没心没肺，对别人的看法向来不屑一顾，这种隔着网络的攻击更是司空见惯，仔细想想也没什么好在意的。

尤念回到X市时，天色已晚。她一个人待在酒店，打开了微博。

指责抄袭的调色盘下，大部分评论都是站在《青山外》这边的，明郁书粉气得不行，开始在小号骂人。

尤念看着他们在网上气急败坏的样子，突然没了做反盘的兴趣，明郁既没有联系自己，也没有转发那个调色盘。那她有什么必要回应那个漏洞百出的调色盘呢？除了把这件无中生有的事情推向高峰，并没有什么好处。尤念想通以后，很快就把这件事抛在了脑后，这种令自己不开心的事，她一向很少放在心上。

电影的拍摄还在进行中，尤念跟着剧组吃吃喝喝，日子过得很轻松。

一晃眼，时间就到了盛夏。

经过近三个月的时间，电影的拍摄已经接近尾声。汤旭导演提前结束了尤念的工作，让她和几个配角一起"杀青"了。尤念乐得轻松，立马收拾行李回了夏城。

回去的当天，许久不见的两人免不了一番缠绵。

陆清泽亲了亲尤念汗湿的额头："念念，你最近应该没什么事吧？"

尤念懒洋洋地"嗯"了一声，疲倦地闭上眼睛。

陆清泽轻笑一声："那明天我陪你去医院复查一下吧。"

尤念猛地睁开眼睛看向他："复查什么？"

陆清泽的眼睛深沉，声音平静："你的多囊，我看家里没有药了，是不是要找医生开处方？"

尤念的睫毛垂下来，没有说话。

"念念？"陆清泽不明所以。尤念回来前，他把家里重新整理了一遍，发现抽屉里已经没有尤念吃的药了，便想趁尤念空闲的时候陪她复查一下，看看情况怎么样了。

尤念抿了抿唇，再次看向陆清泽："我……"迟疑半响，她还是坦诚地说出了口，"我已经好几个月没吃那个药了。"

"为什么？"陆清泽的神色一凛，坐起身来，目光深沉。

尤念也跟着坐起身来，手指抓紧了被子，目光闪躲："也没什么，这个药吃时间长了有副作用，我就停了。"

陆清泽的声音有些紧张："什么副作用？"

"就……"尤念心一横，索性说了出来，"吃多了我会有抑郁情绪，你知道的，我这个人追求的就是开心——"

"念念！这么重要的事，你居然瞒了我几个月，嗯？"陆清泽扣在她肩膀的手不自觉用力，下颌线紧绷，声音透着一丝焦躁。"明天我们一起去医院。"他语气严肃地要求。

第二天一早，陆清泽准备叫醒尤念："念念，起床了。"

尤念翻了个身，闭着眼睛抗拒："不要，我还想睡。"

陆清泽第一次没有顺着她睡懒觉的意愿，将她的衣服拿过来，掀开被子作势要给她换。

尤念被他的动作弄醒，下意识就要发脾气："你——"脑海里突然浮现出昨晚他皱眉的样子，她硬是把骂人的话又憋了回去。

"我起，好了吧？"尤念叹口气，无奈道。

陆清泽摸了摸她的头发："乖。"

早餐之后，陆清泽开车带着尤念出门了，尤念睡懒觉睡惯了，在车上依旧犯困，忍不住闭上眼睛打盹儿。

不知过了多久，她在迷迷糊糊中感觉到车子颠簸了一下，睁开眼睛，原来已经到了医院。看着门口"夏城精神卫生中心"的牌匾，尤念一怔："不用来这里吧？"不是复查多囊吗？

陆清泽将车开进地下车库，微微歪头看向尤念："先查一下你的抑郁好没好。"

"好了啊。"尤念想也不想地说，眼睛里写满了自信，"本来也没有多严重，只有一点轻度抑郁。"

陆清泽无声地和她对视，深色的眼睛像静谧的湖水，平静而又坚持。

"行吧行吧。"尤念再次妥协，推开车门下车。这里是夏城最大的精神专科医院，大楼是前几年才建好的，崭新宽敞。

进入大厅，尤念坐在椅子上等着。

没一会儿陆清泽挂号回来了："二楼，走吧。"尤念"嗯"了一声，磨磨蹭蹭地起身，跟在他后面上楼。

等了一段时间，尤念的号到了。

看病的医生是一个面相和蔼的女医生，声音也亲切温柔："说说吧，什么情况？"

尤念将自己的情况简单地说了一遍后，又补充道："我觉得我已经没有抑郁情绪了。"

医生："你现在从事什么职业？"

"编剧。"

"晚上会失眠吗？"

"不会。"

"有没有对什么事情都提不起兴趣的情况？"

"没有。"

"有自残或者自杀这样的想法吗？"

"从来没有过。"

……

问诊的时候，陆清泽坐在尤念旁边，目光一直沉沉地锁定她。自从昨晚听到她说自己曾经轻度抑郁，他的心脏一直揪到现在，很多抑郁症患者从表面根本看不出来，所以即使尤念再三保证她已经好了，他也没办法放下心来，必须亲眼看到复诊结果是好的才能安心。

医生问了尤念好几个问题，又让她做了个测试，一直折腾到近中午，终于得出了她一切正常的结论。

走出医院大厅的时候，尤念扬扬得意："我说我没问题了吧？"

"嗯。"陆清泽也松了口气，捏着她的脖颈警告，"以后这种事不许瞒着我。"

两人顺路在附近的商场吃午餐。

尤念选了家环境安静的日本料理店。店内装修精致，进门要脱鞋，穿着和服的服务员热情亲切，两人在服务员的引导下进了包间，里面是纯日式的榻榻米布置。

"你想吃什么？"尤念坐下来，翻着菜单问。

"你点吧，把你想吃的点了。"陆清泽对吃的方面一向没什么要求。

尤念笑起来，这正和她意，她唰唰两下，把自己感兴趣的菜都点了个遍。

"对了。"服务员离开后，尤念突然想到了一件事，"你看到群里的消息了吗？学校要办八十周年校庆了。"

陆清泽点点头："老师联系我了。我要回去一下。"

校庆活动邀请了很多新中毕业的优秀校友，他也是其中之一。

"那巧了。"尤念眉眼弯弯，"李老师也联系我了。"

"一起回去。"

"嗯。"尤念点点头，顺口一提，"厉子阳也会去，看他平时吊儿郎当的，经营家里的酒店还有模有样的，已经在平城开了好几家分店了。"

不知不觉中，他们都已经长大，曾经对毕了业的高才生们满是崇拜的小孩，一转眼已然成了别人的崇拜对象。

陆清泽眉头微蹙，貌似随意地问："他还单身吗？"

"不知道，没听他说。"尤念耸耸肩。

厉子阳身边的女生换了一个又一个，她早已经麻木了，陆清泽低低应了一声，没有再就这个话题开口。

吃过午饭，陆清泽又载着尤念去了一家以妇产科出名的三甲医院，一系列的检查之后，尤念的病还是老样子，不严重也没有好。

"最近有生育的打算吗？"医生抬起头，目光在两人之间来回。

"没有。"尤念摇头。

"嗯……"医生顿了下开口，"其实这个病呢，我们是建议适龄女性尽快生育的。时间越长，怀孕的困难可能会越大……"

尤念动了动唇。

陆清泽已经先她一步开口了："除了这个，对她的身体有什么影响吗？"

医生的视线在尤念身上停留片刻，目光掠过她白净细腻的皮肤和纤细的胳膊："这个病是内分泌紊乱引起的，在每个人身上的表现都不同。比如有的人月经不调，有的人会肥胖，有的人长痤疮……"

医生笑了笑："我看你的外表没受到什么影响，其实还好。"

尤念"嗯"了一声："我就是生理期不正常，其他没有什么症状。"

"那我的建议是，如果有备孕打算的话就要抓紧了，备孕前先把多囊治好。如果暂时没有这个打算，你又觉得吃药副作用大，那可以先停下药物治疗，我给你开点黄体酮调理。平日注意一下自己的生活习惯，保证睡眠，多多锻炼，保持愉快的心情……"

尤念听完医生的嘱咐，点着头应了，这几年，她听这些话都听习惯了。

拿完药后，陆清泽一直没有说话。

尤念抬头，只见他眉头微蹙，一副沉思中的样子，她动了动唇，想想又闭上了嘴巴。算了，现在讨论有些话题似乎太早了。

回去后，陆清泽也没有对此多说什么，除了更加盯紧她的生活作息，一切都和之前没有什么区别。

学校八十周年校庆前，尤念和陆清泽一起回了平城。

校庆日对所有校友开放，无奈正值工作期日，群里的人分散在五湖四海，很多人都没空。像尤念这样有时间去的人便被大家委以重任，要求他们一定多拍些照片发回群里。

尤念好说话得很，满口答应了。

校庆当天，校园内外人潮涌动，青春的面孔很多，打扮成熟的人相比而言要少上许多，也许出了社会，不混出点成绩是不好意思参加这种校庆及大型校友会的。

而所谓的"精英"则是在哪儿都受欢迎的存在。比如陆清泽，一来就被他的班主任叫走了，说有事找，被丢下的尤念便一个人先去看了李老师，顺便和厉子阳见面。

念书的时候李老师对尤念一直挺关注的。

"尤念啊，最近工作怎么样啊？"李老师刚送走了一届成绩不错的毕业生，心情不错。

"很顺利。"尤念笑笑，视线在李老师的头上停留一秒，又立刻移开，和上次见面相隔不过大半年，李老师的头上竟然已生了几根白发。想来是带毕业生太辛苦了，尤念想起自己以前的顽劣，蓦地有些心酸。

"我老婆前一阵子还在看你编剧的电视剧，夸剧情不错。"李老师一直很欣赏尤念，眼下见她在自己擅长的领域发展得好，很是欣慰。

尤念笑眯眯的："那当然。也不看看教我的老师是谁。"

"你啊你！嘴巴还是那么厉害。"李老师被夸得心花怒放。

"哎，怎么没有看到陆清泽？"这次的邀请名单里也有陆清泽，两人应该是一块儿来的。

尤念抬手看了眼腕表："他被叫走了，估计还要一会儿再过来呢。"

李老师恍然大悟："哦，对，瞧我这记性。对了，陆清泽的妹妹也是我教的，今年考上了A大，马上又要成你们学妹喽。"

"妹妹？"尤念一怔，蓦地想起来他妈妈再婚，有个继妹。

李老师感叹道："陆清泽妈妈不容易啊，培养出两个高才生。"

"是啊……"尤念低垂着眼应了一声。陆清泽的妈妈真的很不容易，所以自己一直没有和陆清泽说，分手那年见过他妈妈的事……

正交谈间，尤念的手机响了起来。

"喂！"厉子阳的声音从听筒里传来，"你人呢？我来找你。"

尤念和李老师做了个手势，走到一旁接电话："你来高三楼这里吧，我在老师办公室，马上下去。"

"No problem（没问题）！"厉子阳嘴里蹦出了英文。

尤念轻笑一声，把电话挂了，刚转过身，只见李老师挥了挥手："要见朋友吧？你忙去吧。"

告别李老师，尤念在楼下的绿化带那里看见了厉子阳的身影。厉子阳一身正装，穿得人模人样，站在一片绿荫下，见到一身蓝色连衣裙的尤念，他吹了个口哨："看您这副春风满面的样子，最近过得不错啊。"

尤念睨了他一眼："彼此彼此。"

厉子阳舌头抵着牙齿，"啧"了一声。"哎，我之前和你说的别不当回事，有空还是去医院复查下，放心。"

尤念："我前段时间查过了，没事。"

厉子阳过了几秒钟："那就好。"

他松了口气："我还真怕你得上抑郁——"

"念念。"一道略微急促的声音打断了厉子阳的话。

陆清泽在两人侧面不远的地方，正往这里走。他几步走过来，目光在厉子阳的脸上停留一瞬，伸手揽住了尤念的腰，这是一个占有欲十足的动作，合身的裙子勾勒出的窈窕身姿，因为他这个动作腰肢显得越发纤细了。

厉子阳顺着他的动作看过去，猛然发现尤念的中指上多了一枚戒指。

厉子阳暗骂一声。他抬眸和陆清泽对视一眼，轻笑一声："我说你俩秀恩爱滚远点行吗？在这儿恶心谁呢？"

尤念和他贫惯了，毫不客气地回道："偏不！就在这儿秀，你也不想想你恶心我多少回了。"

厉子阳被气笑了，舌头抵着牙根："我什么时候恶心你了？"

"当然有啊。"尤念扬起下巴，"要我一一细数吗？"

厉子阳的脸色一僵，气得不行："这都多少年前的事了你还记得。"

厉子阳眯着眼睛盯着她看了一会儿，突然就笑了："行啊，等我交女朋友了，看我不恶心死你。"

尤念"嘁"了一声："行，我等着。"

厉子阳收回目光，一双妖孽的眼对上陆清泽的，话却是对着尤念说的："你还是照顾好自己吧，别又整个抑郁症出来，老子还得陪你去医院，麻烦。"

尤念感觉到自己腰上的手臂瞬间一紧，蹙眉道："好了，不是都和你说没事了吗？"

厉子阳也注意到陆清泽的动作，轻笑一声。啧，看来是不知道自己陪尤念去医院的事，行吧，也算扳回一城："得，你俩慢慢恩爱吧，我走了。"厉子阳挥了挥手转身就走。

"厉子阳。"陆清泽突然出声叫住他。

"干吗？"厉子阳停下脚步，头都不回，没好气地问。

"一起吃饭吧。"陆清泽的声音低磁，"谢谢你陪念念去医院。"不论厉子阳对尤念是什么感情，至少他对尤念的好是真的，在自己不知情的情况下，是他陪着尤念去了医院。除此之外，他也从来没有做过出格的举动破坏尤念心目中的友情，不管是出于哪一点，陆清泽似乎都应该感谢一下。

"我今天还有事，算了。"厉子阳转过身，薄唇微弯，"你放心，这顿饭少不了你的，等我下次去夏城，准备好去高档饭店挨宰吧。"

陆清泽抿唇，声音沉稳有力："好。"

"一会儿在体育馆有校长演讲，要去听吗？"陆清泽低下头看着尤念。

尤念摇摇头："不想去，你去吧。"校长演讲什么的最无聊了，上学时她就不喜欢这个环节，现在也一样。

"嗯，那我也不去了，陪你在学校逛逛吧。"陆清泽的话音刚落，一阵手机铃声响了起来。陆清泽接起电话，"嗯嗯"了两声之后向四周张望。

尤念好奇地抬起头，只见陆清泽冲着前方挥了挥手，她定睛望过去，顿时一愣，那不是陆清泽的妈妈吗？旁边还有一个高中生模样的小姑娘。

联想到李老师的话，尤念心里隐隐有了猜测。果然，陆清泽低下头轻声道："我妈带着我妹突然来了，我妹叫周舒舒。"

尤念"哦"了一声，大大方方地站在那里等着两人走近。

"哥！"人还未到，声音渐近。周舒舒隔着几米远就兴奋地挥手，大声打招呼。

"舒舒，妈。"陆清泽点点头。

周舒舒长相偏可爱，扎着马尾辫，白T恤配牛仔背带裤，脚踩一双绿尾鞋，青春洋溢的打扮。

"哥，这位姐姐是谁啊？是你的同学吗？"周舒舒眨了眨自己的大眼睛，一脸好奇。

她身边的陆母看向尤念，眼神有丝惊讶。分手六年多，尤念也不知道陆母还记不记得自己了，正要开口做自我介绍，一道清亮的声音已经在右上方响起。

"是同学，也是女朋友。"

尤念笑着和两人打招呼，肉眼可见地，周舒舒的脸上露出了打量和好奇的神色。

陆母的嘴角弯了弯，冲尤念点点头："你好。"

"哥，你中午和我们回去吃饭吗？"周舒舒的目光不时在两人身上来回游移。

陆清泽摇头："不回去，学校这里下午还有事情。"

周舒舒"哦"了一声，有些失望的样子。

陆母的表情和蔼，拍了拍少女的肩膀："你哥哥还有事，我们回去吧。"

周舒舒不情愿地应了："那我们先回去了，你们忙。"陆母的目光在尤念脸上停留几秒，看不出情绪。

因为陆清泽要和家人吃饭，两人在学校待到下午就离开了。

陆清泽回到家时，家里的餐桌上已经摆好了丰盛的饭菜。

"回来啦？准备吃饭吧。"陆母温柔地叮嘱。

陆清泽应了声，洗手坐好。

"哥！你的女朋友真是你同学啊？"周舒舒闻声出来，对尤念充满好奇。

陆清泽点点头，陆母也坐下来，目光定定地看着陆清泽。

"可你不是一直没有女朋友吗？"周舒舒皱眉。

"前不久才在一起的。"陆清泽的嘴角露出一个笑。

"啪"的一声，陆母的筷子掉在了地上。她匆匆捡起来走去厨房，厨房顿时响起了哗啦啦的水声。

陆清泽看着妈妈的背影，若有所思。

"好了，吃饭吧。"陆母很快回来，笑笑说。

吃饭期间，周舒舒问个不停，所有问题都是针对尤念的。在周舒舒的眼里，自己的哥哥非常优秀，单身的哥哥突然有了女朋友，她快好奇死了。

陆清泽没有多言，只说是回国后遇到在一起的。

"可是我觉得她看上去很傲的样子——"不知道是不是有偏见，周舒舒对尤念的感觉不是太好。漂亮是很漂亮，但美艳的气势有点过盛了，一看就不是那种温柔的贤妻良母类型，像个狐狸精，尤其是那双眼睛，妖艳十足。

"舒舒！"在陆清泽开口前，周父率先开口打断了女儿。

"怎么说话的！好好吃饭！"他看了陆清泽一眼，皱眉低斥道。

周父今年五十多岁，在政府部门工作，平时对女儿严厉，对陆清泽这个继子倒是一直很尊重。

周舒舒不满地鼓了鼓腮帮子，又不敢发作，只能低头好好吃饭。于是话题到此结束。

晚上，陆清泽的房门被敲响了，他走过去开门，陆母端着一碗水果站在门口："东西都收拾好了？"陆母看了眼地上的行李箱，将水果放在桌上，语气温和。

陆清泽点头，他明天就要和尤念一起回夏城了。

采用了翎宸武夷98芯片的蓝鲸手机即将在下个月上市，他们现在一方面要做武夷NPU单元的衍生产品，另一方面也在准备蓝鲸明年的项目。公司很忙，也容不得他在平城多待。

陆母看着眼前高大的儿子，心里很是欣慰。陆清泽继承了他父亲的容貌和个性，家庭的原因让他比同龄人要早熟很多，他从小到大成绩一直优异，也从来不惹是生非，她这辈子最大的骄傲，大概就是有这么一个儿子。

笑意还没蔓延到眼睛，陆母转念想到今天在校园遇到的女生，心里"咯噔"一下。她几乎从没为儿子操心过，唯一的一次，就是他大二的那个暑假，那时候家里的情况已经好转了一些，她便留在了平城工作。那个暑假，她一向冷静自持的儿子心情变得很差，每天一早就出门，到晚上才回来。

他自称是在做家教，可陆母不知道是什么样的家教，让他短短时间里就瘦了那么多。在家没待多长时间，他就匆匆忙忙返回学校了，不久，就听到了他要出国留学的消息。

陆母一直知道，自己儿子有一个漂亮的女朋友，住在长安巷对面的高档小区，那个女生来过家里，她也见过——是一个娇气的漂亮女生。陆母知道，陆清泽很喜欢那个女生，甚至为她起了放弃出国的念头想留在国内。

怎么突然又要留学了？当时陆母小心翼翼地问起他女朋友的事。

没想到陆清泽在沉默良久后，沉沉地说了句："分手了。"

陆母心下一惊，连忙问是什么时候的事，可陆清泽却不愿开口多说了。

后来，他出国，再回来。

事业发展得越来越好，却始终形单影只，作为一个母亲，说不操心是不可能的。

今天看到陆清泽的身边多了一个女生，她本来是很开心的。直到看清那个女生的脸，那张漂亮到让人一眼难忘的脸。

之前好多次，她看到陆清泽坐在桌前，手指摩挲着一张泛黄的相片，目光深沉——那是一张班级合影。

后来她在那张照片上找了一会儿，终于发现了原因。照片里，第二排女生的正中央，是个眼熟的漂亮女生，五官明艳精致，神采飞扬，即使穿着统一的校服，也是出类拔萃的耀眼。

陆母叹口气，思绪从回忆里出来。她迟疑着轻声开口："今天那个女生……"

陆清泽点点头，似乎已经知道她要问什么，平静地承认了："对，就是我以前的女朋友，尤念。"

陆母心里一沉，小心翼翼地问："你们，是大二暑假分手的？"

"嗯。"得到了回答，陆母的眼睛瞥向别处，思绪有些乱，按照陆清泽的反应和品性，分手肯定是尤念提的。

陆母想起自己曾经和尤念说过的话，心底有些发虚。自己不过是和她说了陆清泽为她做的牺牲，想让她好好对待陆清泽，这不至于分手吧？

"你们重新在一起，你想好了吗？"她宁愿陆清泽找一个没那么喜欢，但温柔善解人意的姑娘。

"妈。"陆清泽看向慈颜善目的妈妈，轻笑了一声，"我很早就想好了。"

陆母的表情僵了一瞬，握成拳的手心有些冒汗，她挤出一个笑，声音依旧维持着慈母的温和："你早点睡吧，我出去了。"

她了解自己儿子的性格，决定的事情很难改变，他是真的认定这个女孩子了。可是尤念呢？

第二天，尤念和陆清泽一起回了夏城。除了两人外，同行的还有一个跟屁虫——周舒舒，她即将去A大报到，缠着要跟陆清泽一起去夏城。

晚上，尤念洗好澡，突然想到了一个被自己长期忽略的重要问题，她头发都来不及吹，急匆匆冲进书房。

"陆清泽！"尤念的眼睛闪闪发光，表情有些小兴奋，"你的抽屉钥匙呢？"

正在书桌前的男人抬头，好笑地看着尤念："这个抽屉，没锁很久了。"在她回来前，他就已经把锁打开了，只是她自己一直没注意这件事。

"真的？"尤念微怔。

陆清泽拉住她的手，手指在她的戒指上摩挲："要看吗？"

"这里面最重要的东西就是你手上的戒指，其他都是一些小东西。"他解释。

尤念低头看向自己的手，最重要的吗……她似乎能猜到，抽屉里是什么东西了。

尤念将手伸向抽屉，手指碰到抽屉冰凉的木头，轻轻打开抽屉，犹如打开了月光宝盒。

过往的岁月与回忆割破时间和空间，瞬间呈现在尤念的眼前，泛黄的本子，古老的按键手机，还有一些自己都记不清的小东西……

"你还留着这些……"尤念低着头喃喃自语，"可我们已经分手了啊……"

陆清泽拉着她在自己腿上坐下，男人的下巴倚在她的肩膀，短短的胡茬刺着细皮嫩肉，有点痒。"那又怎么样呢？"陆清泽轻声开口，妥协的语气。对于他来说，和她在一起的所有时光都值得纪念，不论恋情开始和结束的理由有多荒谬，在一起的时光是真实且美好的。

与你一起，荒唐一场也是好时光。

尤念轻轻拿起最上面的本子，封面上是自己张牙舞爪的字迹，翻开泛黄的纸张，时光仿佛隔着朦胧的光在眼前上演。

"我说怎么找不到了，原来在你这里。"尤念轻声开口。

陆清泽"嗯"了一声。

"这不是我的衣服吗？"尤念从抽屉里拎出一件黑色的T恤，大概是自己大一那年没来得及带走的。

"陆清泽你这个变态！"尤念指控，声音里有丝不易察觉的微颤，她想换个姿势面对陆清泽，无奈腰和肩膀被牢牢困住，动弹不得。

"嗯。"陆清泽的下巴依旧抵着她，坦然承认了。

尤念翻着抽屉，眼眶渐渐酸胀。小到自己写的字条，大到自己曾送他的礼物，一点一滴，都是他们曾经的回忆。

尤念拍了拍他的手臂，从他的腿上下来，她站在他的面前，双手扶着椅背，眼尾泛红着俯下身。

"陆清泽，我想亲你。"她轻声说，嗓音里有模模糊糊的哑。

书房外，周舒舒面红耳赤，捂着"怦怦"狂跳的小心脏回了房间，一头栽倒到床上。她刚才洗好澡出来，想找陆清泽问一下烘干机怎么用，手刚放到书房的门上，就听到里面传来一句女声。

"陆清泽，我想亲你。"

周舒舒的动作一顿，整个人都僵在了原地。周舒舒如遭雷劈，如梦初醒般逃回了自己的房间，她刚刚，居然偷听了哥哥接吻！

周舒舒深吸一口气，感觉自己的脸快要爆炸了。没有恋爱经历的女生辗转反侧，一时觉得异常羞耻一时又佯装淡定，翻来覆去想了很久，周舒舒才怅然地进入了梦乡。

尤念最近手头上没什么事，她也想顺便休息一段时间，等自己的影视版权合同正式签订好后再改编剧本。没想到，她想休息，事情却反倒找上了她。

之前被她拒绝的电视剧《四季》即将在九月上线，这段时间，视频网站将其宣传片放在首页横幅，大力宣传。也正是因为这样，已经渐渐被人遗忘的《四季》抄袭事件再次被屡屡提及，很多网友在《四季》的超话下刷抄袭的话题，又很快被删，就连电视剧的官博下面，评论也吵翻了天：一边是网友们对抄袭作品的指责，呼吁大家不要看；另一边则是各种粉丝的各种"洗白"言论，讽刺是被抄袭作者在蹭热度。

就在两边吵得不可开交时，作者明郁的书粉把尤念拉了出来：

挽白拒绝做编剧也能被你们拿来当证据？她自己也不干净好吗？

《青山外》抄袭《白色恋人》的调色盘她可一直装死呢。

粉丝也太恶心了吧？为了洗白转移视线？

《青山外》是我最喜欢的校园小说，它这么红，要是抄袭早就爆出来了会等到现在？

哈哈哈，挽白一直不卖《青山外》的版权，是不是怕抄袭被大家发现啊？

那个调色盘我一个外人都看笑了，就一个不同的情书桥段也算抄袭？

……

也许是因为挽白这个笔名和《青山外》确实比较红，各方粉丝成功因此吵了起来，在明郁书粉的眼里，尤念一直不卖《青山外》的版权是因为她心虚。

尤念原本对这无中生有的指责并不在意，直到八月底，她去参加夏城作协举办的交流会。

交流会在夏城某酒店的会议室举办，结束后，肖文走过来叫住尤念："挽白，过来一下，我有点事情找你。"

尤念跟着肖文走到走廊，肖文看了眼头上的摄像头，笑着说："这里说话不方便，不如我请你吃饭，我们好好聊一聊？"

尤念皱眉，不知道肖文在打什么主意。两人原本结下了梁子，但前段时间肖文的态度又很好，似乎一点不介意自己骂他的事。

面对善变的老油条，尤念犹豫了下，拒绝道："不用了肖老师，有事就在这里说吧。"

肖文本来就没几根的头发梳得油光，小眼睛眯了眯，循循善诱："是关于明郁的事，不如这样，你开车来的吧？我也要去车库，我们边走边聊？"

尤念想了想，点点头："行。"

两人坐电梯下楼，一起往尤念的停车位走。

"明郁呢，我之前认识，如果你愿意的话，我可以做一个中间人帮你联系她。抄袭这样的事，不应该出现在你这样有潜力的新人身上……"

肖文面色和蔼，一副"知心前辈"的模样。

尤念抿唇："我没有抄袭。"

"我知道。"肖文说，"但是嘛，我们原创者总是不想惹上这样的非议。如果原作者出面帮你澄清的话，这件事肯定也就平息了……"

肖文伸手，想拍拍尤念的肩，尤念本身身材高挑，又穿了一双七厘米高的高跟鞋，站着比肖文还要高，他拍肩的这个动作看起来颇有些滑稽。

尤念察觉到他的咸猪手，侧着身子躲开了，她转头看向肖文，一脸的严肃："我没抄就是没抄，问心无愧，明郁她发不发声都一样，我也不需要一个抄袭的作者为我澄清。"

"小尤啊。"肖文笑了下，连笔名也不叫了，"你怎么这么天真呢？在这个圈子，你的笔名和抄袭扯上关系是什么好事吗？你的影视版权还要不要了？我可听说，你另外一本校园文的版权还在走合同吧？"

尤念一怔，肖文的意思是影视公司会取消合同……

"你好好考虑一下。"肖文趁着尤念思考的间隙，就要去摸她的手，"我可是为——痛！"

肖文退后一步，抬起一只脚，以金鸡独立的姿势边跳边捂着自己的右脚，气急败坏地怒吼："你踩我干吗？"

那么细一个高跟踩在脚背上，快疼死他了。

尤念也退后几步，双手抱胸冷冷地看着他："看来上次泼的水还不够你长教训的。"

她还当肖文洗心革面改邪归正了，原来心里还是那些龌龊心思，借着抄袭的事情揩油，下一步是不是要去房间借一步说话？狗改不了吃屎的东西！

"我警告你！"尤念的目光落在他的皮带下方，声音冷得像冰，"再有下次，有些东西就别想要了。"

她唇紧抿，眼神冷漠凌厉，一张面无表情的脸看上去多了几分冷艳，如同神圣不可侵犯的女神。

肖文一个激灵，下意识地捂住了自己裤裆。

尤念轻蔑地笑了声："别捂了。"嘲笑完，她再也不想看肖文那张魔幻主义的脸，转身离开。

高跟鞋踩得又快又响，在略空旷的车库中清晰有力。回到自己的MINI车上，尤念换了双平底鞋，戴上墨镜，抿唇发动车子离开了车库。

以后有肖文的地方就没她，她还不信了，这莫须有的罪名也能安在她身上。

回到家，家里一个人都没有，周舒舒在A大新生群里认识了几个同班同学，今天约着一起出去玩了。

尤念随手扔下包，拿了换洗衣服去浴室洗澡，想到肖文今天和自己挨那么近想吃自己豆腐，她全身的鸡皮疙瘩都起来了。只觉得连空气和衣服都沾上了肖文的气息，恨不能将自己从上到下都彻底消毒一遍。

在浴缸里泡到皮肤泛白起皱，尤念终于觉得好受了一些，给自己从上到下抹上厚厚的一层润肤露，尤念换上一件黑色的真丝吊带裙。

洗漱台前，尤念仰起纤细的脖颈，吹风机"呼呼"地响着。半晌，微卷的长发被吹得半干，松松垂落在雪白的脊背上，尤念将吹风机卡进墙上，身子微微前倾。

镜子里的女人皮肤白皙，脸颊被浴室的水汽氤氲出红晕，眉毛弯弯，双瞳剪水；两根细肩带搭在平直的肩膀上，胸口的黑色蕾丝挡住重点部位，手臂纤细没有丝毫赘肉。理了理自己的头发，尤念转身出了浴室。

走到玄关对面的时候，尤念和刚回来的周舒舒撞了个正着。

"回来了。"尤念打了个招呼，"要吃冷饮吗？"

周舒舒摇头，尤念也不在意，自己去冰箱拿了个芒果口味的冰激凌走回客厅。她坐在沙发上，随手翻看茶几上的时尚杂志，周舒舒走过来，眼神复杂地盯着尤念。

"有事？"尤念将掉下来的头发顺到耳后，抬眸看向周舒舒。

"你，你，你没穿内衣？"周舒舒瞪大了眼睛，只觉得脸都热了起来。

尤念挑眉："都是女人，我不穿又怎么了？"

周舒舒情不自禁地说出口："可我哥是男人啊。"

尤念轻笑一声。

周舒舒不满："你笑什么？"

尤念合上杂志站起身来，瞬间比周舒舒高了一截，她微微歪头，意味深长地看着周舒舒。

尤念忍住用冰激凌给她降温的恶毒想法，呼出一口气，她将头发撩到背后，嘴角上扬："可我在家就不喜欢穿呢，怎么办呢？"

她长得漂亮，这么笑起来更是明眸皓齿，光彩照人。

周舒舒别开眼，说不过的她只能小声吐槽："狐狸精。"

尤念也不介意："谢谢你夸我漂亮啊。"

尤念笑而不语，咬着勺子和周舒舒对视，周舒舒的眼神有丝慌乱。

对视间，家里的大门开了，陆清泽回来了。

"你们站在这儿干吗？"陆清泽奇怪地看了眼两人。

"哥。"周舒舒叫了一声，声音蔫蔫的。

尤念袅袅婷婷地越过周舒舒，走到陆清泽面前："我的衣服好看吗？"

陆清泽的目光在她身上停留片刻："好看。"

两人没有什么亲密的动作，看起来却是分外亲昵，空气中仿佛都带着甜腻的恋爱气息。

周舒舒抿了下唇，转身回了自己房间。

尤念笑起来，挖了勺冰激凌送进他嘴里："奖励你的。"

陆清泽换好鞋，才发现周舒舒已经不在了，他皱了皱眉："你和舒舒没吵架吧？"

尤念挖着冰激凌的动作一顿："万一吵架了呢？"

陆清泽的神色微怔，尤念叹口气，这个问题可能有点为难他了，正想解释一下没吵架，陆清泽已经开口了："新生明后天报到，如果你们相处不来，我明天就把舒舒送去学校了。"

尤念一愣，心口渐渐充满着甜滋滋的味道，嘴角的弧度压都压不下去："没吵架。"她解释，"你妹妹夸我漂亮呢。"

"嗯？"陆清泽解下腕表，将袖子卷起来。

"狐狸精还不漂亮吗？"尤念笑眯眯地说，跟在陆清泽后面进了厨房。

陆清泽打开水龙头洗手，轻哂："那说得也没错。"如果不是妖精，怎么把自己迷得五迷三道的？

今日的晚餐是炸酱面，吃面的时候，周舒舒表现得分外乖巧。

尤念在睡裙外面套个薄衫，头发松松束成一个低低的发髻，脸颊几缕碎发垂下，只看侧面颇有几分温婉的味道。三人和睦地吃完了这一顿晚饭，谁都没有提下午的事。

晚上，主卧。

在一个缠绵悱恻的吻之后，尤念试探性地在陆清泽耳边说："我最近都不太想工作。"

陆清泽"嗯"了一声，嗓音低沉："那就在家休息。"

尤念纤长的睫毛下垂："也许很长时间内都没有收入。"不可否认，肖文的话还是让尤念产生了一些烦躁的情绪。肖文在编剧圈很有话语权，自己得罪他可能会在这方面接不到活，而写小说本是她的退路，偏偏又惹上了抄袭的事。

陆清泽轻笑了几声，低头睨了她一眼："那有什么关系？我养你啊。"

他希望尤念不用为生活琐事操心，永远像个肆意的少女一样生活。

尤念和他对视了许久，蓦地弯唇笑了："嗯。"

看到他坚定的眼神，心好像突然就定了下来，其实她心底并不是真的担心这件事会对自己产生多大的影响，可陆清泽的话就像一个定海神针，让她更有勇气面对那些不实指控。网友的攻击算什么？肖文的针对又算什么？她有陆清泽啊，这就够了。

第二天是周六，周舒舒主动提出要去学校报到，陆清泽开车送她过去。

两人离开后，家里就显得空荡起来。

尤念一个人坐在书房，计划完善上次没有做完的反盘，虽然这件事目前只有明郁的小部分书粉在闹，但是她不确定肖文会不会在里面搅浑水，为了避免更多的争议，她还是决定回应一下。

正忙着做盘的时候，尤念的手机响了，是郭尧，约她出来谈《漫长的小时光》的版权事宜。

尤念想到肖文的话，心里"咯噔"一下，应了下来。

两人约在夏城的一家会所，郭尧早早站在门口等着尤念，见尤念来，笑着做了个手势："跟我上来吧。"

尤念点点头，跟在郭尧后面穿过富丽堂皇的大厅，上楼梯进了二楼的包间，包间内的装修古典雅致，深色的实木桌椅大气沉稳。包间里，郭尧的助理也在。

尤念和郭尧面对面而坐，助理站在一旁给两人倒上茶水。

"尤念，我找你呢，主要是想和你谈一下《漫长的小时光》的改编计划。"郭尧开门见山。

尤念心底一松，表情平静："好的。"

来的路上，她还以为郭尧要终止合同了，原来不是。尤念点点头，早在签版权合同时，双方就已经商定由尤念担任这部剧的编剧。这次来，郭尧主要也是为了编剧团队的问题与尤念商量，此外，两人也就影视的男女主角色等进行了讨论。

不知不觉中，助理离开了包间，将空间留给了两人。

"对了尤念。"郭尧的目光停留在尤念脸上，五官明艳，妆容精致，比他见过的很多小明星都漂亮。他喝了一口茶，双手交握搁在桌上，"最近网上似乎有一些对你不利的言论。"他斟酌着开口，"说实话，如果是别人，公司可能会暂缓影视计划，是我极力保证，《漫长的小时光》的项目启动才没有受到影响。"

尤念微微一怔，本能地道谢："谢谢你。"

郭尧的眼睛直直看着尤念："除了我们本来认识以外，我也知道你的小说《青山外》出自你的亲身经历，自然是不会相信网上那些传言。"

尤念的神色一敛，郑重道："嗯，我已经在着手准备澄清了。你放心，我不会让自己染上抄袭这个罪名的。"

《漫长的小时光》项目近在眼前，她不能因为抄袭的事影响自己的笔名和别的书。

郭尧笑了笑："嗯。我相信你。"

他看了眼腕表："时间不早了，我请你吃饭。"

尤念准备离开的动作一停，迟疑了下，点点头答应了，郭尧帮了她，应该她请客才是。

郭尧面露喜色，叫来服务员点单，尤念给陆清泽发了微信，通知他自己不回去吃饭了。

吃饭间隙，郭尧聊起影视公司的趣事，他讲起话来风趣幽默，引人入胜。尤念饶有兴味地听着，不时附和几句。

席间，尤念借着"去化妆间"的名义出去，到前台结账。

"209号包间结账。"尤念拿出手机准备付钱。

"稍等。"前台小姐礼貌回答，用电脑查了一下，抬起头看向尤念，"209号包间已经结好账了。"

"嗯，好，谢谢。"

回到包间，尤念有些心不在焉。

她本想用这顿饭还郭尧一个人情，眼下没了机会，她吃饭的兴致也减了大半。至于人情，下次再说吧，反正她和郭尧有合作，以后机会还多。

这样想着，尤念也就慢慢安下心来。

另一头，陆清泽把周舒舒送到了A大，陪着她办理好了报到的手续，领取了新生用品。

一路上，周舒舒发现学校里的很多女生都在偷偷看陆清泽，并向她投来了羡慕的目光，女孩子的虚荣心在这一刻得到了极大的满足。

周舒舒的爸爸和陆清泽的妈妈结婚三年了，最开始，她是不想爸爸给自己找后妈的。初三的暑假，爸爸带她和后妈一家吃饭，她看见了从美国回来的陆清泽，她第一眼就觉得这个哥哥太帅了，而且成熟，稳重，内敛，又细心，他脸上的表情不多，可莫名就是让人觉得安心。

那时候，周舒舒突然就觉得，多一个这样的哥哥似乎也不错，加上陆母对自己的态度也很好，周舒舒慢慢地，也就接受了爸爸要再婚的事实。

陆清泽帮她开过一次家长会，自从那次以后，班里就有很多女生偷偷摸摸地向她打听陆清泽的情况，周舒舒一律没有理睬。男神岂是那些凡夫俗子可以高攀的？

"哥，好多人看你哎。你上大学的时候也这样吗？"走在A大校园的路上，周舒舒抬头问道。

陆清泽一手推着她的粉色行李箱，另一只手拎着包，"嗯"了一声。

不知想到了什么，他嘴角微弯："看尤念的人更多。"

周舒舒抿唇，想起尤念那张美艳的脸和婀娜的身材，确实引人注目，她小声地"哦"了一声，低头不语。

走到女生宿舍那里，陆清泽将周舒舒的行李提上去。宿舍里空无一人，其他新生还没有来，陆清泽简单把宿舍打扫了一下就准备离开。

临走前，他坐在周舒舒的凳子上，目光静静地看着她："舒舒。"

周舒舒正在收拾行李箱，闻言抬头："怎么了？"

"我有话和你说。"陆清泽的声音低沉。

周舒舒的头皮一紧，顿时有不好的预感，她很崇拜陆清泽，可当他板着脸的时候她也很害怕他。

"什么？"她站直身子，心里发虚。

"尤念是我的女朋友，我希望你对她的态度友善一点……"

周舒舒的心跳加速，硬着头皮开口："我哪里不友善了啊……"

一句话，声音越来越小。

陆清泽抿唇，他从来没有管教过自己的继妹，但是事关尤念，他不得不提醒："没有最好，如果你真的和她合不来……"陆清泽并没有拆穿她。

周舒舒抬眸，忐忑的目光对上陆清泽的双眼。

"那我可能没办法让你在家里常住，或许我可以给你在旁边租一个房子。"陆清泽说话的语气不算重，但是亲疏远近一目了然。

周舒舒难以置信地瞪大了眼睛，声音微微颤抖："哥，你居然为了她要赶我走吗？我可做了你三年的妹妹！"

尤念不是他从美国回来才遇见的吗？满打满算也不到一年。

"我没有赶你，前提是你好好尊重她。"陆清泽起身，"好了，我要回去了。"

他走到门口回头，站在行李箱旁的周舒舒怔怔看着他，很失落的样子。陆清泽叹口气，解释道："你做了我三年的妹妹，可她却是我爱了很多年的人，这样你能理解了吗？"

周舒舒浑身一震，惊讶地张开了嘴。

此时的尤念坐在书桌前，噼里啪啦将键盘敲得正欢。她的微博下面原本没什么关于抄袭的言论，也就是最近《四季》开播，被明郁的书粉带了节奏。早晨出门前，尤念已经简单地发表了一个微博，声明自己没有抄袭，《青山外》的很多事情都是自己的经历，并坦言自己会在今晚出一个反盘。

这条简单澄清的微博发布短短几小时，评论呈几何倍数增长。

尤念的书粉都发表了支持她的言论，然而也有很多人对此抱怀疑态度，甚至还有人说她立美女作家的人设立上瘾。

指责她立美女人设的评论下面很快就被挽白签售会的照片回复了，书粉们用照片证明了——挽白确实是个大美女，还是非常漂亮的那种。

尤念没怎么看网上的评论，专注地将最后的一点反盘做好，又从头到尾检查了一遍，这才发上了微博。

挽白：正式回应一下。

下面附着反盘的图片，将明郁的调色盘里的错误和指责全部澄清了一遍。

在那个备受关注的情书桥段里，她特别说明："情书事件是我本人上学时的真实经历，发生时间比《白色恋人》的发表时间要早三年，何来抄袭之说？"

刚好陆清泽保留了当年的本子，尤念索性拍了个照片，一起发了出去。确认微博发送成功，尤念动了动自己发酸的肩膀和手腕，长舒一口气。这条微博一发，也算有个交代，可以结束这件事了。

尤念站起身来，按亮手机的屏幕时才发现陆清泽给自己发了微信，她回复了自己已经到家了。

陆清泽：好，我也回去了。

陆清泽回复没过多久，他的人已经到家了，手里还拎着一个透明的袋子。

"你回来了。"尤念坐在沙发上，茶几上摆放着一小碗颜色鲜艳的车厘子。

陆清泽"嗯"了一声，将袋子放在尤念面前的茶几上，向主卧走去。

"这是什么呀？"尤念好奇地打开袋子，里面是几盒精致的糕点。看着包装盒上的"西点糕点"，她顿时一怔，这家店在A大，这家店的东西是她大学时很喜欢吃的面包糕点，以前上晚自习前，她常常拉着陆清泽去买。

"你在A大买的？"尤念跟在陆清泽的后面进了房间，斜斜依靠在衣帽间的门上。

陆清泽将西服脱下挂起来，随口应了一声："我送舒舒报到的时候看到那家店还开着，就买了点回来。"

"噢，"尤念拉长了声音，双手抱胸，眼尾上扬，"原来是经过的时候顺便买的。"

陆清泽正要松领带的动作一顿，转过头对上她懒洋洋的目光。

尤念今天穿了身宽松的短袖家居服，两条细长白皙的腿斜着交叉而站，乌黑浓密的头发如绸缎般顺滑，神情倨傲又散漫。

陆清泽走了两步过来，嘴角上牵："是特意路过那里的。"

那家店和周舒舒的宿舍不在一个区，他从那里绕了一下。

尤念的后脑勺依旧靠在门上，妩媚的眼睛眨了眨，突然伸手抓住了男人的领带。她微微用力一拽，陆清泽猝不及防，顺着她的动作往前跟跄了一步，几乎要撞到她。

"做什么？"陆清泽的头微微低着，声音有点哑。

尤念倾身，在他的颈边嗅了嗅。嗯，没有什么特别的味道。

她一手抓着领带，另一只手向前，葱白手指在他衬衫的第二颗纽扣旁点了点。拉长眼线的眼睛目光流转，慵懒的尾音上扬："今天周六，你穿这么正式干什么？"

陆清泽任由她拉着领带，笑了声："今天下午有个杂志采访。"

"杂志？你要上杂志了？"尤念眉心微蹙。

"嗯，一个IT杂志，你不感兴趣的。"陆清泽好脾气地解释。

尤念"哦"了一声，微微歪着头打量，面前的男人相貌英俊，眉眼深邃，鼻梁高挺，就连下颌线都完美得不像话。尤念心中微动，伸手解他的领带。

刚解开，她的手腕就被抓住了："今天怎么不穿那种好看的衣服了？"

尤念轻笑一声，手指一松，深蓝色的领带轻飘飘落在她雪白的脚背："因为我披个麻袋都漂亮啊。"

她扬起下巴，红润的唇抿着，露出一个得意扬扬的弧度，浅色眼睛充满挑衅。

陆清泽喉结一动，从喉咙深处发出一声"嗯"，低头吻住她的唇。

天色渐暗，尤念身上只盖了一层薄被，侧着身子睡得香甜，肩胛骨凸起，几缕乌黑的头发散落在上，黑白分明。

陆清泽低头，在她耳边轻声问："要不要吃饭？"眼下已经是七点了，可他不确定尤念还起不起得来。

尤念眉头皱起，脸朝枕头埋得更深了，将大片雪白的背部留给陆清泽，一副拒绝起床也不想说话的模样，陆清泽知道她这是还要睡的意思，帮尤念把被子拉上去，他起身，准备自己去弄点吃的。

脚刚着地，地上那堆衣服处突然传来一声响，陆清泽拿起尤念的手机，是一条微信。

郭尧：我看了你的微博，写得非常好。加油，预祝我们合作愉快！

陆清泽的神情一变。

郭尧？他的记忆力很好，瞬间想起了这个人物，是那天在酒吧遇到的男人，也是尤念以前的相亲对象。

陆清泽低头看向床上的女人，她似乎是嫌热，又将被子扯开了一点。

她的异性朋友总是那么多，东一个西一个的，暗戳戳喜欢她的从来都不少，偏偏她从小交朋友惯了，根本理解不了他的感受。

一直以来，陆清泽一直用尤念是自己的这件事来说服自己不要干涉她。可在心底，他无法否认，他并不大度，他一直在隐忍着接受，接受尤念和她那些异性朋友，以及他们那些对自己来说过于频繁的接触。

陆清泽紧紧捏着手机，手指尖泛白，他叹了口气，将手机放在床头柜上，再次把被子拉上去。

走到客厅时，陆清泽突然接到了妈妈的电话，这么晚了，妈妈很少在这时候联系他。

"清泽啊。"陆母的声音里有些试探，"舒舒在你那儿怎么样啊？"

"挺好，她今天去A大报到了。"

陆母沉默了几秒："她……你女朋友是不是和你说了什么？"

陆清泽不明所以："说什么？"

电话里，陆母的声音迟疑："就，就是你大二暑假……"

陆清泽的心猛地一沉："大二暑假怎么了？"

陆母知道周舒舒是今天报到，晚上特意打电话问她适不适应，岂料，小姑娘一点都没有开学的兴奋，情绪很是低落。

陆母问了很久才明白，原来小姑娘是被陆清泽说了。不知怎么回事，陆母顿时就想到了尤念那张明艳的脸和当年的那件事。

虽然从心底来说，陆母并不觉得自己当年说的话有多过分，可陆清泽分手的时间过于巧合，她又不得不怀疑，自己在其中是不是起了什么作用。

如果陆清泽知道，自己和尤念说过那些话……

陆母莫名有些心虚，一时语塞。陆母一直对儿子心存愧疚，也正是因为如此，她才想让尤念对陆清泽好一点。

和周舒舒通过电话以后，她还以为是尤念在介意以前的事，对陆清泽说了什么，可眼下看陆清泽的反应，他似乎并不知道。陆母一时间犹豫起来，不确定要不要说出来。

"我大二暑假发生了什么？"电话那头，陆清泽再次问道，低沉有力的声音一字一句清晰传来，仔细听还带着一丝紧张。

陆母叹口气，停顿良久后开口："你大二的暑假，你还没回来的时候，我在长安巷见过一次尤念，我和她说了会儿话……"

陆清泽听着电话那头妈妈的叙述，心脏一点点下沉，肺部的氧气一点点变得稀薄，右手死死握紧了手机，左手捂住胃部，熟悉的痛感又出现了。

"你告诉她……我因为她不出国了？"陆清泽的声音有些发颤，心脏抽得厉害。

尤念说过知道他要出国的事，可他万万没想到，是自己的妈妈告诉她的，陆母迟疑着"嗯"了一声。

陆清泽沉默着，喉咙像被堵住了一般。

良久，他才低低开口："我知道了，没什么事我就挂了。"

挂断了电话，陆清泽站了一会儿，后退两步，在餐椅上坐下。将手机放在桌上，手臂无力地直直垂下，陆清泽目光定定地盯着对面的墙壁，五味杂陈。

真讽刺，妈妈自以为的一番好意，却是他们分手的重要原因之一。

即使尤念坦白过分手是她自己的原因，可他还是不由自主地会想，如果妈妈不说，他们是不是不会分手。他没有办法怪自己的妈妈，那是她出于一个母亲对儿子的关心，可漫长的五年时光，该怎么说服自己不在意？

胸口堵得慌，陆清泽站起身来，烦躁地走到客厅，翻遍了抽屉也找不到烟，他这才想起自己早就把家里的烟扔掉的事实。

陆清泽走回沙发上坐下，仰靠在抱枕上，他几乎可以想象，尤念听到妈妈说的话时的反应。那时的她，是没心没肺的性子，恐怕根本就没想过婚姻这件事，突然被一个母亲这样叮咛，对于她来说无疑是巨大的压力。

生活有时就是这样，充斥着荒诞喜剧的黑色幽默，陆清泽长叹一口气，起身走进主卧。

深色的床单上，尤念只穿了件真丝吊带，薄薄的空调被刚刚盖住腹部，她侧着身子睡得正香，薄如蝉翼的吊带贴在身上，将窈窕玲珑的身段勾勒得淋漓尽致。

她很瘦，该有肉的地方却一点不少，脊背的蝴蝶骨凸起，深深的脊背沟向下绵延，两个浅浅的窝镶嵌在两旁。腰胯的曲线重重低陷下去，到下方再缓缓上升，如同起伏的山峦。尤念这会儿睡得正香，纤细修长的四肢露在外面，连脚趾都精致漂亮。

陆清泽轻手轻脚地上床，伸手将人揽进自己的怀里，睡梦中的女人"嗯"了一声，蹙了蹙眉又要继续睡。可身后男人的小动作不断，温热的唇贴着她的脖颈后方，呼吸洒在皮肤上，有点痒。

尤念睡眼蒙眬地问："几点了？"

陆清泽的声音低沉："八点多了。"

尤念"噢"了一声："你吃过晚饭了？"

陆清泽没有回答，昏昏欲睡的人等了一会儿没有听到答案，睁开困倦的眼睛，转过身子面向陆清泽："你没有吃饭吗？"

她乌黑的发散落一枕头，两条直直的锁骨明晰，眼神带着未清醒的迷蒙，陆清泽的目光逐渐深沉，复杂的情绪暗涌。

"你快去吃——"尤念说了一半的话被人堵住了。

时间不早了，陆清泽简单地下了面条。尤念说饿只是为了让陆清泽吃晚饭而已，她自己并不怎么饿，寥寥几口之后，她就放下了筷子，盯着陆清泽把碗里的面吃掉才去洗漱。

洗漱好之后，尤念回到卧室玩手机，她这才发现，自己下午发的微博上了热搜。

《青山外》是经典的校园小说之一，很多人都看过，对于里面的情节，大家也都印象深刻。

尤念看到微博下面的各种评论，一笑置之，那个调色盘本来就很牵强，尤念的反盘出来基本就没有什么质疑声了。反而是她发的照片，将话题成功歪到了她的恋情上，还有很多人羡慕她的学生时代，但也有人莫名对比起了她在书上签名和照片上的字迹。

尤念没有将这小部分的言论放在心上，刷起了别的话题，陆清泽进来的时候，尤念歪坐在床沿，后脑勺靠着竖放的枕头，悬在半空的小腿晃啊晃，正在看手机。

"念念。"陆清泽站在她的面前，目光深沉。

"嗯？"微博上，她的学弟顾淮良正发微博提醒她看，尤念头也没抬，"你好了啊。"

陆清泽应了一声，过了几秒开口："为什么你从来没说过，当年见过我妈妈？"

尤念晃悠着的小腿停了下来，刷手机的手指一顿，她缓缓抬头，露出修长白皙的脖颈，睁大的眼睛里有迟疑："你，你知道了？"

陆清泽站在她的对面，眉头微蹙，如海水般沉静的目光盯着她："为什么不告诉我？"

手机不停地传来消息通知声，似乎有什么事正在发生。

尤念没心思看，将手机放在床头柜，轻声解释："我怎么知道你要出国的事并不重要，做决定的人是我。我觉得没必要说出来，影响你们母子的关系……"

陆清泽的心脏蓦地一抽，不知道该说她傻还是诚实。

在他质问她的时候，她明明可以把这一切都推到他妈妈身上，用她那张巧舌如簧的嘴把自己撇个干净，反正无论她怎么说，他都会相信。

可是她非但没有，还把分手原因全部归结到自己的身上，就连这次见到他妈妈时，也没有提过。

"我当时查出病不久，和我爸妈在家吵了一架，又遇到你妈妈。几件事在一起，我一下子接受不了……"尤念自顾自地反省着，"你知道的，我这个人，喜欢享受，讨厌压力，是我自己的意志力不够坚定，你不要因为这件事怪你妈妈……"

陆清泽全身的肌肉都紧绷着，五脏六腑里都在翻涌，说不清是心疼二十岁的她还是心疼那段不被她坚持的感情。

尤念下床，走到陆清泽身边拉他的手："你在生气吗？"

陆清泽长叹一口气，声音很低："没有。"

他只是难过，"念念，"陆清泽的声音很低，"也许你当时和我说，事情会不一样呢？"

下一秒，温热的身躯贴上来，两条白皙的胳膊抱住他。

"对不起。"

尤念将头埋在他的胸口，声音嗡嗡地道歉，以自己的个性，这个设想并不实际。她当时一意孤行，只想简单粗暴地解决问题，她不知道除了分手以外，还有什么方法能让陆清泽顺利出国。

可整件事情中，陆清泽是最无辜的人，他什么都不知道，却被自己狠心地抛下了。

陆清泽沉默半晌，俯身抱住了她，下颌抵着她的肩。

他闭了闭眼睛："没关系，我说过，我不要你的道歉。"

陆清泽力道大得几乎要将怀里的人揉碎进自己的身体。

尤念的骨头都在疼，忍不住闷哼一声，在紧密的拥抱中，她听到陆清泽暗哑低沉的声音。

"别再离开我就好。"

第九章

还能喜欢上谁

　　尤念第二天醒来，惊讶地发现自己的热搜不仅没有因为澄清而热度下降，反倒上升了好几个名次，与此同时，给她的评论和私信也几乎爆炸。原因是，在昨晚影帝顾淮良评论了她那天澄清的微博。

　　顾淮良是尤念的学弟，当时他就因为一张照片走红网络，是学校里的大名人，后来他进入演艺圈，年纪轻轻就拿了两座电影金奖，粉丝无数。因为厉子阳的关系，尤念和顾淮良也算熟识，只不过她是一个三流编剧，顾淮良是大名鼎鼎的影帝，两人在工作上从没有合作过。

　　尤念也没想到，顾淮良会突然评论自己的微博，顾淮良平时很少发微博，不论什么新闻，几乎只要扯上他的名字就会上热搜，昨晚自然也不例外。昨天尤念澄清过后，还是有很多人怀疑她的情书照片是假的，顾淮良在一个质疑她的评论下面回复。

　　顾淮良：物证不行，加个人证够不够？我证明，挽白说的都是真的。学姐的事迹在我们这儿流传了好几年。

　　这条评论一出，路人和粉丝都惊了，这居然是真的顾淮良？甚至有人怀疑挽白的情书对象就是顾淮良。

　　只不过这个猜测很快被顾淮良的粉丝和尤念的书粉澄清了。

　　不可能！哥哥没有女朋友。

挽白的情书是写给同学的，顾淮良和她又不是一届，别碰瓷。

那挽白的情书是写给谁的啊？我快好奇死了！他们还在不在一起？

楼上想多了，挽白之前说过自己单身，肯定是分手了啊。

呜呜呜，好可惜啊，我好喜欢《青山外》的男主角啊。

……

尤念随手翻了翻，因为顾淮良的证明，评论里彻底没有了对她照片的质疑。大家惊讶地发现，原来挽白和顾淮良不仅是校友，还互有交情。

原本是文学圈小范围的事情，因为顾淮良的人气突然间变成了一条新闻，热度大增。此时，《白色恋人》的作者明郁也出来表态，表示是自己粉丝的误会，对挽白表达了歉意。

尤念在心里嗤笑一声，并不是很需要她的道歉，昨天已经有圈内同事透了口风给她，这件事也有《四季》影视方的推波助澜，想趁机给《四季》炒一下热度。对于这种不要脸的行为，她不想理会。

尤念翻到顾淮良的微信，发了感谢的消息过去。

顾淮良的微信还是几年前厉子阳让她加的，加了以后就一直没有联系，没想到这淡如水的交情在这时帮了自己一把，不愧是校友，一股自豪之情油然而生。

顾淮良过了一会儿才回过来：小事，说不定以后还需要你帮忙。

帮忙？他一个有自己的工作室的影帝，还需要一个小编剧的帮忙吗？

尤念只当是他的客套话，没有在意，礼貌地回复之后，她很快就把这件事抛到脑后了。

尤念收起手机，走到书房去找陆清泽。

他坐得端正，目光专注地看着面前的屏幕，连尤念进来也没有注意。

"你在看什么？"尤念站在陆清泽的椅子后方，身体前倾，两只胳膊从男人脖子后方绕到前方，从胸口垂下。

陆清泽拉住她细白的胳膊，解释："是蓝鲸新手机鱼跃3的内部测评。"

发布会在即，市面上关于鱼跃3的爆料源源不断，真真假假的让人眼花缭乱，最令大众期待的，莫过于传闻中性能秒杀同等芯片的武夷98。再过一周，搭载了武夷98的鱼跃3就将正式接受大家的检阅。

而此时的翎宸，已经在研究武夷的下一版本——武夷200，武夷200将采用更先进的5nm制程工艺，进一步提升CPU的性能。

"鱼跃3？"尤念在脑海里搜索了一遍，想起来自己在微博上看到过这个名字，"是不是要开发布会了？"

陆清泽："嗯，下周在南城开。"

尤念猛地想起，陆清泽回国后，自己就是在发布会的视频里认出他的："你也要去吗？"

陆清泽摇摇头："这次不去了。"

尤念"哦"了一声："不去正好。"

去年的视频里，他只有一个模糊的侧脸，并没有引起什么注意。他这张脸，如果清晰地出现在发布会的视频里，网友们指不定就要开扒他的身份了。

"这个手机和之前的相比有什么特别的吗？"尤念的目光又回到屏幕上，看外观貌似没什么特殊之处。

"人工智能方面会好很多。"新一代手机当然各方面都会有一个提升，但最大的特色就是鱼跃3的人工智能。

"人工智能？"尤念微微蹙眉。

陆清泽转过头对上尤念："我送你的机器人，你玩过吗？"

尤念点点头："拍电影那会儿，我经常和它对话的。"

"你觉得它怎么样？"

"很聪明，简直成精了一样。"它才是小狐狸精吧？

陆清泽"嗯"了一声，嘴角弯起："鱼跃3里面的助手小鱼比它更加聪明和拟人化，同时使用者还可以根据自己的喜好定制小鱼的性格，这样说你明白吗？"除了语音助手，鱼跃3在图片识别、人脸识别、大数据采集等AI方面都比之前有很大的提升。

尤念似懂非懂地点点头。

陆清泽笑了声："等手机开售，我买一个回来你就知道了。"

一周后，蓝鲸新手机鱼跃3正式发布。

伴随着主讲人一项一项地介绍手机性能，会场的观众席上不时爆发出惊叹声和掌声："我们的CPU搭载了独立的NPU单元，AI性能比上一代提升了百分之四十……"

沙发上，尤念听得昏昏欲睡。对于她一个非科技迷的外行来说，她只能从观众席的欢呼声中了解鱼跃3到底有多厉害。

她转头，瞄了一眼旁边的陆清泽。他背靠抱枕，坐得端正，眼睛一眨不眨地盯着屏幕，嘴角不时浮现出一丝微笑。有那么好看吗？尤念转回来，耐着性子又看了一会儿，发布会终于有了令她感兴趣的环节。

"我可以负责任地说，鱼跃3的人工智能是目前手机市场上最厉害的。下面我们可以做一个有趣的小测试，我们女性同胞可能对这个感兴趣啊……"

主讲人笑了笑："我们现在来试一下。"

他对着手机问道："小鱼，请问谁是会场最好看的人？"

小鱼回答："你先让我看看呀，我现在只能看到你。"

观众们哄堂大笑。

主讲人也笑："它比较调皮哈。"

他将手机的摄像头调成面向观众的方向，与此同时，观众席头顶的灯光大亮，主讲人背后的大屏幕上也实时投影出手机的屏幕。

手机采用了广角拍摄，在主讲台就能将观众席全部摄入镜头中。

"它怎么判断啊？"尤念好奇道。

这个和之前有一段时间流行的颜值打分APP似乎有点类似。

陆清泽解释："根据主流审美的大数据采集，再利用图像扫描和人脸识别，选出最符合主流审美的长相。"

尤念笑了声："倒是挺适合我们塑料姐妹比美的。"

没有几秒，小鱼已经选好了，随着镜头的不断放大，一个女生的脸被放大后清晰地呈现在大屏幕上。

——确实是一个十分标致的美女，长发大眼，肤白貌美。

被选中的女生受宠若惊，捂住嘴和身边的人相视而笑，观众们热烈地鼓起掌来。

"当然，这只是一个有意思的小游戏。我们小鱼的功能还有很多，可以识别各种方言，家里有老人的朋友不用担心……"

后面的话尤念没怎么听，她歪着头看向陆清泽，皱眉道："还好你没去，不然你的脸就要出现在大屏幕上了。"

陆清泽笑："对我这么有信心？"

尤念轻飘飘地"嗯"了一声，不知为什么，最近总有种自家的猪要被别人看到的预感。

事实证明，女人的第六感还是准的，就在发布会过去没两周，薛柔发了一张截图到闺密群里，疯狂地喊尤念。

尤念点进薛柔发过来的链接，哭笑不得。

有人在某个知名论坛上发帖：《发现一个现实中的总裁，从此看的小说男主角都有了脸》。

楼主发帖称，自己男朋友是科技IT迷，经常买这类杂志，最近蓝鲸手机发布了最新的5G手机，这期杂志有个5G专题。她在专题里无意中发现了这张照片，忍不住和大家分享。

照片上，身着正装的男人面容斯文，五官英俊，轮廓深邃完美，成熟内敛、稳重自持的气质扑面而来。

照片下一行小字：翎宸科技副总裁，陆清泽。

好帅！

楼主求个杂志名，我现在就去买。

啊！我知道这个公司，是给蓝鲸手机提供芯片的！

我好喜欢这种成熟斯文款的啊！

好了，我要去当总裁夫人了。大家等我。

……

尤念翻了翻回复，笑着关掉了帖子，讨论就讨论吧，反正她都习惯了。

大学时，她和陆清泽分手后被学校论坛上好几个帖子声讨，她还不是活蹦乱跳的吗？

尤念本想着，论坛里的小女生无非就是犯犯花痴，很快就过去了。没想到，这件事不仅没完，帖子反而挖出了更多陆清泽的资料，他的学习和工作履历都被扒了出来。

让众多女性好奇的，无非是他的感情经历，大家都想知道，什么样的女生才能得到这种男人的青睐。

可惜陆清泽的同学大都不混这种八卦论坛，忙着工作的"社畜"也没有闲工夫八卦同学，直到几天后，论坛有个新帖子横空出世。

——《我好像扒到陆清泽大学时的女朋友了！！》

经过我坚持不懈的努力，终于在A大的贴吧里找到了蛛丝马迹！注意看时间，发帖的这个时候陆清泽正好在A大上大二，时间吻合，名字也吻合！啊啊，我好激动！

几年前的A大贴吧里，有一个帖子是《今天陆神分手了吗？》。因为时间久远，里面的回复好多都删除了，不多的几条被楼主截图发了出来。

没有。

没有。

今天也没有。

……

如同是一个粉丝超话，里面的大部分回复都在打卡，打卡的内容全部是"没有"。除此以外，还有一些不同视角的回复：

我看到陆神一大早帮尤念买早餐，在女生宿舍楼下等了好久，尤念真懒。

尤念鞋带开了，陆清泽蹲下来都帮她系。今天也是羡慕尤念的一天。

陆清泽在自习教室给尤念辅导高数。唉，他们怎么还没分手？

在图书馆看到他们了。尤念在睡觉，陆清泽在看她。

……

这个帖子没有存活太长时间就被禁止回复了，零零星星的回复，全是学校其他同学的见闻。

这几张富有年代感的贴吧截图一出，论坛帖子的评论也更多了。

大多数评论都在表示羡慕，而在羡慕的同时，大家发出了最后的疑问——尤念到底是谁啊？！

大家纷纷表示这个名字太普通了，查也查不出什么来。到底是有多好看，连睡觉都舍不得移开目光？！

九月的夜晚温度不冷不热。夜风徐徐，月光清冷。

明芷将鼠标放在叉号上，又迟疑着移开了，她后仰着头，思绪飘远。

"我通过了，有什么奖励？"女孩子张扬中又带着娇的声音传入她耳中。

男生的话低低的，听不清楚，紧接着，女生附在他耳边小声说了什么。

然后是陆清泽略微羞恼的声音："念念！"

尤念"哼"了一声，听语气似乎是不高兴了。

身后随即安静下来，明芷却忍不住偷偷看。

中午的阳光正烈，穿过透明的窗户投在尤念的身上，将她的黑发染成了金色，一截白皙的脖颈几乎成了透明。陆清泽站起来，不动声色地挡住了窗前阳光，垂眸看着尤念，神情是明芷从未见过的柔软。

是了，尤念娇气得很，讨厌过于强烈的阳光怕晒黑。而陆清泽就像一棵挺拔翠绿的树，自己还没参天，却已经开始迫不及待地抖开枝叶，要为另一个人遮风挡雨。

明芷转过头，合上酸涩无比的眼睛，他总是这样，不动声色又明目张胆地纵容着尤念的小脾气，生性淡漠的人，无意中透露出的温柔最动人。

这一幕已经过去很久了，却像刻在了明芷的脑海中一般，这么久了，她始终忘不掉这个画面。站在窗口的少年和趴着睡觉的少女，还有他们身后热烈的金色阳光。

而她，从始至终不过是一个没有故事的女同学，是一个旁观者罢了。

手机的铃声打断了明芷的回忆，看到号码，明芷的神色一敛。

"喂。"

电话那头，一个微哑的低沉男声传来："明小姐，事情考虑得怎么样了？"

明芷手指一顿，停顿几秒后回答："好，我同意。"

前一段时间《四季》正式开播，反响平平。虽然资本方大力宣传，还用了些不光彩的炒作手段，这部剧还是因为狗血注水的剧情而诟病不断，网上除了剧方营销的几个片段，基本没什么水花。

反倒是尤念因为被"碰瓷"，加上顾淮良的互动，粉丝数和热度直线上升。出版社趁热打铁，计划在十月份给她的《漫长的小时光》安排一场签售会，地点就在夏城最大的大众书局。

尤念没什么犹豫就答应了，签售这种事，她已经驾轻就熟了。

过了一周，郭尧那里也传来了好消息，《漫长的小时光》影视项目已经正式审批下来，约她过两天去公司和主创开会。

事情一切顺利，尤念的心情很不错，难得开车去翎宸接陆清泽下班。正要出门的时候，她瞥见玄关处的快递，将箱子一起带了下去。箱子里是陆妈妈给陆清泽和周舒舒寄的特产，昨天刚到这里，还没来得及带给周舒舒。

到达CBD的时间还早，尤念停好车，准备去咖啡厅等一会儿。

路过C5楼，尤念下意识地往大楼门口看了一眼，一个波波头的时髦女郎背着经典格纹的水桶包正往外走。尤念的目光一凝。明芷？她不是已经离开翎宸了吗？尤念带着困惑去了咖啡厅，没有太在意这件事，照例点了一杯美式。

陆清泽下班后，两人一起去了A大，不巧周舒舒在食堂吃饭。陆清泽将尤念的车停在女生宿舍楼下等她。

没等一会儿，穿着军训服装的周舒舒和舍友一起回来了。

"哥。"周舒舒轻轻叫了声，因为上次的事，她还有些不自在。

陆清泽站在车前，点点头，将后排的快递箱递给周舒舒："妈寄给你的，上去和同学们分一分。"陆清泽叮嘱。

周舒舒低声应了，伸手接过箱子。"那我上去了，哥。"周舒舒向车窗里看了一眼，没有尤念的影子。

陆清泽看到她的小动作，低声："尤念去买小吃了，你上去吧。"

周舒舒犹豫了下，点点头说"好"，她侧头，看见舍友正盯着陆清泽出神。

"快走啊。"周舒舒催促旁边的舍友，舍友"哦"了一声，恋恋不舍地跟着周舒舒一起转身走了。

"舒舒，那是你哥哥？好帅啊！"舍友一边上楼一边感叹。

周舒舒低低地"嗯"了一声。

"你还缺嫂子吗？"舍友笑眯眯地问。

"不缺！"周舒舒立刻回答，"你没看我哥开着红色MINI吗？那就是他女朋友的车。"

舍友惋惜地叹了口气，沉默半晌又免不了好奇："他女朋友是不是非常漂亮？"

周舒舒想起在哥哥家的事，耳后染上了一层薄薄的红，肯定道："很漂亮，校花那种。"

"哇！我猜也是。"小女生对帅哥美女的爱情总是充满了憧憬。

说话间，两人已经回到了宿舍，另外两个舍友的脑袋凑在一个电脑前，窃窃私语。

"你们在干吗？"

舍友转过头来："我们计划过段时间去挽白的签售会，在查路线呢！"

"谁？"周舒舒放下箱子，随口问道。

"挽白，就是写《青山外》的那个，她的新书就快要拍剧了，要在大众书局办签售。"那两个舍友是挽白的书粉，早早就开始计划起来。

"你们要不要一起去啊？挽白她本人超级漂亮的。"另一个舍友发出邀请。

"不感兴趣。"和周舒舒一起上来的女生摇摇头，坐在桌前玩手机。

周舒舒没有说话，将特产分给几个舍友："给，我们平城的特产。"

"谢谢谢谢！"舍友连连道谢，其中一个不小心碰到了鼠标，黑着的电脑屏幕顿时亮了。

周舒舒的动作一顿，目光定定地看着屏幕上的照片，手指迟疑着指向屏幕，声音里满是难以置信："这，这是谁？"

"挽白啊。"舍友一脸兴奋，"是不是很漂亮？"

见周舒舒一脸迷茫，舍友热心地将自己书架上的《青山外》递给她，顺便还科普了一下这部小说里有作者的亲身经历。

周舒舒在一脸茫然之中接过了书。舍友无比大方地表示这书借给她了，欢迎她看完和她们交流。

周舒舒看了看自己手中的书，又看了看电脑上的照片，不死心地问："她本名叫什么？"

舍友摇摇头："不知道，一般作者都不会透露个人隐私，我只知道她也是A大毕业的，是我们学姐。"

周舒舒扯了扯嘴角，"哦"了一声。尤念之前介绍自己是个三流编剧，周舒舒见她整天闲在家里，一直对此深信不疑，突然得知她是个粉丝近百万的作家，周舒舒的整个世界都不好了。想到自己曾经暗戳戳地揣测她全靠哥哥养，周舒舒的脸颊上升起一股燥意。

"这书里有她的自身经历？"周舒舒低头看着书封上的介绍。

"嗯，要不是这次被碰瓷，估计她也不会说……"舍友给周舒舒"科普"这次的碰瓷事件，义愤填膺，"简直气死人了，最后逼得挽白把自己的情书都贴上来了！《四季》扑街真是活该。"

周舒舒抿着唇，脑海里猛然想到哥哥说的那句"爱了她很多年"。

难道……周舒舒一惊，像个被点燃的爆竹般后退一步，眼睛蓦地睁圆了，快速道："我先看看，明天还你。"

回到家，尤念立马开始工作，和其他几个人开了音频会议简单讨论故事梗概。

陆清泽识趣地退回客厅，将书房留给了尤念。

这一个小会，一开就开到了晚上近十一点，尤念洗好澡躺回床上，已经是夜里十二点了。陆清泽的手臂伸过来，尤念配合地在他怀里找了个位置，打了个哈欠，昏昏欲睡。

陆清泽低头，看着怀里一脸平静的女人，她什么都不知道，嘴角还带着淡淡的笑意。和郭尧开会开得很顺利吧？陆清泽心中微酸，莫名的情绪在翻涌。沉默半晌后，终究还是忍不住吻上她微翘的嘴角。

尤念"嗯"了一声，身上沉沉的，男人的气息探了进来，她睁开眼睛，习惯性地回吻过去。陆清泽的动作一顿，黑沉沉的一双眼望着她，似风起云涌，如乌云压城。

尤念微怔："怎么了？"

"念念。"陆清泽的声音沙哑，有些难以启齿的模样。陆清泽知道自己这样很不大方洒脱，可他也是真的难以忍受内心的躁动，他看得出来，郭尧看尤念的目光是男人对女人的喜欢。

"你那几年……"陆清泽停顿了下，终究还是压着声音问出口，"你和他，有没有在一起过？"

他，或者别人？陆清泽心脏跳得激烈，全身肌肉紧绷。

"谁？"尤念看着他不明所以。

"郭尧。"

他知道，尤念那几年约会接触过很多条件不错的男人，郭尧只是其中之一罢了。他甚至还看到过尤念和其他男人约会的照片。

"没有啊。我和他相亲过——"尤念猛地一怔，从陆清泽的脸上明白了什么。她似乎，没有和陆清泽说过自己在父母的要求下相亲多次的事。

尤念眉头蹙得很紧，声音微扬，"陆清泽，你以为我那几年一直在国内跟别的男人……"

他以为，自己一直在和别的男人接触交往？

陆清泽唇抿得紧，眼睛流露出一丝类似难过和痛苦的神色。半晌，他转开眼，艰难道："是我多问了，你不想说也行。"

他颓然地倒向一边，第一次恼怒自己的沉不住气，说这些干吗呢？他们现在在一起不就好了吗？为什么要介意以前的事？陆清泽很想吃一颗后悔药，他动了动唇，想开口说点什么，尤念已经开口了。

"陆清泽，你是不是傻？！"尤念翻身，斜斜趴在他的身上，好气又好笑。

"嗯？"陆清泽对上她的眼睛，一时不确定那里面是不是笑意。

尤念抬起头咬了下他的唇，这一下的力气不小。陆清泽的下唇霎时出现了两个浅浅的牙印。尤念趴回去，清新气息萦绕在他的脖颈："我没交其他男朋友。"

感觉到下面的身体瞬间僵硬，尤念叹了口气，声音轻而无奈："被你爱过，我还能喜欢上谁？"

那时候遇到了太惊艳的人，又被温柔纵容了几年，以至于在分手后，她始终也没办法再喜欢上别的男人。

陆清泽猛地一怔，嘴角抑制不住地上扬："真的？"

"假的！"尤念隔着衣服又咬了他一口。

陆清泽的喉咙里发出低低沉沉的笑声，带着若有似无的磁性，连带着胸腔都微微震动起来。

"念念，我很高兴。"陆清泽一个动作，两人瞬间就换了位置。

他是个俗人，得知这个消息也免不了世俗的开心，一双漆黑乌亮的眼瞳簇满笑意，嘴角上扬，在脸颊勾勒出两道浅浅的褶皱。

尤念眨了眨眼睫，被他眼睛里的炙热烫得一哽："都说是假的了。"嘴上不肯服输的性格又出现了。

陆清泽低头吻她，声音充满磁性："我知道是真的。"

他了解她，有时候嘴硬起来就喜欢说一些口是心非的假话，不过没关系，他不会和她计较这些。

一吻完毕，尤念小口喘气。

"我爸妈陆陆续续给我介绍了挺多人，但我没有和他们交往过。"

"嗯。"陆清泽想起重逢时尤念对父母的态度，心中了然，心头的喜悦大过了一切。

尤念脸上绽开一个笑，凑上去和他接吻。

即使没有比较过，她也知道陆清泽很好，大概，对她好让她开心已经成了本能，方方面面都不例外。

陆清泽扣住她的手，清冽好闻的味道侵占了她每一个细胞。尤念恍恍惚惚地想起，以前大学时，有回她一个用力，指甲陷进他的肉里。

他的肌肉过于结实，她指甲霎时断了一截，她就不乐意了，怪他把自己刚做好的指甲弄坏了。完全没有道理可讲。

陆清泽却只是好脾气地附和："嗯，怪我。"

然后细心帮她修补破损的指甲。

在懵懂无知的年纪，她被另一个人不动声色地宠坏，本就任性的性格越发骄纵。分手后，她再也遇不到一个熟悉她所有习惯，在任何方面都与她合拍的男人。

思及此，尤念忍不住掐了陆清泽的肌肉一把，还是硬邦邦的。她张牙舞爪地咬上去，嘴巴里的声音含混不清："陆清泽你故意的是不是？害我都看不上别人。"

陆清泽的胸腔又震动起来，发出低低的愉悦笑声，他低头，两唇相贴，呼吸相闻："嗯。"

编剧的工作步入正轨后，时间总是过得很快，在忙忙碌碌的写剧本过程中，尤念签售会的日子也来到了。

夏城的大众书局。

尤念一身露肩的明黄色连衣裙，黑色的长发微卷，妆容精致，红唇艳丽；纤细的脖颈白皙，两条笔直的锁骨明晰，明眸皓齿，双腿修长。

签售会还没有正式开始，台下的书粉人手一本书，结伴而来的人窃窃私语。

"太美了，太美了！"

"这么美还这么有才华，太羡慕了。"

周舒舒的舍友也和她咬耳朵："没骗你吧？挽白是不是很漂亮？"

周舒舒"嗯"了一声，不自觉低头，手指捏紧了书页，手中的新书封面精美，散发着淡淡的墨香味道。

鬼使神差地，她还是跟着舍友们一起来了。

上个月，她连夜看完了《青山外》，心情复杂。身为新中的学生和陆清泽的妹妹，她能看出来，男主角和陆清泽确实有些相似之处。

正低头沉思着，舍友拽了拽周舒舒的袖子："开始了开始了。"

伴随着书友们兴奋的声音，台上的主持人开始讲话了。

主持人站在挽白旁边，手里捏着手卡，常规地问了些关于《漫长的小时光》的创作问题之后，签售会来到了读者提问的环节。

周舒舒愣愣地看着台上侃侃而谈的尤念，她一直知道尤念很好看，可今天的她似乎尤其漂亮，她站在近在咫尺的台上，像个发光体，让人挪不开眼睛。

话筒转交到周舒舒前排的女生手里，高中生模样的女生激动不已，捂着胸口问："请问我可以问一个和别的小说有关的问题吗？"

尤念一边的黑发被顺到耳后，另一边垂在胸前，风情十足。她大方地说："可以啊。"

读者问："我看到微博上你说《青山外》里有自身的经历，那请问，挽白姐姐你们在一起了吗？后来呢？"

尤念和旁边的主持人对看一眼，玩笑道："我会不会教坏小孩子啊？"

"不会！"台下的读者们立刻说。

尤念弯唇："我这么好看，当然在一起啦。后来啊……"

她沉默了几秒，声音平静："分手了。"

"啊……"台下立刻传来了此起彼伏的惋惜声。

周舒舒垂下眼帘，说不清是什么感受。

"也不用替我可惜。"尤念缓缓道，明亮的眼睛微弯，"我们现在又复合了。"

"哇！！"读者们发出了更大的感叹声，主持人及时出来打断了互动。

"好了，那我们的提问环节就到这里。下面请大家排好队，依次过来签名好吗？"

尤念在主持人的示意下坐在桌后，像个签字机器一样，低着头签书，签完一本，她照例抬起头和读者笑一笑打招呼，不承想看到一张熟悉的脸。

"周舒舒？"尤念的表情微怔。

周舒舒的脸上浮现出一丝羞赧和别扭。

尤念皱了皱眉，小声道："在旁边等我一下。"

周舒舒点了点头，拿着书离开了。

下去后，舍友兴奋不已地和周舒舒交流。

"天啊，挽白的皮肤超级好啊！特白特光滑！"

周舒舒敷衍着应了几声，表示自己还有点事让舍友先走，舍友们正好想去打卡网红奶茶店，和周舒舒叮嘱了几声便先离开了。

周舒舒在签售的会场外等了大约半小时，尤念踩着一双高跟鞋出来了。

尤念看了眼一脸别扭的周舒舒，狐疑道："你哥哥告诉你的？"

周舒舒摇摇头，小声解释："是我舍友要来，我看到你的照片才知道……"

尤念点点头，"啧"了一声："你想要书和我说就行了，还跑一趟干吗？怎么，暑假还没看够我啊？"

这话算不上好听，周舒舒的脸蓦地有点发热。她开学前确实对尤念的印象不太好，可是自从听哥哥说了那句话，又看了小说，她的心理似乎就变了，她说不清是什么感受，就是觉得尤念和自己想象中的不太一样。

"那，那个……"周舒舒结结巴巴。

尤念见好就收，也懒得和刚成年的小朋友计较："吃饭没？请你吃饭。"

她甩开腿走了两步，回头看向愣在原地的白T恤女生，上扬的眼尾使了个眼色，微微不耐烦地催促："还不快跟来？过时不候啊！"

　　尤念开车带周舒舒去了附近酒店的旋转餐厅。

　　二十五楼的高度，整个夏城尽在眼底。

　　两人到的时间是中午，旋转餐厅的人不多，周舒舒第一次体验这种餐厅，兴奋不已："这样看夏城好漂亮。"周舒舒看向窗外，轻声感叹。

　　尤念赞同地"嗯"了一声："夜景更漂亮，如果想晚上来，基本要提前预约。"

　　两人在家就经常一起吃饭，眼下面对面倒也没有太尴尬。吃饭间，周舒舒几次欲言又止。

　　"有话就说！"尤念蹙眉，看不得她吞吞吐吐的样子。

　　"那个……"周舒舒咽了下口水，眼里满是好奇，欲言又止。

　　尤念笑了笑，不置可否，好奇可能是这个年纪的女孩子的天性。

　　周舒舒见尤念的态度没那么冷淡，话匣子渐渐打开，问题一个接着一个，尤念挑着能说的，将两人的事情简单说了下。周舒舒边听着，不时喃喃自语着，多是很不可思议的模样。

　　虽然具体的原因结果没有详细说，周舒舒还是听得满足，毕竟想从哥哥嘴巴里听到这些事是不可能的。

　　"你打听了我这么多隐私，拿什么和我交换？"尤念吃得差不多了，懒洋洋靠在椅背，语气轻松。

　　周舒舒一怔，万万没想到她会这么说："我……"周舒舒迟疑着，"我帮你在家里说好话？"

　　尤念的动作一顿，一双明眸定定看向周舒舒。

　　"不是说我妈不同意啊。"周舒舒连忙解释，"我妈人特别好的，但是你让我哥伤心了这么久，我在旁边吹吹耳边风肯定要好一点啊！"

　　"对了！"周舒舒的眼睛一亮，"你们什么时候结婚啊？我想做姑姑！"

　　哥哥和尤念的孩子，一定漂亮又可爱！

　　尤念垂下眼帘，扯了扯嘴角。

孩子……

周舒舒越想越觉得这个想法很好："我哥今年二十七岁了，差不多可以结婚了。而且我妈妈特别喜欢小孩，你们有了宝宝如果没空带，她肯定能照顾得很好……"

尤念轻笑着打断："你懂得倒挺多。"

她皱了皱眉毛，在心里叹口气。周舒舒她年纪还小，说的话虽然不能当真，但她倒是提醒了尤念一个问题。

也许，有必要和陆清泽谈一谈了。

晚上，尤念靠在床头看书，陆清泽洗好澡过来，亲了亲她的脸。

"睡觉吗？"

尤念放下书，理了理自己背后的枕头，表情淡淡地说："我有问题想问你。"

陆清泽拉开被子："什么？"

昏黄的灯光给尤念的皮肤铺上一层淡淡的柔光，棕色的眼睛里透露出一丝挣扎。

她抿了抿唇，迟疑着看向陆清泽："你……你想过……吗？"

中间的两个字说得太快，听不太清楚。陆清泽愣了愣，看着尤念略有些别扭的神色，突然灵光一闪："你说结婚？"

主卧阳台的窗帘拉着，遮住窗外的夜色。

屋内只开了一盏昏黄的床头灯，环境安谧，半明半暗的光线下，陆清泽弯着唇，乌黑的眼睛里透着惊喜。

面对他的表情，尤念顿时哽住了，虽然她在陆清泽面前一向没脸没皮，可突然说起这个话题来还是有些不自在。

"我……"尤念咬了咬牙，被子下的左手握成拳头，呼出一口气。

"我当然想。"

尤念刚提起的话头就这么被陆清泽打断。

陆清泽双手捧着她的脸，深沉的双眼对上尤念的，不容她躲闪："你大概不知道，我有多想和你结婚。"

237

尤念怔怔地看着他，小巧的下巴被迫微扬，不带妆的眼睛纯净中带着丝迷茫。

半晌，她垂下眼帘："你没听到医生说吗？我的病不容易有小孩。"

"没关——"

"而且我好像也不想生孩子。"尤念打断他。

已经开了口，有些话说出来就容易多了。

"对不起，我想我应该提前和你说清楚……"尤念抬眸看向他，"如果你想要一个孩子，我可能没办法——"

话没说完，尤念被紧紧拥进一个温热的怀抱，鼻尖撞到他的胸口，痛得一酸。

"念念。"陆清泽的力道很重，身体紧绷，"你想说什么？"他的声音低沉，缓缓发问，"你没想过结婚对吗？"

尤念说不出反驳的话来，自从陆清泽给她戴上戒指后，两人似乎就默认了男女朋友的关系。可其实，他们并没有就两人的关系说清楚过，和恋爱不同，婚姻是两个家庭的事。尤念一向不喜欢想太多，结婚要面对的事情太多了，她本能对这个问题有些回避。可仔细想想，如果是和陆清泽……也不是那么难以接受。

"我现在是和你说小孩的事。"尤念闷闷地出声。

陆清泽困住她的手臂微微松开，低头睨她："孩子很重要吗？"

"重要……吧？"尤念低下头，"我从生病开始，每次医生都会问这方面的事，我从来都没放在心上过，是因为我本来就没想过要怀孕生孩子。"

尤念皱眉，很苦恼的样子。如果只是谈恋爱，这根本就不是什么问题，所以她一直也没提，反正陆清泽陪她去过医院知道这件事。可牵扯到婚姻就不同了，就算陆清泽不介意，可是他家人呢……光是想想就令人窒息。

"别想了。"陆清泽皱眉，"你不想要孩子就不要，就我们两个，以后也不许用这个借口想些乱七八糟的事。"

对于他来说，孩子从来都不会是问题。

"念念，"他抓住尤念的手，对上她的眼睛，"我们的关系，一直没有明确过，我现在问你……"男人带着薄茧的指腹在尤念中指上轻轻摩挲，语气郑重，"你是把我当男朋友吗？不是其他，是把我一起纳入未来考虑的男朋友。"

他们在一起的步骤似乎从来都稀里糊涂，尤念她不在意这些，他也少了些仪式感的东西。

尤念愣了愣，喃喃道："我把你当男朋友啊。"刚重逢的时候，她确实是有其他想法，可后来发生那么多事，在自己接受了那个戒指后，她就已经默认了情侣关系。

"是以结婚为前提的男朋友。"陆清泽补充，"你现在不想结没关系，我可以等，等你愿意结束单身，进入下一段关系。"陆清泽的力度逐渐加大，声音也沉了下来，"但只能是和我。"

陆清泽一直隐隐约约有感觉，尤念似乎有点恐婚恐育。大学两人感情正好的时候，他提过一次关于未来的事，被尤念闪躲着转移了话题，从此他再也没说过类似的话题，怕无形中会给她带来压力。

这么长时间下来，他已经把尤念当作了未来的一部分，其实无论结婚与否，两人的相处模式都不会变，所以，他也愿意给她充足的准备进入婚姻，只要最后在身边的人是她就好。

尤念的心潮随着陆清泽的话起起伏伏，如同有一只无形的手在胸口温柔地来回撩拨。鼻尖蓦地一酸，她扑过去抱住陆清泽。

男人的腰身精瘦，肌肉紧实，颈肩处隐隐约约散发着沐浴后的味道，尤念深深吸了下鼻子，声音轻而肯定："嗯，以结婚为前提的。"她是喜欢单身，喜欢自由，但如果是陆清泽，婚姻听起来好像也没那么可怕了。

陆清泽微微退开一点，低头吻上她明艳的唇，带笑的声音充满磁性："乖。"

尤念纠结的事情得到了解决，工作也进行得异常顺利，她春风得意，大笔一挥决定请贺缨和薛柔吃饭。

三人约在江月路的一家叫登星阁的私房菜馆。

登星阁临河而建，造型古典，屋檐处挂着红灯笼，颇有古典风情。登星阁的菜品精致昂贵，地理位置优越，每天晚上的顾客络绎不绝，为了保证顾客的用餐环境和质量，每晚的餐位都要提前预订。

三人到登星阁时不过六点，餐厅的人还不多。贺缨知道尤念拿到了版权费，也不和她客气，专挑贵的点。

"喝什么酒？"贺缨低着头问。

"红酒吧。"尤念转向薛柔，"你呢？"

薛柔摇了摇头："我就不喝了吧？"

"干吗不喝？！反正念念有钱，喝不穷她的。"贺缨花起别人的钱来毫不手软。

薛柔支支吾吾，语焉不详，尤念和贺缨交换了一个眼神，都察觉到了不妙。贺缨审视地看向薛柔，警告道："小绵羊你不对劲啊，老实交代，你干什么坏事了？"

尤念也面向薛柔，目光灼灼地看着她。

薛柔在两人的注视下低垂着眼睑，迟疑着丢下一颗炸弹："我，我可能怀孕了。"

"什么？！"贺缨的手一松，平板"砰"一声掉到了桌上。

"哪个狗男人的？！"贺缨中气十足地低吼一声。

尤念思忖了下，猜测道："和你装情侣的同学？你们假戏真做了？"

薛柔被问住，随后点点头。

尤念："他知道吗？"

薛柔又摇摇头："我还没确定，不知道要不要说……"

"当然要说啊！"贺缨拿起平板，匆匆把没交上去的订单提交，又把平板扣在桌上义愤填膺，"你别死脑筋了！他的种他不负责吗？！"

"你们俩是在交往吗？"尤念困惑。

薛柔摇摇头，那张小圆脸已经红得不行了："就喝多了，然后……"

尤念想了想就有了猜测："你喜欢他？"

薛柔叹口气，轻声道："我暗恋过他……"

难怪，尤念皱了皱眉："你还没确定？是没去医院吗？"

"没去，但我试了验孕棒了。"薛柔左手捂住自己的肚子，"怎么办啊？"她抬起头，圆眼睛里一片迷茫，像一头在丛林中迷路的小鹿。

“先别慌。”尤念也没什么经验，但怀孕不是一件小事，马虎不得，“明天我先陪你去医院，等结果出来再说。如果真的有了，这也不是你一个人的事，那个男人肯定要负责。”

“是啊，他必须负责。”贺缨连连点头。

几人讨论起酒后乱性的问题来，薛柔的唇抿起来，睫毛垂着看不清神色。

那天晚上，时遇看起来是挺醉的，还是她扶着他回家的呢，他那么高，那么沉。后来她扶着他到了床上，自己被他的长腿绊倒在了他身上。

黑暗中四目相对，她就昏头了……那晚之后，她就一直躲着不敢见时遇，连学校都请了一周的假，后来时遇要出国办事，她才敢去学校。

本来她都计划好了，等时遇回来就装作大度地说一句："都是成年人了，没什么的。"

腹稿打了半个月，没想到时遇没等来，"大姨妈"也不来了。

“要是你们，你们会怎么办啊？”薛柔已经六神无主了。

尤念抿了抿唇，冷淡道："打掉。"

贺缨倒是想得开："你不是喜欢他吗？我要是你就和他结婚，把孩子生下来。"

面对截然不同的两种态度，薛柔叹了口气："算了算了，等我明天去了医院再说吧，我们不要讨论这个了，影响心情。"

尤念和贺缨见此，识趣地没有再说什么。她们坐在临窗的位置，窗外河面灯影摇曳，远处传来悠扬的歌声，几艘小船从窗边路过，泛起阵阵波澜。

河对面同样是餐厅，那里人声鼎沸，灯火辉煌。本是享受美食的好时光，可三人却没什么用餐的心情，在各有所思的气氛中结束了这顿饭。

第二天到了薛柔家楼下，尤念把车熄了火，停在绿化带旁。

初秋的季节，树叶渐渐泛黄，风吹过，树叶抖动发出"簌簌"的声响。几只麻雀落在单元门口的地上，一边觅食一边警惕地四处观望，有人经过，麻雀立刻受惊地扑棱开翅膀，飞到绿化带里面。

尤念惋惜地轻"啧"了一声，视线里，一双长腿立得笔直。她顺着黑色长裤向上看，一个高大男人正站在单元门口，看样子在等人。

尤念第一眼注意到的就是男人的脸，是相当英俊的长相。高挺鼻梁上一副金丝眼镜，白色衬衫干净，宽肩窄腰，站得很直。

尤念看了几眼，淡淡收回目光。薛柔那个女人，怎么还不下来？就在尤念的耐心逐渐告罄的时候，单元大门发出一声响，扎着马尾辫的薛柔从里面走了出来。

尤念看过去，只见刚刚还站在门口的男人迎了上去，堵住了薛柔的路。薛柔的脸微微低着，看不清神色，两人不知道说了些什么，男人伸手拉住了薛柔的手腕，动作强势不容拒绝。

眼看薛柔的举止越发不自在，尤念使劲按了几下喇叭，开车到两人旁边。

他们的距离不远，这动静立马引起了两人的注意，尤念降下车窗，一张脸被墨镜遮了大半，只余小巧的鼻尖和鲜艳的红唇。

她中指将墨镜钩下来一点，露出一双眼，红唇弯起："这位帅哥，我姐妹已经和我有约了，要不您再约个时间？"

薛柔趁机挣开男人的手，匆匆道别："我还有事，有什么事电话联系吧。"

男人的手依旧抓着她不放，声音平静："那你把我从黑名单放出来。"

薛柔敷衍地点点头，自由的那只手握住男人的手臂想要挣脱他的控制。

男人的大手一点点松开，低声命令："现在就放。"

薛柔迟疑着看了他一眼，无奈照做了，几下子将人从黑名单拉出来，薛柔匆匆往副驾驶位走。

尤念慢悠悠地等着薛柔坐上车，斜斜朝车旁的男人看了一眼。

男人神情严肃，目光一直盯着副驾驶位的薛柔。

"拜拜。"尤念道了个别，升上车窗踩着油门扬长而去。

"就是他？"尤念葱白手指在方向盘轻点，飘过一个眼神给薛柔。

薛柔低低地应了一声。

"长得挺帅的。"尤念客观评价。

薛柔低着头，神色迷茫，喃喃道："他是我们隔壁班的，我以前暗恋了他三年……"

尤念听薛柔讲了一路的暗恋史，终于记住了那个男人的名字——时遇。

虽然暗恋不是她自己的风格，但尤念挺能理解这种心情的："检查完你和他好好聊聊吧，我看他的样子对你挺上心的。"

尤念停好车，揉了揉眉心，时遇的白衬衫有些淡淡的褶皱，看上去风尘仆仆的，像是来不及收拾便赶来了这边。

薛柔抿着唇"嗯"了一声，解开安全带和尤念一起下了车。

"有了啊。"医生在检查单上勾勾画画。

也许是见薛柔的神色不对，医生不确定地问了句："你要不要？"

薛柔抿唇，声音很小："要。"

医生点点头："叶酸有没有吃？"

薛柔摇摇头，手指抓紧了包的带子，神色慌乱，这个宝宝来得太突然，她什么准备都没有。

"那要赶紧吃了啊，我给你开一点，一周后再来抽血复查，再做个B超。"医生手指在键盘上敲个不停，又叮嘱了一些注意事项。开药单缓缓从打印机送出来，医生"刺啦"一下把纸撕掉，"去拿药吧。"

薛柔接过药单，犹犹豫豫地问："如果不要呢？"

医生面不改色，声音波澜不惊："那就住院做刮宫手术。"

听上去就令人瑟瑟发抖，薛柔的脸顿时白了几分。尤念站在旁边，手臂揽住她的肩膀，安抚似的拍了拍。

医生抬起头，又问了一遍："要不要？"大概已经见惯了这些事，医生的语气再平常不过。

"要。"身后突然传来一个男声，门被人从外面打开。

尤念和薛柔同时转头，看到站在门口一脸铁青的时遇，薛柔的脸"唰"一下红了。

时遇走进来，将人从凳子上拉起，又转向站着的尤念："是尤念吧？麻烦你了，人我带走了，谢谢你陪她来。"

尤念看了眼旁边小媳妇似的站着的薛柔，扯了扯嘴角："不客气。"

时遇点点头，拉着薛柔的手就走，薛柔回头看向尤念，满脸生无可恋的样子。

尤念抿了抿唇，见薛柔没有拒绝的意思，也跟着出了诊室。

一直将人拉到了停车场，时遇终于和薛柔说了第一句话，声音冰凉：

"上车，现在回你家拿户口本。"

薛柔困惑地看他一眼："干什么？"

时遇闭了闭眼睛，金色的细边镜框在车库的灯光下泛着淡淡的光。

"结婚。"他薄唇一张，吐出两个字。

薛柔被时遇领走后，尤念也开车回了家。

午饭后，尤念躺在阳台的躺椅上，一本书反扣在脸上，懒洋洋地晒太阳。已经平静了一段时间的手机突然又响个不停，尤念皱了皱眉，拿开脸上的书，解锁手机。

她的微博突然多了很多私信和提醒，全部都是一个问题：你的暗恋对象是不是姓陆，叫陆清泽？

尤念打开其中一个粉丝发给自己的链接，猛地坐了起来，书差点被碰到地上——那个论坛里的人到底何方神圣啊，怎么什么都能扒出来？！

还是之前那个熟悉的论坛，有人发帖：《只有我好奇作者挽白的男朋友是谁吗？》。

《青山外》是我最喜欢的校园小说，啊啊！前一段时间我听作者说小说里有自身经历，快好奇死了！

我说呢，挽白前期那么喜欢写套路桥段，居然能写出《青山外》这么小清新的校园文。

原来是有原型！有没有姐妹能救救孩子，她男朋友到底是谁啊？

……

肯定有人知道的。

我知道挽白的男朋友，而且很多姐妹前一段时间还讨论过。

我也知道了！我说尤念这名字怎么这么耳熟，她男朋友就是那个翎宸科技的陆清泽啊。

他们居然还是高中同学！大家对比一下两人的照片，是不是一样？

网页上是学校当年发的一则普通喜报："恭喜我校王雨、陆清泽等十二位同学通过保送和自主招生考试。"

下面详细写出了各位同学通过的学校并附上了个人照，有人将陆清泽和尤念照片贴了上来，又找到两人如今的照片放在一起对比。

像素不高的照片中，男生眉目俊朗，女生明艳张扬。隔了几年的时光，两人的外表从青涩变得成熟，可仔细看五官确实没怎么变。

这几张照片一出来，帖子下沸腾了。

尤念有时候不得不佩服网友们的侦查能力，那么古早的照片都能找到。她随便翻了翻回帖，又翻回到上面有照片的那层。

大概是个五月天，学校要求他们几个到小花园拍照片，那时风轻云也淡，薄薄的阳光穿过树梢，照片里的人微眯了眼，脸上笑容轻松。

这么多年过去了，她变了很多，陆清泽倒是没怎么变。

尤念的目光在照片上流连许久，关掉了帖子。她已经不是以前的尤念，什么都喜欢轰轰烈烈，恨不能昭告天下。

大概是陆清泽的低调潜移默化地影响了自己，身为一个忙碌的理工科男，陆清泽原本没有任何的社交账号，他的人人和微博账号全是尤念申请的，他自己几乎不用。

从近期的反应来看，尤念可以肯定，陆清泽一定是很久没上微博了。

这些事情，自己可以解决，尤念并不想陆清泽牵扯进来，无奈现在这个互联网时代，几乎藏不住什么秘密。

扒到就扒到吧，反正陆清泽也不知道。

傍晚，尤念一个人在家学着用烤箱做比萨。陆清泽回来时，厨房已经隐隐飘来了香味。

他卸下腕表走过去，抱住尤念纤瘦的腰身："做什么？"

尤念正在切水果的动作一停，转过身看着陆清泽："比萨。"她指了指烤箱，眼睛却是盯着陆清泽不放，他的表情如常，似乎并不知道网上已经把他和挽白联系在了一起。

不知道正好，她也不会主动说，远离网络上的是是非非，他不是作者挽白的男朋友，不是某本小说的原型，只是单纯的陆清泽。

然而，这个想法只维持了几个小时。

晚上，尤念眼皮困倦地耷拉着，眼看就要赴周公之约。

"念念，你是不是应该付我一点版权费？"没想陆清泽愉悦的声音微哑着问她。

尤念一怔："你，你知道了？"

陆清泽"嗯"了一声，温热的手抚过她披散的发，唇眷恋地落下来："你怎么不和我说呢？"

尤念眼睛里氤氲了层水雾，故意道："可能就是不想给你版权费吧。"

"又骗人。"尤念闭着眼睛，听到他在耳边低语，"你放心，我要的版权费不贵。"

"是什么？"她懒得睁眼，声音有股子懒倦的味道。

陆清泽笑了声："就要你一个签名。"

第十章

嫁给我

　　陆清泽知道这事纯属偶然，前一段时间，搭载了淮芯家白虎500的松溪手机正式上市。身为竞争对手，翎宸对于松溪手机的市场反应自然是十分关注。

　　昨天下午，有自媒体发布了近期上市的几款旗舰手机测评结果，不论从芯片性能跑分还是市场反应来说，搭载了武夷98的蓝鲸手机在同等机型中都是遥遥领先，这实在是一个好消息。

　　然而陆清泽并没有工夫高兴，因为新一版芯片武夷200的研发非常紧迫，采用了最新5nm制程的CPU，在研发时遇到的问题远比想象中要多。

　　不算翎宸自身这里的问题，就是合作制造芯片的厂家那边也有不少的问题。目前国内只有联基一家芯片制造厂能接下这个规格制程的芯片项目，然而不良率还是居高不下，与7nm制程的芯片相比要高出很多。同时，制造时间也多了近一倍。联基那边不好敲工期的时间，翎宸只能赶自己的研发进度，这段时间，陆清泽为了项目忙得脚不沾地，已经连续加班好几天了。

　　今天下午，陆清泽和研发经理及产品经理开完会，揉着眉心进了办公室。刚坐下没几分钟，高川风风火火地跑进来，眼里满是兴奋，脸颊笑得肉都挤在了一起。

　　"我们陆总真是深藏不露啊。"高川兴致勃勃的，一屁股坐在陆清泽的对面。

陆清泽目光扫过去，不太想理他。

一般来说，高川露出这个表情都没什么好话。高川秉持着"心宽体胖"的一贯作风，对陆清泽略微冷淡的态度不以为意，他笑嘻嘻地拿出手机："哎呀，真看不出来，我们一本正经的陆总原来还有我们不知道的一面呢。"

陆清泽没有和高川说过自己和尤念的纠葛，不由得皱眉，他身体前倾，一把将高川的手机夺过来——入眼处，是自己和尤念的照片。

他皱着眉，手指快速上滑到帖子最上方，耳边，高川的声音滔滔不绝："我可是特意为了你下的这个论坛，你也真是，还什么同学，就不能老实说是前女友吗？做人诚实点好不好……"

在高川聒噪的声音中，陆清泽草草看完了帖子。他将手机还给高川，心情起伏不定。

尤念竟然写过这么一本小说……

高川跟个人精似的，见陆清泽的样子很是惊讶："你不知道这事啊？"

陆清泽微微颔首。

"喀，那你自己回去问她吧。"高川不再多言，晃着腿说起另一件趣事。

"哎，我最近遇到淮芯的销售，那叫一个狂啊，他们还真以为自己牛得要国内第一了，我要笑死。"

陆清泽轻笑："还有一个月。"

高川笑嘻嘻："还是你厉害，流片、测试一系列流程下来，时间都耽误了。我看他们还怎么出明年的产品，这个哑巴亏是吃定了。"

想到竞争对手即将面临的窘境，他就忍不住幸灾乐祸。高川看了眼腕表，一拍大腿，"不和你说了，我要去维护客户了。"

高川走后，陆清泽将助理Yuuni叫了进来："帮我去书店买本书。"

Yuuni："好的，陆总，哪一本呢？"

陆清泽将书桌上的纸递给Yuuni，淡声道："现在就去。"

Yuuni接过来，"《青山外》挽白"几个字映入眼帘，Yuuni的目光一凝，这……不是青春小说吗？

"有问题？"陆清泽的声调平静。

"没有。我现在就去。"Yuuni如梦初醒。

"陆总，您要的书。"不到一个小时，Yuuni将一本崭新的《青山外》放在了陆清泽的办公桌上。

陆清泽的眼睛盯着电脑屏幕不动："放这儿就可以了。"

Yuuni离开后，陆清泽揉了揉额角，将包着塑料膜的书拿起来。

第一次，在工作时间做起了闲事。他看书的速度很快，不过一个小时，书已经被翻完了。

放下书，陆清泽走到落地窗前。

秋季的太阳不烈，金色的余晖洒进房间，暖意轻微，窗外的景色被光环笼罩得模糊不清。陆清泽的目光落在远处的商业大楼上，楼顶高耸入云，墙面泛着一层朦胧的金光。

记不清是什么时候了，大概也是这么一个日光温和的下午吧，尤念走在路上和他抱怨，说自己找不到写文的本子了，里面有写给他的东西。

他解释的话还没有说出口，尤念已经启动了自我安慰模式，还顺带着安抚起了他："不过你不用伤心，等我有空了，就再写给你，怎么样？"

少女挑着眉，长马尾辫摇晃，睫毛被阳光镀了层金色的光，嘴角上翘，语调气随意。在得到肯定的回答后，尤念很快就把这件事抛在脑后，和他说起周末的游玩计划。

尤念一向这样，不开心的事很少在脑子里停留，总能很快就想些别的事转移注意力。只不过她口中简单的两三句话，却将他撩拨得心潮澎湃，期待万分。

后来炎暑寒冬过了两轮，他一直没有等到。他曾想，尤念承诺的"补给你"也随着找不到的本子一起被她遗忘在看不见的角落了。

阳光中，陆清泽的嘴角轻弯，原来这个遗憾，她早已经用另一种方式补上了。

因为这天下午的"不务正业"和准时下班，陆清泽连续加了很多天班。

与此同时，尤念也忙得很。除了《漫长的小时光》的编剧工作，她暗地里联系了不少曾被肖文骚扰过的女编剧和小明星。肖文仗着自己在圈内的地位，半明半暗地做了不少龌龊事，业界对他早就怨声载道了，只是苦于他的影响力不敢声张。

尤念汇总了肖文骚扰女性的证据，受害者加起来有二十多个人，微信记录多达上百份。她还在不断地收集整理，以求彻底将肖文这个恶心人的玩意儿教训一番。

这天晚上，尤念在书房敲完剧本，伸了个懒腰。陆清泽从外面端来一盘洗好的车厘子，轻轻放在尤念的面前，尤念两指拈起一颗，要放进嘴里时改变了主意。她站起身来，胳膊向上把车厘子塞进了陆清泽的嘴里。

"喂你。"她笑眯眯地说。

陆清泽弯唇，低头睨了眼她的电脑屏幕："你在做什么？"

屏幕上，全是密密麻麻的微信聊天记录。

"噢，我想把一个人的行为曝光在网上，让他身败名裂。"尤念边吃边说。

陆清泽神色一凛："谁？"

尤念于是简单将肖文的事叙述了一遍，陆清泽听完，眉头锁得更紧。

"念念，这件事交给我，你不要管了，你把你手上的资料都发给我。"

尤念"啊"了一声："你那么忙，我可以自己曝光他啊。"

陆清泽摇摇头："我有朋友认识这方面的律师，你不要插手了，我怕他报复你。"

对付肖文那样的老油条，只在网上曝光也伤不了他，反而更让他记恨报复。这种人浑惯了，犯的事恐怕远不止骚扰女性那么简单，光是刚刚扫的那几眼，他就已经看到了好几个敏感词汇。与其这样，倒不如收集好其他证据，将他一举送到公安局，只有接受法律的制裁，才是他最好的归宿。

尤念想了想，点头同意了，她在陆清泽的脸上亲了一口："你别太累了。我看你最近好像都瘦了。"

尤念手指张开，一寸一寸在他的腰上丈量。

陆清泽的气息沉了下来，按住她的手："不要乱动。"

尤念扬起下巴，眼睛弯起来，嘴里振振有词："我是在检查你瘦了没有。"

"瘦了吗？"陆清泽微微低头，鼻尖相碰。

尤念抿了抿唇："瘦了。"

"你是不是在公司没有好好吃饭？"陆清泽最近特别忙，加班更是家常便饭，他不在家，尤念也就没办法监督这个工作狂的吃饭状况。

陆清泽："我吃饭了。"除非有时工作太忙。

"是吗？"尤念有些狐疑，贴着他肌肉的手掌上移，停留在胃部的位置，"你……最近胃还痛吗？"

陆清泽抿了抿唇，不想骗她："偶尔会有一点。"

尤念的神情顿时严肃："你给我去看医——"

话没说完，温热的唇已经落了下来。陆清泽的衣服被尤念抓出了一道道的褶皱，他低头看了眼，轻笑一声。

尤念觉得他这声笑是对自己的嘲讽，不满地瞪回去："你不要转移话题好不好？"她的长发披在肩膀，眼睛充满水色，声调婉转，听起来半撒娇半抱怨。

陆清泽的心脏塌了一方，手指在女人纤细的脖颈后方摩挲，温声道："关心我？"

他的手指上有薄茧，触碰间带来一股股的酥麻，尤念不自觉地缩了下脖子。

陆清泽轻笑："这个项目忙完就去，好吗？"

尤念皱着眉头看他，不是很赞同。

陆清泽手指抚上她的眉梢："没事的，我心里有数。"

胃痛是个老毛病了，这几年陆陆续续地犯过几回，大多数时候，只要他作息正常了，也就没事了。

尤念定定地看着他，轻声问："真的吗？"她故意威胁道，"你不要骗我，故意拖时间，如果以后查出来你胃有问题要住院，我是不会去照顾你的！"

陆清泽："好。"

尤念继续给他敲边鼓："你知道的，我这人讨厌麻烦，自私自利，永远只爱自己……"

她还没把自己的缺点数落完，陆清泽已经轻笑出声。尤念的话头一停，抬起头看他，有什么好笑的？没听明白她自我陈述的目的吗？

陆清泽垂眸，声音温和："嗯，那巧了，我们爱的人一样。"

夏城进入秋季后，温度总是下降得特别快，一转眼，风卷残叶，街边落满了黄色的枯叶。

薛柔在闺密群默默地发了一张照片——两张鲜红的结婚证。

贺缨：这是传说中价值九块钱的结婚证吗？

薛柔：现在已经免费了。

贺缨：你还真的结婚了？

薛柔发了个一言难尽的表情。

尤念：往好的方向想，起码是和你以前的男神结婚呢！

薛柔：我有点怕。

这婚结得匆匆忙忙，在两家父母都不知情的情况下，证已经领了回来。

薛柔的父母本来就很喜欢时遇，见他愿意对女儿负责更加觉得他是个可以托付终身的对象，迫不及待地就把女儿打包送去了时家。

薛柔从一个单身少女瞬间晋级成了新手妈妈，还要和一个接触不多的男人同居，难免有些不知所措。作为朋友，两人对这件事也只能安慰和祝福。

尤念：我最近都不忙，有事就说。

薛柔感动不已：念念你真好，以后可能会麻烦你陪我去产检。

将肖文的事情交给陆清泽后，她手头上就剩下剧本这一件事。这是她自己的小说，改编起来得心应手，加上团队里还有别的编剧一起，尤念倒也轻松。

如果说这个项目有什么不好，唯一的一点就是会议太多：故事梗概完成，开会；人物小传完成，开会；大纲完成，开会；资方选演员，开会；前三集初稿完成，开会；资方有疑问，开会。

不同的合作方有不同的工作习惯，拿钱的人手短，尤念作为主编，也只能一次次赶去公司开会。不过这样也好，前期把剧本磨得细一点，后期拍摄起来会轻松很多。

就这么到了十二月初，陆清泽也变得更加忙碌，他最近天天加班，有时候到凌晨才能到家。尤念问过几次他的胃怎么样，都被他以"没事""没关系"等词挡了回来。

这天晚上，尤念取出家里的速冻饺子，熟练地烧开水，下饺子。这段时间，她熟悉了各种速食产品的做法，操作已经很熟练了。锅里的水再次开了，咕嘟咕嘟地冒着泡，元宝般的饺子沉沉浮浮，尤念盖上锅盖，心里有些担心，也不知道陆清泽吃了没有。

就这么发怔的一会儿工夫，锅里的水已经扑了出来。尤念慌忙关小火，把锅盖打开，过满的水向外溅开，尤念的手指被烫了一下。她"嘶"了一声，将锅盖扔进水池，一顿饭吃得兵荒马乱。

匆匆填饱肚子，尤念发微信问陆清泽什么时候回来。

迟迟没有回复，打电话，也没有人接。

尤念的心一点点沉了下去，这是从来没有过的情况。

在家里等了一会儿，带着慌乱的心越来越沉重，尤念再也坐不下去，一把抓起车钥匙，关门离开。

开车前往翎宸的途中，尤念还在不停地拨打陆清泽的电话。

也不知道过了多久，电话终于被接起来了。

"你好。"一个女声从听筒里传来。

尤念一愣，顾不上问她是谁，急忙问："陆清泽呢？"

"陆总现在在明仁医院。"

"什么？"尤念大惊失色，心跳快得要蹦出胸膛。

"你是哪位？如果没有什么重要的事——"

"我是他女朋友。"尤念疾声道，"他挂的什么科？我现在过去。"

尤念着急不已，脚踩油门加大马力开去了明仁医院，平日里四十分钟的车程，她不到半小时就赶到了。

明仁医院是夏城有名的私立医院，位于城南的鹿山脚下。环境幽静，医生的医术一流，除了贵没别的缺点。

尤念赶到的时候，陆清泽正斜靠在病床上，眼睛微闭，面色苍白，嘴唇也没了血色。

开着门的双人病房，眼下只有陆清泽一个人。月光清冷，房间光线大亮，将他的脸色衬得更加苍白。

尤念急匆匆走过去，轻轻坐在了白色的床褥上，床边凹陷了一块，陆清泽微微蹙眉，睁开了眼睛。

看到尤念，他难以置信地张开了唇："念念？"

尤念一路赶过来，头发有些凌乱，几缕发丝傲娇地翘了起来。冬日夜晚，她的额头竟隐隐出现了些许汗珠，脸颊浮现两朵红晕，一副风尘仆仆的样子。

"你怎么来了？"

陆清泽今晚开会的时候，胃突然痛得厉害，被同事送到了医院挂急诊，匆忙中，他的手机落在了公司。他本想等Yuuni把手机送过来再联系尤念，没想到她的人竟然比手机还到得早。

尤念简单说了下事情经过。

陆清泽笑了笑，"这是心有灵犀吗？"

尤念瞪他一眼："你还笑！你是怎么和我说的？前脚保证了后脚就进医院？！今天到底是怎么回事啊？检查结果出来了吗？"

陆清泽握住她的手，触感温热："还没有，我想大概就是急性胃炎吧，别担心。"

"陆清泽我不相信你了。"尤念想起刘文炎和自己说过的话，头低下来，声音很小，"我刚才很害怕。"刚才来的路上，她的脑子乱糟糟的，什么都不敢想却又好像什么都想了一遍，她甚至设想过最可怕的胃癌。

自从刘文炎和她提过陆清泽在美国的遭遇，她的心里就埋下了一颗担心的种子。在刚刚，它不受控制地冲破土壤，以不可思议的速度长出枝丫，锋利地就要划破她的心脏。

"只是一个小小的胃疼，真的没事。"陆清泽忍着痛坐直身子，另一只手将尤念翘起的头发抚平。

尤念摇摇头，眼眶红了一圈，继续说下去："陆清泽，我刚刚好怕你死掉。"

陆清泽一愣，虽然不知道怎么就说起死不死的问题，他还是习惯性地先耐心安慰："我不会死。"

尤念陷在自己的担心里，语无伦次："你别死。"

陆清泽："好。"

尤念抬起头看他，认真道："以后你要死在我后面。"

陆清泽："好。"

尤念吸了口气，眸光闪过一丝忐忑："说话算数吗？"

陆清泽笑她的孩子气："我答应过你的事哪件没做到？"

尤念沉默半晌，咽了下口水，声音低哑："分手的时候，我让你好好生活，你有吗？"

陆清泽握住她的手一紧，低声开口："我努力了，念念。"他已经很努力地在生活和学习了。

尤念的鼻尖泛酸，声音颤了颤："可是你过得不好。"

陆清泽最见不得她难过的样子，心顿时慌了起来，顾不得其他，伸手将她揽入自己的怀里安抚："对不起，宝贝。"

他没做到，让尤念难过了，他乖乖道歉。

尤念整个人都被陆清泽温热的气息包裹着，周边的环境安谧，她能清晰地感觉到来自他胸膛的心跳。听到他说"宝贝"，尤念愣了愣，从他怀里抬眸看他："你叫我什么？"

陆清泽不自然地轻咳了一声，微微别开眼，尤念轻笑一声，伸手环住了他精瘦的腰身。在一起的时候，陆清泽很少说这些甜言蜜语，"宝贝"这个词从他嘴里说出来大概还是第一次。哦，还有小狐狸的那一次。

抱了一会儿，尤念才想起正事："没有人陪你？检查结果什么时候出来？"

陆清泽一下一下顺着她的头发，解释："我同事一起来的，他下去接我助理了。"

"助理？"

"我的手机没带，助理正送过来。"

尤念"嗯"了一声，想起电话里那个清脆的女声。原来是他的助理，自己见过一面的那个漂亮女人。

说曹操，曹操到。就在两人正温存间，病房的门被人从外面打开了，伴随着一声"陆总——"，一男一女快步走了进来。

声音戛然而止，他们站在门口的位置，惊讶地看着抱在一起的两人。

尤念朝门口看了一眼，面色平静地从陆清泽怀里站起身来。

"你们好。"她朝两人点点头打招呼。

Yuuni率先反应过来："你好。"

她走过来将陆清泽的手机递给他："陆总，您的手机。"

"谢谢。"陆清泽道谢，将手机解锁，一堆微信信息和未接来电，全是尤念的。暖流徐徐涌上心头，他弯了弯唇，将手机放置在床头柜上。

陆清泽抬起头，只见和Yuuni一起的徐然愣在原地，眼睛一眨不眨地看着尤念。他微微皱眉，出声命令道："徐然，看一下检查结果出来没有。"

徐然直直望向尤念的目光一变，这才反应过来："我现在就去。"

他拍了下大腿，转身就走。没几分钟，徐然再次进来，手里拿着新出来的检查报告。

陆清泽扫了眼，对两位下属说："你们先回去吧。今天谢谢了。"

"陆总，要不我们在这儿陪你看过医生再走吧。"Yuuni有些不放心。

"没关系，我陪他就行了。"尤念冲着两人笑了笑，声音温和，"时间不早了，早点回去休息吧。今晚麻烦了。"

"不麻烦不麻烦，应该的。"徐然连连摆手。

告别了病房里的人，徐然和Yuuni一起离开。走出病房的时候，两人依稀听到里面传来女人惊惧的声音："出血性胃炎？你赶紧和我去看医生！"

"那是谁啊？"徐然小声问Yuuni，"陆总的女朋友？"

Yuuni点点头。

"真漂亮，是不是网红或小明星啊？没想到陆总也喜欢这个类型的……"徐然小声嘀咕。

身为一个工作繁忙的研发人员，徐然对网络上的事漠不关心，自然也不知道一两个月前发生在网络上的小风波。

"别瞎说。"Yuuni打断他，"陆总女朋友是作家，他们在一起很多年了。"

自陆清泽让她买书之后，Yuuni本能地察觉出了异样，她回去搜索了挽白这个名字，将事情了解了个七七八八，心里对陆清泽的敬佩更甚了。

做助理这么久，陆清泽是她见过的最洁身自好的男人，被他放在心上那么多年的女孩子，原来就是挽白——乌发红唇，明眸善睐，深蓝色的呢子大衣束出窈窕腰身，肤白似雪，漂亮、优秀又幸运。

　　Yuuni垂下眼，再次回想起病房里的女人，第一次这么羡慕上天对一个女人的偏爱。

　　另一边，尤念扶着陆清泽去了诊室，按住他的肩膀坐下，尤念又搬了个椅子坐在他旁边。

　　医生扫了眼胃镜报告，又问了几个问题，淡声道："急性胃炎引起的胃出血。"

　　尤念的表情一凛，急忙问："严重吗？要住院吗？"

　　医生在电脑上边开单子边回答："还好，先住个一两天观察下吧。今天就住这里，明天给你转普通病房。拿着这个单子去交钱，拿药，要挂水，有呕血症状，暂时禁止吃东西。"

　　在听到"呕血"两个字的时候，尤念的眼前一花，四肢发软，呼吸不自然地急促了些许。一只温热的手掌握住她冰凉的手，粗糙的手指轻轻摩挲，似乎在安抚她。

　　尤念转头和他对视了一眼，陆清泽的面色平静，一点担心的神情都没有，尤念深吸一口气，勉强平复住自己的情绪。

　　陆清泽的同事已经帮他办好了急诊的住院手续，尤念只要交钱就行了，她迈着发虚的腿将陆清泽搀回病房，急匆匆地交钱拿药。

　　再次回来，尤念沉默地坐在陆清泽床边的凳子上，抿唇不语。

　　"念念，坐过来一点。"陆清泽躺在病床上，拍了拍他床上的位置。

　　尤念睨了他一眼，没有动作。她一方面心疼他，另一方面又气他不爱惜自己的身体，两种情绪交织在一起，心脏难受得揪在一起。

　　陆清泽轻笑："你不过来，我还要移过去，我一动胃就疼。"

　　"疼死你算了。"尤念小声吐槽，话是这么说，她还是听话地坐到了陆清泽身旁。

　　"睡一会儿吧。"尤念拉起陆清泽的手腕看了眼腕表，都快十一点了。

　　陆清泽深色的眼睛凝视着她，手指在她眼睑下蹭了蹭，低声问："你要留在这里？"

尤念点了点头，他这样，她怎么放心走啊？

笑意渐渐在陆清泽的眼睛里弥漫。不可否认，他心里很高兴。

按照之前的习惯，陆清泽肯定会让她回去，他一个人待在医院就可以了，就像在美国住院的每一天一样，可是此刻，他突然什么都不想说了。冬天的夜晚北风凛冽，他十分需要并依恋尤念在这一刻给予的温暖。

"嗯。"陆清泽嘴唇微动，将尤念的手紧紧抓在手心，合上了眼睛。

第二天早上，尤念在医院把两人的早饭解决好，把陆清泽转到了内科的单人病房。

"我回去收拾一下就过来。"尤念亲亲陆清泽告别，昨天一天没有洗澡，尤念对自己很是嫌弃。

陆清泽应好："你可以回去休息，我一个人没关系。"她昨天陪了一夜，陆清泽已经很满足了，他一个大男人，并不时时需要照顾。

尤念没有和他辩驳，开车回了家。洗澡、整理东西，一系列事情做好，已经临近中午了。尤念马不停蹄地开车到医院，在楼下随便吃了点东西，拎着包进了住院部的楼。

走到陆清泽的病房前，尤念的脚步一停，隔着没关严的门，她听到了里面传来了不止两个人的声音。陆总""淮芯"之类的字眼传入耳朵，大概是同事来看他了。

尤念停留片刻，转身走到走廊尽头处，淡淡的目光望向陆清泽病房的方向。

不一会儿，两个男人从里面出来了，尤念认出其中一个正是高川，他前段时间曾经请自己和贺缨一起吃过饭。

应该是谈完了吧？尤念吐出一口气，向前走去。快走到门口时，里面又出来了一个女人，那个女人留着波波头，打扮时髦，低着头匆匆往电梯方向走。看着那道有些熟悉的背影，尤念的眉毛皱了起来。明芷？

顾不上想太多，尤念推门而入，陆清泽目光淡淡地往门口看了一眼，看见来人是她，嘴角愉悦地弯起。

尤念将包放在床头柜上，拉开拉链把里面的东西一一放好。陆清泽见她将各种生活用品都带来了，不禁好笑："念念，我可能明后天就出院了。"

尤念不理他，一边收拾一边问："你今天感觉怎么样？"

"好多了。"陆清泽回答。

"我想也是。"尤念将东西放好，坐到陆清泽的床边，"同事一来就谈工作，我看你是舍不得这里想多住一段时间。"

陆清泽微微一怔："你听到了？"

尤念点点头："最后出来的是明芷吧？"

她长长的眉毛皱了起来，困惑："她怎么知道你病了？"

陆清泽抿唇，将尤念的手握在手里："你别误会，她去翎宸的时候被高川看到，就顺路一起带过来了。"

"她不是辞职了吗？"为什么还要接二连三地去旧东家？

"她是过来告别的，她要出国了。"陆清泽犹豫了下，将明芷的事情简单地和尤念解释了一下。

淮芯的人不知道从哪里打听到明芷和陆清泽之间的恩怨，花了大价钱想从明芷手上买武夷98的设计图，承诺了高薪挖她过去。

大概两个月前，明芷答应了，之后来翎宸找到陆清泽如实说了这件事，所以，她带给淮芯的，是一份有问题的设计图。

淮芯拿到图迫不及待地联系了芯片制造厂，想要快速流片回来测试验证。殊不知，拿回来的东西只是一堆废品，流片花的几百万不说，这中间耽误时间而造成的损失算下来也不可估量。

淮芯的高层得知此事后震怒，直接将研发事业部经理辞退了。

尤念听完陆清泽说的话，半天回不过神来："他们经理是个傻子吗？"

陆清泽被她的话逗笑："他大概也没想到明芷会釜底抽薪吧。"

这种事情，在业内并不新鲜，跳槽的人把老东家的研发成果带到新公司，重新贴个牌就是新产品。还有一些有人脉的高层，在外面开设自己的公司，里面卖的全是供职公司的产品，一出一进，这差价都到了自己的口袋。

这些行为无疑是违反法律和职业道德的，但在金钱的诱惑下，铤而走险的人非常多。

尤念垂下眼帘，若有所思："也许他只是低估了明芷对你的感情。"

爱情可以让一个女人冲昏头脑做出许多不理智的事，也会让人生出无限力量保护想保护的人。

"念念，"陆清泽手里一紧，眉头蹙起，"明芷知道翎宸的芯片都留后门了，她不敢的。这种行为是犯罪。"

尤念扯了扯嘴角，没有和陆清泽争辩。明芷如果不敢，拒绝就可以了，何必冒险这么做呢？这样做的唯一受益者是翎宸，除了陆清泽，尤念想不到其他理由。

"别想这个了。"陆清泽出声，"告诉你一个好消息，肖文可能要进去了。"

尤念睁大了眼睛："真的？"

陆清泽点点头："黄赌毒他一个不漏全沾了，出事也是早晚的事。"

尤念想起肖文那张油腻的脸，又是一阵恶心。

"那可得庆祝一下。"尤念笑了笑。

将陆清泽同事带来的花和水果一一放好，尤念拿出笔记本修改剧本。一整个白天，尤念都在病房工作，照顾陆清泽的起居，晚上还计划接着陪夜。

陆清泽心疼她，让她早点回家休息，可尤念铁了心地要留在这里，二话不说地拉开陪床，背对陆清泽躺下，一副"不听不听，王八念经"的模样。

陆清泽盯着她倔强又单薄的背影看了一会儿，蓦地笑了："念念。"

陪床上的人干脆连耳朵都捂了起来，陆清泽下床，走到尤念的背后，伸手将她捂着耳朵的手拉下来。她的手像果冻，又软又滑。

尤念缓缓转过身，琥珀色的眼睛里映着一个小小的身影。

"去床上睡。"陆清泽轻声道。

"那你呢？"尤念眨了眨眼睛。

"我睡这里。"

"那怎么行？"尤念拒绝。

她一个陪护睡床像什么样子？

陆清泽弯唇："那一起睡？"

尤念想了想，同意了。

病床不大，两人的身体贴得很紧，黑暗空荡的病房中，尤念被陆清泽按在自己的怀里。听着他平稳又坚定的心跳声，尤念的思绪不自觉飘远。

在长安巷，陆清泽的房间也只有一张一米二宽的床，在那里的每一次，他们都是以这个姿势睡在一起的，冬天还可以互相取暖，可夏天就有点不好过了。陆清泽的房间没有空调，尤念常常嫌弃那里热，好多次醒来，她一睁眼，看到的都是陆清泽坐在床边摇晃扇子的身影。

怎么以前就这么习以为常呢？想到这里，尤念不自觉抱紧了他。

她轻笑了声："像不像以前在你家的时候？"

陆清泽"嗯"了一声，也想到了同样的场景。

像也不像，那时候，他们更加亲密无间。

两天后，陆清泽正式出院。

出院后，陆清泽的一日三餐和作息时间都被尤念严格控制了起来。

他有些哭笑不得："以前是我监督你的作息，现在反过来了吗？"

"当然啊。谁叫你不让人省心？"尤念振振有词，"医生都说了，你不能过度劳累，作息饮食都要规律。"

陆清泽微微颔首表示赞同，被尤念这样盯着，对他来说何尝不是另一种隐秘的幸福。他乐于接受，也享受其中。

日子一天天过去，尤念担任编剧之一的电影《单车风语》在贺岁档上映了。这部偏文艺的片子并不讨市场喜欢，宣发也不给力，一开始的排片和上座率都不高。不过这电影本来就是汤旭导演用来冲奖的，对票房反倒没那么看重。

圣诞夜，尤念拉着陆清泽一起去看了电影。电影的最后，银幕上两个相爱过的校园恋人擦肩而过，大学定情的那首校园民谣再次奏起。熟悉的吉他声响起，影院里传来了低低的啜泣和呜咽声，尤念的眼眶也有点发酸，伸手捂住了自己的嘴巴。

年轻的母亲牵着自己的孩子，旁边是表面平静内心汹涌的旧日恋人，阳光落在两人的脸颊、发梢，光圈像跳舞的精灵闪烁。光与影在银幕上交错，男主角王霄暗流涌动的眼神看得人心里发酸。

汤旭导演很会拍，演员演得也好，那种无奈酸涩的感情被表现得淋漓尽致。出了电影院，尤念还沉浸在电影的剧情中。

"唉，其实有时候分手就分手了，错过是一种生活的终点，也是另一种生活的起点，你说是不是？"她对这个结局颇有感触，想起刚开始的时候，她还和导演争辩要一个圆满的结局。可现在成片出来，尤念不得不佩服导演的思路。

依照电影里男女主角的性格，即使在一起，以后的生活大概率也是一地鸡毛，现在这个错过的结局反而将破碎的美感放大到了极致，更能给人带来强烈的共鸣。

陆清泽攥着尤念的手一紧，垂眸看向她："为什么最后不写他们复合呢？"

他难得这么认真地和自己讨论剧情，尤念如实相告："因为导演不让啊，我只是一个小编剧，大方向是导演定的。"

她抬眸："你想看他们复合吗？"

陆清泽毫不犹豫地点头，电影的背景年代不同，但感情却很真实，真实到让他对男主人公的情绪感同身受。他难以想象，假如有一天，他看见尤念带着一个与她眉眼相似的小女孩走过，自己会是什么心情。

心疼得大概会碎掉吧。

也许是受了电影的影响，夜里，陆清泽揽着昏昏欲睡的尤念，突然有感而发："念念，你知不知道我在美国那几年经常做一个梦？"

"什么梦？"尤念懒懒开口。

陆清泽的手臂收紧，声音微微有点无奈和苦涩："梦到我们复合了。"

梦是美好的，却又是虚无的。多少次，他从梦里醒来想抓住片刻的欢愉，可迎接他的却只有更加空荡的失落。在梦里，他们复合了无数次，可现实，他却连她的面都见不着。

陆清泽的身体突然一沉。

刚刚还在怀里的女人已经趴了上来，尤念双手捧着陆清泽的脸，长发垂下扫在他的皮肤上，中指上的戒指蹭过他的耳朵。

盯着他深沉如墨的眼睛，尤念的声音轻快中带着微哑："那恭喜你啦，陆先生。"她弯唇笑着吻过去，"你做的梦成真了。"

　　新年伊始，夏城到处张灯结彩，小区门口也挂上了新的红灯笼迎接新年。在大家都喜气洋洋准备庆祝农历新年的时候，一则小道消息在夏城的编剧圈悄悄传开——圈内大佬肖文因为聚众吸毒、赌博被抓了进去。

　　尤念的微信群和朋友圈，大家都在暗戳戳地讨论这件事。

　　肖文的微博、朋友圈的更新日期全部停在了两周前的同一天。有人信誓旦旦地说：肖文和几个朋友在城郊的别墅嗨大了，被警察抓个正着，人已经进去了。他老婆急得不行，在外面到处托关系找办法。

　　加上工作室的员工也说很久没看到肖文了，这个消息显得越发可信了起来。

　　尤念在群里和大家一起看八卦，看得津津有味。

　　这个真假不明的瓜在临近新年的时候终于被媒体爆了出来。

　　"知名编剧肖文因聚众赌博被抓，多项影视项目暂停"的消息一出，犹如一个惊雷在平地炸开。

　　肖文的工作室在去年接了大量的影视项目，如今群龙无首，影视方纷纷要求解约。

　　尤念所有的编剧群全部炸开了锅，原本暗暗讨论的事情顿时被放在了台面，之前被肖文明里暗里压迫的人不少，此时纷纷冒出来罗列肖文的罪状。群消息闪个不停，隔几分钟就显示99+的消息记录。

　　这个消息出来时，尤念正睡在阳台的躺椅上玩手机，眼看编剧群炸了一般，尤念趿着拖鞋去书房找陆清泽。

　　"肖文被抓上新闻了。"她趴在陆清泽的肩上，把手机屏幕给他看。

　　陆清泽表情淡淡地"嗯"了一声，早在预料之中的样子。

　　尤念有点感慨："本来我以为自己会很高兴，可现在想想还挺平静的。"

　　可能是铺垫了太久，当肖文的罪行真的被披露时，她心里尘埃落定的感觉更多一点。

　　"因为他在你的生活中是个无关紧要的人，不值得你为他情绪波动。"陆清泽拍了拍尤念的手，亲昵又温柔。

　　"也是。"尤念笑了笑，觉得有道理。

"有时间可以想些别的事情。"陆清泽将手机还给尤念。

尤念："比如？"

陆清泽点开某出行网站的页面，温声道："比如我们什么时候回平城过年。"

陆清泽的公司还有些事要处理，两人于年二十八回了平城。

回来的第一天，尤念和父母一起去奶奶家吃饭，席间，妈妈盛芊旁敲侧击地问起陆清泽的事。

奶奶笑眯眯地问："是去年来接你的那个帅小伙儿吗？"

尤念点了点头，坦然承认了。奶奶开心不已，脸上的皱纹笑成了花："还骗我老太婆是同学。我一看啊，就知道不是这么简单。"

尤念笑着恭维："还是奶奶您厉害！"

盛芊和尤诚交换了一个眼神，低头吃饭，沉默不语。陪着老人家吃完饭，尤诚和盛芊要回去，尤念留下来陪奶奶过了年再走。

临走前，盛芊把尤念叫到客厅的角落："念念。"

盛芊看向自己的女儿，欲言又止。尤念的长相继承了她和尤诚的优点，从小就十分出众，可惜的是，她因为对尤诚出轨的恨意，并没有好好爱护这个可爱的小女孩，任由她自由长大。现在想想，尤念没有成为什么不良少女已是万幸。

也正是因为这样，尤念做什么事都习惯自己决定，从来不考虑父母的意见。一声不吭地就考到南方的大学，谈恋爱也挑了个不符合家长期待的人选；好不容易分了手，表面上答应去相亲，实际上相一个毁一个。到头来，居然又和那个初恋在一起了。

盛芊重重地叹了口气："你如果真的喜欢那个男的，什么时候带到家里，起码让我们见一面吧。"

尤念抿了抿唇："再说吧。"

盛芊有点着急："你确定他真的不在意以前的事了吗？你年纪小，看不透人，不如带回来，让我和你爸爸帮你看看。"

"我确定！"尤念深吸了一口气。她还当父母真的乐于接受陆清泽了，原来不过是缓兵之计，带陆清泽回去，接受父母挑剔的眼光和不光明的揣测吗？

不，她不愿意。她的人生和幸福都是自己的，她决定的事情，不需要别人告诉她对或不对。就算要带陆清泽回去，她也希望父母是抱着接纳和祝福的心态。

盛芊见说服不了女儿，只好无奈地上车和尤诚回去了。

尤念在奶奶家一直住到年初四。

小镇生活一如既往地的平静和单调。和去年一样，奶奶依旧喜欢搬个凳子坐在广场上，从静谧午后坐到太阳西下。

广场那头，小朋友嬉笑的玩闹声不绝于耳，而这里，则大都是宁静到不出一点声音的老人。

临走的那一天下午，奶奶突然望向戴着帽子的尤念，笑笑道："也就你们小年轻还怕阳光，我们老年人啊，最喜欢的就是晒太阳了。"

尤念拉了拉自己的帽檐："奶奶你又不是不知道，你孙女这么爱漂亮，被晒黑就不好了。"

奶奶被她逗乐，摇摇头："你啊你，男朋友又不嫌弃你。"

尤念的脸躲在帽檐的阴影中，弯了弯唇，娇声道："你怎么知道他不嫌弃我啊？"

奶奶的笑容停在脸上，过了几秒开口："念念啊，你知道为什么我去年就看出你们的关系不一样吗？"

"为什么？"说起来，尤念也对此有点好奇。父母对这段感情都不太看好，只有奶奶支持自己和陆清泽。

"因为啊，"奶奶目视前方，略微浑浊的眼睛里满是怀念，"他看你的眼神和你爷爷以前一模一样。"

尤念侧头，心脏似乎被人用力扯了下，有微微撕裂的痛感，酸甜的气泡沿着裂开的缝隙四处流窜，涨满了胸腔。

夕阳西斜，天空是一幅橙红色的画，云朵漂浮着作为点缀，远处隐隐传来家长叫小朋友回家的声音，小孩子们四处散开，大声约着明天再玩。

奶奶拍了拍腿："咱们也走吧。"尤念"唉"一声连忙起身，扶着旁边的奶奶站起来，又将两人的小板凳折叠好带走。

"走啦？"旁边的老年人打招呼。

"走了。"奶奶笑着说，"该回家喽。"

尤念扶着奶奶往前走，不期然看见前方开过来一辆白色的汽车。

车子在街边停下，驾驶座的门打开，一个熟悉的帅气的身影向两人的方向走来。尤念抿唇一笑，喃喃道："是啊，我该回家了。"

年后，回到夏城的尤念生活归于了平静。

直到二月末，国内金表奖公布了提名名单，《单车风语》以六项提名的成绩再次进入大众视野。

这部投资不多，没有大牌明星的电影获得了最佳影片、最佳导演、最佳编剧等六项提名，是这次金表奖的一个黑马。最佳编剧的提名名单里包括了《单车风语》的四个主要编剧，尤念也是其中之一。

在金表奖开始前，夏城电视台的节目"电影素描"邀请《单车风语》的主创一起，做了一档关于电影的专题节目。

其中，尤念作为编剧的代表被推举上台，和主演以及导演一起参加节目。尤念从小就生活在别人的目光中，对这种场合并不怯，落落大方地上台了。

"电影素描"是夏城电视台的一个小众栏目。每期一个电影专题，主持人和主创们一起聊聊关于电影的那些事，节目以谈话聊天为主，一直不温不火的。

节目里，尤念一身黑色的束身连衣裙，和其他几个主创以及主持人围坐在一张桌子旁。

大屏幕上电影的宣传片放映结束，节目进入了正题。在几个常规问题之后，主持人和其他主创探讨起电影里男女主角分手的问题。

"我身边很多朋友看完电影都哭得不行，我们都有一个疑问，电影里的王霄和李婷婷为什么不能在一起？目前这个结局是出于什么考虑呢？"

王霄的扮演者从自己的角度说了王霄和李婷婷之间存在的问题，比如性格不合，常常吵架。汤旭导演则认为，电影里两人的背景、身份不同，他们的结局更多是当时时代产物，是必然的结果。

导演笑了笑，看向尤念："当时我们编剧还和我争论了这个结局，我很喜欢这种辩论，不同观点的碰撞才能创造出更好的作品。"

主持人也看向尤念："哦？我们编剧也是想让他们在一起的吗？"

尤念点点头："对，当时没有想那么多，就是觉得非常可惜。我可能代表了大多数年轻人吧，其实现在年轻人的观点很简单，相爱的人就应该在一起。举一个可能不是太恰当的例子，有部电影里的一句话是'什么是道德？我们相爱，就是道德'。在多数年轻人眼里，爱情应该是跨越性别、种族、家庭背景的存在……"

尤念停顿了下，笑着说："当然，后来导演说服了我。"

"怎么说服的？"主持人好奇。

尤念一本正经地回答："用钱说服的。"

其他人发出轻笑。

主持人也笑："我们编剧很幽默啊。"

又聊了几个问题后，节目来到了最后一个网友提问的环节。

主持人低头看了眼手卡："有个网友说是挽白的资深书粉。"突然被点名的尤念一怔，没想到这个环节还有自己的事情。"她是想问，写了那么多的书和剧本，挽白最喜欢笔下的哪一个男主角呢？"

听完这个问题，其他人也都饶有兴味地看向尤念，王霄的扮演者王辰偷偷伸手指了指自己。

"我啊，"尤念坐得端正，明艳的五官如同蒙上了一层朦胧的柔光，显得白皙温柔了许多，"我最喜欢自己早期的小说《青山外》的男主角。"

说完，她对着镜头眨了眨眼示意："这位朋友你懂了吗？"

不懂也没关系，陆清泽懂就可以了。

四月初，金表奖颁奖典礼在夏城举办。

尤念一身黑白小礼服，和剧组一起参加了颁奖典礼。

《单车风语》不负众望，拿到了最佳男主角、最佳导演和最佳影片三个大奖，成为当晚的最大赢家。

晚上，剧组一行人和影视投资方的人一起庆功。

庆功宴上，大家聊起拍摄时的点点滴滴，感慨良多，结束的时候，一向酒量很好的尤念都有了醉意。步伐有些凌乱地走出酒店门口，她一眼看到玉树临风的陆清泽。

他站在距离门口三米远的花园处，双手插兜，目光淡淡地正视前方。

陆清泽的习惯很好，他要是等人就会专心地等，不玩手机不听歌，像一棵长在原地的树，以一种沉默且长久的姿势。

尤念心中微动，她三两步下了台阶，踩着高跟鞋扑过去。陆清泽猝不及防地接住她，鼻尖霎时被酒气包围。

"喝这么多。"他蹙眉，将身上的西装脱下来披在尤念的身上。

"高兴。"尤念扬起下巴，棕色的瞳孔里映着月色，"不过我没有拿到奖哎陆清泽。"

陆清泽将他的西服整理好，低头亲了亲她的唇："提名已经很厉害了。"

"你也觉得我很厉害吗？"尤念红色的唇弯着，得意扬扬地甩着包。

陆清泽"嗯"了一声，低声哄她："你哪里都好。"

他揽着尤念的肩膀往车的方向走。尤念微醺，从西装里伸出手臂揽住陆清泽的腰，人也不得不倚在他的身上。摇摇晃晃地走路途中，尤念的头发被风吹起，如绸缎般飘扬，发香、酒香和香水味一同被风送入陆清泽的鼻腔，他不动声色地搂紧了怀里的人。

"陆清泽你车停在哪儿啊？怎么这么远？"尤念突然停下脚步，望着陆清泽娇气地埋怨。她喝得有点多了，红润的唇微翘，眼睛迷茫中沁着水色，眉头蹙着，不太高兴的模样。

陆清泽如墨的眸子盯着她看了会儿，半晌沉声开口："我背你。"他转过身，蹲下身子，男人的脊背宽阔挺拔，白色衬衫被风吹得鼓起。

尤念勾唇，抱住他的脖子将自己覆了上去，陆清泽双手背后，反扣住她的身躯站起身来，微微转头，白如玉的一双细腿晃眼。

他蹙眉，低声命令："把衣服拉一拉。"

尤念听话地把衣服往下扯了扯，确保自己不会走光。陆清泽迈开腿，步伐沉稳有力，尤念趴在他的肩头，随风飞舞的长发蹭过他的脸颊，手提包一下一下捶打在腿上，他却恍如未觉。

"陆清泽。"尤念在耳边唤他。声音轻轻软软的，挠痒痒似的。

陆清泽："嗯。"

尤念的心思如百转回廊，绕了又绕："我今天看到一个新闻。"

陆清泽背着她往前走，沉默着等她继续说。

"新闻里说，有颗小行星有可能在两年后撞击地球……"说到这里，尤念沉默下来，陆清泽的心跳不受控制地渐渐加速。

"所以？"他的声音低磁，如被拨动的琴弦般悦耳。

"所以——"尤念闭了闭眼睛，缓缓启唇。

"结婚吧。"

"嫁给我。"

两句话的话音同时落下，陆清泽将尤念放下，转身，双手激动地握住尤念的肩膀。嘴角止不住地翘着，深色眼睛似漫着万千星光，手臂肌肉绷得很紧，青筋隐隐地跳动。

尤念轻笑出声："陆清泽，你怎么知道我要说什么啊？"

"因为我了解你。"陆清泽手上的力气加大，目光牢牢盯住她，语气有点不确定，"你不会明早起来又借口喝醉了反悔吧？"

尤念的肩膀被他捏得隐隐作痛，她的眼睛眯起来，看着他紧张的样子但笑不语。

"没用的，念念。说过的话要算数。以前我都可以不和你计较，这次不行——"

尤念踮起脚，堵住了陆清泽的唇。

一触即离。

"不反悔。"她抱住他精瘦的腰身，抬起头，琥珀色的眼睛微弯，神情认真，"答应做你的陆太太。"

急迫炙热的吻骤然落下，环住尤念身体的手臂收紧，激烈得像是要将她融进身体一般。

春天的晚风轻柔拂过，他们在夜色中静静地接吻。

世界上真的存在这么一个人，陪着你从青春年少长大，包容你的脾气，原谅你的荒唐，爱你所有的优点和缺点。

与他在一起，岁月温柔，未来可期。

甜蜜篇

（一）领证

当女朋友喝多了变得缠人怎么办？当然是宠着她啊。

当尤念再一次贴着他的身子靠过来时，陆清泽无奈地想。

"我脚疼。"尤念下了车，头靠在陆清泽身上，不想走路。

陆清泽低头看过去。尤念今天为了出席颁奖典礼，穿了一双十三厘米的高跟鞋，银色亮片在昏暗的车库里闪烁，脚后跟和鞋子挨着的地方，皮肤隐隐泛红。从下午一直穿到晚上，近十个小时下来，难受也是在所难免的。

大概是真的醉了，尤念手撑在陆清泽身上，左脚在右脚鞋子上轻蹭一下，左脚上那只鞋随即被遗弃在地上，光着的左脚踩上陆清泽的鞋。她如法炮制，将右脚的鞋甩开，赤脚站在陆清泽的皮鞋上，两人的距离几近为零。

尤念黑色的长卷发垂至胸前，脸上的妆容精致，一双眼如云似雾。她身着黑白色的小礼服，外搭一件宽大的西装外套，两条细长的腿白皙笔直。她抱着陆清泽的腰，抬头，似是惋惜地弯了弯唇："走不了了，怎么办？"

陆清泽额头青筋在隐隐地跳，这副明晃晃耍赖的样子，哪里还有在典礼上明艳照人的姿态？

不可否认，陆清泽其实很喜欢她这样和自己撒娇。但他还是低头，伸手摸了摸她上扬的下巴，故意逗她："你说怎么办？"

尤念皱了皱眉。不应该二话不说就抱自己吗？怎么还问？但是没关系，她很大方的，偶尔也可以原谅他的迟钝。尤念看着他，小扇子般的睫毛眨了眨，张口命令："抱。"

陆清泽轻笑出声，他不再逗她，微微俯身，双手穿过她的膝盖窝，打横将裹在西装里的女人抱了起来。顺便将她随意丢在地上的高跟鞋勾起来带走。

陆清泽一脸坦然自若地将尤念抱到电梯，上楼回家。刚进门，尤念就像条鱼似的滑下陆清泽的怀抱。

"我要洗澡了。"她伸手挡住陆清泽要凑过来吻自己的唇，赤着脚往浴室走。刚走了两步，想起了什么似的，女人回头，将身上的西装脱下来随手扔给玄关的男人，"还你。"她笑了笑。

陆清泽接住外套，站在原地看着她纤瘦的背影离开，隐隐有种被她利用完就扔的感觉。

晚上，陆清泽搂着尤念躺在床上，低声道："明天就去领证，好不好？"

尤念的眼睛里满是水亮的光："这么着急吗？"她轻笑，眉眼都弯起来。

陆清泽的身体一僵，想到了别处："太仓促了是吗？对，我应该先去你家正式拜访一下。"他坐起身来，拿过床头柜上的手机，翻看日历，"我下周五的时间可以空出来，我们去你家一趟。这周末我们去挑礼物……"他说着转向尤念，询问她的意思。

尤念单手撑着脸颊，侧躺在床上笑吟吟地看着陆清泽，黑色的长发铺散在床头，陆清泽的动作一顿，将手机放回柜子上，人俯身压过来，静静和尤念对视："笑什么？"她这么笑，笑得他心里发慌。

"不用去我家。"尤念弯唇。

"嗯？"陆清泽挑眉，"不用去？"

尤念点点头："又不是他们结婚，下次回平城见就可以了。"

陆清泽面色平静地和她对视，眼神认真，带着微微的审视意味。尤念手撑着累了，干脆直接躺下睡在枕头上，她的表情淡定，看上去毫无破绽。

"念念，"陆清泽抿唇，"你父母，是不同意吗？"

原本过年的时候，他就打算去尤念家拜访一下。他知道大学时尤念的父母对他有些微词，但现在他的情况已经不一样了，他已经有能力给尤念一个好的未来保障。可尤念认为还没有必要见家长，他怕自己逼得太紧会给尤念带来压力，这件事也就作罢了。

尤念摇了摇头："没有。他们没有不同意。"她一脸坦然，"你不是见过我奶奶了吗？你看我奶奶多喜欢你。"

陆清泽皱了下眉，扯着嘴角一笑。

"陆清泽。"尤念伸手抱住他的脖子，身体一动，两人便换了个姿势，"我也没有正式见你的爸爸妈妈呢，你就要和我结婚吗？"她悬在陆清泽的上方，微微歪头，腾出一只手来将头发都捋到一边，眼神纯净，透着疑问。

陆清泽笑："他们不管我这些事的。只要你同意，别的都不是问题……"看着尤念翘起的嘴角，他蓦地有些明白了，"对啊，我爸妈也不管我的。"尤念的小臂撑着累了，索性趴在陆清泽的身上，陆清泽顺势搂住她。

困意消散了许多，倾诉欲反而上来了："他们结婚的时候也挺恩爱的呢。后来还不是各玩各的？也没人管我。"

本是随意搭在腰间的手臂蓦地收紧了。"念念，"陆清泽扶着尤念坐起身来，神色认真地说，"我们不会这样，我保证我们的关系不会因为婚姻、时间、孩子这些事情改变。只要你在我身边，我就会一直爱你对你好。"

爱她宠她，已经融入血肉，成了生命的本能。

尤念的眼眶有些发胀，她轻轻"嗯"了一声，乖巧地蹭着他的脖子。

"相信你。"她近乎呢喃地说了句。

尤念也不知道自己是什么时候睡着的，好像聊着聊着，不知不觉中就进入了梦乡。

第二天，她毫不意外地，睡到了日上三竿。

"不去上班吗？"路过书房时，尤念诧异地看向坐在椅子上的男人。

陆清泽摇了摇头："今天请假。"

为了避免夜长梦多，有些事可以做了。

尤念斜靠在门上，懒懒一笑："做什么？"

陆清泽也笑了："领证结婚。"

下午，尤念和陆清泽去了民政局。今天是一个普通的日子，来领证的人并不多，两人按照流程，很快就领到了盖好戳的鲜红结婚证。

当天，几乎不发朋友圈的陆清泽发布了一年来的第一条朋友圈：朋友圈是两张照片，一张是两人少年时的合影，另一张则是刚出炉的结婚证。隔着光阴，当年青涩的少年少女和穿着白衬衫的新婚夫妻相呼应。

仔细看，两人的五官和神情都没有大变，一个明艳娇俏，一个斯文稳重。

"久别重逢，失而复得。

"谢谢陆太太。"

(二) 婚礼

婚礼前夕，尤念和陆清泽的许多同学都从各地赶了回来。大家之前已经约好在婚礼前聚一下，当作给两人办单身派对，地点在平城的一家高档会所。

陆清泽提前订了一个豪华大包间，房间装修得富丽堂皇，里面点唱机、麻将桌、台球桌一应俱全。下午，同学们按照群里发的地址，陆陆续续到了近二十个人，毕业这么多年后，这个数量的聚会非常难得了。

大部分人已经很久没见了，一开始难免有些生疏，在客套地寒暄之后，大家分成了几拨，有的唱歌，有的打球，有的只坐在一块儿聊天喝酒。

尤念姿态随意地坐在沙发上，双腿斜斜并拢，又长又密的黑发垂在胸前，挡住了大片雪肤。她旁边坐着自己的同桌季蓝，季蓝如今留着干练的短发，就职于一家外企，日子过得规矩平静。

季蓝和尤念聊起以前的校园生活，不免感叹："想想现在的'社畜'生活，真怀念我们以前倚着栏杆看帅哥的日子。"

尤念微笑："当时班里其他人说我们两个女流氓来着。"

季蓝也乐了："可不是？还记得那个体育委员吗？我前段时间看到他，胖得五官都变形了……"季蓝回忆起那些年看过的帅哥，眼泪都快笑出来了，"还有和你表白过的那个学霸，他不是出国了吗？后来我加过他的微信，现在都快成"地中海"了……"

季蓝为了帅哥的老去幽幽叹口气："我发现就我们班长一直没变，依旧保持着帅哥的水准。"

尤念眯了眯眼："说起来，你还记不记得你欠我一个学期的值日？"

季蓝恍然大悟："哈哈，我都忘了。"她回忆了一下，又皱了皱眉，"我那时候想给你值日来着，可那不是班长一直在嘛! 我一值日就暴露了不是？"

尤念歪头看她一眼，倾身弹了下烟灰，平静道："其实我们早就暴露了。"

"啊？"季蓝瞪大了眼睛，下意识就急忙撇清关系，"我可什么都没说过!"

尤念淡笑："所以他故意不让你值日，当作这个赌约无效。"

年轻时以为的天大的事，回想起来不过尔尔。如今再谈起令两人产生过矛盾的那个赌约，尤念也可以一笑而过了。

"班长真是……"

尤念弯唇，幽静目光落在台球桌前的陆清泽身上。他今天穿得休闲，外表依旧英挺出众，在一众男同学中十分显眼，眼下，他手上拿着台球杆，气定神闲地和旁边人聊天。

也许是察觉到了尤念的目光，陆清泽微抬眼皮，隔空朝她的方向看过来，然后，眉头显而易见地皱了起来。尤念挑了挑眉，只见陆清泽抿着唇，伸出手指在他肩膀处点了点，深沉的目光依旧紧盯着自己。

尤念斜斜往自己肩膀看了一眼，原来是肩带在刚刚的动作下往下掉了一点。尤念失笑，随手将肩带重新挂上肩头，陆清泽的眉眼这才舒展开，转头继续和旁人说起话来。

两人的这一小段隔空互动完全被季蓝看在眼里，她受不了地"嘶"了口气。为什么这么多年过去，她还是避免不了被迫观赏秀恩爱的下场？!

如果说下午的聚会还是在客气寒暄，那么酒足饭饱后的大家就完全放开了。陆清泽在游戏中输给了班里那群老油条，被罚喝酒，人还未动，杯子已经先一步被尤念拿走："我替他喝。"

尤念仰头一饮而尽，将杯子倒过来示意，这副女中豪杰的样子令周边的哄笑声不断。

"哎，不带你们这么秀恩爱的啊!"即使过了这么多年，同学中依旧有那么几个爱起哄的。

尤念的脸颊微红，黑暗中眼波潋滟："我就要秀，嫌碍眼可以选择不看啊。"她骄傲地微抬下巴，倒是一点都不害臊。

陆清泽看着她闹，嘴角弯着，眼角眉梢俱是笑意。

"别别别！"男生连连摆手，"你们秀更多我都不介意。"

众人大笑。

即将大婚的两人在当晚一直是众人关注的对象。

大家难得聚在一起，借着玩游戏的机会，把两人这些年怎么在一起，分手又复合的经历都问了一遍。尤念也不想扫兴，凡是不太过分的问题都一脸坦然地答了，同学们也挺知趣，一些过于隐私的事情也没具体问，得知前年春节的聚会两人就已经在一块儿了，大家恍然大悟。

"你们瞒得够紧啊！"

"亏我们那时候还怕你俩尴尬，特地给你们隔开。"

"这必须得喝了！"

"是是！必须得喝！上次就该喝了。"

……

尤念其实已经喝了挺多的，只是她酒量好，现在除了面色微红之外并没有什么异样，就当她又要端起酒杯时，细白的手腕被一只大手抓住了。陆清泽眉头微蹙："喝太多了，我来。"

尤念在他面前任性霸道惯了，此刻直直的一个眼神丢过去，直接拒绝。

"不行！你不许喝！"

这个眼神本该十分有威慑力，但是喝多的人眼睛多了几分迷离，看上去反而有些妩媚的撒娇意味。

陆清泽张唇，正要说自己没事。

旁边的同学看不下去了，之前起哄的一个男人拍了拍手，大声道："哎！我有一个提议！"

众人都朝他看过去。男人的脸也红着，显然也喝了不少，他晃着自己手里的酒杯，环顾着四周说："游戏也快结束了，咱们也不要太难为新人了。不如这样，你们俩当众接个吻，这酒咱们就算了，大家说好不好？"

"同意同意！"

"你们当作提前给婚礼做演习就行！"

四周的同学兴奋得不行，起哄着赞同这个提议。

此时的两人并排坐在沙发上，陆清泽的手臂虚虚绕过尤念搭在她右侧的位置，看上去像在圈着她的细腰一般。尤念顶着发热的脸和陆清泽对视一眼，从他的眼睛里看到了笑意。

亲就亲呗，反正她脸皮厚，尤念的心里一动，刚要动作，陆清泽的俊脸已经在眼前放大。下一秒，唇上感觉到了温热，从浅尝辄止的试探到缠绵炙热的深入。

周边伴随着起哄声的嘈杂环境似乎一下子安静下来，尤念感觉自己像是悬浮于整个时间空间之外，周围的一切都变得虚幻，只有陆清泽是真实可靠的存在。尤念不知羞耻地揽住陆清泽的脖子，下巴微抬着回吻他。

不知道过了多久，陆清泽微喘着放开她。

口哨声四起。

陆清泽笑笑，拇指抹去她花掉的唇膏，看着她，用只有两个人能听到的声音说："回家再亲。"

尤念怔了两秒反应过来，伸手抹去他嘴角染上的口红。

周边的同学们得到了满足，便也不再为难他们，大家喝酒的喝酒，唱歌的唱歌。

大屏幕前，几个男人扯着嗓子在喊：

我真的好想你，在每一个雨季。

你选择遗忘的，是我最不舍的。

纸短情长啊，道不尽太多涟漪。

我的故事都是关于你呀……

几个人勾肩搭背，唱得还挺投入，不着调的一首歌硬是被几个大男人唱出了几分伤感。尤念看着眼前几个高大的背影，思绪不自觉飘到了那个午后。

两个少女倚着走廊，玩笑着打了一个赌。她的惊鸿一瞥，促成了整个故事的开始，庆幸的是，故事的开始和结尾，他一直都在。

一群人笑笑闹闹的，直到凌晨才散场，好多人喝得酩酊大醉。

陆清泽给不回家的同学订了楼上的房间，他没有喝酒，将人一一安顿好才开车和尤念一起回去。

尤念和大部分同学一样，也在追忆往事中不自觉喝了个半醉，软绵绵地挂在陆清泽身上回了家。

早上肯定是起不来的，她在家休息了一整天以迎接他们的婚礼。

婚礼定在平城一家五星级度假酒店的户外草坪上举行。酒店依山傍水，风景宜人，空气清新，婚礼区可以直接欣赏到毗邻的湖光山色。

婚礼从下午开始，但尤念一早就和陆清泽一起过来，化妆做造型，她折腾了大半天，一定要以最漂亮的形象出现。

整个婚礼布置以白色系为主，绿植遍地，花团锦簇。下午，伴着蓝天白云、青草花香，宾客们陆陆续续地到了。

尤念黑色的头发盘起，新娘妆容精致大方，身穿一身洁白的鱼尾婚纱，简约合身的设计让她的身材显露无遗。她挽着西装笔挺的陆清泽，在所有人的掌声中缓缓走过铺满花瓣的大道。

天气温度都适宜，阳光充足却不强烈，温柔的光线照射在这对新人身上，将尤念笼上一层淡淡的金色，本就白皙的皮肤显得更加透亮。

按照流程，主持人照例对两人进行了一个简短的采访。

问题都是提前彩排过的，两人的回答也滴水不漏。

在交换戒指的环节之前，尤念突然开口："等一下。"

一时之间，所有人都有些愣怔，不知道新娘想说什么。尤念面对陆清泽，明艳地一笑："陆清泽，我有话想和你说。"

这句话一出，台下的所有来宾都意识到了什么，掌声不断。

尤念朝台下的工作人员使了个眼色，工作人员会意，两人身侧的大屏幕上开始放映由尤念提供的视频。

视频里是尤念拍摄的照片，从她偷拍陆清泽的单人照到两人的合影，数不胜数。

上学时候的陆清泽连手机都没有，更不要说相机了，他仅有的合照还是班级集体照。直到考试后买了手机，他才拥有一些现在看起来非常粗糙的合照。那时候，他曾经找尤念要过以前的照片，可尤念手机换得勤，只说懒得找便打发了他。他一直以为，他们那时候的那些照片被尤念和旧手机一起随手扔到角落了，没想到此时在婚礼的现场看到了。

一时之间，陆清泽的眼睛有些酸涩。

伴随着舒缓的背景乐，尤念缓缓开口："陆清泽。"

陆清泽的目光从屏幕移到尤念精致的脸上，目光沉沉地注视着她。

"第一，我想谢谢你，谢谢你一直包容我的缺点，纵容我的脾气。我理所当然地享受你的温柔和照顾，从来没考虑过你再成熟懂事，在当时也只是一个少年……"

陆清泽微微摇了摇头。

尤念笑了笑："道歉的话你不要，我也不说了。"

她清了清嗓子，郑重道："第二，我在网上看到有人说，人生最幸福的十个瞬间分别是大病初愈、久别重逢、虚惊一场、失而复得、怦然心动、不期而遇、不言而喻、不药而愈、如约而至和未来可期。这十个瞬间很适合我们，但是我想和你说，对于我来说，和你在一起的每一个瞬间都很幸福。"

陆清泽喉结一动，哑声道："我也是。"

尤念弯唇："嗯，我这个人缺点一堆，好在优点是做事坦荡，说话算数，我想和你说一句从来没对你说过的话。"她抿了抿唇，眼睛漂亮得像最上等的琉璃，"我爱你，现在当着我们所有朋友、同学、亲属、老师的面向你承诺——只要你爱我，我就会一直爱你，直到我死。"

陆清泽的眼眶一红，再也控制不住，向前一步将笑着的新娘紧紧拥入怀里："我也爱你，永远爱你。"

他俯身，迫不及待地亲吻她。

刚刚尤念每说一个幸福的瞬间，他的心脏就重重地跳一下。她是他年少时的怦然心动，也是他大病初愈后的久别重逢，她的离开是虚惊一场，到来是失而复得，因为她的如约而至，使得他的未来可期。从开始到现在，她构成了他所有的幸福时刻。

能和自己第一个喜欢并且是唯一喜欢过的人结婚，是一件多么幸运又幸福的事，谢谢你爱我，让我拥有这幸运。

（三）来找你

某个周末的午后，我们的陆太太突发奇想：如果不是她主动追陆清泽，他们两个人可能就不会在一起了，想起这个，一直生活在幸福中的尤念莫名有点郁闷——你我本无缘，全靠我追求。

翻起旧账的尤念趿着拖鞋去了书房："陆清泽。"她走进书房，背倚着书桌看向陆清泽。

陆清泽的目光从电脑屏幕移到她身上，"嗯？"了一声。

"我想问你个问题。"尤念穿着真丝的雾粉色家居服，双手反向撑在桌面上。

"你问。"陆清泽揉了揉自己的眉心，姿态放松地靠在椅背上。

尤念："如果我没有追你，你是不是不会和我谈恋爱？"

陆清泽怔了一下，想了想点头："对。我不会谈恋爱，只会把精力放在实验室。"

虽然早就想到是这样，尤念心里不免还是"咯噔"一下，也许是她的表情过于凝重，陆清泽伸手去拉她的手臂。温热的手掌覆在真丝面料上，陆清泽微微施力，将尤念拽进自己的怀里。

他弯了弯唇："你在想什么？"

尤念抿了抿唇，眼睛里掠过一丝复杂："可你不是说一开始对我的感觉不一样吗？"

她挑了挑眉，葱白手指划过男人高挺的鼻梁，又一路下移到嘴唇，轻声慢调地说："骗我的啊？"

陆清泽拉下她的手指，交握住："没骗你。"

他顿了顿说："我大概只会默默关注你吧。"

对于那时候的自己来说，恋爱实在不在考虑范围内。

尤念垂下眼帘，声音有些轻："那我们就不会结婚了。"

说不上来什么感觉，很合理。可一想到这种可能性，心里还是不由自主地有了点酸酸涩涩的感觉。

陆清泽抬起她的下巴，仔细端详她的表情："不开心了？"

尤念嘴硬着摇头："没有。"

陆清泽轻笑了一声，扶住尤念的后脑勺亲了亲她的唇："放心吧，就算你没有主动，我以后也还是会去找你的。"

"嗯？"尤念被他的说辞逗笑，"等你以后来找我，我男朋友说不定都换过几轮了。"

陆清泽的眼神一变，声音一沉："别的男朋友？"他气势汹汹地咬上她的唇，声音模糊不清，"别人有我好吗，嗯？"

她看着陆清泽，好笑道："是啊，所以还是我主动点吧，等你来找我，黄花菜都要凉了。"

陆清泽低低地应了声，扣住尤念的双手，俯身吻下来："我们总是会在一起的。"

卧室的遮光窗帘缓缓合上，挡住一室旖旎。不管过程多曲折，命中注定的人总会相遇，因为爱你的人一定会千方百计来你身边，哪怕山高路远，风雪兜头。

（四）如果的事

婚礼之后，陆清泽向公司请了一个长假和尤念一起出国玩了一趟，再回到夏城时，已经是一个月以后了。

陆清泽回来后，很快陷入忙碌的工作中。尤念暂时还不想工作，推掉了几个开价不菲的编剧项目，专心在家构思起了自己的新小说。

尤念的新小说讲的是女主穿越到未来，发现男朋友因为一个案件入狱，而自己也另嫁他人。面对不熟悉的丈夫和陷入牢笼的男友，女主渐渐发现了更多的疑点。

不同于尤念之前的作品，这部小说多了些悬疑的色彩，尤念第一次接触新题材，兴奋劲很大，常常写起来就顾不上时间，晚睡晚起又成了她的常态。

这天周末，尤念醒来已经将近中午了，起来后，她在屋子里走了一圈都没有发现陆清泽的身影。只有餐桌上放着的早餐提醒着她——陆清泽确实是在她睡觉时离开的。

尤念坐下，懒懒靠着椅背，随手理了理自己的长发，拨打了陆清泽的电话。

电话只响了两声就被接通。

"醒了？"陆清泽的声音带着笑意。

尤念应了一声，嗓音带着刚起床的哑："你去哪儿了？"

陆清泽那边的声音有些喧闹，像是在户外的样子："忘了吗？今天我公司团建。"

"嗯？"尤念皱眉，"你什么时候和我说的？"

陆清泽那头笑了声："今天早上我出门前和你说过，你还说了句好。"

尤念完全没有印象了。

陆清泽一听那边沉默下来就明白了："你早上迷迷糊糊的，可能不记得了。"

尤念"哦"了一声。

"看来下次还得给你发消息。"

陆清泽轻笑了声，又道："团建之后晚上还有公司聚餐，回来可能有点晚——"

"知道啦！"尤念打断他，"我自己点外卖吃。"

"好，不要点不干净的餐厅。"陆清泽顺着话题叮嘱了几句，挂断了电话。

尤念没什么胃口，将陆清泽准备的早餐当作午餐吃掉了，草草应付完肚子，不过十二点的时间。尤念到书房，正式投入到写稿中去。

这一写，就写到了晚上，中间除了吃晚餐，尤念一直在书房工作。

将书里女主得知真相的重要一幕写完，尤念吐了口气，端着水杯起身。

刚出门，脚步在看到客厅的场景时一停，陆清泽不知道什么时候回来了，正坐在沙发上看电视。他的嘴角微微上扬，神情在暖黄色的光线中显得格外温柔。他看得似乎很专心，连尤念人出来也没有发现。

尤念顺着他的目光瞥向屏幕，挑了挑眉。屏幕上播放的，竟然是改编自自己小说的电视剧——《漫长的小时光》。

惊讶之余，尤念将手里的杯子放在桌上，转而向沙发走去。也是这时，一直盯着电视看的某人终于有了反应，抬眸发现了尤念，他直直看向尤念，笑着向旁边挪了挪。

"怎么看起这个来了？"尤念好奇地发问。

在她的印象里，陆清泽从来不看这些青春偶像剧。话音落下，她顺势坐在陆清泽旁边。

陆清泽揽过尤念的肩，侧头看着她，笑说："好看。"他的目光回到屏幕上，温声道，"我很多同事在看。"不知想起了什么，陆清泽又笑了声，屏幕的光落在他的脸颊上，光影交错闪烁。

尤念眨了眨眼："你今天好像很高兴。"她能感觉到，今天的陆清泽比平时更开心。说话间，电视剧的一集正好结束，片尾曲响了起来。

陆清泽侧头看她，坦然承认了："被你发现了。"

今天团建时，他早早发现部门两个新入职的女员工不时盯着自己看，眼睛里闪着兴奋的光，这样的情形不少见，陆清泽一开始并没有怎么在意。直到晚上聚餐时，那两个女生脸色泛红，端着酒杯走到自己这桌敬酒。

旁边的高川挤眉弄眼，一副了然于心的样子："小姑娘来找陆总啊？你们陆总不喝酒，没办法，老婆管得严知道吧？"自从陆清泽结了婚，高川就致力于宣传他"妻管严"的形象。

两个应届生听到高川的话，兴奋地互看了一眼，这一举动倒是让高川愣了下。他还是第一次看见有姑娘听说陆清泽已婚这么开心的。

其中个子高的女生小心翼翼地看向陆清泽："陆总的老婆是挽白吗？"

陆清泽怔了下，笑着点点头："是啊。"

话音落下，他看到两个女生兴奋得小声欢呼了下。

"啊！我们好喜欢挽白大大啊！"

"我们最近在追《漫长的小时光》！可不可以请她给我们签名啊？"

确认了这个消息后，两个女生你一言我一语的，激动地表达着对尤念的喜欢。小女生的表白直接又热烈，两人的脸色都因此更红了，以三人为中心的酒桌，俨然成了一个小型粉丝见面会。得到陆清泽同意签名的应允后，她们欢天喜地地离开，连背影都透着股雀跃的劲儿。

高川拍了拍他的肩，笑得不怀好意："被老婆抢了风头的感觉怎么样？"这还是第一次，公司里的女生不是冲着陆清泽来的。

陆清泽喝了口茶，一副悠然自得的样子："我觉得挺好。"

高川不屑地"啧"了声，不忘毒舌地提醒："那要是说这话的是男人呢？"成功看到陆清泽一秒收敛起脸上的笑，高川得逞后哈哈大笑起来。

陆清泽愣了愣，也跟着摇头笑起来。

陆清泽将聚餐时发生的事告诉尤念，嘴角上扬："不好意思，我擅自答应会带你的签名书给她们了。"

"哦，小事。"尤念一口答应，目光又落回了屏幕。

电视剧里正在播放着男女主一起上课时的情景，少年少女的脸上青春洋溢。她从余光中发现，陆清泽也在盯着屏幕，侧脸的轮廓明晰流畅，尤念的心思微动，忽然想到了自己正在构思的小说。

"陆清泽。"她叫他。

陆清泽："嗯？"

尤念："如果给你一个穿越时光的机会，你想回到过去还是穿到未来？你想去哪一年？"

陆清泽看向尤念，目光闪了闪。

怕他不清楚，尤念补充："就是以你现在的灵魂穿越到哪一年的陆清泽身上。"

陆清泽想了想："我能改变事物的轨迹吗？"

"不能。"尤念摇头。

陆清泽点头，认真思考起来，片刻，他给出了答案。

"那就回到我们初遇那年吧。"

"为什么？"尤念不解，"你不好奇未来的事情吗？"

陆清泽摇摇头。

"好吧，那为什么是那时候？"

陆清泽的目光定定看着她，抿着唇不说话。尤念以为他不高兴了，想要说些什么的时候，他先一步开口了："我刚刚看电视，想起了很多我们以前的事。"

"嗯？"尤念好奇，"然后呢？"

陆清泽捏了捏她的手，低声道："想再遇见你一次，对你再好一点。"

"你对我已经很好了。"尤念忍不住插嘴。

如果不是这样，她也不会一重逢就再次"见色起意"。

陆清泽弯了弯唇："那再好一点，也许你就舍不得分手了呢。"

回忆里青春都是美好的。可再次想起，却也总有这样那样的遗憾。这是成长中必然的一个部分，但如果有机会，他还是想和尤念重来一次，再一次遇见，也再一次恋爱。

尤念心里甜得冒泡，嘴角高高翘起，嘴上却是碎碎念着："不会的，不可以改变结果的，你还是要经历一次分手……"

陆清泽心脏抽了抽，握着尤念的手下意识紧了一下，沉默片刻："那我早点回国来找你吧。"

说完，陆清泽哑然失笑，自己竟然还真的陪尤念玩起这种不切实际的幻想游戏来了。

尤念笑了两声，翻身坐在陆清泽的腿上，变成面对面的姿势，眼睛弯弯，眸光潋滟。她顺着话题继续说下去："那你别让我追那么久了。"

陆清泽点头："好，我主动点。"

尤念："我早起陪你坐公交都困死了。"

陆清泽："好，不陪了。"

尤念："和我一起坐车。"

陆清泽："好。"

尤念戳戳他的肩："我想做什么就做什么。"

陆清泽："……"

"好吧。"不是很情愿的声音。

尤念开心了，低头亲了亲他的唇，声音里是止不住的笑意："行吧，听上去很不错。那就再和我恋爱一次吧，陆同学。

薛柔×时遇

（一）

孕检的这天早上，薛柔醒得有点晚，她走出房间时，时遇正在客厅的阳台打电话，背影高大挺拔，姿态闲适。隐隐地，她听出时遇在和同事交代什么。

"我？"时遇轻笑了声，"我要陪老婆做产检。"电话那头不知说了什么，时遇于是又笑了起来，声音低低的，带着磁性。

薛柔的心脏因为那声"老婆"猛地跳动了几下，她不再看，转身去了卫生间。

薛柔现在还处于孕早期，一直没有什么胃口，早上吃了点面包就不想吃了，时遇没有勉强，要她休息一会儿准备去医院。薛柔点点头，早上是她一天里身体最不舒服的时候，什么事情都不想做。

她老老实实地坐在沙发上，看着时遇熟练地收拾产检需要的东西，除了病历和医保卡，时遇又在包里装了苏打水和苏打饼干。这是以前产检时医生建议没胃口时可以吃的，自从那次后，时遇便总也不忘带这两样东西出门。在这一方面，他真的很细心，薛柔怔怔地想。即使孩子还没有出生，她也已经能想象到时遇会是一个好父亲了。

"走了。"

怔怔间，薛柔听到时遇的声音，她应了一声，起身和他一起出了门。

这一次薛柔来明仁医院主要是做B超检查的。

和以前什么都看不清相比，三个月的B超已经可以看到胎儿的雏形了，薛柔第一次看到肚子里小生命的样子，新奇又激动："他在动哎！"

医生笑笑："是哦，小朋友在里面发育得很好。"

记录好数据之后，医生移开探头："好了，可以起来了。"

"好！"薛柔开心不已，手撑着就要起来。

时遇连忙扶着薛柔的肩膀："慢一点。"他低声叮嘱，慢慢扶起薛柔在床上坐好，紧接着又蹲下，将薛柔的鞋带重新系紧了些。

"我自己来吧。"她有些不好意思地动了动脚。时遇却按住她的腿，自顾自地将她两只脚的鞋带都系好。

从薛柔的角度，正好可以看到时遇眼镜下垂着的眼睫和高挺的鼻梁，依旧是一副一丝不苟的样子，看上去却多了几分温情。薛柔被时遇碰触过的脚踝蓦地有些发热，连带着，连脸颊都开始升温。

她老老实实等时遇系好鞋带，慢吞吞下床站好。

"好了，带着这个单子去找医生就可以了。"旁边的医生对此见怪不怪，笑着递来了B超单。

一系列的常规检查下来，薛柔的指标一切正常。

完成了孕检后，时遇把薛柔送回家，自己便回了公司，薛柔在家看了会儿育儿书，在一旁的手机忽然响起了消息提示音。

最近贺缨刚分手，心情不佳，在群里不停地吐槽。

尤念安慰她：下一个更乖。

薛柔赶紧跟上：贺缨那么优秀，肯定会遇到合适的人的。

三人相识已久，对彼此的性格都很了解，尤念当即提出要陪她喝酒散心。一场姐妹间的小聚会当即就定了下来，为了照顾薛柔，三人将地点约在了环境清幽的一家清吧。

薛柔要了柠檬汁，其余两人则各要了一瓶酒，大有不醉不归的架势。

清吧里，驻唱歌手正在唱歌。

"等到世界颠倒，你会来爱我。等到五个季节，我才最独特……"

女歌手的嗓音低低柔柔，带着些微的沙哑，听上去伤感又无力，薛柔怔怔看着自己面前的饮料出神，只觉得这歌词像极了她对时遇的感情。

这么长的时间了，她依然还是会为了时遇心动，一如很多年前，可时遇呢？时遇对她，对宝宝也很好，可是，这似乎和"爱"没有什么关系。他们之间，似乎始终有一些隔阂，她像是被隔在了一座房子外，怎么也找不到进门的钥匙。

怔怔间，薛柔的胳膊被人碰了下，她转头，看见贺缨挑眉。

"怎么了？看着比我这个失恋人士还忧郁？"

尤念也停下喝酒的动作，定定看过来。

薛柔犹豫了下，将自己的心思小心翼翼地说了。

"你觉得他只是因为责任？"尤念简单总结。

薛柔抿唇，点点头。贺缨将手头的酒一饮而尽，叹了口气："这年头渣男太多，婚姻里有责任心的就算不错了。"

薛柔垂下眼，她以前也是这么想的。只要时遇在自己身边，好好和他相处就好，所以自重逢以来，她从来没有问过时遇心里对她到底是怎么想的。

不想，也不敢。可和时遇在一起的时间长了，她好像……在不知不觉中变得贪心起来，时遇对她越好越关心，她就越介意那隔阂。

"他没有和你表白过吗？"尤念问。

薛柔想了想，轻声说："有的。"

在领证前，时遇说过喜欢她，也就是这一句话，才让她有了和时遇结婚的勇气，可是，他也只说过那么一次。再后来，两人虽然住在一起，但实际上一点多余的亲密举动都没有了，他们每天同床共枕，但也只是这样了。

"那你主动呀！"尤念敲了敲桌面。

薛柔慌乱摇头："我不敢。"

"你没有暗恋过，你不会懂的。"暗恋一个人，不自觉地就把自己变成了低姿态，小心翼翼，生怕对方会不喜欢。

尤念和贺缨对视一眼，又看向薛柔。

"你现在就给他发消息，说自己要晚一点回家，看他什么反应。"

薛柔犹豫了下，按照尤念说的话做了，刚放下手机没几秒，时遇的电话就打过来了。

"嗯……"薛柔支支吾吾，看向尤念和贺缨的眼神闪烁，"我，我和朋友在外面吃饭……在安福路这边……

"噢噢。

"好，拜拜。"

薛柔挂断电话，将手机放在一旁："他说一会儿来接我。"

贺缨"啧"了一声，"你老公还是很关心你的啊。"

薛柔抿了抿唇，是的。时遇对她一直挺好的，她只是不确定，这个"好"有一部分原因是她本身吗？不因为她是他的旧识，他的妻子，他孩子的妈妈，而仅仅是因为，她是薛柔。就像她喜欢时遇，和他的身份、职业没有关系，不管是多年前，还是现在。她喜欢他，只因为他是时遇，就这么简单。

薛柔抿抿唇，挤出一个笑："好啦，不要说我了，今天主角也不是我呀。"

见她不想再说，尤念和贺缨也就从善如流地聊起了其他的话题，时间在边吃边聊中不知不觉过去，三人吃好已经是两个小时之后了。

夜色深沉浓重，路边亮起了橘色的灯火，陆清泽来接尤念，顺便把喝多了的贺缨一同带走，薛柔跟在几人后面出了门。

她站在路边，正准备打电话给时遇时，耳边传来了一道喇叭声，她抬头望去，看到了熟悉的车，顿时愣住。时遇什么时候来的？等了多久？还没想清楚，驾驶座上的清俊男人下了车，走到站在一旁的薛柔旁边。

他一手拉开了副驾驶的车门，沉沉目光隔着镜片向薛柔看过来："上车。"

薛柔如梦初醒，"噢"了一声后，乖乖地坐上了副驾驶。

回去的路上，薛柔看了几次时遇的侧脸，实在忍不住将内心的疑问问出了口："你什么时候来的啊？"

时遇面不改色："和你打完电话。"

打完电话……薛柔暗暗算了算时间，轻抽了一口气："你等了那么久？"她有点懊恼，"你怎么不早说呀？可以进来一起坐一坐。"

时遇侧眸，淡淡看了一眼："怕打扰你们。"

"没关系的啊，我闺蜜人都很好的。"薛柔说个不停，"而且你也不是没有见过呀，尤念你早就认识了……"

"对，在你躲我的时候。"时遇冷不防地插嘴。

他没有忘记，自己被薛柔拉黑，风尘仆仆从外地回来，话没说两句，人就被尤念带去了医院，还差点……至今想起来，他依旧有些后怕。

薛柔瞬间想起那天时遇脸色铁青的样子，心中微微悸动，她偷偷看向时遇，和初遇的少年不同，他成熟稳重，斯文俊秀，依旧让自己心动。有那么一个瞬间，薛柔很想将自己吃饭时的问题问出口，可话到嘴边，只余下空空的轻叹。薛柔承认，自己是个胆小鬼，特别是在时遇面前。

正在开车的男人余光闪了闪，将旁边的一举一动收入眼底，时遇心里一动，不动声色地开口："尤念和她男朋友是同学？"

"对啊对啊！"提起尤念和陆清泽，薛柔的眼睛亮起来，"他们就是小说里描写的那种校园情侣。大学开学，陆清泽来我们宿舍帮念念收拾东西。我妈看到羡慕得不行……"

听到这里，时遇忽然笑出了声。

薛柔猛地停下来，眼睛微微睁大："你笑什么？"

正好到了亮红灯的路口，时遇将车缓缓停下，他侧头，眼睛里带着些笑意："你是在抱怨我没有努力吗？"

薛柔的脸色腾一下红了个彻底："没有没有。"她慌慌张张地转向车窗，五光十色的街景飞速在眼前掠过，心脏因为时遇的一句话跳得飞快。车窗映出一张惊慌失措的小脸。

从时遇的角度，能看到薛柔涨红的小半张脸颊，他沉默了几秒，收回自己的目光，嘴角上扬了一秒。他的小妻子是个很单纯的人，单纯到心里几乎藏不了什么事，有件事情，他已经怀疑很久了。

（二）

夜里，薛柔再次梦到了从前。

她和朋友在课间聊天，教室门"砰"一声被人从外面打开，一群穿着篮球衣的男生呼啦啦从外面进来。她偷偷瞄一眼，看到走在最后的时遇轻轻关上了教室门。

在时遇转过身的前一秒，她匆忙移开了目光。

画面一转，地点变成了小卖部——薛柔和朋友买好要付钱时，她眼尖地发现门口进来了几个男生。薛柔连忙拉拉朋友的袖子："我还想买虾条，等我一下。"

她藏匿在货架后面，装模作样地挑选零食，时遇拿了几瓶水向收银台走去，薛柔也挑好了零食，慢吞吞地跟在他后面，心里暗暗因为这巧合的相遇欢呼雀跃。

……

这一晚，薛柔梦见了很多个场景，唯一的相同点，是时遇。

从年少的梦境醒来，薛柔睁开眼睛翻了个身，入眼处一团模糊的影子。那是梦里的另一个主角，也是自己的丈夫，梦中人就是枕边人，本应是一件很值得开心的事。可为什么还是有种怅然若失的感觉呢？

薛柔低头，隔着被子摸了摸自己的肚子，这里，还有一个他们孕育出的小生命。薛柔顿了顿，小心翼翼地将手缩回。一不留神，胳膊碰到了旁边的时遇，这小小的动作立刻让时遇也清醒过来。

他睁开的眼睛一片清明，起身问道："怎么了？"

薛柔连忙摇摇头，神色有些慌，她只是不小心而已，不注意就把浅眠的男人惊醒了。

时遇的目光从她脸上下移，停留在她搁在被上的手："是不是胃又不舒服了？"他说着，被子里的手也轻轻抚上薛柔的胃。

男人宽厚温热的手心覆过来，隔着一层睡衣暖着薛柔的皮肤，薛柔的脸当即心跳如鼓。

"没有。"她连忙说，夜色中，她的目光对上时遇的又很快移开。

时遇过了几秒才将手移开："我去给你倒杯水。"说完，他掀开被子，起身下床，高大英挺的背影消失在门口。

薛柔愣了两秒，起身打开了床头的小夜灯，没过几分钟，端着水杯的时遇回来了。薛柔道谢接过来，仰头喝了一点，喝好水，她躺回床上，再次闭上眼睛，不知为何，这下却怎么也睡不着了。

黑暗中的房间一片寂静，薛柔闭着眼睛不敢乱动，生怕又把时遇吵醒，忽然，她的腰上多了一只手臂，薛柔的身体瞬间紧绷。

"睡不着吗？"身后传来一道低沉好听的男声。

薛柔沉默了几秒，睁开眼睛小声问："你怎么知道我没睡啊？"

她明明都闭上眼睛了。

时遇的眼睛又黑又亮，像宝石，见过了这么多人，薛柔依然认为时遇的眼睛是所有人里最最好看的。像是有魔力的旋涡，吸引人一直沉沦和坠落……她抿了抿唇，不自在地眨眨眼。

时遇轻笑了一声："我在你旁边睡了这么久，难道还看不出来吗？"

可能她自己都不清楚，刚刚她装得有多假。

"噢。"她小声应了一句，脸色因为一句"睡了这么久"的话轻易地烧红了几分。

"那我可以和你聊天吗？我睡不着。"

时遇很好说话："可以啊。聊什么？"

"嗯……"薛柔想了想，抬眸看向时遇，"你还记得我们学校附近的那家面馆吗？不知道它还在不在了……"

时遇挑眉："面馆？"

"就是以前在学校对面巷子里的那家啊，他家的牛肉面特别好吃，辣椒是从湖南带来的，很香的……"薛柔一边说一边比手势，"那时候你经常去的……"

薛柔的话猛地停了下来。

对上时遇饶有兴味的眼神，她慌慌张张地垂下眼："呃，你不记得就算了吧，我也是忽然想起来的。"

"我记得。"时遇不动声色地接过话题，"等你胃口好一点我们回去看看。"

薛柔愣了愣，心跳蓦地快了起来："好，好啊。"

（三）

时间渐渐来到了十二月，天气渐寒的同时，薛柔的孕期反应慢慢消失了。圣诞节前夕，薛柔已经恢复了自己的吃货本色，早早和时遇商量圣诞节要去商场凑热闹吃东西。

时遇一口答应。

平安夜的下午，薛柔下课后坐上了时遇的车，随着车子的行驶，她渐渐露出了惊讶的神色："我们去哪儿呀？"这好像不是去他们家附近商场的路。

时遇轻笑了声："去吃好吃的。"

听到有好吃的，薛柔也就放心了，只当是时遇找到了新东西，答应的声音都变得兴奋起来："噢，好！"低头和其他朋友聊了一会儿微信，薛柔忽然听到了时遇的声音。

"到了。"

薛柔抬眸看了一眼，顿时愣怔，映入眼帘的，是学校宏伟的大门和熟悉的体育馆，她停了几秒才回过神来："我，你……"

时遇只是笑了笑："不是想吃这边的牛肉面吗？我来看过了，那家店还开着。"

这里和两人平时生活的区域一南一北，并不怎么方便。那天晚上她只是随口一说，后来也就忘了这事了，没想到时遇竟然还记得，薛柔的眼睛蓦地有点酸。她真的好喜欢时遇啊，喜欢到他只要对她有一点点好，就能够轻易地影响她的情绪。

"下来吧。"时遇不觉有异，停好车同薛柔一起走进了店里。

两人到得早，店里的顾客还不多，薛柔点的面很快便端上了桌。热腾腾的面条冒着白气，赤色面汤香味扑鼻，面上撒了一把小葱和香菜，在冬季的傍晚勾引着人的味蕾，薛柔挑起面条尝了一口，细嚼慢咽。

"好吃吗？"时遇问。

薛柔的眼睛亮晶晶的，十分热烈地点头："还是很好吃！"

时遇笑了，他低头吃了一口，口腔里满是咸鲜的香味。对于这家店，他其实已经没什么印象了，想来味道应该没有多突出，可见对面的人吃得腮帮鼓鼓的，时遇忽然觉得，这面的味道确实不错……

两人吃到一半的时候，店门被推开，呼啦啦进来好几个男生，他们熟练地点餐、找位。薛柔的目光怔怔落在其中一个高个子男生的身上，男生的背影瘦削，脊背挺直，头发很短，笑起来很好看。

恍恍惚惚地，她仿佛看见了时遇的影子，那时候的很多个冬季傍晚，少女坐在面馆的一隅，隔着喧腾的烟火气偷偷打量挺拔俊逸的少年。

少女的脸颊不因天气降温，心跳声怦怦。

"想什么？"耳边陡然传来时遇的声音。

薛柔一时不察，顺口回答："想到你以前也爱坐那个位置。"

话音落下，她蓦地住口，意识到自己说了什么，薛柔不敢看时遇的反应，连忙低下头。她顿了两秒，安静又快速地吃起了面，仿佛只要自己的嘴巴不停，就可以不用再说话了。

嘈杂的环境中，时遇的目光炽热，灼灼落在薛柔的脸上。薛柔只觉得头皮发麻，脸几乎埋进了面碗里。半晌，时遇不紧不慢地移开了目光，没有多说什么，薛柔悄悄吐了口气，心里七上八下。

吃好饭以后，时遇和薛柔起身离开。

"散散步吧。"时遇拉着薛柔的手穿过马路，向学校的方向走去。

薛柔一路上没有说话，安静得不像话。

天色渐暗，正是放学时间，学生们从校门口鱼贯而出，时遇蓦地停了下来，攥紧了薛柔的手。薛柔诧异地抬头，只见时遇一眨不眨地盯着校门口的方向，不发一言。薛柔不知道他在想什么，静静在一旁站着，过了好一会儿，她听到时遇低缓的声音。

"我最近常常在想，在我不知道的地方，你究竟观察了我多久。"

说不清是什么时候开始觉得不对的，也许在每一回提到学生时代的时候；也许在每一次回忆过去的瞬间；也许在薛柔每一次故作镇定的时候……有好多个时刻，时遇都觉得自己似乎错过了什么，那些被自己遗忘的时光，那些自己没有注意的小事……好像，都有一个人，比他自己记得还要清楚。

薛柔一惊，右手下意识地就要挣脱时遇的手。她的小心思彻底暴露了，多年的暗恋被戳破，完全地摊在了正主面前，薛柔的心脏乱成了缠在一起的麻绳，只想快点逃离这尴尬的场景。

时遇侧身，低头看着自己惊慌的妻子，手攥得越发紧，两人各自使着力，不发一言。在这场无声的拉锯战中，薛柔渐渐地红了眼，时遇到底想怎么样？他还嫌自己不够难堪吗？

薛柔越想越委屈，就在她快要控制不住眼泪的时候，她听到头顶上方的叹气声，紧接着，她被拥入了一个温热宽阔的怀抱。

薛柔的身体顿时一僵，时遇的一只手抓着她，另一只手轻拍她的后背。

"你是真的不知道我爱你吗？"他的声音有些无奈。

薛柔的脑子"嗡"一声，像有什么在心脏炸开了花。

"如果我不喜欢你，为什么要和你结婚呢？"

"……"

薛柔其实听不太清时遇在说什么了，她满脑子都是那句"我爱你"……鼻子一酸，眼泪彻底决了堤，她抬起一双红红的眼睛，怔怔看着时遇。

"是我哪里做得不好，让你觉得我对你只是责任吗？"时遇的语气很认真。

薛柔吸了吸鼻子，声音有点哽咽："可是……我们一点都不像夫妻……"想到那些相敬如宾的时刻，她张了张口，一时有些不好意思。

"你……"

话没有说完，对面的人俯身吻了过来，这是两人之间第一个清醒时刻的吻，温热而轻柔。薛柔的五脏六腑都在战栗，这么温柔的一个吻，她却忍不住在这温柔里潸然泪下。

时遇用指腹擦去她眼角的泪水："想给你时间适应，原来是我想多了。"

薛柔抽噎着说："因为我喜欢了你那么久……"久到她在得到明确回应的此刻，情绪如海水决堤般涌了出来。

时遇轻叹了口气，低头亲了亲她湿润的眼睛："那我努力活得久一点，将那些时间补回来，好吗？"

薛柔顿了两秒，心脏像是坐了过山车般从高处重重坠下，她抬头，不经意发现站在公交站台的学生在探头打量自己和时遇，很好奇的样子。

她连忙"唔"一声，再次将头埋入时遇的胸口，"好丢人啊，这里这么多人。"

时遇轻笑着拍拍她的肩："那我们回家？"

薛柔红着眼睛笑了，她大力地点头："好，回家。"

与你一起，
荒唐一场也是好时光

桃禾枝